Alaska sin ti

· **Título original:** *The Simple Wild*
· **Dirección editorial:** Marcela Aguilar
· **Edición:** Florencia Cardoso
· **Coordinación de arte:** Valeria Brudny
· **Coordinación gráfica:** Leticia Lepera
· **Diseño de interior:** Florencia Amenedo sobre maqueta de Olifant
· **Arte de tapa:** Carolina Marando

www.vreditoras.com

Publicado originalmente por Atria Books (Simon&Schuster). Derechos de traducción
y publicación gestionados por Atria Books, una división de Simon & Schuster, Inc.

-MÉXICO-
Dakota 274, colonia Nápoles,
C. P. 03810, alcaldía Benito Juárez, Ciudad de México.
Tel.: 55 5220–6620 • 800–543–4995
e-mail: editoras@vreditoras.com.mx

-ARGENTINA-
Florida 833, piso 2, oficina 203
(C1005AAQ), Buenos Aires.
Tel.: (54-11) 5352-9444
e-mail: editorial@vreditoras.com

Primera edición: mayo de 2023

ISBN: 978-607-8828-65-4

Impreso en México en Litográfica Ingramex, S. A. de C. V.
Centeno No. 195, colonia Valle del Sur, C. P. 09819
alcaldía Iztapalapa, Ciudad de México.

K.A. TUCKER

Alaska sin ti

Traducción: Leila Gamba

Para Lia y Sadie.
Las mejores cosas de la vida jamás les llegarán de manera simple.
Siempre valdrán la pena.
Pero, en un mundo ideal (y por mi salud mental),
espero que no tengan nada que ver con avionetas.

Prólogo

Wren deja las dos maletas azul marino al lado del cochecito de bebé y toma el cigarrillo que sujeta débilmente entre los labios. Le da una calada larga, lenta y libera el humo hacia el aire gélido.

—¿Esto es todo?

—Faltan los pañales. —Respiro el perfume a almizcle. Siempre he odiado el olor del tabaco. Todavía lo detesto, en todos menos en él.

—Cierto. Iré a buscarlos —dice, deja caer el cigarro sobre la nieve y lo aplasta con la bota. Junta las palmas y sopla mientras vuelve con los hombros encogidos a la pista en la que el Cessna que nos ha traído hasta aquí espera el vuelo de vuelta.

Observo en silencio, acurrucada en mi abrigo de plumas que me protege del viento helado, aferrándome al resentimiento que lleva meses cociéndose a fuego lento en mi interior. Si no lo hiciera, enseguida me sentiría abrumada por el dolor de la decepción y la pérdida inminente, y no podría superarlo.

Wren vuelve y deja la bolsa roja en el asfalto justo cuando un trabajador se acerca para retomar mis pertenencias. Se saludan entre ellos, como si fuese un vuelo normal y corriente, antes de que el hombre se lleve mis cosas y deje detrás de sí un silencio tenso.

—¿A qué hora llegas? —pregunta Wren con un leve gesto de barbilla.

—Mañana al mediodía. Hora de Toronto.

Rezo porque Calla pueda soportar diez horas de viaje sin llorar. Aunque quizá no sea tan malo y me ayude a distraerme. Al menos el próximo avión es sustancial, a diferencia de las pequeñas cosas que Wren insiste en pilotar. Dios, ¿en qué momento pensé que casarme con un piloto era una buena idea?

Wren asiente para sí mismo y toma en brazos a nuestra hija, que estaba dormida en el cochecito.

—¿Y tú? ¿Estás lista para volar por primera vez en un avión grande? —La enorme sonrisa que le dedica hace que el corazón me dé un vuelco.

Por enésima vez, me pregunto si no seré *yo* quien está siendo egoísta. Si no debería apretar los dientes y soportar la desdicha y el aislamiento de Alaska. Al fin y al cabo, fui *yo* la que eligió esta vida de la que ahora estoy escapando. Mi padre no tardó en recordármelo cuando le confesé que mi vida con Wren no era tan romántica como me había imaginado que sería; cuando le confesé que el último año había llorado al menos una vez al día, sobre todo durante el dolorosamente largo, frío y oscuro invierno, cuando casi no se ve la luz del sol; que odio vivir en la última gran frontera estadounidense, que quiero estar cerca de mi familia y amigos, en la ciudad de mi infancia. En mi país.

Wren frunce el ceño cuando besa la nariz de nuestra hija de diecisiete meses, ajena a la situación. Camina con algo de dificultad, enfundada en un abrigo de color rosa que la protege del frío.

—Nadie te *obliga* a irte, Susan.

A la misma velocidad a la que me había ablandado, vuelvo a endurecerme.

—¿Y entonces qué? ¿Me quedo aquí y soy infeliz toda la vida? ¿Me quedo en casa con Calla mientras tú sales a arriesgar tu vida con un grupo de extraños? No puedo hacerlo, Wren. Cada día es más difícil.

Al principio había pensado que se trataba de depresión posparto, pero después de algunos meses de ir a Anchorage para hablar con una terapeuta que me recetó unos antidepresivos que solo me volvieron más lenta, concluí que lo que me pasaba no tenía nada que ver con las hormonas. Y aquí estaba, tan ingenua como para creer que alguien nacido en Toronto podría soportar los inviernos de Alaska. Que estar casada con el amor de mi vida sería suficiente para vencer cualquier desafío, incluso el miedo de que mi esposo muriera en cualquier jornada laboral. Que mi adoración por este hombre (y la atracción que había entre nosotros) iba a ser suficiente para superar *cualquier cosa* que me impusiera Alaska.

Wren mete las manos en los bolsillos de su chaleco a cuadros y se centra en el pompón verde del gorro tejido que lleva Calla.

—¿Al menos *has mirado* vuelos para Navidad? —me atrevo a preguntar como último recurso.

—No puedo tomarme tantos días de vacaciones, ya lo sabes.

—Wren, ¡eres el dueño de la empresa! —Señalo el logo de ALASKA WILD estampado en el avión con el que nos ha traído a Anchorage. Muchas aeronaves más, todas con este mismo emblema, completan la flota del negocio familiar de los Fletcher, una compañía que heredó después de la muerte de su padre—. ¡Puedes hacer lo que se te antoje!

—Hay personas que me necesitan, que cuentan conmigo.

—¡Soy tu esposa! ¡*Yo* te necesito! ¡*Nosotras* contamos contigo! —respondo con la voz rota por la impotencia.

Suelta un suspiro y se masajea las sienes.

—No podemos seguir dando vueltas en círculos. Cuando te casaste conmigo, ya sabías que Alaska era mi hogar. No puedes cambiar de opinión de repente y pretender que renuncie a toda mi vida.

Las lágrimas empiezan a rodar por mis mejillas. Me las seco con furia.

—¿Y qué pasa con *mi* vida? ¿Soy la única que va a hacer sacrificios por esta relación?

No planeaba enamorarme perdidamente de un piloto estadounidense mientras estaba en una despedida de soltera en Vancouver, pero así fue y, desde entonces, esta relación ha salido adelante por mí y mis esfuerzos. Había asumido esa responsabilidad con el fervor excesivo que puede tener una mujer locamente enamorada. Me había mudado a la Columbia Británica, en la otra punta del país, y me había apuntado a un programa de horticultura solo para estar más cerca de Alaska. Después, cuando me enteré de que estaba embarazada, dejé la universidad y me mudé al pueblo de Wren para poder casarnos y criar juntos a nuestra hija. Pero la mayor parte del tiempo me he sentido como una madre soltera, porque Wren siempre estaba en el maldito aeropuerto, en el aire o haciendo planes para seguir volando.

¿Y qué me quedaba a mí? Platos que se enfriaban de tanto esperar, una bebé que no dejaba de llamar a su padre y este suelo subártico e inhóspito en el que debería considerarme afortunada de poder criar malas hierbas. Seguí dándole a este hombre todo lo que tenía sin darme cuenta de que me estaba perdiendo en el camino.

Wren mira cómo despega un avión comercial desde el aeropuerto internacional que tengo a la espalda. No puede esperar a volver a estar en el aire, a alejarse de esta pelea infinita.

—Quiero que seas feliz. Si lo que necesitas es volver a Toronto, no te lo impediré.

Tiene razón; no podemos seguir con esto, sobre todo si no está dispuesto a sacrificar *nada* por que siga a su lado. ¿Cómo puede dejarnos ir así? Cuando le dije que mi billete era solo de ida, apenas se inmutó. Aunque no debería sorprenderme, él nunca se ha destacado por expresar sus sentimientos. Pero que nos haya traído hasta aquí, que deje nuestras cosas en el suelo frío y duro…

Quizá no nos quiere *lo suficiente*.

Ojalá mi madre tenga razón y algunos meses sin una esposa que le cocine y le caliente la cama hagan que lo vea todo en perspectiva. Se dará cuenta de que puede pilotar aviones *en cualquier lado*, incluso en Toronto.

Se dará cuenta de que no quiere vivir sin nosotras.

—Debo irme —digo y respiro hondo.

Me clava esos ojos grises y afilados, los mismos que me cautivaron cuatro años atrás. De haber sabido todo el dolor que iba a causarme el hombre guapo que se sentó a mi lado en un bar y pidió una botella de cerveza…

—Entonces, supongo que te veré cuando estés lista para volver a casa. —Hay una ronquera extraña en su voz que casi rompe mi voluntad.

Pero me aferro a esa última palabra para darme fuerzas: «casa».

Es eso: Alaska nunca será mi casa. O no lo ve o no quiere hacerlo.

Trago a través del doloroso nudo que se me ha formado en la garganta.

—Calla, dile adiós a tu padre.

—Chau, chau, pa-pi. —Abre y cierra la mano enfundada en un guante y le regala una sonrisa.

Feliz y totalmente inconsciente de que el corazón de su madre acaba de romperse.

Capítulo 1

Esa calculadora no es mía.

Sonrío con amargura mientras examino el contenido de la caja de cartón (cepillo y pasta de dientes, ropa de deporte, un paquete de pañuelos, una caja de ibuprofenos, un neceser y cuatro lápices labiales sueltos, laca, cepillo y los seis pares de zapatos que guardaba debajo de mi escritorio) y veo la carísima calculadora de escritorio. Solo ha pasado un mes desde que convencí a mi supervisor de que la necesitaba. El vigilante al que le encomendaron juntar todas mis cosas mientras me despedían debe haber pensado que era mía. Probablemente porque tiene escrito «Calla Fletcher» con marcador permanente a modo de advertencia para que no me la robaran.

La compró el banco, pero que se jodan, voy a quedármela.

Me aferro al minúsculo vestigio de satisfacción que me permite esa decisión mientras el metro navega por el túnel de la línea Yonge y miro fijamente mi reflejo en el vidrio, intentando con desesperación ignorar la espina que tengo clavada en la garganta.

El metro está tan tranquilo y despejado a esta hora que hasta puedo elegir asiento. No recuerdo la última vez que pasó. Llevo cuatro años apretujándome en vagones atiborrados y conteniendo la respiración por la mezcla de olores corporales y empujones constantes en los viajes del infierno de ida y vuelta al trabajo.

Pero hoy es diferente.

Acababa de darle el último sorbo a mi café con leche de Starbucks (tamaño venti) y de guardar los cambios del Excel cuando me llegó una solicitud de reunión con mi jefe. Me pedía que fuera a la Sala Algonquina. No lo pensé demasiado, tomé un plátano y la libreta y me dirigí a la pequeña sala de conferencias de la segunda planta.

Allí no solo estaba mi jefe, sino también el jefe de mi jefe y Sonia Fuentes, de Recursos Humanos, que sostenía un sobre de papel con mi nombre.

Me senté delante de ellos y los escuché recitar por turnos un discurso que ya traían preparado: que el banco acababa de implementar un nuevo sistema que automatizaba muchas de mis tareas como analista de riesgos y, por lo tanto, mi posición había dejado de existir; que era una empleada excepcional y que de ninguna manera esto se debía a mi rendimiento; que la compañía iba a apoyarme durante la «transición».

Debo ser la única persona en la historia de la humanidad que se ha comido un plátano mientras perdía el trabajo.

La «transición» empezaría de inmediato. Tan de inmediato que no me permitieron volver al escritorio para tomar mis cosas ni para despedirme de mis compañeros. Iban a escoltarme hasta el puesto de seguridad como a una criminal, donde me darían una caja con mis cosas y me acompañarían a la puerta. Aparentemente, ese es el protocolo estándar para despedir a los empleados de un banco.

Cuatro años de analizar hojas de cálculo hasta que me dolieran los ojos y de lamerles el culo a comerciantes egoístas con la esperanza de que hablaran bien de mí cuando apareciera alguna oportunidad de ascenso; cuatro años de quedarme hasta tarde para cubrir a otros analistas de riesgos, de planificar actividades de formación de equipos que no involucraran zapatos de bolos ni bufés libre. *Pero* nada de eso importó. Después de una reunión improvisada de quince minutos, estoy oficialmente desempleada.

Sabía que el sistema de automatización no tardaría en llegar. Sabía que reducirían la cantidad de analistas de riesgos y que redistribuirían las tareas. Pero, como una estúpida, estaba convencida de que era demasiado valiosa para que me despidieran.

¿Cuántas cabezas más habrán rodado hoy?

¿Solo la mía?

Oh, por Dios, ¿y si soy *la única* que ha perdido su trabajo?

Pestañeo para intentar alejar las lágrimas, aunque algunas logran escaparse. Con dedos veloces, tomo de la caja un espejo portátil y un pañuelo y me lo apoyo debajo de los ojos con delicadeza para no estropear el maquillaje.

El metro se detiene de golpe. Varias personas entran y salen disparadas como gatos callejeros para encontrar un asiento lo más lejos posible del resto de pasajeros. Todos menos un hombre con uniforme azul. Elige el asiento rojo que queda en diagonal desde donde estoy y se deja caer.

Inclino las rodillas hacia un lado para evitar rozar las de él.

Toma el gastado ejemplar de la revista *NOW* que alguien ha dejado en el asiento de al lado y empieza a abanicarse con él. Suelta un suspiro con un leve aroma a pastrami.

—Quizá debería quedarme aquí abajo, que está fresco. Con esta humedad, no quiero ni imaginarme salir —murmura para nadie en particular mientras se limpia las gotas de sudor que le bajan por la frente. Ignora por completo lo fastidiada que estoy.

Hago de cuenta que no lo escucho porque ninguna persona en su sano juicio habla sola en el metro. Tomo el móvil para releer los mensajes que le he enviado a Corey mientras estaba paralizada en Front Street, intentando procesar lo que acababa de ocurrir.

Me despidieron.

Mierda. Lo siento.

¿Podemos tomar un café?

No puedo. Atrapado. Clientes todo el día.

¿Por la noche?

Vemos. ¿Te llamo luego?

Esa pregunta ya me ha dejado claro que, a estas alturas, ni siquiera me garantiza una llamada rápida para consolar a su novia. Sé que últimamente se ha visto sometido a mucha presión. La agencia publicitaria en la que trabaja lo tiene esclavizado a fin de contentar a su cliente corporativo más grande (e indomable), y debe tener éxito en esta campaña si quiere tener posibilidades de conseguir el ascenso por el que lleva dos años luchando. Solo lo he visto un par de veces en tres semanas. No debería sorprenderme que no pueda dejarlo todo para encontrarse conmigo.

Sin embargo, no puedo evitar sentirme decepcionada.

—¿Sabes qué? En días como este desearía ser mujer. Pueden usar mucha menos ropa.

Esta vez, el hombre sudoroso me habla directamente a mí. Y a las piernas que la falda deja a la vista.

Lo fulmino con la mirada, junto los muslos y me alejo. Convierto mi pelo en una especie de cortina.

Por fin se da cuenta de que no estoy de humor.

—Ah, con que tienes uno de esos días. —Señala la caja que llevo en el regazo—. No te preocupes, no estás sola. He visto a muchas personas haciendo el paseo de la vergüenza a casa después de que las despidieran.

Diría que tiene cincuenta y pocos, con el pelo más blanco que negro y prácticamente inexistente en la coronilla. Un vistazo rápido a su camisa me muestra una etiqueta que dice WILLIAMSONS CUSTODIAN CO. Debe trabajar para una de esas empresas de limpieza que empresas como la mía subcontratan. Cuando trabajaba hasta tarde, los veía empujando tranquilamente sus carritos por los pasillos de los cubículos, tratando de no molestar a los empleados mientras vaciaban los contenedores de basura.

—He renunciado —miento mientras vuelvo a tapar la caja para alejar el contenido de sus ojos curiosos. Mi herida sigue demasiado abierta como para hablar del tema con un desconocido.

Sonríe de un modo que delata que no me cree.

—¿Y por qué has renunciado?

—No he renunciado —admito con un suspiro tembloroso—. Ya sabes, reestructuración.

—Oh, sí, lo sé bien. —Hace una pausa y me estudia con intención—. Pero ¿te gustaba tu trabajo?

—¿Hay alguien a quien le guste su trabajo?

—Eres muy joven para ser tan cínica. —Se ríe—. ¿Al menos te llevabas bien con tus compañeros?

Pienso en mi equipo. Mark, el jefe de mi área, con su aliento permanente a café y esas reuniones cuyo único propósito era validarse a sí mismo, tomaba nota del minuto en que te levantabas para ir a almorzar y el minuto en que volvías a tu escritorio. Tara, la obsesiva que no tenía vida fuera del trabajo, que se pasaba los fines de semana enviando correos con sugerencias para mejorar los procesos con el asunto: «¡Urgente! Se necesita respuesta» para sabotear la bandeja de entrada de todo el mundo a primera hora del lunes. Raj y Adnan eran bastante agradables, aunque nunca sugiriesen tomar algo después de la oficina y no pudieran soportar que les dijera ni un simple «Buenos días, ¿cómo estás?» sin ruborizarse. Y luego está May, que se sentaba en el escritorio de al lado, que *nunca* mandaba a tiempo sus informes y que comía col fermentada en el sitio de trabajo, aunque hay una regla de Recursos Humanos que prohíbe llevar a la oficina comidas con un olor fuerte. Me forzaba a dejar mi escritorio o tener náuseas durante diez minutos.

Cada.

Maldito.

Día.

—La verdad es que no —admito. Para ser sincera, no recuerdo la última vez que no tuve que luchar para salir de la cama o que no miré el reloj con insistencia para ver pasar las horas. Me encantaba el momento de apagar el ordenador y tomar el abrigo al final de la jornada.

—Entonces puede que el despido haya sido algo bueno —dice sonriendo.

—Sí, puede ser. —Se acerca la estación Davisville. Suspiro por el alivio que me produce poder terminar esta conversación sin ser alevosamente grosera y me deslizo en el asiento. Tomo la caja con un brazo y me aferro a la barra con firmeza a la espera de que el metro se detenga.

–No me preocuparía demasiado por eso. Eres joven. –El hombre se levanta del asiento cuando el vagón se detiene de golpe–. Y hay mucha oferta de lo tuyo. En un par de semanas estarás deslizando tu tarjeta de acceso en otro banco.

Solo intenta hacerme sentir mejor. Le dedico una sonrisa apretada pero amable.

Las puertas se abren y salgo hacia el andén. Siento la voz del hombre cerca, a mi espalda.

–¿Sabes qué? Hace quince años yo estaba igual que tú, cargando mi propia caja por el centro de Toronto. Aunque me habían herido el amor propio, también fue una buena patada en el culo. Decidí usar la indemnización para crear una empresa de limpieza con mis hermanos. Jamás creí que esa sería mi vocación, pero resultó ser lo mejor que me ha pasado. No quisiera estar haciendo otra cosa, ni siquiera en los peores días. –Guiña un ojo y agita el periódico enrollado en el aire–. Es el destino. Te esperan cosas mejores y más grandes, señorita. Lo sé.

Me quedo de pie en la plataforma, sosteniendo mi caja de cartón y observando cómo el hombre se dirige a la salida. Silba mientras, de paso, comprime los papeles del cesto de basura como si *de verdad* limpiar baños y barrer el suelo le hiciera feliz.

Aunque puede que tenga razón. Quizá perder mi trabajo acabe siendo de las mejores cosas que me han pasado.

Niego con la cabeza y comienzo a avanzar hacia la salida. Doy tres pasos y el fondo de la caja cede y todas mis pertenencias caen y se desparraman sobre el pavimento sucio.

Tengo la piel cubierta por una fina capa de sudor cuando llego arrastrando los pies al sendero de piedras de la entrada de nuestra casa, que está a diez minutos caminando de la estación. Hace quince años que vivo aquí con mi madre y mi padrastro, Simon, que les compró la propiedad a sus padres a un precio por demás conveniente. Fue una inversión muy inteligente porque los precios de las viviendas en Toronto no paran de subir. Cada día nos llaman agentes inmobiliarios que quieren ofrecerles a sus clientes esta casa victoriana de buen tamaño situada en un terreno espacioso y bien ubicado en una esquina. A lo largo de los años la han restaurado entera. La última tasación valuó la propiedad en dos millones de dólares.

Es casi mediodía. Solo quiero darme una ducha larga y caliente mientras lloro, arrastrarme a la cama y evitar cualquier interacción (bien intencionada o no) hasta mañana.

Estoy a punto de llegar a la entrada principal cuando se abre la puerta secundaria que lleva al consultorio psiquiátrico de Simon y una mujer diminuta y de mediana edad sale disparada, llorando, vestida con un traje pantalón que no le queda bien. Nuestros ojos se cruzan una fracción de segundo antes de que ella incline la cabeza y pase corriendo junto a mí hacia un verde neón. Debe ser una paciente. Supongo que la consulta no ha salido muy bien. O quizá sí. Simon siempre dice que los avances reales no son fáciles. Sea como sea, me reconforta saber que no soy la única que está teniendo un día de mierda.

Ya dentro de la casa, me quito los tacones y dejo caer al suelo la caja rota, feliz de deshacerme de ella. Dos de mis lápices labiales de cuarenta dólares se han roto al impactar contra el suelo del andén y mi zapato izquierdo para correr (de un par nuevo y caro) ahora vive al lado de las vías del metro. Durante un segundo consideré bajar a buscarlo, pero me imaginé el titular de los periódicos: «Analista de riesgos a la que acaban de despedir no mide el riesgo y salta hacia la muerte» y decidí que ese no era el motivo por el que me gustaría aparecer en las noticias.

—¿Hola? —grita mi madre desde la cocina.

Contengo un gruñido mientras inclino la cabeza hacia atrás. *Mierda*. Es verdad, es jueves. Los jueves no va a la florería hasta las dos.

—Soy yo.

El suelo de madera cruje mientras se acerca con su falda rosa y ligera acariciándole los tobillos.

Simon la sigue, con el chaleco de punto que lleva siempre y hace juego con sus pantalones. Da igual el calor que haga, él siempre tiene el aire acondicionado puesto.

Reprimo otro gruñido. Me imaginaba que él iba a estar en casa (casi *siempre* está en casa), pero esperaba que estuviera demasiado ocupado con su siguiente paciente como para escucharme entrar.

—¿Qué haces aquí? —Mi madre frunce el ceño mientras baja la mirada a la caja del suelo—. ¿Qué es eso?

A sus espaldas, Simon parece igual de preocupado.

Me veo obligada a repasar la horrorosa mañana, les entrego el sobre con mi acuerdo de despido y siento cómo me crece el nudo de la garganta mientras hablo. Hasta ahora he estado bien, pero cada vez me cuesta más mantener a raya las lágrimas.

—¡Oh, cariño! ¡Lo siento!

Mamá observa a Simon y sé exactamente por qué. Mike, el mejor amigo de Simon, es el vicepresidente del banco. Fue él quien me consiguió el trabajo. Me pregunto si Mike sabía que mi puesto era uno de los que se vería afectados. ¿Se lo habrá advertido a Simon? ¿Simon sabía cómo iba a terminar mi día cuando dejé los platos del desayuno en el lavavajillas y me despedí a primera hora?

Ya se está poniendo las gafas para estudiar los papeles del acuerdo.

Mientras tanto, mi madre me abraza y empieza a acariciarme el pelo como cuando era pequeña y necesitaba consuelo. Es cómico teniendo en cuenta que soy bastante más alta que ella.

—No te preocupes. Todos hemos pasado por esto.

—¡No! ¡Ninguno ha pasado por esto!

Simon siempre se queja de que tiene más pacientes de los que puede atender y mamá hace once años que tiene una florería en Yonge Street.

—Bueno, no, pero… le pasó a tu abuelo, y al hermano de Simon, Norman. Y a los vecinos, ¡no te olvides de ellos! —balbucea.

—Sí, ¡pero todos tenían cuarenta años! ¡Yo solo tengo veintiséis!

Mamá me mira exasperada, pero luego frunce todavía más el ceño, tanto que se le arruga la frente.

—¿A quién más han despedido?

—No lo sé. No he visto a nadie más en seguridad. —¿Puede ser que el resto de mi equipo esté cómodamente sentado en su escritorio, hablando sobre mí en este mismo momento? ¿Lo veían venir?

Me masajea los hombros.

—Bueno, es *obvio* que ese lugar lo dirigen un puñado de idiotas si están dispuestos a perder a su mejor empleada, sin mencionar la más inteligente. —Otra mirada a Simon pensando en Mike.

¿Qué iba a decir? Es mi madre. Pero… me hace sentir un poco mejor.

Apoyo la cabeza en su hombro, buscando consuelo en el delicado aroma floral de su perfume y en la suavidad de su contacto mientras miramos en silencio a Simon, que analiza los papeles, y esperamos su veredicto.

–Cuatro meses de paga con beneficios… Asesoramiento con una agencia de empleo… parece bastante estándar –dice Simon con ese acento británico digno de Hugh Grant al que todavía se aferra después de treinta años viviendo en Canadá–. Estás en una buena posición. No tienes que preocuparte del alquiler ni de una hipoteca. Tus gastos son mínimos. –Desliza las gafas por encima de su escaso pelo gris y me mira fijamente–. ¿Pero cómo te hace sentir?

Siempre me pregunta cómo me hacen sentir las cosas, sobre todo cuando sabe que no quiero hablar de eso. Es psiquiatra y no puede evitar psicoanalizar a todo el mundo. Mi madre siempre dice que es porque quiere enseñarme a sentirme cómoda con mis emociones. Lo hace desde el día en que lo conocí, cuando tenía ocho años y me preguntó cómo me hacía sentir que mi madre tuviera novio.

–Me hace sentir que necesito estar sola.

–Muy bien –asiente.

Junto mis papeles de despido y me dirijo a la escalera.

–Susan, ¿quieres decir algo más?

–¡Ahora no! –sisea ella.

Cuando me doy la vuelta, los encuentro comunicándose con una serie de miradas, gestos con las cejas y señales con las manos. Son famosos por hacer esto. Es divertido… cuando no tiene que ver conmigo.

–¿Qué pasa?

–Nada. Podemos hablarlo luego, cuando estés más tranquila –dice mi madre con voz suave y una sonrisa apretada.

–Solo dímelo. –Suspiro.

–Han llamado –suelta al fin. Duda–. De Alaska.

La incomodidad me recorre la columna vertebral. Solo conozco una persona en Alaska y hace doce años que no hablo con él.

—¿Qué quería?

—No lo sé. No he llegado a tomar el teléfono y no ha dejado ningún mensaje.

—Supongo que no será nada.

Su ceño fruncido me indica que no piensa lo mismo. Incluso cuando nos hablábamos, nunca era él quien hacía el esfuerzo de calcular la diferencia horaria para llamar.

—Quizá deberías llamarlo.

—Mañana. —Sigo subiendo las escaleras—. Hoy ya he llegado a mi límite de decepciones.

Y mi padre ya ha sobrepasado el límite de toda una vida.

Capítulo 2

–¿Sales? –Simon mira su reloj. No puede entender que me junte con mis amigos a las once de la noche. Pero tiene cincuenta y seis años y no sale de casa si no es porque mi madre lo obliga. Para él la diversión es servirse una copa de jerez y mirar el último documental de la BBC–. Quizá yo también salga.

Simon me mira por encima de las gafas y hace un rápido y paternal escaneo de mi vestimenta antes de devolver la mirada al libro.

Llevo el vestido negro más corto y apretado y los tacones más altos que tengo en el armario. En otra situación hubiese pensado que esa combinación era digna de una prostituta, pero, para un sofocante jueves de julio, es prácticamente un uniforme.

Simon nunca suele criticar mi forma de vestir y se lo agradezco. Solo Dios sabe el significado que puede tener el conjunto de hoy. ¿Un intento de subirme la autoestima después de que me destruyeran el orgullo? ¿Quizá un grito desesperado por amor y atención? ¿Complejo de Edipo no resuelto?

–¿Con los mismos de siempre?

–No. Están todos de viaje. Solo con Diana. –Y Aaron. Estoy segura. No pueden estar tanto tiempo en una discoteca el uno sin el otro. Mi mejor amiga suele exigir noches de chicas y luego se hace la sorprendida cuando aparece su novio, aunque anteriormente la haya visto enviarle nuestra ubicación.

—¿Y Corey?

—Trabaja hasta tarde —murmuro, incapaz de ocultar mi fastidio.

Quiere que nos veamos el sábado para «desestresarnos», dijo en su último mensaje. En otras palabras, «follar». Normalmente no me molestan los mensajes de ese tipo. Pero hoy es diferente. Hoy sí me molesta. El hecho de que no pueda encontrar ni diez minutos para llamarme y ver si estoy bien después de que me despidieran es una carga que no me saco de encima. ¿Cuándo se obsesionó tanto con su carrera y ese ascenso que me convertí en un personaje secundario?

¿Y cómo no me di cuenta antes?

—He encontrado esa fotografía en la basura. La que les sacaron juntos el verano pasado. —Simon frunce la boca.

—Se ha arrugado al romperse la caja.

—Es muy bonita.

—Sí.

Nos la sacamos en junio, en la cabaña que tiene mi amiga Tania en Lake Joe, el mismo sitio en que nos conocimos cuando él fue a visitar a un amigo que vivía a tres casas de distancia. Nos cruzamos mientras íbamos en kayak, en la parte tranquila de un lago bastante concurrido. Nos paramos, nos quedamos flotando uno junto al otro e intercambiamos los saludos entusiastas de quien cree que tendrá un gran día. Me llamaron la atención sus rizos suaves y rubios; su fascinante sonrisa y la risa tranquila que la acompañaba. Me hice todavía más ilusiones cuando me enteré de que vivía en High Park y que trabajaba a solo ocho minutos de mi oficina.

Para el momento en que remamos de vuelta a nuestros respectivos muelles, uno al lado del otro, ya habíamos quedado para almorzar. Y esa noche, en el fogón que hicimos en casa de Tania, jugamos a mancharnos los labios con malvaviscos derretidos.

En esa foto estábamos sentados en una pila de rocas grises que desembocaban en el lago. Pinos centenarios de fondo. Los brazos largos y delgados de Corey abrazándome por los hombros, sonriendo, completamente enamorados. Fue la época en la que nos veíamos al menos cuatro veces por semana, cuando hacíamos planes adaptados a los horarios del otro, cuando me respondía los mensajes con bromas cursis cuando apenas habían pasado treinta segundos desde que los había enviado, cuando le encargaba flores a mi madre una vez por semana y le pedía que me las pusiera en la mesita de noche (lo que había hecho que la adorara desde el primer momento), cuando tenía que empujarlo (entre risas, por supuesto) porque quería robarme un último beso, sin importar quién estuviera mirando.

Pero, en algún punto del camino, las cosas habían cambiado. Las flores ya no llegaban todas las semanas; las respuestas a los mensajes tardaban horas. Y los besos solo aparecían como preludio de otra cosa.

Quizá estábamos más cómodos con la relación.

Quizá estábamos demasiado cómodos.

Quizá teníamos que sentarnos a hablar.

Alejo todos esos pensamientos.

—Puedo imprimir otra.

Simon vuelve a mirarme, con una leve expresión de preocupación. Adora a Corey, posiblemente más que mi madre. Pero siempre han sido cariñosos con mis novios, y han sido bastantes los que han atravesado la puerta a lo largo de los años.

Aunque es verdad que Corey es el mejor de todos. Es inteligente, conversador y tolerante. Las comisuras de los ojos se le arrugan cuando sonríe y es experto en prestar atención. Le importa lo que los otros piensan de él, pero en el buen sentido, lo que hace que se contenga incluso cuando está enfadado, porque tiene miedo de arrepentirse de lo que pueda llegar a decir. Siempre me ha tratado bien... Nunca se queja cuando lo obligo a llevarme el bolso, siempre me sostiene la puerta para que pueda pasar y se ofrece a hacer él la cola de la barra cuando me apetece una bebida. Un verdadero caballero. Y sexy.

¿Qué padres no querrían que su hija estuviera con un chico como Corey?

Y, ¿por qué, mientras repaso mentalmente los mejores atributos de Corey, me siento como si estuviera intentando convencerme de ellos?

—Bueno... Tengan cuidado con lo que beban y no se separen —murmura Simon.

—De acuerdo. Dale un beso de buenas noches a mamá de mi parte. —Es temporada de bodas y se ha ido a dormir temprano para descansar todo lo posible antes de tener que madrugar para acabar los ramos del fin de semana.

Ya estoy en la puerta principal cuando escucho que Simon grita:

—No te olvides de bajar la basura.

—Lo haré cuando vuelva —gruño y llevo la cabeza hacia atrás.

—¿A las tres de la noche? —pregunta de forma relajada. Sabe perfectamente que lo último que haré cuando vuelva dando tumbos será bajar la basura al contenedor de residuos reciclables.

Abro la boca y estoy a punto de rogarle a mi padrastro que lo haga por mí, solo por esta vez...

—Sacar la basura una vez a la semana como única contribución a esta casa es bastante mejor que tener que pagar el alquiler y la comida, ¿no?

—Sí —murmuro.

Es verdad. Tenemos una empleada que se ocupa de la limpieza y de lavar la ropa dos veces por semana. Mamá se encarga de que nos traigan frutas, verduras y viandas listas para comer preparadas en una cocina orgánica, alimentada a granos, sin gluten, sin hormonas, sin colesterol y sin lactosa, así que casi nunca tengo que cocinar ni que hacer las compras. Y, además, cuelo mis blusas y vestidos en la pila de chalecos tejidos y pantalones pinzados que Simon lleva a la tintorería.

Soy una mujer de veintiséis años sin deudas que vive de la caridad de sus padres pese a haber tenido un salario decente los últimos cuatro años y no recibe quejas de ninguno de los dos porque les encanta tenerme aquí y yo adoro el estilo de vida que puedo llevar por seguir viviendo aquí. Así que sí, lo menos que puedo hacer es sacar la basura una vez por semana. Pero eso no me impide que agregue:

—Solo me obligas a hacerlo porque tú lo odias.

—¿Por qué otra razón crees que te hemos permitido quedarte tanto tiempo? —grita mientras cierro la puerta a mis espaldas.

—Nos vemos allí.

Las ruedas del cubo retumban contra el suelo mientras lo arrastro con una mano; con el móvil apretado contra la oreja, paso junto al Audi de mi madre y el Mercedes de Simon. La nuestra es de las pocas casas que tienen entrada para vehículos, una lo suficientemente grande como para que quepan tres coches. Casi todos tienen que luchar por encontrar aparcamiento en la calle, lo que es especialmente molesto en invierno, cuando la competencia no solo es contra otros coches, sino también contra bancos de nieve de dos metros.

—¡No vamos a entrar en ningún lado si no te das prisa! —grita Diana al otro lado del teléfono, con pánico en la voz.

—Relájate. En algún lado nos van a dejar pasar, como *siempre* que salimos. —En algún lugar en el que podamos coquetear con el tipo de seguridad o, en el peor de los casos, darle algunos billetes a escondidas para que nos deje saltarnos la fila que se inventan para hacernos creer que la discoteca está llena, aunque el interior parezca un pueblo fantasma.

Ser dos mujeres jóvenes y atractivas tiene sus beneficios y esta noche pienso aprovecharlo. Si bien me siento fatal por dentro, lo he compensado arreglándome más por fuera.

—Mi Uber ya está en camino. Elige un lugar y envíame la ubicación. Te veo en quince minutos. —Más bien veinticinco, pero Diana me va a dejar sola si se lo digo.

Apoyo el móvil en el capó del coche de Simon, junto a mi bolso, y arrastro el cubo hasta los contenedores, con cuidado de no romperme una uña. Después vuelvo para tomar el cubo de residuos orgánicos.

Percibo un movimiento por el rabillo del ojo un segundo antes de sentir que algo suave me acaricia la pierna. Doy un salto hacia atrás con un grito, pierdo el equilibrio, tropiezo y caigo de bruces contra un rosal lleno de espinas. Un mapache enorme sale disparado a mi lado. Otro lo sigue a toda velocidad y me chilla con rabia.

—¡Maldita sea!

La caída ha sido dura y es posible que me salga un hematoma, pero en este momento lo que más me duele es ver lo que tengo al lado del pie: el tacón de quince centímetros. Despegado del zapato. Me quito lo que queda del talón roto y lo apunto hacia los mapaches, que ya están debajo del coche, a salvo de mi violencia. Me miran y el haz de luz de la lámpara del porche hace que les resplandezcan los ojos.

Se abre la puerta principal y aparece Simon.

–Calla, ¿sigues aquí? –Me mira desparramada en el jardín.

–Tim y Sid han vuelto –murmuro. Después de visitar nuestra propiedad todos los jueves por la noche durante casi un año, habían dejado de venir. Asumí que habían encontrado otra familia a la que atormentar o que los había atropellado un coche.

–Sospechaba que iban a volver. –Entrecierra un poco la puerta–. Te llaman de Alaska.

–No estoy –murmuro negando con la cabeza.

Simon arquea sus cejas tupidas y espera con los brazos extendidos. Jamás me cubriría. El psiquiatra que lleva en el interior cree que debemos enfrentarnos a los problemas y no evitarlos.

Y, según él, mi mayor problema es mi relación con Wren Fletcher. O la falta de relación, porque apenas lo conozco. *Creía* que lo conocía. Antes. Cuando marcaba su número y mientras sonaba me imaginaba el salón y la casa de la persona que había al otro lado. Por supuesto que sabía cómo era mi verdadero padre. Mi madre me había enseñado algunas fotos suyas, con su pelo desaliñado del color de la mantequilla de cacahuate y sus ojos grises y amables, vestido con un abrigo a cuadros azules y negros y vaqueros en pleno agosto, de pie delante de una formación de aviones. Ella decía que era un guapo tosco y, de algún modo, sabía a qué se refería pese a no poder entenderlo del todo por mi corta edad.

A veces no respondía y yo me pasaba toda la semana desconsolada, pero otras, cuando tenía suerte, lo encontraba justo entrando o saliendo. Hablábamos durante algunos minutos sobre la escuela o mis amigos, o mis pasatiempos del momento. Solo hablaba yo, pero ni me daba cuenta, me gustaba poder hacerlo. Mi madre decía que mi padre nunca fue muy hablador.

También decía que nunca viviríamos juntos como una familia. Que la vida de mi padre estaba en Alaska y la nuestra en Toronto, y que era imposible cambiarlo. Hice las paces con eso bastante rápido. No me quedaba otra opción. Sin embargo, siempre le pedía que viniera a visitarme. Si tenía todos esos aviones, ¿por qué no podía subirse a uno y venir?

Siempre tenía una excusa y mi madre nunca intentó defenderlo. Lo conocía demasiado bien.

Pero yo solo podía verlo a través de los ojos embelesados de una niña que está desesperada por conocer al silencioso hombre que había al otro lado del teléfono.

Me levanto, me limpio el polvo de las piernas y llego hasta los escalones de entrada saltando en un pie y mirando de reojo a mi padrastro, paciente y comprensivo.

Finalmente tomo el teléfono.

–Hola.

–Hola, ¿Calla? –pregunta una mujer.

–Sí, ¿quién es? –Miro a Simon, extrañada.

–Me llamo Agnes, soy amiga de tu padre. He encontrado tu número entre sus cosas.

–Bueno… –En mi interior se enciende una inesperada chispa de miedo. ¿Por qué estaba revolviendo entre sus cosas?–. ¿Le ha pasado algo?

–Supongo que podría decirse que sí. –Hace una pausa y contengo la respiración por miedo a la respuesta–. Tu padre tiene cáncer de pulmón.

–Oh. –De pronto, siento que me tiemblan las piernas y tengo que sentarme en los escalones. Simon se sienta a mi lado.

–Sé que su relación es difícil, pero pensé que te gustaría saberlo.

—¿Difícil? Más bien diría inexistente. Hay una larga pausa—. Yo me he enterado de casualidad, porque encontré una copia de los resultados en un bolsillo cuando fui a lavarle la ropa. No sabe que te he llamado.

Escucho lo que no dice: él no iba a contarme que tenía cáncer.

—Y… ¿es grave?

—No estoy segura, pero los médicos le han recomendado un tratamiento. —Tiene la voz aflautada y un leve acento que me recuerda al de mi padre, o a lo que recuerdo de él. No sé qué más decir.

—De acuerdo. Bien…, estoy segura de que los médicos saben lo que están haciendo. Gracias por llamar y ponerme al tanto…

—¿Por qué no le haces una visita?

Abro la boca de par en par.

—¿Visita? ¿Te refieres a ir *a… Alaska*?

—Sí. Pronto. Antes de que empiece el tratamiento. Te pagaremos el billete si hace falta. Es temporada alta, pero he encontrado un asiento en el vuelo de este domingo.

—¿*Este* domingo? ¿Dentro de tres días?

—Jonah irá a buscarte para completar el otro tramo.

—Disculpa, ¿quién es *Jonah*? —La cabeza me da vueltas.

—Ah, sí. Lo siento. —Su risa es suave y melodiosa en mi oído—. Es nuestro mejor piloto. Se asegurará de que llegues sana y salva.

«*Nuestro* mejor piloto. *Te pagaremos el billete*». Ha dicho que era una amiga, pero empiezo a sospechar que es algo más que eso.

—Y a Wren le encantará verte.

—¿Te lo ha dicho él? —vacilo.

—No es necesario. —Suspira—. Tu padre… es un hombre complicado. Pero te quiere. Y se arrepiente de muchas cosas.

Puede que a esta Agnes no le molesten todas las cosas que Wren Fletcher no hace ni dice, pero a mí sí.

—Lo siento. No puedo subirme a un avión e irme a Alaska así sin más… —Mis palabras quedan flotando en el aire. En realidad, no tengo trabajo ni grandes compromisos. Y, en lo que respecta a Corey, probablemente podría ir y volver sin que se diera cuenta.

Podría irme así sin más, pero esa no es la cuestión.

—Sé que es mucha información y que tienes que procesarla, pero, por favor, piénsalo. Tendrías la oportunidad de conocer a Wren. Creo que te caerá muy bien. —Se aclara la garganta—. ¿Tienes algo para escribir?

—Ehmm… Sí. —Tomo el bolígrafo que Simon lleva en el bolsillo de la camisa (siempre puedo contar con que tenga uno a mano) y garabateo el número de Agnes en la palma de Simon, aunque probablemente haya quedado registrado en el identificador de llamadas. También me da su dirección de correo electrónico.

Cuando cuelgo, estoy mareada.

—Tiene cáncer.

—Me imaginaba que sería algo de eso. —Simon me abraza por los hombros y me acerca a él—. Y la mujer que te ha llamado quiere que vayas a visitarlo.

—Agnes. Sí. *Ella* quiere que lo visite. *Él* no me quiere allí. Ni siquiera pensaba contármelo. Se iba a morir así, sin avisarme ni advertirme. —Se me quiebra la voz. Este hombre al que ni siquiera conozco puede herirme mucho.

—¿Y eso cómo te hace sentir?

—¡¿Cómo crees que me hace sentir!? —estallo, las lágrimas amenazan con desbordarse.

Simon sigue calmado y entero. Está acostumbrado a que le griten por sus preguntas (mamá, yo y sus pacientes).

—¿Quieres ir a Alaska a conocer a tu padre?

–No. –Levanta una ceja y yo suspiro, exasperada–. ¡No lo sé!

¿Qué *se supone* que debería hacer con esta información? ¿Cómo *se supone* que debería sentirme ante la posibilidad de perder a una persona que solo me ha hecho daño?

Nos quedamos sentados en silencio, observando cómo Sid y Tim salen de debajo del coche. Les rebotan las colas mientras se dirigen a los cubos. Se paran sobre las patas traseras y golpean el cesto azul para intentar tumbarlo con el peso de sus cuerpos. Parlotean todo el tiempo y apenas se molestan en mirar ocasionalmente a su audiencia. Suspiro.

–Nunca se ha molestado en conocerme. ¿Por qué debería hacerlo yo?

–¿Habrá un mejor momento? –Así es Simon. Siempre responde una pregunta con otra pregunta–. Déjame preguntarte esto: ¿crees que ganarás algo yendo a Alaska?

–¿Aparte de una foto con la persona que le donó esperma a mamá? –Simon hace una mueca de desaprobación por mi pobre intento de chiste–. Lo siento –murmuro–. Supongo que no tengo muchas expectativas puestas en un hombre que en veinticuatro años no se ha preocupado por ver a su hija.

Se suponía que iba a venir a Toronto. Me llamó cuatro meses antes de mi graduación de octavo para decirme que iba a asistir. Me puse a llorar al colgar el teléfono. Todo el enfado y el resentimiento que había acumulado a lo largo de los años por todos los cumpleaños y fechas importantes que se había perdido se desintegró al instante. De verdad creía que iba a estar allí, que iba a sentarse en la tribuna con una sonrisa orgullosa. Lo creía, hasta que llamó dos días antes de la ceremonia para decirme que había surgido «algo». Una emergencia en el trabajo. No dijo nada más.

Mi madre se comunicó con él. Escuché su voz agitada a través de las paredes. Escuché el ultimátum que le dio entre lágrimas: u ordenaba sus prioridades y por fin hacía algo por su hija o desaparecía de nuestras vidas para siempre, incluida la mensualidad que enviaba.

Nunca apareció.

Y cuando subí al escenario para recibir mi reconocimiento académico, tenía los ojos hinchados, una sonrisa forzada y la promesa interior de que nunca más volvería a confiar en él.

Simon duda, su mirada sabia se pierde en la oscuridad.

—¿Sabías que tu madre seguía enamorada de Wren cuando nos casamos?

—¿Qué? No, no puede ser.

—Sí. *Muy* enamorada.

—Pero se casó contigo. —Frunzo el ceño.

—Pero eso no quiere decir que no siguiera queriéndolo. —Le da vueltas a algo—. ¿Recuerdas cuando tu madre pasó por esa etapa en la que se cambiaba el color de pelo, hacía ejercicio casi todos los días y cualquier cosa que yo hacía la irritaba?

—Tengo un vago recuerdo, pero sí.

Se había teñido el pelo de rubio platino y empezó a ir a yoga obsesivamente para revertir los efectos de la mediana edad y volver a endurecer el cuerpo. Le tiraba comentarios maliciosos a Simon entre los sorbos del primer café de la mañana, señalaba sus defectos personales en el almuerzo e iniciaba peleas colosales sobre todo lo que él *no era* durante la cena.

Recuerdo que pensé que era raro, que nunca los había visto discutir y mucho menos con tanta frecuencia.

—Todo eso empezó después de que Wren llamara para anunciar que iba a venir.

—No, no fue así —empiezo a discutir, pero me detengo. Simon debe tener mucho más claro que yo ese momento.

—Cuando tu madre dejó a Wren, lo hizo esperando que cambiara de idea respecto a lo de vivir en Alaska. No fue así, pero ella nunca dejó de quererlo. En algún momento, se dio cuenta de que tenía que seguir con su vida. Me conoció y nos casamos. Y luego, de la nada, él iba a venir, volvería a formar parte de su vida. No sabía cómo lidiar con la situación de verlo después de tantos años. Estaba... contrariada por sus sentimientos por ambos. —Si a Simon lo aflige admitir esto, no lo demuestra.

—Seguro que para ti fue muy difícil. —Se me estruja el corazón por el hombre al que he llegado a conocer y a querer como mucho más que un simple reemplazo para mi padre biológico.

—Lo fue. Pero vi un cambio después de tu graduación. Estaba menos ansiosa. Y dejó de llorar. —Simon sonríe con tristeza.

—¿Lloraba?

—Por las noches, cuando pensaba que yo ya estaba dormido. No siempre, pero sí con frecuencia. Supongo que era la culpa que la acechaba por seguir sintiendo cosas por él. Y el temor por lo que podía llegar a pasar cuando volviera a verlo, sobre todo porque llevábamos poco tiempo casados.

¿Qué es exactamente lo que está sugiriendo Simon?

Aprieta los labios mientras se limpia las gafas con la manga.

—Creo que al fin aceptó que no iban a tener la relación que tanto anhelaban. Que querer que alguien sea lo que no es no sirve de nada. —Simon duda—. Puede sonar egoísta, pero debo admitir que no me desagradaba el hecho de que nunca viniera. Saltaba a la vista que, si Wren hubiera estado dispuesto a dejar su ciudad, nuestro matrimonio habría llegado a su fin. —Juguetea con la alianza de oro que lleva en el dedo anular–. Siempre quedaré segundo si compito contra ese hombre. Ya lo sabía cuando le pedí que se casara conmigo.

–¿Pero entonces por qué te casaste con ella? –Me alegra que lo haya hecho, por ella y por mí, pero lo que dice parece bastante extraño.

–Porque, aunque Susan estuviera locamente enamorada de Wren, *yo* estaba locamente enamorada de *ella*. Todavía lo estoy.

Eso lo sé. Lo vi en cada mirada sostenida, en cada beso al pasar. Simon quiere a mi madre con locura. En su boda, mi abuelo dio un discurso ligeramente inapropiado en el que dijo que eran una pareja extraña porque mi madre es una mujer llena de vida e impulsiva y Simon es práctico y tranquilo, un alma vieja. «Es un amor inesperado, pero estoy jodidamente seguro de que la hará mucho más feliz que *el anterior*», fueron las palabras exactas de mi abuelo delante de cientos de invitados.

Pero es probable que el viejo tuviera razón, porque Simon equilibra a mi madre y le concede cada uno de sus deseos y caprichos. Se van de vacaciones a destinos tropicales y se hospedan en hoteles lujosos con todo incluido aunque él preferiría conocer el polvo de iglesias y bibliotecas antiguas; es su mula de carga cuando ella decide renovar el armario y arrastra incontables bolsas por las calles de Yorkville; a ella le encanta pasar los domingos viajando a los mercados del campo y él siempre la lleva, aunque vuelva a casa estornudando por haber estado expuesto a docenas de alérgenos que lo acechan; eliminó el gluten y la carne roja de su dieta porque mamá decidió que ya no quería comerlos. Cuando redecoramos la casa, mamá eligió una paleta de grises y púrpuras pálidos. Al poco tiempo, Simon me confesó que detesta pocas cosas en la vida y, por extraño que parezca, el color púrpura es una de esas cosas.

En el pasado, me burlé en silencio del desgarbado caballero inglés por no imponerse a mi madre, por no perder la paciencia. Pero ahora, mirándonos cara a cara (hace tiempo que el pelo abandonó la línea frontal), no puedo dejar de admirarlo por todo lo que ha tenido que aguantar por quererla.

–¿Alguna vez admitió sus sentimientos? –me atrevo a preguntar.

–*No*. –Simon tose y frunce mucho el ceño–. *Jamás* admitiría una cosa así, ni siquiera intenté que me lo contara. Eso solo serviría para revolver una culpa que no nos hace bien a ninguno de los dos.

–Claro. –Suspiro–. Entonces, ¿debería ir a Alaska?

–No lo sé. ¿Deberías?

–¿Por qué no puedes ser un padre normal y *decirme* lo que tengo que hacer? –digo poniendo los ojos en blanco.

Simon sonríe de esa forma que me indica que, en su interior, está encantado de que me refiera a él como «mi padre». Aunque siempre diga que me ve como a su hija, creo que le hubiera gustado tener hijos propios, si mi madre hubiese estado dispuesta.

–Déjame preguntarte una cosa: ¿qué fue lo primero que pensaste cuando Agnes te dijo que tu padre tenía cáncer?

–Que se va a morir.

–¿Y qué te hizo sentir eso?

–Miedo. –Ya veo hacia dónde está yendo Simon–. Me dio miedo haber perdido la oportunidad de conocerlo. –Porque, sin importar el tiempo que haya pasado tirada en la cama preguntándome si mi padre me quería, la niña que vive en mi interior todavía quiere que la respuesta sea «sí».

–Entonces creo que deberías ir. Pregúntale lo que necesites y conócelo. No por él, sino por ti. Para que no tengas que vivir con arrepentimiento. Además… –choca su hombro contra el mío–, no creo que tengas muchas urgencias que atender en este momento de tu vida.

—Qué extraño cómo ha salido todo, ¿no? —murmuro pensando en el hombre con el que me he cruzado en el metro—. Debe ser el destino.

Simon me mira sin expresión y me río. No cree en el destino. Ni siquiera cree en la astrología. Cree que las personas que creen en el horóscopo reprimen algún tipo de problema. Suspiro.

—Tampoco es que viva en la parte *bonita* de Alaska.

A decir verdad, no recuerdo *ninguna parte* del poco tiempo que viví allí... ni la bonita ni la fea. Pero mi madre ha usado el término «páramo árido» tantas veces que me quitó las ganas de conocerlo. Aunque tiene una tendencia a la exageración. Además, le encanta la ciudad. No aguanta estar en Muskokas más de una noche, y se baña en repelente cada quince minutos mientras les recuerda a sus acompañantes el riesgo de contraer el virus del Nilo.

—Lo voy a pensar.

Empiezo a reorganizar mentalmente mi agenda. Y gruño. Si me voy el domingo, me perderé el turno en la peluquería. Quizá pueda rogarle a Fausto que me lo mueva al sábado por la mañana. Poco probable. Siempre hay que pedirle una cita con cuatro semanas de antelación. Por suerte me podré hacer las uñas el sábado por la tarde y me hice las pestañas la semana pasada.

—*Acabo* de pagar diez clases de yoga. ¿Y qué pasa con el squash? Mamá tendrá que buscar alguien que me reemplace.

—Pudiste solucionar todas esas cosas cuando te fuiste Cancún el año pasado.

—Sí... Supongo que sí —admito con desgano—. Pero Alaska está a un millón de horas.

—Solo medio millón —bromea Simon.

—¿Al menos me recetarás...?

—No.

—¿Entonces qué gracia tiene tener un padrastro con un talonario de recetas? —Exagero un suspiro. Mi móvil empieza a sonar desde el capó del coche de Simon—. Mierda, es Diana. Está haciendo fila en algún lado, asesinándome con la mente. —Como si ese fuera una señal, un Nissan negro dobla la esquina—. Y ese es mi Uber. —Miro el tacón que falta y el vestido sucio—. Tengo que cambiarme.

Simon se incorpora y camina hacia el cesto de basura, que sigue esperando.

—Creo que puedo ocuparme de este. Solo por esta vez. Después de todo, es verdad que has tenido un día muy malo.

Inclina el cesto con un movimiento extraño que hace que Tom y Sid corran a buscar refugio hasta que consigue que se aguante sobre las ruedas. Simon es una persona entrañable, pero la fuerza y la coordinación no están entre sus habilidades. Mamá intentó varias veces que se apuntara al gimnasio para que ganara algo de músculo, pero siempre fracasó.

Entonces me golpea un pensamiento.

—¿Qué harás con la basura si me voy a Alaska?

—Bueno, se ocupará tu madre, por supuesto. —Espera un segundo antes de girarse para ver mi sonrisa desconfiada y murmura con ese acento británico seco—: Eso será el bendito invierno en el infierno, ¿no crees?

Capítulo 3

—*Tienes* que ir —grita Diana por encima de unos bajos ensordecedores y hace una pausa para dedicarle una sonrisa al camarero cuando deja nuestras bebidas en la barra—. Es precioso.

—¡Nunca has ido a Alaska!

—Bueno, *no*, pero he visto *Hacia rutas salvajes*. Todo ese desierto, la naturaleza, las montañas… Solo ten cuidado con las bayas. —Con un gesto dramático, para que el camarero la vea, deposita un billete de diez dólares en la lata de propinas. Un truco para que nos atiendan primero cuando volvamos por más.

Pero los ojos del camarero están ocupados bajando por el escote pronunciado de mi vestido azul cobalto, lo primero que encontré en el armario. Es guapo pero bajito, musculoso, tiene la cabeza rapada y un brazo completamente tatuado (mi prototipo es alto, delgado, sobrio y sin tatuajes) y, además, no estoy de humor como para coquetear por copas gratis.

Le dedico una sonrisa y devuelvo mi atención a Diana.

—El oeste de Alaska no es así.

—Salud. —Tomamos un chupito al mismo tiempo—. ¿Y cómo es? Pongo una mueca por la bebida.

–Llano.

–¿A qué te refieres? ¿Llano como las praderas?

–No, quiero decir que, sí, es probable que sea así de llano, pero hace *mucho* frío. Frío *ártico*.

Mientras que nuestras provincias del centro oeste alojan a la gran mayoría de las granjas del país, nada crece donde vive mi padre. La época de siembra es demasiado corta. Al menos es lo que dice mi madre, que tiene una Licenciatura en Ciencias Botánicas por la Universidad de Guelph. Si alguien sabe del tema, creo que es ella.

–¿Ártico? –Los ojos azules de Diana se abren por el entusiasmo–. En serio, piensa en lo increíble que puede ser para Calla&Dee. Fuiste tú la que dijo que teníamos que encontrar una perspectiva original. *Tú* dijiste que teníamos que salir de la ciudad.

–Me imaginaba algo como una escapada a Sandbanks o Lake of Bays. –Sitios nuevos y pintorescos a los que podemos llegar en unas pocas horas en coche.

–¿Que hay más original y más lejos de la ciudad que una bloguera en *el Ártico*? –El lápiz labial púrpura mate de Diana se arquea en una sonrisa esperanzada. No tengo ninguna duda de que en su cabeza se está formando una telaraña de ideas.

El año pasado fundamos una modesta web llamada Calla&Dee, un medio para compartir nuestra pasión por los últimos tonos de labiales o modelos de zapatos, solo por diversión. Debería haber sabido que, cuando Diana me propuso que dividiéramos los gastos del diseñador web, sus aspiraciones para este proyecto eran ambiciosas y que esperaba que este pasatiempo la llevara a algún lado.

Ahora nos pasamos *todo el día* intercambiando textos para el sitio: ideas para futuras publicaciones, cosas que parecen estar funcionando, tenemos secciones (moda, gastronomía, belleza y entretenimiento) y un riguroso cronograma de publicaciones que cumplir. Me paso los viajes al trabajo y las pausas para almorzar revisando otros blogs para enterarme de las novedades (tiendas que anuncian liquidaciones, referentes de la industria de la moda que anuncian las últimas tendencias, otros blogueros que empiezan a seguirnos con la excusa de formar redes). Las noches me las paso actualizando los enlaces, subiendo contenido, renovando el diseño; tareas que Diana aborrece, pero que a mí no me molestan y que resulta que se me dan bien.

Las dos nos reunimos los jueves por la noche, siempre en un restaurante diferente, para pensar ideas y degustar cartas para la sección "De picoteo por la ciudad". Un sábado al mes revolvemos en los estantes de liquidación en busca de ropa para nuestro propio armario y los domingos por la tarde vamos al centro de Toronto a aprovechar las escenografías que ofrece (los grafitis coloridos de los callejones, los cerezos en flor durante la primavera en High Park, el pintoresco mercado navideño de Distillery). Llevamos la cámara Canon carísima de Simon, nos cambiamos en el asiento trasero de la furgoneta de Diana y nos turnamos para hacer ver que no estamos posando para la cámara. Jamás me imaginé que iba a aprender tanto sobre los puntos de fuga, la velocidad del obturador y la regla de los tercios. Todo para conseguir la foto perfecta: ropa bonita en bancos con fondos desenfocados y frases motivadoras sobre el amor, la felicidad y la espiritualidad.

Todo el tiempo nos perdemos en conversaciones de «y si...». ¿Y si llegamos a los cien mil seguidores? ¿Y si las empresas empiezan a mandarnos ropa y muestras de maquillaje para que publicitemos y ya no tenemos que gastarnos la mitad del sueldo? ¿Y si nos hacemos famosas en Instagram?

Para mí, es soñar despierta.

Para Diana, es un objetivo.

Todavía nos queda un largo camino que recorrer para entrar en los *rankings* y, últimamente, solo me pregunto si todos nuestros esfuerzos no habrán sido en vano. Después de un año de trabajo duro, hemos conseguido la modesta y frustrante cifra de cuatrocientos visitantes recurrentes. En cada uno de nuestros Instagram (las dos mitades de Calla&Dee) tenemos más. Diana tiene el triple, y no me sorprende porque está *obsesionada* con seguir los últimos consejos y trucos de los expertos para construir una audiencia, editar fotos, etiquetar correctamente y redactar frases alegres e inspiracionales. Responde a *todos y cada uno* de los comentarios que le deja la gente y se pasa los almuerzos interactuando con extraños con la esperanza de captar su atención y lograr que la sigan.

Pero, pese a sus esfuerzos y a su implacable determinación, no conseguimos traccionar audiencia. A estas alturas, no es más que un pasatiempo al que le dedicamos cuarenta horas semanales con el afán de encontrar ideas de «cómo» y «los mejores diez» que no se hayan hecho antes y que puedan resultar interesantes.

Mi instinto me dice que nos falta un ingrediente clave: originalidad. Por ahora solo somos otras chicas guapas de la ciudad a las que les encanta posar y hablar de ropa y maquillaje. Las hay a montones.

—No es el Ártico. Por lo menos no donde vive. Es… un lugar *entre* el Ártico y la civilización. Es como… ¿La última frontera? —repito algo que alguna vez oí sobre Alaska, admitiendo, sin decirlo, que no sé nada sobre el lugar en el que nací.

—¡Todavía mejor! ¡Y tendrás una flota de aviones a tu disposición!

—Dudo que vayan a estar «a mi disposición». *Además,* iré sola. ¿Cómo voy a conseguir buenas tomas? —Nos estremecemos al mismo tiempo de solo pensar en un palo para selfis.

Pero no puedo convencer a Diana.

—Ya encontrarás a alguien dispuesto a sacarle fotos a la preciosa canadiense. Quizá un piloto estadounidense sensual.

—¿Te olvidas del motivo por el que voy? —Suspiro.

—No, yo solo… —Se pone seria y frunce el ceño—. Estaba intentando que no fuera tan deprimente.

Tomamos nuestros martinis y empezamos a alejarnos de la barra. La multitud a nuestras espaldas ocupa casi de inmediato el espacio que ha quedado libre. Diana no estaba exagerando. Esta discoteca debe estar violando todas las normas del código contra incendios; no puedo estar de pie en ningún lado sin que me empujen al menos hacia dos direcciones diferentes.

Vacío mi copa mientras avanzamos entre la multitud, ignorando las manos que me acarician el brazo o me pellizcan las costillas en un descarado intento por llamarme la atención, esperando no derramar nada.

Por fin conseguimos escurrirnos hasta un espacio despejado junto a una columna.

—¿Y dónde está Corey? —pregunta Diana.

—Trabajando.

—Mmm… —Arruga sutilmente la nariz, como si percibiera un leve olor a podrido y se estuviese esforzando por fingir que no lo huele.

Creo que Diana debe ser la única persona en el mundo a la que no le cae bien Corey. Necesité seis meses y cinco margaritas en el fondo de un restaurante mexicano para que mi mejor amiga me lo confesara. Dice que se esfuerza demasiado porque todos lo quieran. Y le gusta manosear. Y el modo en que se la come con la mirada cuando habla la pone incómoda. Simplemente no confía en que no vaya a romperme el corazón.

Decir que no me gustó escuchar eso se queda corto. Le dije que estaba celosa porque yo estaba con alguien y ella no. Esa noche nos despedimos sin saber si volveríamos a vernos. Al día siguiente me desperté con dolor de cabeza por la resaca y dolor en el pecho por el miedo de haberla perdido.

Rápidamente Simon me convenció de que dejara de lamentarme y me recordó, como solo él puede hacer, todas las veces que Diana había estado a mi lado, a través de los novios, aunque ella estuviera sola, y que, *si* estaba celosa, era más que nada porque le daba miedo que el lugar que ocupaba en mi vida pudiese verse amenazado, una angustia muy común en mujeres de nuestra edad.

Hice las paces con Diana esa misma tarde, después de muchas lágrimas y disculpas, y prometió que iba a darle a Corey otra oportunidad. Por suerte, Aaron apareció en su vida pocos meses después y quedé en segundo plano. No me quejo, pero... nunca la había visto así de feliz y tan comprometida con un hombre. Hace dos semanas mencionó que está pensando en comprarse una casa con Aaron, lo que significa que por fin dejará de acosarme para que me mude con ella. Adoro a mi mejor amiga, pero se da unas duchas tan largas que se acaba toda el agua caliente, lo limpia *todo* con una cantidad de lejía que podría derretir la piel y le gusta cortarse las uñas de los pies mientras mira la televisión. ¿Y si no puede dormir? No duerme nadie.

Que te diviertas viviendo con eso, Aaron.

–¿Cuándo te vas? –pregunta Diana y recorre la multitud con la mirada mientras habla conmigo.

Si mi padre va a empezar quimioterapia o radiación o lo que sea que recomienden los médicos, cuanto antes mejor. Solo he conocido una persona con cáncer de pulmón, la señora Hagler, nuestra vecina. Era una vieja amiga de los padres de Simon y no tenía familia, así que a veces Simon la llevaba al hospital para las sesiones de quimioterapia. Pasaron *años* hasta que falleció. Cerca del final, pasó mucho tiempo sentada en su patio trasero con un sombrero tejido que le cubría el escaso pelo que le quedaba, soplando el humo de un cigarrillo con el tanque de oxígeno a solo dos metros. A esa altura, había hecho las paces con su destino.

—La amiga de mi padre dijo que había un vuelo disponible el domingo. Así que… ¿Supongo que el domingo? Si no se llena mañana. Dijo que iba a comprarme el billete, pero no quiero su caridad. ¿Y si acaba siendo una idea horrible y quiero volverme al llegar?

—Vas a sentirte obligada a quedarte —concuerda Diana. Le da un sorbo a su bebida y hace una mueca. El camarero las ha cargado—. Pídele a Papi Ricón que te compre el billete con el dinero de su tesoro secreto. Todos sabemos que es el estilo del psiquiatra. —Diana está convencida de que Simon tiene una fortuna escondida debajo de nuestra casa y que se pasa las noches contando montañas de monedas de oro.

Aunque se gana muy bien la vida gracias a las psiques débiles, es muy poco probable que alguna vez consiga amasar una fortuna semejante, más aun considerando la predilección de mi madre por las cosas caras. En eso es incluso peor que yo.

—Pero, en serio, Calla, Simon tiene razón. Te arrepentirás si no vas y tu padre no sobrevive. *Lo sé.*

Sí, lo sabe. Mejor que nadie. Diana y yo somos amigas desde que empecé a asistir a la escuela privada que quedaba cerca de casa. Tenía once años y no conocía a nadie. Me pintó las uñas de turquesa en el recreo. Sigue siendo mi color favorito. Lo sabe todo sobre mi padre y el dolor que me ha causado. También sabe todas las preguntas sin responder que siguen esperando una respuesta.

Principalmente, ¿por qué Alaska Wild es más importante para Wren Fletcher que su propia sangre?

Sin embargo, es un riesgo enorme. Un riesgo que no estoy segura de querer asumir.

—¿Y si solo es un padre holgazán?

—Entonces por fin lo sabrás. —Hace una pausa—. O quizá es un hombre decente y aprendes a quererlo.

—Sí, supongo que sí —digo dubitativa. Me surge una nueva preocupación—: ¿Y si no se recupera? —Sería como volver a perderlo, solo que esta vez perdería algo más que la idea que me he formado de él.

—Entonces tendrás algo real a lo que aferrarte. Mira, si quieres podemos jugar a este jueguito de «qué pasaría si» durante todo el verano, o puedes ir a buscar respuestas. Ah, ¡hola! —Diana saluda con la mano a alguien a mis espaldas. Sorpresa, es Aaron.

Giro la cara mientras se dan un beso largo, digno de una película, que me irrita. Normalmente no me importaría, pero esta noche, después del día que he tenido, necesito toda la atención de mi mejor amiga, solo por esta vez.

—Me he enterado de lo del trabajo, Callie. Vaya mierda.

Con su metro noventa, incluso con los tacones, Aaron tiene que mirar hacia abajo para hablarme. Tengo que inclinar la cabeza para encontrarme con sus ojos azules.

—Sí, es una mierda. Pero solo es un trabajo, ¿no? —Es extraño cómo me cuesta un poco menos decirlo ahora que tengo el tema de mi padre para distraerme.

—Ojalá *a mí* me indemnizaran con cuatro sueldos —se lamenta Diana. Trabaja como notaria en un bufete de abogados mediano y odia cada segundo que pasa allí, supongo que eso es parte de la razón por la que pone tanta energía en nuestro proyecto paralelo.

—Tengo un amigo que trabaja como reclutador en un banco. Puedo pedirle que te encuentre un nuevo trabajo ahora mismo —ofrece Aaron.

—Gracias. —Suspiro intentando alejar mi malhumor—. Bonita barba, por cierto.

Con una mano se acaricia el pelo recién cortado y bien cuidado de la barbilla.

—Me queda bastante bien, ¿no?

—Sí —admito con admiración por las líneas tan definidas—. ¿Dónde · has encontrado a un barbero con tanto talento?

—De hecho, es una *barbera*. —Sonríe—. Una *barbera* muy sexy…

—Deja de coquetear con mi mejor amiga. *Y* de inventarte palabras. —Diana le dispara una mirada severa, pero luego le guiña un ojo.

Hace dos meses, Diana decidió que haríamos un artículo titulado «Convierte a tu hombre de las cavernas en un caballero urbano». Insistió en que sería por el bien de las mujeres. O, al menos, de la novia del camarero atractivo pero peludo y descuidado que nos agasajó con copiosas cantidades de vino y *spanakopita* en el restaurante griego de Danforth.

Le pidió a Aaron que fuera nuestro conejillo de indias. Como es un novio muy entregado, accedió a no afeitarse la cara de bebé y solo se quejó cien veces. Pero nos sorprendió a todos (y a sí mismo) cuando apareció con una cantidad de barba respetable.

Ni Diana ni yo habíamos afeitado a un hombre, pero yo tenía más experiencia con las tijeras porque había hecho un voluntariado en un refugio de animales, así que me pasé un semestre acicalando perros abandonados para que los adoptaran. Así que decidimos que podía asumir la tarea. Devoré docenas de tutoriales para prepararme y, el fin de semana pasado, bajo el escrutinio de la lente del móvil de

Diana, transformé las mechas desalineadas de Aaron en una barba digna de un modelo de revista.

Aaron por fin parecía un hombre de veintiocho años y no un niño de dieciocho.

Diana se estira para pasar sus delicados dedos por la mandíbula de su novio.

—Hasta ahora, es la publicación más popular. Todas esas babosas…

Esas babosas *y* el detalle de que la empresa a la que Diana le había comprado las herramientas que usamos en el video lo compartió en sus redes sociales después de que los etiquetáramos. Me zumbaron los oídos media hora después de que me llamara, chillando histérica, para contármelo.

Aaron sonríe y Diana vuelve a poner los ojos en blanco. Leyó todos y cada uno de los comentarios para subirse el ego.

—Me gustaría que Calla retocara un poco…

—*No.* —Diana lo fulmina con la mirada.

—Pero ya lo hizo una vez…

—Para Calla&Dee. Eso es todo. Es demasiado *íntimo.* ¿No, Calla?

—¿Supongo? —Aaron y yo fruncimos el ceño—. Quiero decir… Yo no lo sentí así, pero…

—Además se va a Alaska el domingo.

—Todavía no lo he decidido —comienzo a decir, pero Diana ya le está contando a Aaron toda la llamada telefónica con Agnes. Veo cómo se le transforma la cara.

—Lo siento, Calla. *Rayos*, has tenido un día de mierda.

—¡Brindo por ello! —Levanto mi martini.

—Bueno… un amigo fue a Alaska hace algunos años y todavía habla maravillas. Estoy seguro de que será una buena experiencia, aunque el motivo por el que viajas sea una mierda.

—¿Sabías que Calla nació en Alaska? Sí, ¡su padre es dueño de una *aerolínea*!

—Es más bien una empresa de vuelos internos. —*¿Eso creo?*

—¡Tiene como cien aviones!

—Algunas docenas, quizá. —Esto lo supongo, porque no tengo ni idea y la última vez que intenté buscar información en internet sobre mi padre no encontré mucho más que una entrada de la guía telefónica y el sitio web de Alaska Wild con un cartel que decía «Volvemos pronto».

—Un piloto la llevará volando *a todos lados* para que pueda sacar buenas fotos para nuestro blog.

—Genial. —Aaron señala mi martini a medias—. Voy por otra ronda. —Aunque nunca se ha quejado, estoy segura de que estará feliz de *no* escuchar a Diana hablar sobre Calla&Dee durante un rato.

Le roba un beso rápido (porque *siempre* besa a Diana cuando está a punto de alejarse un poco, igual que solía hacerlo Corey) y se pierde entre la multitud del bar.

—¡Mierda, *me encanta* esta discoteca! —aúlla Diana y mueve los hombros al ritmo de la música. La cantidad de groserías que dice es directamente proporcional a la cantidad de copas que se ha tomado. Le deben estar empezando a hacer efecto. A mí me están haciendo efecto.

—*¿En serio?* Justo estaba pensando que está empezando a pasar un poco de moda.

Le doy otro sorbo a mi bebida y vuelvo a mirar a la multitud, preguntándome cuántas personas habrá. ¿Quinientas? ¿Mil? Es difícil de calcular. Solía sentir un gran entusiasmo cuando atravesaba esas puertas. La música vibraba contra mi cuerpo y me provocaba un ligero mareo. Un mar de bailarines eufóricos, bebiendo, riendo, besándose.

No siento ese entusiasmo. Probablemente sea por el día que he tenido, pero el DJ me parece soso. Pone las mismas canciones que la semana anterior. De hecho, apostaría a que *es* el mismo que la semana pasada. Y el de la anterior. Y el de la anterior a esta. Dudo de que en algún momento llegue a tener ganas de bailar.

–Hola. –Diana me golpea con un hombro y mueve las cejas de un modo sugerente–. Admirador árabe a las tres en punto.

Me giro hacia la derecha y veo un chico alto con el pelo hasta los hombros con su grupo de amigos a unos tres metros de distancia, tiene los ojos negros clavados en mí y una sonrisa seductora.

Un «guau» se me escapa de los labios mientras siento mariposas en el estómago. Es guapo y musculoso. No es mi tipo, pero tiene esa belleza que hace que *cualquier* chica se interese. Solo Dios sabe cuánto tiempo lleva estudiándome desde allí, esperando que nuestras miradas se crucen, deseando que le devuelva la sonrisa, que bata las pestañas, que guiñe un ojo… Cualquier cosa que pueda interpretarse como una luz verde. Apuesto a que tiene la voz grave. Apuesto a que la piel le huele a cítricos y colonia fuerte, y que se afeita dos veces al día para que esa barbilla cincelada esté siempre suave. Apuesto a que le gusta invadir un poco el espacio personal de las chicas cuando les habla (no tanto como para incomodarlas, pero lo suficiente como para hacerles sentir un poco de intimidad, como para dejarlas anhelando el contacto). También apuesto a que nunca acaba la noche solo, pero nunca (por suerte) se despierta acompañado.

Y que decirle que tengo novio no lo espantará.

Pero *sí* tengo novio, me recuerdo. *Por Dios, Calla.* Es la tercera vez en esta semana que babeo por un hombre atractivo: dos veces en la discoteca y una mientras almorzaba en un banco del parque y un rubio vestido con un traje hecho a medida pasó caminando.

Trato de enviar un mensaje endureciendo la expresión y dándole la espalda. Espero que no lo confunda con timidez y siga con su vida.

—¡Ey! —exclama Diana—. ¿Ese no es Corey?

Veo una mata de rizos rubios y brillantes que me resulta muy familiar.

—¿Quizá? —Desde atrás, ese chico alto y lánguido se parece a Corey. Y encoge un poco los hombros, como suele hacerlo Corey. Y lleva la ropa que llevaría Corey: una camisa negra entallada y pantalones de vestir hechos a medida.

Se gira levemente y nos muestra el perfil, lo que termina de confirmar nuestras sospechas.

Intento ignorar lo que siento en la boca del estómago mientras saco el móvil del bolso, pensando que quizá me ha llamado para ver cómo estaba.

Nada. Ni siquiera un mensaje.

—¿Con quién está? —Diana frunce el ceño.

Miro la gente que lo rodea. Conozco a tres.

—Compañeros de trabajo. Supongo que se refería a esto cuando me dijo que tenía que trabajar hasta tarde —murmuro.

—Bueno, supongo que tendremos que ir hasta allí y… —Deja de hablar cuando la multitud se abre y aparece la diminuta mujer que lo abraza. Corey tiene la mano en la parte baja de la espalda con un gesto afectuoso. Un gesto que indica que no están juntos pero que él se muere porque lo estén.

Vemos cómo se inclina para decirle algo al oído y luego se aleja. Sin lugar a duda ha sido algo ocurrente. Siempre me ha encantado su sentido del humor.

Ella sacude su largo pelo color avellana, inclina la cabeza hacia atrás y lanza una carcajada que hace sonreír a Corey. Casi puedo ver las arrugas en sus ojos, las mismas que me conquistaron hace tanto tiempo, cuando éramos *nosotros* los que veníamos a la discoteca con nuestros amigos y nos quedábamos junto a la barra con su mano apoyada de ese modo en *mi* cintura.

Un sentimiento se me instala en el pecho mientras empiezo a unir las piezas. Stephanie Dupont empezó a trabajar en la agencia de publicidad hace tres meses. La vi una vez en una fiesta. En ese momento tenía novio. ¿Seguirán juntos? Porque parece que Corey se está postulando para el puesto.

—Bueno, vamos hacia allá y le tiras tu bebida en la cara, ¿no? —dice Diana con los dientes apretados—. No, espera. No desperdicies la copa. Usa esta. —Coge un vaso cualquiera que alguien ha dejado en una repisa lleno hasta la mitad con hielo derretido y restos de limón exprimido.

—¿Para qué molestarme? —Contemplo un segundo la escena. Diana levanta las cejas.

—¿Porque te dijo que iba a trabajar toda la noche y era mentira? Porque está *justo ahí*, a una copa de engañarte. Con alguien que no te llega ni a la suela de los zapatos, dicho sea de paso. Me refiero a que, vamos, *mírate* y luego mírala a *ella*.

No puedo verle la cara, pero la recuerdo bonita y especial, con hoyuelos pronunciados y una sonrisa amable.

—¡Cómo puede ser que no estés molesta! —La voz de Diana se vuelve más aguda por mi falta de respuesta.

—No lo sé. —Por supuesto que es una mierda, pero, si soy sincera conmigo misma, probablemente es más un golpe a mi ego que otra cosa.

Me debería doler el corazón por la pérdida.

Se me debería retorcer el estómago por la traición.

Los ojos deberían arderme por las emociones.

Pero, en el mejor de los casos, lo que siento podría describirse como una mezcla de decepción y... ¿alivio?

Diana resopla.

—¿Y entonces qué piensas hacer?

Sacudo la cabeza para intentar encontrarle sentido a la situación. ¿La relación que tengo con un chico que creía que era perfecto se desmorona delante de mis ojos y no siento el impulso de salir corriendo y luchar por ella?

—Espera, ¡ya lo sé! —Diana mira a su alrededor—. ¿Dónde está?

—¿Quién?

—Ese chico. El chico guapísimo que estaba babeando por ti...

—¡*No!* —La tomo del brazo para detenerla, porque cuando a Diana se le mete una idea en la cabeza...—. *No* voy a acostarme con un extraño solo para vengarme de Corey.

—Bueno... Pero... —tartamudea—. ¡Tienes que hacer *algo*!

—En eso tienes razón. —Choco mi vaso contra el suyo antes de tragarme lo que queda de bebida. Mis piernas están ansiosas por salir corriendo antes de que Corey se dé cuenta de que estoy allí—. Me voy a casa.

Parece que me voy a Alaska.

Capítulo 4

—Estas me gustan. —Mamá sostiene mi nuevo par de botas de lluvia Hunter con estampado militar rojo.

—Son bonitas, ¿no? Lo malo es que ocupan mucho espacio. No creo que vaya a llevármelas.

—Llévalas. Confía en mí. —Las mete en la maleta que he reservado para calzado y artículos de baño (que ya está hasta el tope) y se sienta en mi cama y juguetea con la pequeña pila de etiquetas que he dejado encima de la almohada, la evidencia de la excursión de compras para Alaska que he hecho—. ¿Estás segura de que solo te vas una semana?

—Tú eres la que me enseñó que siempre es mejor llevarse ropa de más.

—Sí, por supuesto, tienes razón. *Sobre todo* cuando vas a un lugar como ese. No vas a poder comprar lo que sea que te hayas olvidado. Ni siquiera hay centro comercial. —Se estremece de solo pensarlo—. No hay nada, literalmente. Es…

—Un desierto estéril. Sí, lo recuerdo. —En la esquina de la segunda maleta, aprieto un par de calcetines de lana que he rescatado de los cestos de ropa de invierno—. De todas formas, hace veinticuatro años que no vas. Quizá haya cambiado. Ahora hay un cine. —Lo sé porque he buscado en internet «Cosas para hacer en Bangor, Alaska» y me apareció. Fue *la única* actividad bajo techo que encontré aparte de clases de tejer y clubes de lectura comunitarios, dos cosas por las que no tengo ningún interés–. Puede que Bangor se haya duplicado. O hasta triplicado.

Sonríe, pero es una sonrisa condescendiente.

–En Alaska los pueblos no crecen tan rápido. La mayoría directamente no crece. –Toma uno de mis jerséis favoritos (de cachemir color rosa bebé de doscientos dólares que mi madre y Simon me regalaron en Navidad). Lo dobla con cuidado–. Si es que llegué a conocer a tu padre, me apuesto lo que sea a que la casa está igual a como la dejé.

–Quizá verla me despierte recuerdos de la infancia.

–O te dé pesadillas. –Se ríe negando con la cabeza–. Ese papel tapiz de mal gusto que eligió Roseanne era lo peor.

Roseanne. La madre de mi padre. Mi abuela, a la que no recuerdo haber conocido porque era demasiado pequeña. Alguna vez hablé con ella por teléfono. Le enviaba tarjetas por su cumpleaños y en Navidad todos los años hasta que murió, cuando yo tenía ocho.

–Seguramente Agnes sacó ese papel tapiz de mal gusto.

–Puede ser. –Mamá inhala y aleja la mirada.

¿Todavía sigue queriendo a mi padre? Me tengo que morder la lengua para no preguntarle acerca de lo que me contó Simon. Tiene razón: jamás lo admitiría, y no quiero que Simon tenga que vivir un infierno. Las cosas ya están bastante tensas en casa. El jueves mamá se fue a dormir pensando en centros de mesa rosas y ramos de novias con orquídeas y se levantó con la noticia de que existe una mujer que se llama Agnes, del diagnóstico de cáncer de mi padre y mi impostergable viaje a Alaska.

No sé qué le molesta más: el hecho de que haya otra mujer o que mi padre esté enfermo. La situación la tiene intranquila. La descubrí delante de la ventana de la cocina, aferrada a la taza, mirando a la nada al menos una docena de veces. Para una mujer que siempre está haciendo algo, eso es señal de alarma.

Pero no puedo evitar preguntárselo.

—Nunca dejarías a Simon por papá, ¿no?

—¿Qué? No. —Frunce el ceño hasta que sus cejas quedan muy juntas, como si estuviera reconsiderando lo que acaba de responder—. ¿Por qué lo preguntas?

—Por nada —dudo—. ¿Alguna vez has vuelto a hablar con él?

—No. —Niega con la cabeza y hace una pausa—. Sí le mandé un correo electrónico hace algunos años con tu foto de graduación. Para que supiera cómo era su hija. —Su voz se va apagando y fija los ojos en una pequeña marca en su esmalte de uñas color coral.

—¿Y? ¿Respondió? —¿Le importó lo suficiente como para tomarse la molestia?

—Sí, respondió. Dijo que no podía creer cuánto habías crecido. Cuánto te parecías a mí. —Sonríe con tristeza—. Pero no continué la conversación. Pensé que era lo mejor. No necesitarás eso —dice cambiando bruscamente el tema al ver el top rayado que acabo de dejar encima de la pila de ropa.

—¿No *acabas* de decir que tengo que estar preparada para cualquier situación?

—Anuncian temperaturas máximas de catorce grados para toda la semana. Cuatro durante la noche.

—Me pondré un suéter encima.

—¿Entonces Wren irá a buscarte a Anchorage? —pregunta mientras acaricia el edredón.

Niego con la cabeza, con la boca llena de agua. La intensa ola de calor que azota el sur de Ontario se rehúsa a ceder y hace que el tercer piso de esta casa resulte agobiante pese al aire acondicionado.

—Irá a buscarme un tipo llamado Jonah.

—¿Por qué no va tu padre?

—No lo sé. Quizá no se encuentra bien como para volar. —¿Cómo lo encontraré cuando llegue? Los correos electrónicos que he intercambiado con Agnes se han centrado en los preparativos del viaje, no en su estado de salud.

—Pero sabe que irás, ¿no?

—Por supuesto que sí. —Agnes dijo que *han preparado mi habitación* y que *se alegran de que vaya.*

—¿Qué modelo de avión? —Tuerce la boca con preocupación.

—Espero que sea uno que aguante suspendido en el aire.

Me fulmina con la mirada.

—No es gracioso, Calla. Algunos de los aviones de tu padre son *diminutos.* Y volarás entre montañas y…

—Todo saldrá bien. *Tú* eres quien tiene miedo a volar, ¿recuerdas?

—Tendrías que haber esperado al vuelo comercial. Ahora hay unos Dash 8 que vuelan a Bangor todos los días —murmura.

—No había lugar en *lo que sea que hayas dicho* hasta el martes. —Me voy a Alaska y de pronto mamá es experta en modelos de aviones–. Relájate. Estás exagerando.

—Ya vas a ver… —Me dirige una mirada de suficiencia, pero enseguida relaja la expresión–. ¿Cuándo empieza el tratamiento?

—No lo sé. Me enteraré cuando llegue.

Mamá exhala.

—¿Y dónde harás escala?

—Minnesota, Seattle, Anchorage. —El viaje será agotador y ni siquiera iré a un destino exótico como Hawái o Fiyi. Estaría encantada de viajar un día entero para llegar a esos lugares turísticos. Pero, dentro de veinticuatro horas, estaré delante de Wren Fletcher después de veinticuatro *años*.

El estómago me da un vuelco. Mamá tamborilea los dedos contra la rodilla.

—¿Estás segura de que no quieres que te lleve al aeropuerto? Puedo pedirle a alguien que lleve los arreglos.

—Tengo que estar ahí a las cuatro de la mañana. —Hago un esfuerzo por conservar la paciencia—. Tomaré un taxi. Estaré *bien*, mamá. Deja de preocuparte.

—Es que… —Se pone un mechón de pelo detrás de la oreja. Solíamos tenerlo del mismo color, pero ahora que tiene que teñírselo para frenar el avance de las canas, ha elegido un color más oscuro, con algunas mechas cobrizas.

Sé bien a qué se debe todo esto. No es la distancia ni el avión diminuto ni el hecho de que no estaré en casa durante una semana lo que la inquieta.

—No puede hacerme más daño del que ya me ha hecho —digo con suavidad. El silencio es ensordecedor.

—No es una mala persona, Calla.

—Puede que no. Pero es un padre pésimo. —Lucho por cerrar la maleta.

—Sí, es verdad. Pero me alegro de que vayas. Es importante que lo conozcas, aunque solo lo veas una vez. —Analiza una pequeña herida en su pulgar, probablemente por la espina de una rosa—. Tantos años dándole a esos dichosos cigarrillos. Le rogué que lo dejara. Todos creíamos que lo haría después de ver a tu abuelo marchitarse por los jodidos cigarrillos. —Mamá niega con la cabeza, su entrecejo (más liso de lo que suelen tenerlo las mujeres de su edad gracias a las sesiones de láser y rellenos) apenas se frunce.

—Quizá sí lo dejó, pero ya era demasiado tarde. Pero, si no fue así, estoy segura de que los médicos lo obligarán a dejarlo. —Levanto una maleta y me sacudo las manos para darle más dramatismo—. La primera ya está lista.

—Los reflejos te han quedado muy bien. —Los ojos verdes de mamá me estudian.

—Gracias. Tuve que rogarle a Fausto que me hiciera un hueco. —Me miro de reojo en un espejo cercano mientras me aparto un mechón rubio de la cara—. Ha quedado más claro de lo que quería, pero no tengo tiempo para arreglarlo antes de irme. —No puedo evitar notar los círculos negros que tengo debajo de los ojos y que ninguna capa de corrector, por más gruesa que sea, puede disimular. Llevo dos días dentro de un torbellino de comprar, arreglarme, hacer maletas y planificar.

Romper con mi novio.

—¿Corey y tú rompieron de forma definitiva? —pregunta mamá como si pudiera leerme la mente.

—Ya he cortado la cinta roja de inauguración de la soltería.

—¿Estás bien?

—No lo sé. —Suspiro—. Siento como si mi vida se hubiera puesto patas para arriba. A ver cuando las cosas se calmen.

El jueves, cuando nos fuimos de la discoteca, Diana me convenció para que dejara que se encontrara con Corey «por accidente» (porque, si no, la indignación la mataría) para decirle que su *novia* acababa de irse. Apuesto a que se alejó con una sonrisa llena de veneno, feliz de haber dejado a Corey retorciéndose de dolor.

Amanecí con un mensaje de voz suyo. Con tono relajado, me dio una explicación sinsentido sobre por qué había acabado en la discoteca. No dijo nada de Stephanie Dupont ni de por qué estaba prácticamente montado sobre ella.

No le respondí de inmediato, quería que probara un poco de su propia medicina.

¿Infantil? Quizá.

Pero necesitaba más tiempo para ordenar mis pensamientos y mis sentimientos. Pese a haberme quedado mirando el techo hasta el amanecer, todavía no tenía las cosas claras.

Necesitaba más tiempo para enfrentarme a la verdad.

Hubo un momento en el que Corey me quiso. O al menos creyó que lo hacía. Y yo estaba segura de que también lo había hecho, en el mejor momento de nuestra relación, cuando dejó de ser una novedad, pero antes de que la comodidad empezara a deshilacharnos las costuras. Teníamos algo bueno. Nunca discutíamos; no éramos celosos ni groseros. Si tuviera que describir nuestra relación en una palabra sería «tranquila». Era una relación que fluía sin sobresaltos.

No había ningún motivo para que lo nuestro no funcionara.

Lo nuestro era perfecto, como de manual.

Y nos habíamos aburrido.

La magia del principio se había escapado, como un neumático al que un clavo le ha hecho un pinchazo diminuto. Pueden pasar meses antes de que termines en el arcén con una rueda desinflada.

Eso es lo que sabía de pinchazos de neumáticos. Aunque nunca lo había experimentado en carne propia. Ni siquiera tengo carné de conducir. Pero sí tengo que enfrentarme a los hechos: a los Calla y Corey que el año pasado posaron enamorados sobre esa pila de rocas, en algún momento se les clavó un clavo afilado. Probablemente antes de que apareciera Stephanie Dupont.

Esa es la única razón que puedo encontrarle a que no me destruyera ver a Corey coqueteando con otra chica y que apenas me molestara que no pudiese dedicarme cinco minutos después del día de mierda que tuve. Y a que ni me molestara en llamarlo después de enterarme de que mi padre estaba enfermo con la pequeña esperanza de que respondiera y encontrar algo de consuelo en el sonido de su voz.

Creo que en el fondo sabía que nuestra relación se estaba desvaneciendo. Pero todavía no me permitía admitirlo. Quizá porque esperaba que no fuera verdad. O, lo que es más probable, porque cuando lo asumiera tendría que ocuparme del tema. ¿Y si Corey no sentía lo mismo que yo? ¿Y si él creía que todo estaba bien entre nosotros y me rogaba que no lo dejara?

¿Y si le hacía daño?

Todas esas preocupaciones inconscientes parecían cocinarse a fuego lento debajo de la superficie. Todos los motivos por los que evitaba la confrontación. Mi madre diría que es una característica que heredé de Wren. Mi padre es experto en evitar los conflictos y, bueno… parece que lo del palo y la astilla sigue siendo cierto, aunque estemos a cinco mil quinientos kilómetros de distancia.

Por supuesto que puedo lanzar un golpe verbal como el mejor de ellos cuando me presionas lo suficiente, pero cuando se trata de enfrentarme realmente a alguien o algo que me duele, huyo de mi propia sombra. Pero es bastante obvio que me quedaría sin lugares en los que esconderme. No podía imaginarme yendo a Alaska a conocer a mi padre con esto en mente. Así que le mandé un mensaje a Corey para contarle que me iba de viaje y decirle que pensé que *quizá* estaría bien que nos diéramos un tiempo, teniendo en cuenta todo el trabajo que tiene.

¿Su respuesta? «*Sí, pienso lo mismo. Cuídate. Que tengas un buen viaje*». Como si estuviera buscando una salida. Siempre escapa de las situaciones incómodas, que en este caso vendría a ser yo.

Y ese fue el final oficial de mi relación de catorce meses.

Por mensaje y con la mínima confrontación.

Mi madre baja de la cama.

—Ya es tarde, Calla. Deberías irte a dormir.

—Lo sé. Voy a darme una ducha.

Se estira para darme un abrazo que dura más de la cuenta.

—Ay, por Dios, ¡vuelo el domingo! —Me río y despego su cuerpo delgado—. ¿Qué harás cuando me mude?

Se aleja y me aparta los mechones que me caen en la cara y pestañea para despejar las lágrimas.

—Simon y yo lo hemos discutido y no te mudarás. Ya hemos empezado la construcción de un calabozo en el sótano.

—Espero que esté cerca de su fortuna secreta.

—Justo delante. Te quitaré los grilletes para que puedas subir a ver nuestros programas.

—O puedes poner un televisor *en* el calabozo.

—¿¡Cómo no se me ha ocurrido antes!? —dice con un suspiro burlón—. Así no tendríamos que escuchar las quejas de Simon. —Simon detesta los *reality* y los programas con vikingos violentos que a nosotras nos encantan, y no puede evitar hacer comentarios ingeniosos, pero casi siempre molestos.

Cuando por fin me suelta, se arrastra hasta la puerta. Se queda mirando cómo me arrodillo sobre la segunda maleta para cerrarla.

—Deberías llevar uno o dos libros.

—¿A qué te refieres? —No puedo terminar un solo capítulo de un libro sin dormirme y lo sabe.

—Me lo imaginaba. —Hace una pausa—. Espero que tengan internet.

—Ay, por Dios, es un chiste, ¿no? —Siento el pánico cuando empiezo a pensar en la posibilidad de que no haya. Una vez pasé un fin de semana largo en una cabaña cerca del Parque Algonquino y tuve que conducir quince minutos para conseguir cobertura y responder a los mensajes. Fue una pesadilla. Pero no…—. Agnes me responde a los correos de inmediato. Definitivamente tienen internet —digo con seguridad. Mamá se encoge de hombros.

—Solo… ve preparada. La vida allí es diferente. Más dura. Pero más simple. Si es que eso tiene sentido. —Sonríe con nostalgia—. Tu padre intentó enseñarme a jugar a las damas. Me preguntaba *todas las noches* si quería jugar, aunque sabía que odio los juegos de mesa. Me molestaba muchísimo. —Frunce el ceño—. Me pregunto si seguirá jugando.

—Espero que no.

—Dentro de un día estarás tan aburrida que buscarás desesperada cosas para hacer —me advierte.

—En realidad todavía estaré en un aeropuerto. —Ya he cerrado la segunda maleta—. Ya sabes… viendo cómo se estrellan los aviones.

—¡Calla!

—Estoy *bromeando*.

—No cometas el mismo error que yo y no te enamores de alguno de esos pilotos. —Suspira.

—Lo intentaré —digo entre risas.

—Lo digo en serio.

—No es una estación de bomberos, mamá.

Levanta las manos con resignación.

—Bien. Lo sé. Pero los chicos que trabajan allí arriba tienen *algo*. No puedo explicarlo. Es decir, están *locos*: aterrizan en glaciares y en precipicios, vuelan a través de tormentas de nieve. Son… —Sus ojos buscan las palabras en mis paredes—. Vaqueros del aire.

–¡Ay, por Dios! –Estallo en una carcajada–. ¿Te parezco la clase de chica que se enamoraría de un *vaquero del aire* en Alaska? –Apenas puedo decirlo.

–¿Y yo sí? –Me mira sin expresión.

Buen argumento. Mi madre siempre ha sido glamorosa. Siempre lleva pendientes de diamantes y puede conseguir que un par de mallas y una camiseta de un grupo de música parezcan sofisticadas. Preferiría morir antes que ponerse un par de vaqueros.

Recorro mis muebles con la mirada mientras arrastro las dos maletas hacia el pasillo.

–Parece que esas maletas podrían partirte la espalda –murmura mamá.

–*Pueden* partirme la espalda.

Contemplamos la empinada escalera de roble que lleva a la planta baja. Hace poco la pintaron en un tono oscuro con detalles blancos. Gritamos al unísono:

–¡Simon!

Capítulo 5

–Sí… Solo algunas compañías funcionan bien aquí –explica el conductor de mediana edad y me regala una sonrisa de dientes torcidos por encima del hombro mientras contemplo con el ceño fruncido la falta de cobertura.

–Supongo que no es el caso de la mía –murmuro y vuelvo a guardar el móvil. El plan internacional que compré por la mañana mientras esperaba el embarque en la primera escala no ha servido de nada. Rezo porque mi padre tenga wifi en casa o esta semana pondrá a prueba mi salud mental.

El hombre conduce con destreza la camioneta hacia el pequeño aeropuerto regional en el que me espera mi cuarto (y último) avión. Lo encontré al lado de la cinta de equipaje con un cartel que decía CALLA FLETCHER. Después de quince horas de vuelo gracias a un retraso en Seattle, agradezco haber acordado el traslado de antemano.

Mi atención se desvía hacia un pequeño avión esquí que vuela por encima de nuestras cabezas, está pintado de un rojo vibrante que contrasta con el azul del cielo. ¿Se parecerá al que tomaré en un rato?

–¿Es su primera vez en Anchorage?

–Sí.

—¿Y qué la trae por aquí?

—Tengo que visitar a alguien.

El hombre solo quiere sacar un tema de conversación, pero en este momento tengo el estómago revuelto. Respiro hondo para intentar calmarme y me concentro en el paisaje: en el agua en calma color cobalto que tenemos delante, los exuberantes verdes que se ven en todas direcciones y la cordillera cubierta de nieve en la distancia. Este es el paisaje que se imaginaba Diana al pensar en Alaska. En el último vuelo me tocó el asiento de la ventanilla y no pude despegar la cara del vidrio, intentando procesar el vasto mosaico de árboles y lagos.

¿Se parecerá esto a mi destino final?

—¿A cuántas horas de avión está Bangor? —Ya es tarde, pero el sol todavía está muy alto, no parece que vaya a oscurecer pronto. ¿Llegaremos antes de que se haga de noche?

—Unos seiscientos kilómetros. Más o menos una hora de vuelo.

Respiro con una extraña mezcla de ansiedad, temor y miedo. En una hora y pocos minutos conoceré a mi padre.

—¿Va hacia allí? Me refiero a Bangor.

—Sí. ¿Ha ido alguna vez?

—Hace años. Pero ahora hay unos Dash 8 que hacen ese recorrido un par de veces al día. ¿Con quién vuela?

—Alaska Wild.

—Los aviones de Fletcher —asiente—. Son buenos. Llevan mucho tiempo en el negocio.

Hay algo familiar en el modo en que pronuncia mi apellido, con una inflexión que me llama la atención.

—¿Lo conoce? A Wren Fletcher.

—Sí, señora. —El conductor mueve la cabeza para enfatizar sus palabras—. Llevo veinticuatro años en este trabajo. En algún momento empiezas a reconocer las caras, y Wren viene a Anchorage lo suficiente como para conocerlo. De hecho, hace no mucho lo llevé al hospital. Iba a que le miraran una tos espantosa. Algún virus, supongo.

El estómago me da un vuelco. Sí, un virus. Uno que lo matará lentamente.

—Ey, un momento. —Frunce el ceño mientras levanta el cartel con el que me esperaba en el aeropuerto—. ¿Eres familia de Fletcher?

Vacilo.

—Es mi padre. —¿Por qué siento que le estoy mintiendo? Suena como si lo *conociera*, como si lo hubiera visto desde que dejé esta misma ciudad hace veinticuatro años. Pero la verdad es que este conductor lo conoce mejor que yo.

—¿Eres la hija de Wren Fletcher? —Sus ojos verdes se encuentran con los míos en el espejo retrovisor y llego a ver su expresión incrédula antes de volver a concentrarse en el camino—. No sabía que tenía hijos —balbucea por lo bajo, pero igualmente puedo escucharlo.

Ahogo un suspiro. *No estoy segura ni de que él mismo lo sepa.*

—¿Despegaremos desde el agua? —Hago una pausa para sacudirme el pie. La piedrecita que se me ha metido entre los dedos se sacude.

—No. También tenemos una pista de asfalto. —Billy, el tripulante de tierra bajito de unos veintitantos años que ha venido a buscarme a la puerta principal del aeropuerto de Lake Hood arrastra las botas de trabajo por el suelo mientras mis maletas ruedan torpemente detrás—. Jonah ha venido con su Cub.

—¿Es un avión más pequeño? —pregunto con cautela. ¿Es normal que *todos* hablen de modelos de aviones?

Me mira por encima del hombro, me analiza (la séptima vez desde que he llegado) y sonríe.

–¿Por qué? ¿Tienes miedo?

–No. Solo curiosidad. –Contemplo la fila de aviones que tenemos a la izquierda y a las personas que deambulan a su alrededor.

–No te preocupes. Estarás bien. Jonah es uno de los mejores pilotos de la zona. Ahora mismo debe estar poniendo gasolina. Pronto estarás en camino.

–Genial. –Inhalo profundamente, disfrutando del aire fresco después de horas de respirar todos los gérmenes que circulan en las cabinas de los aviones.

Otra piedra se me clava debajo del dedo, una que no se mueve tan fácilmente. Tengo que inclinarme y tomarla con una mano mientras con la otra me sostengo el sombrero para que se quede dónde está. Considerando la cantidad de aviones que he tomado, no ha sido una decisión inteligente llevar un sombrero de ala ancha, pero no cabía en la maleta. Quizá debería haberlo cambiado por una gorra. Pero estas alas de diez centímetros son muy cómodas y, más importante, quedan increíblemente bien con mis vaqueros rotos.

–¡Por aquí! –grita Billy.

Levanto la vista justo en el momento en que Billy se detiene al lado de un avión de nariz azul con varias ventanillas. Cuento las filas en silencio. Caben *al menos* seis pasajeros. Mi madre no tiene nada de que preocuparse. Me detengo para sacarle una foto al avión con el móvil y otra del aeropuerto que tengo a las espaldas con el lago y las montañas de fondo.

Cuando doblo la esquina, me doy cuenta de que Billy no se ha parado en el avión de nariz azul. Ha pasado de largo y ha ido hacia uno aparcado a unos metros.

—Ay, por Dios. ¿Es en serio? —suelto, mirando boquiabierta esa cosa diminuta pintada de amarillo y naranja. Un avión de juguete, con más alas que cabina.

—¿A qué te refieres? —Billy se da la vuelta y me sonríe.

—¡Me refiero a que ni siquiera hay un asiento para mí!

—Sí que hay. Detrás del piloto. ¡Hola, Jonah! —grita Billy entre risas al hombre que nos da su ancha espalda mientras protesta.

—Fantástico —gruñe el hombre con su profunda voz de barítono. Arroja una herramienta a la caja que tiene a los pies y se da la vuelta con desgano.

Diana se alegraría de ver a este, pienso mientras miro la tupida barba rubia que le tapa la mitad de la cara y sobresale por todos los ángulos. Entre eso, las gafas de aviador y la gorra negra de la Fuerza Aérea Estadounidense, no puedo verle la cara. Ni siquiera puedo adivinar su edad.

Y es *grande*. Incluso con mis tacones de diez centímetros me mira desde arriba. Es difícil decir cuántos músculos hay debajo de ese abrigo a cuadros negros y verdes, pero sus anchos hombros le dan una apariencia gigante.

—Jonah… *ella* es Calla Fletcher. —No le veo la cara, pero no se me escapa el significado oculto en la forma en que habla. Una respuesta a una conversación previa. Una que posiblemente me hubiese sacado los colores. Pero estoy demasiado concentrada pensando en el avión que me llevará entre las montañas y en el yeti que lo pilotará como para preocuparme por los chistes inapropiados entre varones.

¿Cómo vamos a entrar en ese avión?

Respiro hondo mientras me acerco, intentando tranquilizarme. Me digo que no importa, que este gigante ha llegado hasta aquí en este avión y que volverá conmigo en este avión.

–Hola. Gracias por venir a buscarme.

–Aggie no me dio otra opción.

–Yo… Eh… –tartamudeo mientras busco una reacción adecuada a esa respuesta. ¿Y *Aggie*?

Jonah me estudia detrás de esas gafas impenetrables y me da la impresión de que me está estudiando de pies a cabeza.

–¿Qué eres? ¿Un cuarenta y cinco? ¿Un cincuenta?

–¿Perdón? –Levanta las cejas.

–¿Cuánto pesas? –dice despacio, pronunciando cada palabra con irritación.

–¿Quién pregunta eso a alguien a quien acaba de conocer?

–Alguien que quiere hacer despegar un avión. No lo conseguiré si pesas demasiado, así que tengo que hacer los cálculos.

–Ah. –Siento cómo se me calientan las mejillas por la vergüenza, de pronto me siento muy estúpida. Por supuesto que lo pregunta por eso.

–¿Y?

–Sesenta –murmuro. Estoy delgada pero tengo músculos.

Jonah se acerca al avión y toma una bolsa de nylon negro. Me la arroja y, por instinto, me estiro para tomarlo. Se me cae la cartera por el movimiento.

–Puedes poner tus cosas aquí.

–¿A qué te refieres? –Con el ceño fruncido, miro la bolsa y luego a él–. Mis cosas están en las maletas.

–Esas maletas no cabrán. Billy, ¿no se lo dijiste?

Billy se encoge de hombros a modo de respuesta y Jonah niega con la cabeza, fastidiado.

–Pero… ¡No puedo abandonar mis cosas! ¡Me he gastado miles de dólares! –Ropa, calzado… ¡He tenido que pagar doscientos dólares de exceso de equipaje!

—Si quieres volar conmigo, tendrás que hacerlo –responde Jonah. Tiene los brazos cruzados sobre su amplio pecho, como si no estuviera dispuesto a discutir.

Miro mi equipaje con un pánico creciente.

—Estoy seguro de que mañana sale un avión de carga hacia Bangor. Meteré tus maletas en el primero que pueda llevar peso extra –ofrece Billy en un tono conciliador.

Mi mirada de sorpresa rebota entre los dos hombres. ¿Qué otra opción tengo? Si no voy con Jonah, tendré que encontrar un hotel y quedarme en Anchorage hasta que pueda subirme a un vuelo comercial. Agnes dijo que es temporada alta. ¿Quién sabe cuánto tardaré?

—¿Por qué Agnes no te ha mandado en un avión más grande? –gruño sin esperar una respuesta.

—Porque los aviones más grandes están haciendo dinero. Además, nadie creía que ibas a *mudarte* –dice sarcástico.

Me da la impresión de que Jonah no quiere llevarme a ningún lado.

Y que es un gran imbécil.

Le doy la espalda y me dirijo a Billy:

—¿Mis cosas estarán a salvo aquí?

—Me ocuparé de cuidarlas personalmente –promete y cruza los dedos para darle más dramatismo.

—Bien –refunfuño mientras apoyo la bolsa en el suelo, deseando que Billy fuera el piloto. A esta altura, no me preocupa si sabe o no pilotar un avión.

—Y date prisa –agrega Jonah–. Habrá mucha niebla esta noche y no quiero quedarme varado a mitad de camino –dice y desaparece en la cola del avión.

—Por favor, siéntete libre de irte sin mí –murmuro despacio, porque ir a Bangor por mi cuenta suena mejor a cada segundo que pasa.

Billy se rasca la nuca con sorpresa mientras mira al piloto malhumorado.

—No siempre es tan gruñón —murmura.

—Entonces supongo que tengo suerte.

O quizá *yo* soy la razón por la que Jonah está de tan mal humor. Pero ¿qué he hecho para ganarme esta actitud hostil? Aparte de llevar ropa de más. Me arrodillo para empezar a seleccionar el equipaje. Totalmente consciente de que Billy me mira por encima del hombro, sin perderse un solo detalle de lo que considero indispensable. Este bolso de nylon apenas me da para la ropa de dos o tres días. Menos todavía, cuando sume el maquillaje, el neceser y las joyas. No hay forma de que no me lleve esas cosas.

Me doy la vuelta a tiempo para encontrarme a Billy escrutando mi colección de bragas de encaje.

Aleja la mirada al segundo.

—Ah, no te preocupes por Jonah, Le debe estar dando vueltas a algo. —Billy hace una pausa—. Algo grande.

—Espero que recuerde deshacerse de ese peso antes de despegar —murmuro mientras tomo mi calzado deportivo.

La brisa fría se lleva la carcajada de Billy.

Capítulo 6

—Ahora va a moverse un poco —anuncia Jonah desde su asiento, su voz compite con el rugido del motor.

—¿Más de lo que se ha movido hasta ahora? —Tengo el cerebro revuelto por las turbulencias de las últimas horas.

—¿Crees que eso ha sido moverse? —Se ríe mientras atravesamos una nube baja. Cuando despegamos, el cielo estaba despejado, pero en este lado del estado hay una gruesa capa gris en el horizonte.

Me abrazo al suéter de punto para sentirme más segura y protegerme del frío. Cada sacudida parece fuerte y peligrosa, como si los paneles de metal fueran a despegarse del cuerpo del avión en cualquier momento.

Jonah no se reiría tanto si se enterara de que he tomado una bolsa de plástico y hace quince minutos que la tengo preparada para vomitar. Que los tacos que devoré en Chicago se hayan quedado tanto tiempo en su lugar es un milagro, pero ahora me están revolviendo el estómago.

De golpe, el morro del avión se inclina hacia abajo. Me tomo del cinturón de seguridad para asegurarme de que esté bien ajustado. Después me concentro en respirar hondo con la esperanza de que eso me calme los nervios y las tripas. ¿En qué rayos estaba pensando Agnes cuando envió a Jonah a buscarme en esta trampa mortal? Me muero de ganas de llamar a mi madre para decirle que tenía razón, detesto esto de esquivar montañas a bordo de una lata de sardinas. A ninguna persona en su sano juicio podría gustarle, *jamás*.

Estos pilotos alaskeños deben estar *locos* por *elegir* hacer esto todos los días.

—¿Cuánto falta? —pregunto, intentando mantener la voz serena mientras el avión gira a un lado y al otro.

—Diez minutos menos que la última vez que has preguntado —murmura Jonah. Le habla por radio al controlador y empieza a recitar códigos y a describir la visibilidad y los nudos.

Miro el reverso de su cuerpo robusto, apoyado sobre el asiento del piloto. Si está incómodo en este fuselaje diminuto, no lo demuestra. De hecho, apenas ha hablado en todo el viaje. Se ha limitado a los monosílabos y a respuestas que han frenado todos mis intentos de buscar conversación. Al final me rendí y me centré en los mechones de pelo rubio que le sobresalen de la gorra y le caen por el cuello del abrigo y *no* en el hecho de que fuera de esta fina capa de vidrio y metal hay miles de metros de vacío por los que podríamos caer hacia una muerte segura.

Algo que parece más real a cada salto repentino y violento.

El avión se inclina hacia la derecha y lanzo un grito de pánico. Cierro los ojos con fuerza y sigo esforzándome por respirar hondo con la esperanza de que eso detenga las náuseas.

«Puedo hacerlo... Puedo hacerlo... Es como volar en cualquier avión. No vamos a morir. Jonah sabe lo que hace».

—Eso que ves allí es Bangor.

Me atrevo a mirar por la ventana, esperando que, ver con mis propios ojos que pronto mis pies tocarán tierra firme, me ayude a calmarme. El bosque exuberante, verde y llano se extiende hasta el horizonte. Una vasta extensión de tierra prácticamente virgen manchada con lagos de todas las formas y tamaños y un ancho río que la atraviesa.

—¿*Eso* es Bangor? —No puedo ocultar la sorpresa mientras estudio los cultivos y las pequeñas construcciones rectangulares amontonadas a la orilla del río.

—Sí. —Una pausa—. ¿Qué esperabas?

—Nada. Es que… Pensé que sería más grande.

—Es el pueblo más grande del oeste de Alaska.

—*Lo sé*. Por eso creí que los edificios serían, no sé, *más grandes*. Más altos.

Con todo el ajetreo de los últimos días, no tuve tiempo de investigar sobre el pueblo al que estoy yendo. Todo lo que sé es lo que pude leer esta mañana en el móvil mientras esperaba el avión: que esta parte de Alaska se llama «tundra» por el suelo llano; que el sol apenas se pone durante los meses de verano y que apenas sale durante los largos inviernos del Ártico; y que la mayoría de los pueblos y ciudades de la zona tienen nombres que no sé pronunciar porque están en su idioma nativo.

Jonah resopla y automáticamente me arrepiento de haberlo dicho en voz alta.

—Parece que no sabes nada de Alaska. ¿No naciste aquí?

—*Sí*, pero no recuerdo nada. Apenas tenía dos años cuando me fui.

—Bueno, quizá, si te hubieras molestado en volver antes, sabrías qué esperar —dice en tono acusatorio.

¿Qué rayos le pasa?

Atravesamos una zona de turbulencias y el avión empieza a

sacudirse bruscamente. Apoyo una palma contra la ventanilla helada para mantener el equilibrio y el mareo vuelve a revolverme el estómago, que se prepara para vaciarse.

—Ay, por Dios. Esto es *malo* —gimo.

—Relájate, no es nada.

—No, me refiero a que… —Estoy bañada en sudor—. Creo que voy a vomitar.

—Mantenlo dentro. Aterrizaremos en cinco minutos. —Su insulto silencioso me llega a los oídos.

—Lo intento, pero…

—*No puedes* vomitar aquí dentro.

—¿Crees que *quiero*? —disparo, arrugando la bolsa de plástico. De todas las preocupaciones que tenía, vomitar aquí era la peor. Y encima sentada detrás de este imbécil.

—Diablos. Habiendo otros seis pilotos, tenía que ser *yo* quien viniera a buscarte.

Cierro los ojos y apoyo la cabeza contra la ventana. El vidrio helado ayuda un poco aunque los sobresaltos sigan.

—«No te preocupes, Calla», «no pasa nada, Calla», eso es lo que diría una persona decente —murmuro débilmente.

—Estoy aquí para llevar tu trasero de niña mimada hasta Bangor, no para alimentarte el ego.

¿Niña mimada? ¿Mi *ego*? Abro un párpado para dispararle dagas a la nuca. Ya no está haciendo ningún esfuerzo para parecer amable.

—¿Mi padre sabe que eres un imbécil?

Jonah no responde y me alegro de que no lo haga porque hablar empeora las náuseas. Me quito los auriculares y vuelvo a concentrarme en inhalar hondo por la nariz y exhalar lentamente por la boca para intentar controlar la necesidad que tiene mi cuerpo de evacuar su contenido en cualquier momento mientras me sigo sacudiendo durante el descenso hacia la pista que ha aparecido delante.

El pequeño avión de dos plazas oscila de un lado y al otro como un balancín hasta que dos ruedas tocan tierra, rebotan varias veces y, por fin, se detienen.

Milagrosamente, he conseguido que los tacos se quedaran en su sitio.

Suspiro, aliviada, mientras avanzamos por la pista. A mi derecha, veo un conjunto de edificios de diferentes colores (verde bosque, rojo fuego, azul marino) con dos aviones comerciales como los que he cogido para venir hasta aquí. Pero giramos a la izquierda, hacia un grupo de hangares de acero mucho más pequeños. El más grande tiene pintado un logo azul que dice ALASKA WILD.

El corazón se me va a salir del pecho.

Estuve aquí hace veinticuatro años. Era demasiado joven como para recordarlo, pero estuve aquí, y desde entonces me he imaginado este momento una infinidad de veces.

Un hombre bajito y rellenito con un chaleco fluorescente mueve con calma dos cilindros naranjas para guiar a Jonah hacia el final de una hilera de seis aviones. Delante de otra fila de cuatro. Delante de otros dos.

Me doy cuenta de que *todos* son más grandes que este.

Quiero hacer preguntas: ¿*todos* son aviones de mi padre? ¿En qué parte del aeropuerto estamos? ¿En serio este conjunto de almacenes coloridos es el aeropuerto de la ciudad? ¿Cuántas personas trabajan aquí? Pero ya me ha quedado claro que Jonah no tiene ningún interés en contarme *nada*, así que me muerdo la lengua. Puedo preguntárselo a Agnes. Me imagino que ella será más amable.

O puedo preguntárselo a mi padre, a quien estoy por conocer.

De repente, me entran muchas ganas de hacer pis.

Cuando apaga el motor, Jonah se arranca los auriculares, abre la puerta y salta con una agilidad sorprendente.

Durante un segundo, me quedo disfrutando de la brisa fresca que me golpea la cara y me ayuda a disminuir las náuseas.

—¡Dale! ¡Vamos! —ladra Jonah.

«Ya casi te libras de él», me recuerdo mientras me deslizo del asiento.

Me paro en la puerta del avión para medir la distancia, intentando descifrar cómo voy a dar ese salto con tacones y lograr que el bolso siga en mi hombro y el sombrero en mi cabeza sin caerme de bruces o romperme los tobillos. Tendría que haberme cambiado los zapatos al rehacer la maleta para tomar lo indispensable.

Sin advertencia alguna, Jonah me toma por la cintura con sus enormes manos y me baja como si no pesara nada, haciéndome lanzar un aullido de sorpresa. Me deja en el suelo y vuelve a meterse en el avión para buscar la bolsa de nylon. Sin ninguna contemplación, me la tira a los pies como si estuviera sacando la basura. Aterriza en un charco.

—Listo. Ya puedes vomitar todo lo que quieras.

Lo miro a la cara, que sigue cubierta por el pelo despeinado, las gafas y la gorra, aunque no haya sol. ¿Cuánto tiempo lleva sin afeitarse? ¿*Años*? Los pelos largos y gruesos crecen en todas direcciones. Pondría las manos en el fuego de que en la vida ha visto unas tijeras o un cepillo.

Veo mi expresión de desagrado reflejada en sus gafas y recuerdo lo que me dijo mi madre sobre enamorarme de un piloto.

Me echo a reír. ¿Jonah es lo que mamá llamaría un «vaquero del aire»? Como si pudiera enamorarme de un hombre así.

La piel entre las gafas y la barba adopta un tono rojizo.

—¿Qué es tan gracioso? —pregunta a la defensiva.

—Nada. —El viento frío sopla con más fuerza, despeinándome y amenazando con llevarse mi sombrero. Me aparto el pelo y me aclaro la garganta—. Gracias por traerme —digo con amabilidad.

Vacila. Puedo sentir su mirada sobre mí y eso me pone incómoda.

—No me agradezcas. No ha sido idea mía —dice y me regala una sonrisa falsa que revela dos hileras de dientes blancos y rectos.

Me sorprende que no haya abandonado *todos* los hábitos de higiene y acicalamiento.

—¡Hola! —grita una mujer a la distancia y me distrae de mis pensamientos de darle un puñetazo a Jonah justo en medio de esa boca perfecta.

Con alegría, le doy la espalda y veo como una figura pequeña camina hacia nosotros. Debe ser Agnes.

Llevo tres días imaginándome cómo será la mujer que se esconde detrás de esa voz suave y calmada. La «amiga» que seguro que es más que eso. Supongo que asumí (como una estúpida) que se parecería a mi madre.

Agnes no podría ser más diferente a mi madre. Para empezar, es tan pequeña que casi parece una niña, sobre todo con ese chaleco naranja que le queda al menos tres tallas más grandes, los vaqueros y las botas de trabajo aparatosas. Un conjunto que mi madre no llevaría ni muerta. Y, a diferencia del pelo perfectamente teñido de mi madre, Agnes lleva el cabello negro azabache (con algunas canas) y tiene un corte digno de un duendecillo. Parece como si un día se hubiese levantado de mal humor, hubiese cogido unas tijeras y se hubiera desfogado con su propio pelo. Además, es nativa de Alaska.

—Lo has conseguido —dice Agnes y se detiene para que pueda

verle mejor la cara, que es redonda y bonita. Tiene algunas arrugas finas en el entrecejo y patas de gallo más marcadas en las esquinas de los ojos hundidos. Si tuviera que adivinarlo, diría que tiene unos cuarenta y cinco años.

—Así es.

Sonríe de un modo que le resalta los pómulos y me deja ver sus dientes levemente torcidos.

Al fin alguien parece realmente feliz de verme.

—¿Y él…? —Me tiembla la voz mientras observo la puerta por la que ha salido Agnes y los edificios que nos rodean, donde media docena de trabajadores con chalecos cargan aviones. Los observo mientras contengo la respiración con una extraña mezcla de mariposas por los nervios y náuseas que reclaman atención.

—Wren ha tenido que ir cerca de Russian Mission para dejar provisiones —explica como si supiera dónde queda—. Volverá pronto.

—Ah —suelto. ¿No ha venido a darme la bienvenida?—. Pero sabía que venía, ¿no?

—Sí, por supuesto que sí. Está muy entusiasmado. —La sonrisa se le borra un poco, lo suficiente como para hacerme sospechar.

Sabía que su hija, a quien hace veinticuatro años que no ve, con quien lleva doce años sin hablar, llegaba esta noche. ¿No podía pedirle a otra persona que fuera a llevar las provisiones? ¿No podría haber ido Jonah o alguno de los otros seis pilotos disponibles?

Aún mejor, ya que se encuentra bien como para volar, ¿por qué no ha venido él a Anchorage a buscarme?

¿Mi padre me está evitando a propósito?

¿Tendré que lidiar con otra persona a quien no le entusiasma mi presencia?

Lucho por conservar la calma mientras las emociones luchan en mi interior. La decepción crece después de otro día de contar las horas y los minutos que faltaban para conocer a la versión de carne y hueso de la fotografía, para volver a escuchar el suave y tranquilo timbre de su voz. Pero con la decepción viene una ola del mismo resentimiento paralizante en el que me sumí hace años, el modo que encontré para procesar el hecho de que jamás sería su prioridad.

Y luego, escondido entre estos sentimientos tan volátiles, está el alivio de que podré pasar algo más de tiempo en suelo alaskeño antes de verlo.

—¿Qué tal los vuelos? —pregunta Agnes, como si hubiera percibido mi cambio de actitud y se esforzara por mantenerme tranquila.

—Bien. Al menos la mayor parte. —Fulmino a Jonah por encima del hombro, aunque está haciendo algo en el avión y nos está ignorando.

Los ojos de Agnes siguen los míos y, cuando se encuentran con el piloto, frunce un poco el ceño, pero enseguida vuelve a centrarse en mí.

—Has crecido tanto. —Debe darse cuenta de mi confusión porque enseguida agrega—: Tu madre cada año le enviaba tus fotos escolares a Wren. Se las enmarcaba y las cambiaba cuando llegaba la nueva.

Estoy segura de que la última foto que envió mi madre fue de mi graduación de primaria, lo que significa que mi padre y Agnes se conocen hace mucho tiempo.

Sé que resulta raro hacerle esta pregunta con el poco tiempo que hago que la conozco, pero no me puedo contener:

—¿Tú y mi padre están casados? —No lleva alianza, pero no parece ser la clase de personas que usa joyas.

—¿Wren y yo? *No*. Solo… estamos. Es complicado. —Baja la mirada y observa mis tacones antes de fijarse en la bolsa maltrecha—. ¿Es tuya? —pregunta confundida.

No creo que vaya a conseguir más información sobre su relación, al menos por ahora.

–No. Mis maletas se han quedado en Anchorage. No entraban. Para ser sincera, no sé cómo he cabido yo –explico y le cuento que Billy prometió que me las enviaría al día siguiente. Ella niega con la cabeza.

–Lo siento. Le dije que se llevara uno de los Cessna.

Espera un momento…

–Jonah me dijo que *ese* era el único avión disponible.

–No tengo ni idea de qué está hablando –grita él, aunque parece centrado en una carpeta, tachando cosas de una lista.

Me quedo boquiabierta, intentando procesar lo que acaba de decir este maldito mentiroso.

Agnes suspira.

–Vamos, Calla. –Se inclina para tomar el bolso y cargárselo al hombro como si no pesara nada, aunque mida la mitad que ella–. Vamos a ponerte cómoda antes de que llegue tu padre. Estoy segura de que tu madre querrá saber que has llegado bien.

–¿Hay wifi? –Sacudo el móvil–. Desde que he salido de Seattle que estoy sin cobertura.

–Te vas a morir –murmura Jonah entre dientes, lo suficientemente alto como para que lo escuche. Pongo los ojos en blanco.

–No vas a encontrar cobertura en ningún sitio. Aquí solo funciona GCI. Pero, sí, vas a poder conectarte en casa –dice Agnes–. Jonah, hazme el favor y ocúpate de dejarlo todo en orden, ¿de acuerdo?

Gruñe una respuesta que asumo que quiere decir que sí. Al menos es como se lo toma Agnes. Con un movimiento de cabeza, me pide que la siga hacia una pequeña fila de coches que hay aparcados detrás de las oficinas.

—¡Espera! ¿Podrías sacarme una fotografía?

—Eh... Claro —dice Agnes y abre los ojos de par en par.

Le doy el móvil y vuelvo sobre mis pasos, esquivando los charcos. Me apoyo en un avión, inclinando el cuerpo de un modo que sé que me sienta particularmente bien, con la mano izquierda presionando suavemente el sombrero.

—¡Sonríe! —grita Agnes.

—Ah, no, ¡así está bien! —grito mientras miro un avión que ha empezado a descender. Sé que Jonah me está mirando, así que agudizo el oído para escuchar el comentario sarcástico que sé que va a soltar.

Por suerte, se guarda lo que sea que tenga que decir.

—He sacado tres. ¿Está bien?

—Perfecto. Gracias. —Esquivo la mirada de Jonah mientras tomo el móvil y sigo a Agnes—. ¿Entonces trabajas aquí?

Agnes sonríe con amabilidad.

—Hace dieciséis años.

—Guau. —Mi padre y Agnes se conocen desde que yo tenía diez. Hablamos durante cuatro años más y en ningún momento la mencionó. ¿Hace tantos años que «es complicado» o eso vino después?—. ¿Y qué haces?

—Qué *no* hago sería más fácil de responder. Pilotar aviones... Eso no. Pero me mantengo ocupada con muchas otras cosas: proveedores, sueldos, reservas, contratos; todo lo aburrido. Y cuido a los chicos. Ya tenemos... treinta y cinco pilotos.

—¿*En serio*? —Pongo unos ojos como platos.

—Claro que no todos trabajan a tiempo completo y están divididos en diferentes ciudades. Tenemos un chico en Unalakleet, dos en Kotzebue... En Barrow, por supuesto, para la temporada de verano. Algunos en Fairbanks... Por todos lados. Es como tener docenas de hijos. A veces dan mucho trabajo y puedo estar meses sin verlos, sobre todo a los que están en el norte, pero los quiero como si fueran míos.

—Ya me lo imagino. —No creo que alguien que no sea su familia de sangre pueda querer a Jonah.

Voy tan distraída que no presto atención adonde piso y meto el pie izquierdo de lleno en un charco. Me estremezco por el golpe del agua sucia y congelada y por pensar en el daño que va a causarle a la suela.

—Ha estado lloviendo, ¿no?

—Por aquí siempre «está lloviendo». —Agnes tira la bolsa en la parte posterior de una camioneta GMC vieja y negra que no está en el mejor estado del mundo (tiene rayas y abolladuras a ambos lados y el óxido se está comiendo el parachoques)—. Espero que hayas traído un buen par de botas de lluvia.

—Sí, las he traído. Unas Hunter rojas, preciosas y muy caras. —Hago una pausa para darle un mayor efecto—. Pero se han quedado en Anchorage con el resto de mi ropa.

—Me aseguraré de que lo tengas todo pronto. —Agnes vuelve la mirada hacia la hilera de aviones y abre la boca para decir algo más, pero luego se arrepiente—. Vamos a casa.

Vuelvo a mirar. Jonah se dirige al hangar con paso tranquilo y seguro. Se gira hacia mí una sola vez y mueve una mano a modo de despedida.

«Me lo he quitado de encima». Espero no tener que volver a verlo en toda la semana.

La casa de mi padre no queda lejos. No pasamos ni cinco minutos por una carretera solitaria y en mal estado. Las pocas casas que vemos en el camino son sencillas, pintadas de colores vistosos, todas construidas sobre plataformas de madera. Por el permafrost, según me ha contado Agnes.

Tomo nota mental de buscar «permafrost» en el diccionario cuando vuelva a tener internet.

Agnes tiene el asiento tirado hacia delante y conduce con la espalda muy recta para poder ver la carretera. Su estatura le dificulta la conducción. Si estuviera más tranquila, seguramente me parecería divertido.

Pero estar con Agnes me ayuda. Es tan tranquila como parecía por teléfono, su voz mientras me va señalando los puntos de interés es como un arrullo: la «ciudad» de Bangor dos kilómetros al este y el río Kuskokwim a su lado. Ese es el ancho y sinuoso río que he visto desde el aire. Dice que es una arteria del mar de Bering y que sigue hacia el norte, por lo que conecta los pueblos. Se puede navegar con lancha o bote en los meses cálidos y en coche cuando se congela. Parece que es *la única* forma de llegar a los otros pueblos con coche, porque no hay ninguna ruta que conecte Bangor con el resto del estado.

Si el cielo está despejado, Agnes me promete que podré ver a lo lejos la montaña de las tres cimas. Por ahora, solo veo un trozo de tierra tapada por la niebla.

Y una aburrida casa pintada de color verde musgo al final de una carretera larga y angosta.

—Muy bien… Aquí es —murmura Agnes y apaga el motor.

La casa de mi padre. El lugar en el que pasé mis primeros dos años de vida. Aunque no recuerde nada, este momento es surrealista.

Respiro hondo mientras salgo de la camioneta y sigo a Agnes por una escalera de madera que cruje. Atravieso una puerta de una sola hoja y me doy cuenta de que Agnes no ha usado ninguna llave, estaba abierta.

De pronto, me quedo quieta, los ojos casi se me salen de las órbitas por la sorpresa, intentando procesar esta cantidad de patos. El atroz papel cubre cada centímetro de pared de la cocina, que no es para nada grande y con ese papel parece aún más pequeña.

Por más horrendo que sea, tengo que contener las ganas de sonreír. A esto debía referirse mi madre. Me muero de ganas de decirle que tenía razón. Que *todavía* conoce bien a mi padre.

Agnes tira las llaves de la camioneta en la encimera. Se pone de puntillas para tomar la cuerda de las cortinas metálicas e ilumina los muebles de roble dorado, las encimeras de melamina color crema y el suelo de vinilo a juego (un patrón de cuadros con pequeños triángulos borgoña en cada esquina). Me recuerda al suelo que tenían mis abuelos en el sótano.

—Wren siempre se olvida de abrirlas.

Además de la pequeña ventana que hay encima del fregadero, solo hay una lámpara, por lo que la habitación es bastante lúgubre. No quiero imaginarme lo opresivo que puede ser durante los largos inviernos.

—¿Y cuándo oscurece? —pregunto y cruzo los brazos más en búsqueda de consuelo que de calor.

—¿A esta altura del año? El sol se pone antes de la medianoche y sale cerca de las cuatro y cuarto, pero no *oscurece* del todo. No como en invierno.

Pongo unos ojos como platos. Sabía que los días eran largos, pero en ningún momento me imaginé que el sol se ponía a medianoche.

—He cambiado las cortinas de tu habitación. Las viejas estaban rotas. Te conviene cerrarlas. A menos que seas como tu padre, que puede dormir sin problema con los rayos del sol. –Agnes va hacia la nevera–. Seguro que tienes hambre. Come lo que… –Junta las cejas mientras sostiene la puerta abierta y mira los estantes vacíos–. Me prometió que iría a comprar –murmura entre dientes, tan bajo que creo que no esperaba que la escuchara. Toma un brik de leche, lo abre y la huele. Arruga la nariz–. Yo no lo bebería.

–Está bien. De todos modos, no puedo tomar leche. Soy intolerante a la lactosa. –Me lo diagnosticaron cuando tenía cinco años. Algo que estoy segura de que mi padre no recuerda.

–Seguramente quería esperar a que le dijeras qué te gusta. –Cierra la nevera y me regala una sonrisa–. Meyer's abre a las ocho y media. Te llevará allí a primera hora. –Menos mal que no tengo hambre.

Pero no puedo dejar de preguntarme si mi padre realmente quería que viniera. Estoy segura de que podría haber comprado algunas cosas básicas para alimentar a su hija cuando llegara. *Si* le importara.

–¿Cuándo le dijiste que iba a venir?

Agnes vacila, toma la pila de correo que hay en la encimera y la repasa con los ojos clavados en las etiquetas.

–Anoche.

Vuelvo a pensar en nuestro intercambio de correos del viernes, cuando le escribí para contarle que había comprado el billete (gracias, Simon, por pagarlo). Me dijo que mi padre estaba muy contento.

Obviamente era mentira.

¿Por qué no se lo contó el viernes después de recibir mi correo? ¿Esperaba que no se alegrara? ¿Qué le dijo cuando se lo contó? ¿Qué se dijo entre estas paredes sobre mi llegada y con qué tono?

Agnes deja el correo sin abrir y se concentra en quitar las hojas secas de un florero colocado en el estante más alto del armario que hay al lado de la puerta con cara de concentración.

—Ponte cómoda, Calla. Tu padre llegará pronto.

—Bueno.

Observo lo que me rodea. No podría estar más incómoda. Sin lugar a duda la cocina tiene todo lo necesario: un horno blanco sencillo y una nevera, una pequeña mesa de madera redonda llena de marcas por los años de uso, un fregadero de acero inoxidable debajo de una ventana con vistas al extenso y llano paisaje. Y, sin embargo, nada en este espacio es acogedor. No como nuestra cocina grande y luminosa de Toronto, que tiene una ventana con asientos acolchados en el dintel que invitan a acurrucarse con un libro y chocolate caliente en un frío día de invierno.

Pero puede que la incomodidad no tenga nada que ver con la decoración, sino con el hecho de que toda la alegría que sentía por ver a mi padre se ha disipado ante el enorme pánico de no ser bienvenida.

Inhalo. El aire huele a leña y cenizas, probablemente por la chimenea. Pero me doy cuenta de que no huele a tabaco.

—Ha dejado de fumar, ¿no?

—Lo está intentando. Ven. Te enseñaré tu habitación.

Sigo a Agnes hacia una sala de estar larga y angosta. Al menos en esta parte de la casa no hay patos, pero tampoco tiene personalidad. Es igual de lúgubre pese a la luz de la claraboya. Las paredes son blancas y están decoradas con cuadros de paisajes invernales bastante olvidables; una alfombra de color crema forma un sendero desde el umbral hasta una chimenea.

—Aquí encontrarás a tu padre cuando no esté trabajando. Aquí o ahí fuera. —Señala con una mano un porche cerrado que hay al otro lado de una ventana más grande que la de la cocina, pero pequeña para una habitación de estas dimensiones.

Aparte de unos periódicos doblados sobre una mesita de café, no parece que le dé mucho uso. Como siempre, Alaska Wild es su prioridad.

Pero allí, en una mesa, está el infame tablero de damas. Me pregunto si será el mismo.

—Es… hogareño —concedo cuando siento los ojos de Agnes sobre mí.

—Mientes tan mal como Wren. —Sonríe—. No paro de decirle que necesita darle un lavado de cara. Hasta le puse uno de esos programas de decoración. —Señala un pequeño televisor de pantalla plana instalado en una esquina, delante de una butaca—. Pero dice que no vale la pena porque casi no pasa tiempo aquí. —Le tiembla la voz. Tiene la mirada fija en esa butaca, esa sonrisa que parecía permanente desaparece.

¿Por qué no lo hace ella? ¿No se lo permite?

—Pero pasará más tiempo en casa a partir de ahora, ¿no?

—Supongo que sí.

Ya no tiene sentido seguir evitando el tema del cáncer de mi padre.

—¿Es muy grave, Agnes?

—Ese papel estaba lleno de palabras técnicas, así que no entendí mucho. —Niega con la cabeza.

—Pero te contó lo que le dijeron los médicos, ¿no?

—¿Quién? ¿Wren? —Resopla—. Se pasó semanas con una gripe horrible hasta que lo convencí de que fuera al médico. Le hicieron una radiografía y así encontraron el tumor. Pero no se lo contó a nadie. Se tomó un par de antibióticos y yo creí que se estaba recuperando. Después se fue volando a Anchorage para hacerse una biopsia y otros análisis en secreto. —Puedo percibir la frustración en su voz—. Solo he conseguido que me dijera que tiene cáncer de pulmón y que los médicos le han recomendado iniciar quimioterapia y radiación.

—Bueno, parece que tiene un plan.

He estado investigando un poco la página web de la Sociedad Canadiense contra el Cáncer mientras esperaba en las escalas y he estado leyendo sobre tipos, fases y opciones de tratamiento para el cáncer de pulmón. Son muchas cosas que procesar y difíciles de comprender. Pero sí me ha quedado claro que el tratamiento es crucial y que las estadísticas de supervivencia son muy bajas.

—Me gustaría ver ese papel para buscar en internet…

—No sé dónde está. Se lo llevó cuando se lo mencioné. Me hizo prometer que no se lo contaría a nadie.

Una promesa que rompió cuando me llamó a mí.

Empiezo a sentir la frustración.

—¿Cuándo quieren empezar el tratamiento los médicos?

—La semana que viene. Tendrá que ir a una clínica de Anchorage. Es lo más cercano. Jonah dijo que lo llevará y lo irá a buscar para que pueda llevar la recuperación en casa.

Me alegro de que Jonah tenga una mejor predisposición con mi padre que la que ha tenido conmigo.

Recorro con la mirada la inhóspita sala de estar.

—¿Por qué no aprovechas para redecorar cuando él no esté?

—¿Sugieres que venga a casa de Wren y arranque el espantoso papel de la cocina? —Me mira divertida.

—¿No vives aquí? —Su respuesta me ha pillado desprevenida.

—¿Yo? No. Vivo en la casita blanca de enfrente. Hemos pasado por delante al llegar.

—*Ah…* —De pronto, al rompecabezas de la vida de mi padre le faltan piezas–. ¿Entonces son *vecinos*?

—Hace trece años. Tu padre es el dueño, se la alquilo.

Vecinos. Compañeros de trabajo. Amigos.

Y «es complicado».

La sigo por el pasillo angosto mientras digiero esta nueva información.

—De todos modos, creo que tendrías que hacerlo. Mi madre pintó la biblioteca de Simon un fin de semana mientras él estaba en un congreso. —Simon había pagado una fortuna por esos muebles de roble claro a medida antes de conocer a mi madre. Ella los odiaba. Recuerdo cómo se le transformó la cara cuando atravesó la puerta y los vio pintados de blanco. Lo superó… con el tiempo.

—Sí, pero… Yo no soy Susan. —Agnes suspira de un modo que quiere decir algo más. Me lleva hacia un pequeño dormitorio con paredes blancas y un candelabro de cristal colgado del techo.

—Si hubieras visto la cantidad de cajas que había aquí. Tardé todo el día en quitarlas.

A ella le llevó todo el día, no a Agnes y a mi padre.

Ahora solo queda una cama de metal en una esquina, debajo de una ventana, junto a una silla de madera. Y una cómoda sencilla, blanca, de solo tres cajones, al otro lado. Tengo un armario con puertas persiana justo al lado; la clara de puerta plegadiza antigua que solíamos tener en la casa de Toronto antes de la remodelación. Cuando entro a la habitación, me doy cuenta de que las paredes no son lisas, sino que están adornadas con unas decoloradas calas rosa de todos los tamaños.

Entonces me doy cuenta.

—Esta era mi habitación.

Mi madre me contó que pasó los largos y oscuros meses del embarazo pintando las flores que me dieron nombre en las paredes de mi habitación. Un pasatiempo novedoso inspirado en el aburrimiento y en el hecho de que no podía tener flores reales. Ninguna planta, en realidad. Al final eso fue lo que la mantuvo cuerda hasta que viajó a casa de unos amigos de Anchorage para esperar el parto, algo necesario si querías asistencia médica.

Sus habilidades han mejorado mucho a lo largo de los años. Todavía pinta, sobre todo en invierno, cuando los jardines que rodean la casa están dormidos y necesita una vía de escape tranquila al ajetreo de la florería. Su «taller» está justo delante de mi habitación, en la parte delantera de la tercera planta. La habitación es amplia y luminosa, y está llena de lienzos con tulipanes y peonias realistas, rebosantes de pétalos con puntas rosadas, todo hecho con sus propias manos. Algunas de sus obras están exhibidas en las paredes de restaurantes y tiendas locales con una pequeña etiqueta que indica su valor de venta. Pero ya no pasa tanto tiempo en el taller porque dice que no hace falta pintar flores cuando se pasa todo el día rodeada de ellas.

Pero hace veintiséis años, en una tierra implacable por tantas razones, este era su jardín. Y mi padre lo ha conservado todos estos años.

Agnes me mira, comprensiva.

—Sabía que iba a gustarte.

—Sí. Es perfecto. Gracias. —Tiro la bolsa al suelo.

—Hace mucho frío por las noches, así que he dejado varias mantas para que estés calentita. —Agnes señala la pila de mantas dobladas sobre la cama y escanea la habitación como si estuviera buscando algo—. Creo que eso es todo. ¿Necesitas algo más?

—¿La contraseña del wifi? —digo señalando el móvil.

—Sí. Ahora te la busco. El baño está a la izquierda, por si quieres asearte. Tu padre tiene uno en su habitación, así que este es todo tuyo.

Con un suspiro de cansancio (si no fuera por la adrenalina que me produce estar a punto de conocer a mi padre, probablemente me desplomaría encima de la cama) abro la bolsa de nylon y empiezo a vaciar con frustración la poca ropa que tengo.

Casi toda está húmeda.

—¡Mierda! —Mis vaqueros negros están fríos y mojados, como mi suéter, la ropa deportiva y las otras dos camisetas que he conseguido meter en el lado derecho de la bolsa. El mismo lado que Jonah arrojó sin cuidado sobre el charco de agua sucia. Aprieto los dientes para contener la ira, tomo una pequeña cesta de mimbre y lo meto todo dentro.

—La he encontrado. —Agnes trae un trozo de papel entre los dedos. Se nota que se muerde las uñas y no se las pinta.

—Genial. Gracias. ¿Dónde puedo lavar la ropa? Lo tengo todo mojado gracias a Jonah. —No me esfuerzo por ocultar la amargura.

Resopla y toma la canasta.

—Jonah perdió a su padre por culpa del cáncer hace un par de años y le está costando procesar el diagnóstico de Wren. Creo que lo pagó contigo.

—Entonces él *sí* lo sabe.

Asiente.

—Wren no quería contárselo, pero Jonah es muy perceptivo. Se lo he contado esta mañana. Sea como sea, lamento que no haya sido muy amable.

¿Era *eso* lo que Jonah tenía atragantado y lo ha puesto tan de mal humor? Si es el caso, sigue siendo inaceptable, pero no tengo que esforzarme demasiado por sentir algo de empatía.

¿Aunque no debería sentirla él por mí?

—Las máquinas están al lado de la cocina. Ven, te lo enseñaré. —Se detiene y abre los ojos como platos cuando ve la montaña de productos para el pelo, cepillos y neceseres que ocupaban la mitad de la bolsa y ahora cubren toda la parte superior de la cómoda–. ¿Usas *todo eso* a diario?

–Sí, prácticamente. –He dejado la otra mitad en casa; solo he traído lo imprescindible.

Fuera, se cierra una puerta de un coche. Agnes se gira en esa dirección y hace una pausa para escuchar. Unos segundos después, se escucha como alguien sube por las escaleras de madera de la puerta principal.

Respira hondo y, por primera vez desde que la escuché a través del teléfono de mi casa, creo que está nerviosa. Sin embargo, sigue sonriendo.

–Tu padre ha llegado.

Capítulo 7

Me quedo donde estoy, observando como Agnes avanza por el pasillo con la canasta de mimbre en las manos.

Nada de esto es normal.

Se me forma un nudo en el estómago, una extraña mezcla de ansiedad y pánico. ¿Wren Fletcher será como me imaginaba cuando era niña y miraba su foto? ¿Un hombre callado pero amable que me alzaría después de largas jornadas de vuelo?

¿O me encontraré con la versión en la que se convirtió después de romperme el corazón? La versión real. La del que jamás se esforzó por conocerme.

—¿Y? ¿Cómo ha ido? —Agnes está apoyada contra la pared que lleva a la cocina, dándome la espalda. Como si fuera un día cualquiera.

—Ya tienen sus provisiones —responde el hombre con una voz ligeramente ronca.

Me invade una extraña sensación de *déjà vu*. Ya había escuchado a esa voz decir esas palabras. Hace muchos años, por teléfono, a través de miles de kilómetros de cables, a veces opacada por las interferencias y un ligero eco. Probablemente después de que le preguntara qué había hecho ese día.

–¿Y el alce?

Responde con una pequeña risa que hace que un escalofrío me recorra la espalda porque también me resulta familiar.

–Al final lo llevaron hacia el banco de arena. Pero tardaron un buen rato. Casi tengo que volver.

Silencio. Y luego…

–¿Y?

Una palabra llena de significado.

–Está en su habitación. Jonah la ha vuelto loca.

–No me extraña. –Vuelve a reírse. Si mi padre está enfadado porque Agnes me ha traído a Alaska, lo disimula muy bien.

–Bueno… Te dejaré para que vayas a saludar. –Agnes se retira hacia la cocina.

Contengo la respiración y se me para el corazón mientras escucho cómo el suelo cruje por los pasos que se aproximan.

Y, de pronto, me encuentro cara a cara con mi padre.

Está mucho más viejo que en la foto gastada que guardo entre los jerséis y, sin embargo, es como si hubiera saltado fuera del marco. Sigue llevando el pelo largo, como alguien de los setenta, pero, en lugar de castaño, ya es gris. Solía tener la piel tersa y suave, pero la edad le ha dejado arrugas y surcos. Sigue usando la misma ropa: vaqueros, botas de trabajo y un abrigo a cuadros.

Y parece… sano. Me doy cuenta de que estaba esperando la versión masculina de la señorita Hagler: frágil, encorvado, pálido y mucha tos. Pero nadie diría que este hombre tiene cáncer de pulmón.

Nos separan tres metros y ninguno de los dos parece estar preparado para reducirlos.

–Hola… –titubeo. No lo llamo «papá» desde los catorce. De pronto, me siento rara. Me trago la incomodidad–. Hola.

—Hola, Calla. —Su pecho se infla y desinfla con una respiración profunda—. Por Dios, cómo has crecido.

«¿Desde la última vez que me viste hace veinticuatro años? Sí, era de esperar».

Ahora mismo no me siento como una mujer de veintiséis años, sino como una adolescente de catorce dolida y enfadada, llena de dudas e inseguridades, que se da cuenta de que *este* hombre (el que ahora no mueve ni un músculo) tomó la decisión consciente de *no* estar en su vida.

No sé dónde poner las manos, pero, de pronto, tengo la necesidad de hacer *algo, cualquier cosa.* Me las meto en los bolsillos de los vaqueros, luego las saco un poco, luego del todo, luego las cierro en un puño y luego doblo los brazos.

—¿Qué tal el viaje? —Se aclara la garganta.

—Bien.

—Bien.

El golpe de una puerta de metal y el sonido de un teléfono a lo lejos me recuerda que Agnes sigue aquí.

—¿Tienes hambre? No pude hacer la compra…

—No. Estoy bien. He comido en Seattle.

Asiente despacio y estudia la alfombra gastada que nos separa.

—¿Cómo está tu madre?

—Muy bien. —No tengo ninguna duda de que va por la tercera copa de vino y que está volviendo loco a Simon dando vueltas alrededor de su silla a la espera de que me comunique con ella. Vacilo—. Está conmocionada por las noticias. —No creo que haga falta explicar nada más.

—Sí, bueno… Así son las cosas. —Se saca un paquete de cigarrillos del bolsillo—. Te dejaré para que deshagas la maleta. Nos vemos mañana. —Se da la vuelta y, sin más, se va. La puerta de la cocina cruje y delata que ha salido.

Me quedo mirando el espacio vacío donde estaba.

¿Nos vemos mañana?

¿Cuatro aviones, cinco mil quinientos kilómetros y *veinticuatro años* y lo único que me ha dado mi padre son dos minutos de charla cordial y un «nos vemos mañana»?

La decepción amenaza con derribarme.

Siento que alguien me mira, salgo del aturdimiento, y veo a Agnes analizándome con preocupación.

—¿Estás bien?

—Sí, estoy bien. —Intento tragarme los sentimientos, pero la voz temblorosa me delata.

—Wren no suele demostrar sus sentimientos. Tiene que procesar muchas cosas.

Me río entre dientes, pero solo siento ganas de llorar.

—¿Solo *él*? —¿Yo no tengo que procesar nada?

Al menos se muestra comprensiva.

—Voy a sacar tus cosas de la secadora. Intenta dormir algo. Mañana todo irá mejor.

Me alegra que se vaya. Me meto en la habitación y cierro la puerta a mis espaldas, tratando de mantener a raya la creciente sensación de que venir ha sido un terrible error.

Supe que mi móvil se había conectado al wifi por la ráfaga de notificaciones de todos los mensajes de mi madre.

¿Ya has llegado a Anchorage?

Cuéntame cómo está tu padre.

¿Ya has llegado?

Bien, he buscado tus vuelos y he visto que el de Seattle a Anchorage va con retraso. Llámame cuando puedas.

He llamado a Alaska Wild y me han dicho que has aterrizado hace quince minutos. ¿Ya has llegado a la casa de tu padre?

Mis pulgares se quedan congelados mientras pienso qué decir. Si le digo la verdad, insistirá en llamar y todavía no tengo la energía necesaria para contarles que las cosas no podrían ir peor.

Ya he llegado. Tenías razón, los aviones son pequeños. Estoy agotada. Te llamo mañana.

A primera hora, ¿de acuerdo? ¡Te queremos!

¡Y recuerda sacar muchas fotos!

Busco el pijama (una de las pocas cosas que no se ha mojado, por suerte) y salgo disparada hacia el baño. Ni rastros de Agnes o mi padre, lo que me hace pensar que están charlando fuera.

Vuelvo a encerrarme en la habitación, cierro las cortinas y me meto debajo de las mantas con el móvil y la esperanza de alejar todos estos sentimientos oscuros.

Abro la foto que me ha hecho Agnes. Aunque el vuelo ha sido horrible, me veo bastante bien al lado del avión. Los colores vibrantes destacan ante el fondo lúgubre.

El único defecto es el idiota que se ha colado en la imagen.

Jonah le da la espalda a la cámara con la carpeta en la mano, pero tiene la cabeza girada y se le ve la cara peluda. No hay duda: me está mirando. Si fuera otro, esta foto contaría algo diferente, una historia romántica de un hombre que se enamora de una mujer.

Pero no es el caso.

Abro una aplicación para edición de imágenes: recorto, giro y pongo filtros hasta conseguir una buena foto sin el piloto peludo para mi Instagram.

Pero no se me ocurre ninguna frase adecuada. Oigo la voz de Diana: «*¡Sé optimista y motivadora! ¡Puntos extra si eres graciosa!*».

En este momento, me siento todo lo contrario a optimista y motivadora.

Siempre me ha costado pensar en frases. A Diana no. Pero lo cierto es que la mayoría de sus publicaciones no parecen escritas por ella, al menos no por mi mejor amiga, la chica que se mete cinco patatas fritas en la boca y critica con la boca abierta a los abogados del bufé en el que trabaja.

¿Cómo voy a describir lo que he vivido hoy de forma optimista y motivadora?

¿Cómo voy a mentir?

Siendo superficial. Es la única manera. Sencilla, alegre y feliz.

Escribo lo primero que se me viene a la mente: «Una chica de ciudad en la salvaje Alaska. ¡Enamorada!». Agrego varios *hashtags* (otra regla de oro de Diana) y la publico.

Mientras tanto, me muerdo el labio por la persistente sensación de que *todos* estarían más felices si Agnes no hubiera hecho esa llamada.

Me despierto y oigo las olas golpeando rítmicamente contra la orilla, el sonido tranquilizador cortesía de la aplicación que uso todas las noches.

Durante un segundo, me olvido de que estoy soltera y desempleada.

Y en Alaska, a punto de encontrarme con mi padre, quien está gravemente enfermo, pero que, *de todos modos*, no me quiere aquí.

Me quito el antifaz y dejo que mis ojos se ajusten a la tenue luz del día que se cuela por los bordes de las cortinas. Me duelen los músculos por el cansancio. O quizá sea por la cama. En casa tengo una cama de matrimonio (lo suficientemente grande como para que pueda desparramarme en todas direcciones y nunca tenga ninguna parte del cuerpo cerca de los bordes) y un colchón inteligente que se adapta a mi figura. En comparación, este parece sacado de una colecta de caridad.

La almohada no es mucho mejor, dura e irregular. La noche anterior le di unos buenos golpes para ablandarla antes de darme por vencida.

Toco la silla de madera hasta dar con el móvil.

Gruño. No son ni las seis de la mañana y ya estoy despierta. Aunque no debería sorprenderme: mi reloj interior cree que son las diez.

Tampoco debería sorprenderme que mi madre me haya enviado tres mensajes más.

¿Ya estás despierta?

¿Cómo está tu padre? ¿Tiene buen aspecto?

¡Avísame cuando te despiertes!

También ha intentado llamarme.

Todavía no estoy lista para someterme al interrogatorio de Susan Barlow. Aparte, ¿qué le voy a contar? ¿Que tiene buen aspecto, que nuestro encuentro fue, en el mejor de los casos, breve e incómodo y que no tengo ni idea de por qué estoy aquí?

También tengo dos mensajes de Simon.

> Ten paciencia con tu madre.

> Recuerda que para él eres tan desconocida como él lo es para ti.

—No me digas, Simon —murmuro. Estoy segura de que hay un significado más profundo en sus palabras. Siempre lo hay. Es la persona con quien necesito hablar. Necesito desesperadamente una de sus charlas psiquiátricas. Pero debe estar con algún paciente, así que mis problemas tendrán que esperar.

La parte buena de haberme despertado tan pronto es que me quedan un par de horas antes de *tener* que llamar a casa.

Suspiro cuando abro mi Instagram y veo más *me gusta* de lo habitual en la foto con el avión y una docena de nuevos seguidores. Como siempre, un comentario de Diana lleno de emoticonos y signos de exclamación y los habituales comentarios de amigos y seguidores, los «¡Me encanta tu ropa!», «¡Bonita foto!», «¡Eres tan guapa!», «¡Tengo que conseguir ese sombrero!». Pero también hay otros. Personas que remarcan lo afortunada y osada que soy por estar en Alaska y me cuentan que siempre han querido venir.

Estas personas (desconocidas) ven a una chica guapa y bien vestida disfrutando de la vida. Ninguno sabe la *verdadera* razón de por qué estoy aquí, ni que ya estoy pensando en volver a casa. No pueden ver mi soledad ni el nudo que tengo en el estómago. Esa es la magia de las redes sociales, o eso creo. Pero también hay un cierto placer en poder ocultar todo eso detrás de la ilusión. Si miro la imagen y vuelvo a leer la frase efervescente un par de veces, quizá yo también empiece a creérmelo.

Empiezo a responder, hasta que me ganan las necesidades fisiológicas.

Levanto las pesadas capas de mantas, salgo de la cama y rápidamente me pongo la ropa del día anterior con la piel de gallina por el aire helado. Comparado con el agobiante verano y el aire acondicionado de casa, es bastante agradable.

Mis sentidos captan el olor a café recién hecho. Para mi sorpresa, encuentro la canasta con mi ropa limpia (y doblada) junto a mis pies. La aparto y avanzo con cuidado por el pasillo con la misma mezcla de ansiedad y emoción que la noche anterior.

La sala de estar está vacía. Debe estar en la cocina.

—¿Hola? —grito y espero.

Nada. Ni un solo crujido de madera ni agua corriendo en su baño. El silencio es inquietante. Solo se escucha el tic-tac del reloj de la cocina.

Pero sé que mi padre ha estado aquí porque la jarra de café no está llena y al lado hay una taza sucia con una cuchara dentro. Asomo la cabeza por la puerta para ver si está fumando un cigarrillo. Hay una camioneta Ford, apenas mejor cuidada que la de Agnes, pero ningún rastro de él.

Cuando vuelvo a entrar, me doy cuenta del trozo de papel que hay en la encimera. Tiene mi nombre garabateado en letras mayúsculas. A su lado hay veinte dólares estadounidenses.

No sabía qué querías comer. Las llaves están en la camioneta. Meyer's está a cinco kilómetros. Ve hacia el este hasta el final de la carretera, gira a la derecha y luego a la izquierda en la segunda calle. La lluvia debería cesar en pocas horas, por si quieres salir a caminar.

Al final hay una *W* tachada, como si hubiese empezado a escribir su nombre y luego se hubiera arrepentido. Lo ha reemplazado por *papá*.

Supongo que se ha ido a trabajar. ¿Siempre se va a trabajar *tan* temprano?

¿O me está evitando?

Siguiendo un impulso, tomo la taza usada. Sigue caliente. Eso demuestra que *ha estado* aquí, y no hace mucho. Me consterna darme cuenta de que es probable que haya salido disparado cuando me ha escuchado.

No entiendo cómo se ha ido a trabajar sin su camioneta. ¿Quizá lo ha llevado Agnes?

Sea como sea, está claro que ni se le ha pasado por la cabeza que no tengo carné de conducir.

—No, no, ve a trabajar, *papá*. ¿Qué? ¿Que hace veinticuatro años que no nos vemos? No es para tanto. *Jamás* pretendería que te tomaras una o dos horas para estar conmigo. En serio, puedo cuidarme sola —murmuro intentando quitarme la espina que tengo clavada en el pecho.

Reviso la nevera y los armarios vacíos hasta que llego a la conclusión de que mi padre vive a base de café, crema de cacahuate barata y llena de azúcar y macarrones con queso congelados. Menos mal que no tengo hambre. Pero sí estoy desesperada por uno de esos espumosos cafés con leche de soja que hace Simon. No tengo muchos vicios, pero la cafeína encabeza la lista. En las raras ocasiones en que no he tomado (puedo contarlas con los dedos de una mano) al mediodía, sentí que me estallaba la cabeza.

Hace cinco años, para Navidad, Simon nos sorprendió con una lujosa máquina de barista que podría competir con la de Starbucks. Todas las mañanas se sienta a desayunar con una taza de Earl Grey y su *Globe & Mail* y presta atención al primer crujido de la escalera del tercer piso para poder ponerla a funcionar. Para cuando llego a la cocina, arrastrando los pies medio dormida, ya me da la taza de café. Dice que lo hace para mantener al monstruo tranquilo, pero creo que tiene más que ver con su secreta fascinación por el espumador.

De pronto, echo mucho de menos mi casa, pero alejo ese sentimiento y me concentro en lo que tengo que resolver ahora. Faltan dos horas y media para que Meyer's abra. Eso significa que tendré que hacer tiempo mientras descifro cómo sobreviviré este día.

Siento las gotas de sudor rodándome por la cara. Mientras me detengo para darle un trago al agua y recuperar el aliento, miro la casa verde de mi padre a lo lejos. Solo he durado veinte minutos en el espeluznante silencio sola con mis pensamientos y el ordenador antes de que la incomodidad me obligara a salir. Me he puesto ropa de deporte e ir a explorar los alrededores me ha parecido una buena excusa para escapar.

También puedo ver la casa de Agnes a lo lejos. Es una réplica de la de mi padre (mismo tamaño, misma distancia hacia la calle, el mismo porche de madera que lleva hacia la puerta), pero es blanca y no hay ninguna camioneta en la entrada. Ya se había ido cuando salí. Asumo que también está en el trabajo.

El móvil me indica que he corrido diez kilómetros y en ningún momento he perdido de vista las casas. No me he cruzado con nada que obstruyera la vista (campos de arbustos bajos y algunas casas dispersas) ni a nadie que me distrajera de mi meta.

No ha pasado nadie conduciendo, ni con un tractor ni paseando el perro. Ni siquiera un ladrido distante que rompiera el silencio. Es perturbador. Estoy acostumbrada al flujo permanente de gente, a los gritos, al rugido de los motores y al ruido de las obras. Para mí, es ruido blanco, y lo necesito tanto como el ritmo de las olas para dormir. Encima, mi móvil no funciona y me siento *completamente* aislada del mundo.

¿A quién le puede dar paz esto?

–¡Ay! –Me golpeo el muslo y un pequeño cadáver queda colgando justo donde he dado el golpe. Los mosquitos no han dejado de fastidiarme y esa es la única forma de conseguir respiro.

Sigo a paso firme y constante por la carretera. Solo se oye el sonido rítmico de mis zapatos hasta que oigo un zumbido familiar. Un pequeño avión amarillo surca el cielo, justo por debajo de la gruesa capa de nubes, que indican que se pondrá a llover en cualquier momento. No puedo distinguir el logo, pero perfectamente podría ser de Alaska Wild.

Podría ser mi padre.

Intentando alejarse tanto como pueda de su hija.

¿Podrá verme aquí abajo en este atuendo deportivo rosa con zapatos a conjunto?

Los zapatos *eran* rosa. Ahora están cubiertos de barro gracias a las sucias carreteras. Una semana aquí y también tendré que tirarlos en la estación de metro de Davisville para que les hagan compañía a los otros.

El avión desaparece y me quedo sola otra vez. Solo yo y un millón de mosquitos chupasangre.

Más adelante, hay un grupo de edificios que parecen almacenes, cercados por una valla. Hay de distintas formas y tamaños, pero todos tienen el techo rojo. Algunos parecen casas y otros, graneros. Pero ¿para qué? Mi madre no para de decir que aquí no crece nada. Cuando me acerco, veo las estructuras que hay detrás de los edificios. Definitivamente son invernaderos. Hay camionetas y tractores, y algunos parches de césped verde dispersos con algunas filas de vegetación. Algunas están cubiertas con plástico blanco, otras recubiertas con unos semicírculos.

Y más allá, campos de vegetales. Filas y filas de lechugas y altos campos de cebolla y una gran extensión de zanahorias y otras cosas que no puedo distinguir desde aquí. Dos personas trabajan en un depósito amarillo con mangueras en la mano.

Sí hay vida aquí.

Crecen cosas. O el suelo ha cambiado drásticamente en estos veinticuatro años o mi madre se equivocaba en lo de «desierto estéril». O quizá se rindió antes de intentarlo.

Siento un pinchazo y, rápida como una raqueta, mi mano me abofetea el cuello. Me estremezco cuando veo tres mosquitos colgando y los voy despegando uno a uno, desesperada por conseguir refugio de los insectos y una ducha larga y caliente.

Y luego supongo que tendré que esperar hasta que *a alguien* le importe que esté aquí y venga a ver si sigo viva.

¿Cuántas posibilidades hay de que me detenga la policía?

Considero mis opciones mientras miro la camioneta de mi padre desde la ventana de la cocina. El dolor por la falta de cafeína se ha transformado en un latido insoportable. He empezado a sentirlo hace media hora y he intentado beberme una taza de café negro por pura desesperación. Pero me he rendido después de tres sorbos y he estado diez minutos intentando quitarme el sabor amargo de la boca con pasta de dientes.

Y lo que es peor, mi estómago ruge en señal de protesta y mi corazón está intentando soportar el hecho de que estoy a un giro a la derecha y un giro a la izquierda (u ocho kilómetros, según la nota) de la civilización, y de que mi padre me ha abandonado.

Agnes se equivocó. Las cosas no van mejor.

Miro la aplicación de Uber. No hay coches disponibles en la zona.

Con los dientes apretados, busco en internet el número de Alaska Wild. Porque, por supuesto, mi padre no me ha dado su móvil.

Agnes responde al tercer tono.

—Soy Calla.

—Oh, buenos días. ¿Cómo has dormido?

—Bien. ¿Está mi padre?

—Eh... no. Despegó hace un rato, está de camino a Barrow para ver cómo están las cosas. No regresará hasta la tarde. —Hace una pausa—. Pero me ha dicho que te ha dejado la camioneta para que pudieras ir al pueblo.

—No tengo carné de conducir.

—Ah. —Casi puedo ver su ceño fruncido—. Así que estás atrapada.

—Algo así. Y sin nada para comer. —No intento ocultar el fastidio.

—De acuerdo. Bien, veamos... —Escucho que mueve papeles—. Sharon puede cubrirme mientras te llevo.

—Perfecto.

—Llegará a mediodía.

—¿*Mediodía*? —No sé quién es Sharon, pero sí sé contar, y el mediodía son las cuatro de la tarde de Toronto. No voy a llegar—. Ah, espera, ¿sabes qué? Jonah no empieza hasta tarde. Él te llevará.

—¿*Jonah*? —Siento cómo se me deforma el rostro por el disgusto. No puede decirlo en serio.

—¿Ves su camioneta aparcada en la acera?

—¿Qué quieres decir con «en la acera»?

—Al lado.

Salgo disparada hacia la ventana para mirar la casa de los vecinos, que está a unos quince metros. Es otra casa sencilla y modesta, cubierta con madera a la que no le vendría nada mal una limpieza. Levanto las cejas.

—¿*Jonah* vive *al lado*?

—¿Sigue allí?

—Hay una camioneta verde aparcada delante. —Pero ninguna otra señal de vida.

—De acuerdo, bien. Ve y pregúntale si puede llevarte hasta Meyer's. Esto mejora a cada segundo que pasa.

—No quiere llevarme a ningún lado —gruño. Y lo último que quiero hacer es pedirle un favor.

—Lo hará. —Parece confiada, pero no me doy cuenta de que no discute su falta de deseo.

—¿Y luego qué? ¿Me abandonará allí? Sabes que llevó ese avión diminuto a propósito, ¿no?

Hay una larga pausa.

—A Jonah le gusta hacer esas bromas. Para no aburrirse. —La risa tranquila de Agnes me llena el oído—. Pero es un osito de peluche. Y no te preocupes, ya he hablado con Billy. Meterá tus cosas al Caravan que llega esta tarde. —Suspiro, aliviada. Por fin buenas noticias—. Pídele a Jonah que te lleve al pueblo. Estaría bien que se llevaran bien. Él y tu padre están muy unidos. Y no tengas miedo de ponerlo en su lugar. Puede soportar tanto como da. —Vuelvo a mirar con cuidado hacia su jardín—. O espera hasta el mediodía y te llevaré yo. Lo que prefieras.

Pedirle ayuda al yeti gruñón o morir de hambre. Creo que la segunda opción puede ser menos dolorosa.

—Ah, y los espero a ti y a Wren para cenar esta noche. Espero que no te suponga un problema.

—Claro. —Si logro sobrevivir.

Sin pensarlo demasiado, tomo el dinero que me ha dejado mi padre, me pongo los zapatos de plataforma, guardo las gafas de sol y me dirijo a la puerta. Llevo unos vaqueros y un suéter liviano azul marino a propósito, pero igualmente me persiguen los mosquitos y me obligan a correr por el césped húmedo. Mis pies se hunden en el suelo pantanoso a cada paso que doy y, para cuando llego al pequeño porche de madera, están empapados, las suelas chillan y es probable que se hayan arruinado para siempre. Otra oportunidad para recordar que no tengo botas de lluvia gracias al imbécil al que estoy a punto de pedirle ayuda.

Me esfuerzo por no parecer amargada mientras llamo a la puerta.

A los diez segundos, llamo con más fuerza.

—¡Un momento! —grita esa voz ronca. Oigo pasos y al segundo aparece Jonah, acabando de ponerse la camiseta.

Estoy desconcertada. Ahora que no lleva la gorra ni las gafas, me doy cuenta de que Jonah no me saca tantos años. Debe rondar la treintena y apenas tiene marcas de expresión. Lleva el pelo largo, húmedo, y una barba mal cuidada.

Tampoco está tan gordo como parecía debajo del abrigo. Es decir, es robusto, pero está en un sorprendente estado físico, lo que he visto de abdominales no deja lugar a dudas.

Pero sus ojos son lo que más me inquieta. Me atraviesa con la mirada, pero sus iris son del azul más bonito que he visto en la vida.

Detrás de todo ese pelo desaliñado, Jonah es atractivo.

—¡Calla! —Me sobresalto—. ¿Necesitas algo? —pregunta despacio, con fastidio; de un modo que indica que no he prestado atención a lo primero que ha dicho por estar demasiado ocupada mirándolo boquiabierta.

Qué pena que esos ojos tan bonitos estén atados a una lengua tan venenosa.

—Necesito que me lleves al pueblo. —Me aclaro la garganta.

Mira la casa de mi padre.

—¿Le pasa algo a la camioneta de Wren?

—Nada, pero no tengo carné de conducir.

Levanta las cejas.

—Estás bromeando. ¿Cuántos años tienes?

—Nunca lo he necesitado —digo a la defensiva.

—Siempre consigues que alguien te lleve a todos lados, ¿no? —Sus labios se curvan con una sonrisa lenta y maliciosa.

—¡No! Vivo en una *ciudad* con *transporte público*. ¿Sabes lo que es eso? —Mi tranquilidad estalla en mil pedazos. Algo que no suele pasarme con desconocidos. Cuando tengo que salir de Toronto dependo de alguien más (mi madre o Simon, Diana o alguno de mis amigos con coche), pero eso no tiene nada de malo. Y, además, no es lo que importa ahora. Sabía que venir era un error—. ¿Sabes qué? No te preocupes. Iré sola. *Muchas gracias.*

Giro sobre mis talones, bajo la escalera y atravieso el césped hacia la camioneta de mi padre. Cierro la puerta de un golpe y paso un rato presa de una furia asesina: agito las manos como una loca, golpeo el vidrio, el salpicadero y a mí misma para matar a la pequeña horda de mosquitos que me han seguido hasta allí.

Cuando estoy segura de que los he matado a todos, me acomodo en el asiento del conductor con un suspiro de satisfacción y los dedos aferrados al volante.

Huele a tabaco. No hay ninguna evidencia (ni colillas en el cenicero, ni paquetes vacíos, ni siquiera el envoltorio transparente que envuelve los paquetes), pero igualmente puedo oler los cigarrillos, el humo impregnado en la tapicería.

Las llaves están justo donde mi padre ha dicho que estarían, esperándome a mí o a quien quiera subirse y conducir. Claramente, el riesgo de que sea otra persona es bastante bajo.

Podría conducir hasta el pueblo. Su nota decía que solo eran dos giros por una carretera vacía. Con apenas señales o semáforos. El verde indica que debes pasar y el rojo que debes parar.

—Mierda. —Miro consternada la palanca de cambios. El coche es manual. Sin importar las veces que haya conducido uno automático, es imposible que pueda manejar este.

Dejo caer la cabeza hacia atrás y se me escapa un rugido de frustración. Tanto espacio a mi alrededor y yo completamente atrapada.

La puerta del acompañante se abre. Jonah apoya una mano en el techo y se asoma.

—¿Por qué *necesitas* que te lleve al pueblo? —Su tono sigue siendo brusco, pero parece menos agresivo.

—Porque no hay *nada* para comer en esa casa.

—¿*Nada* de nada? —Sonríe.

—Nada —disparo más por frustración que por otra cosa—. Leche caducada y kétchup. Mi padre me ha dejado dinero y se ha ido antes de que me despertara. Y Agnes no puede venir hasta mediodía. Me duele la cabeza porque todavía no he tomado café y me estoy *muriendo de hambre*. —Y cada vez estoy de peor humor.

—No es tan dramático —murmura Jonah mirando su reloj y el este, donde un avión está descendiendo. Lanza un suspiro—. Para la próxima, aprende a pedir bien las cosas.

—Lo he pedido *bien*.

—No, eso fue más bien una orden, y no me llevo bien con las órdenes.

Me quedo mirándolo mientras repaso mentalmente mis palabras exactas. Se lo he preguntado, ¿no? Puede que no.

—¿Y? —Abre los ojos—. No tengo mucho tiempo. Más te vale que sea rápido porque tengo el día lleno de vuelos si el clima coopera. —Cierra la puerta y empieza a caminar hacia la calle.

Con la misma cantidad de alivio que de temor, salgo y lo sigo hasta su camioneta: una Ford Escape verde que, salvo porque le falta la rueda de recambio, está en buenas condiciones.

Con la misma agilidad y movimientos precisos que el día anterior, toma la gorra negra del asiento trasero. Con una mano, se aparta el pelo de la cara antes de ponerse la gorra y sentarse detrás del volante.

Ocupo el asiento del acompañante e inhalo el débil aroma a chicle de menta mientras él pone la calefacción, lo que genera una pequeña ráfaga de calor en el interior helado. ¿Cuántos años tendrá el coche de Jonah? No puedo recordar la última vez que tuve que usar una manivela para subir y bajar los cristales.

Un mosquito vuela por delante de mi cara.

—¿*Siempre* es así? —Aplasto uno con la palma.

—A mí no me molestan.

—Me han comido viva esta mañana.

—Quizá te ayude ponerte algo de ropa la próxima vez que salgas a correr.

Me quedo boquiabierta.

—Lo que me he puesto para correr no tiene *nada* de malo. —Es verdad que los pantalones *son cortos* y apretados, pero es solo por comodidad. Igual que el top. Y también es verdad que el atuendo funciona mejor en la ciudad que en los bosques atestados de insectos, así que supongo que tiene algo de razón. Aunque nunca lo admitiré. Y, espera un momento...—. ¿Me estabas *espiando*?

Bufa.

—Justo estaba mirando por la ventana cuando pasaste corriendo agitando las manos como una loca y con ese atuendo que no dejaba *nada* a la imaginación.

—Gracias por llevarme —digo al fin. Puede que no esté contento, pero al menos me está ayudando.

Consigo un gruñido como única respuesta.

—¿Por qué no has tomado café? Wren siempre hace una jarra entera y deja la cafetera encendida. ¿Por qué no te has servido una taza?

¿Por qué todo lo que sale de su boca parece una agresión directa?

—Necesito leche de soja.

—Por supuesto que sí —murmura.

No sé qué significa eso, pero me imagino que no es halagador.

Vamos en silencio lo que queda de viaje.

Bangor, la comunidad más grande del oeste de Alaska, con seis mil quinientos habitantes, es una mierda.

Al menos esa ha sido mi primera impresión.

Me muerdo la lengua para contener la necesidad de hacer un comentario mientras conducimos por una ruta sinuosa y cruzamos intersecciones con otros caminos rurales: algunos de grava y otros con el pavimento tan roto que hubiese sido mejor que se ahorraran el asfalto.

Hay algunas construcciones de diferentes tamaños dispersas a ambos lados. Me recuerdan a las del aeropuerto, rectangulares, con revestimientos de madera y techos de chapa. Algunas en tonos crema o café, otras de azul eléctrico y verde esmeralda. Si hay ventanas, son ínfimas. Pero no siempre hay. Y *todas* están conectadas por un tubo de metal que cruza por encima del césped desde una propiedad hasta la otra.

–¿Es una zona industrial?

–No.

Reprimo el impulso de poner los ojos en blanco. Esa es la segunda palabra favorita de Jonah después de «sí».

Pasamos junto a una propiedad que tiene una zona de juego en el jardín. Dos niños pequeños cuelgan de las barras y un perro siberiano no les pierde la pista. No hay adultos a la vista. Ahora que veo las bicicletas, los bates de béisbol y un trampolín me doy cuenta de que muchas de estas construcciones son casas familiares. Casas sin una pizca de atractivo exterior. Ningún sendero en la entrada ni vistosos jardines, ningún recibidor que invite a entrar. Solo arbustos, todoterrenos polvorientos y unos tanques cilíndricos antiestéticos.

Es porque estamos en las afueras, o eso es lo que me digo. Cuando nos adentremos un poco más en este pueblo en medio de la nada (sin carreteras que lo conectan con el resto de Alaska), me encontraré con un paisaje más familiar. Vecindarios de verdad: con casas de ladrillo, senderos de lilas y rosales. Una calle principal con cierto grado de planificación urbana, con escaparates, luces decorativas y personas vestidas con algo que no sean vaqueros baratos y camisetas lisas de algodón. Lugares en los que no haya contenedores de basura pintados con aerosol en cada esquina, como el que acabamos de pasar, decorados con arcoíris, soles y mensajes como «Bangor es lo mejor».

Aquí las calles están llenas de restos de basura que han salido de las bolsas después de que los animales las arrastraran.

Pero, cuanto más avanzamos, más pierdo la esperanza.

«Gracias, madre, por alejarnos de este lugar a tiempo».

Ni siquiera hay aceras. La gente camina por la zanja a paso tranquilo. Algunos llevan bolsas de la compra. La mayoría usa botas de lluvia o calzado de montaña, y parece que les da igual meter el pie en un charco o que se les llenen los pantalones de polvo.

Hay de todas las edades, desde niños de diez u once años hasta un anciano que cojea tanto que debería usar bastón.

—Se va a caer —murmuro para mis adentros sin esperar de Jonah más respuesta que, en el mejor de los casos, un gruñido.

—El pueblo Yupik es fuerte. Ese hombre probablemente camina cinco kilómetros cada día.

Frunzo el ceño.

—¿Qué pueblo?

—Los Yupik. Vienen de Athabascan y de Aleut. —Jonah gira hacia la izquierda—. Muchos de los poblados sobre los que volamos son tierras Yupik.

—¿Agnes es de ese pueblo?

—Sí. Creció en un pueblo cerca del río. Su madre y su hermano siguen allí, subsistiendo. —Ve mi ceño fruncido y agrega—: Me refiero a que viven de la tierra.

–¡Ah! ¿Como de la granja a tu mesa? –A diferencia de otras conversaciones que he tenido con Jonah, esta vez siento que estoy consiguiendo información útil sobre el oeste de Alaska.

–Claro. Si lo que pretendes es comparar el modo de vida de una cultura milenaria con la última moda gastronómica... –murmura, seco.

Estudio los rostros de las personas mientras pasamos a su lado. Cerca de la mitad son de pueblos originarios de Alaska y la otra mitad, caucásicos; a excepción del indio oriental que está de pie junto a un Tahoma maltratado con el capó levantado y humo saliendo del motor.

–¿Qué hacen *esos*? –Señalo a tres hombres de unos veinte años que caminan por el lateral de la ruta. Dos de ellos llevan un colchón y el tercero una caja de aspecto extraño. Una mujer camina unos tres metros más adelante, con una lámpara en la mano y un bebé colgando de la cadera.

–Supongo que se están mudando.

–*¿A pie?*

–Es probable que se muden a pocas manzanas. No hace falta gastar combustible para eso, sobre todo cuando el galón cuesta siete dólares.

–¿Y eso es mucho? –pregunto y enseguida agrego–: Nosotros lo calculamos en litros. –No es que no tenga ni idea del precio del litro, pero estoy cansada de sentirme como una idiota con Jonah.

Jonah levanta la mano al pasar junto a un hombre que conduce un cuatriciclo.

–El doble de lo que cuesta en Anchorage. Casi tres veces más que en los Estados Contiguos.

¿Los Estados Contiguos? ¿Me atrevo a preguntar qué es eso o insinuará que soy una ignorante?

Tomo el móvil para buscarlo, pero me quedo congelada cuando recuerdo que no tengo cobertura.

—Es como llamamos al resto de los Estados Unidos —murmura Jonah como si pudiera leerme la mente—. El combustible llega en una barcaza y se deposita en una granja de combustible o se traslada río arriba en botes más pequeños. Es un gran coste adicional en transporte y depósito. Y todo eso solo para mover un coche. Traer cualquiera de estos vehículos cuesta miles de dólares, sin considerar los otros tantos que cuesta comprarlos. Hay muchas personas que no tienen coche. Y, quienes sí lo tienen, lo cuidan muy bien para que dure.

Supongo que eso explica por qué mi padre conduce una camioneta que tiene al menos quince años cuando todo indica que podría permitirse una mejor.

Hago un inventario mental de los vehículos que nos hemos cruzado para demostrar lo que ha dicho Jonah. Todos son viejos, usados y tienen bastantes golpes y abolladuras. Ford, GMC, Honda. Muchas camionetas. Ningún BMW brillante a la vista.

Para mi sorpresa, pasa un sedán blanco con letras naranjas que dicen TAXI.

—¿Tienen taxis?

Jonah bufa.

—Muchos. Tenemos más taxis por habitante que cualquier otra ciudad de los Estados Unidos. Te llevarán a cualquier parte del pueblo por una tarifa plana de cinco dólares. Siete hasta el aeropuerto.

Ojalá lo hubiera sabido. Hubiese estado encantada de llamar a un taxi y no tener que lidiar con Jonah. Aunque está siendo bastante civilizado. *Más* que civilizado, en realidad. Está creando oraciones completas.

Quizá por eso me atrevo a preguntar:

—¿Has vivido en Alaska toda la vida?

Hay una larga pausa y me pregunto si he malinterpretado su buen comportamiento, si no debería haber mantenido la boca cerrada.

—Nací en Anchorage. Nos mudamos a Las Vegas cuando tenía doce años. Volví hace unos diez.

—*Las Vegas*. Muy…

Me fulmina con la mirada.

—¿Por qué lo dices así?

—Por nada. Nunca he conocido a nadie que *haya vivido* en Las Vegas. —El único fin de semana que estuve allí me lo pasé borracha con Diana y otras dos amigas para celebrar que acabábamos de cumplir los veintiuno. Para cuando me senté en el avión, me moría de ganas de irme.

—Sí, bueno, hay más cosas aparte de estríperes. La mayoría de los locales no irían a esos sitios ni muertos.

—¿Lo echas de menos?

—Por Dios, no. No veía la hora de volver aquí.

—¿Por qué?

Suspira como si no tuviera energía para responder esa pregunta.

—Muy rápido, muy ruidoso, muy materialista: haz las cuentas.

Todo lo contrario a Bangor, comprendo rápido.

—¿Pero por qué viniste a esta parte de Alaska? ¿Por qué no volviste a Anchorage si naciste allí? Parece bonito. Tranquilo. Al menos por lo que vi. —Y, por lo que leí, es una ciudad *de verdad*.

—Esto me gusta más.

Siento que podría decir mucho más pero que no tiene ninguna voluntad de hacerlo. El problema es que soy muy curiosa como para dejar de hacer preguntas.

—¿Y cómo acabaste trabajando para mi padre?

—Uno de los pilotos era un viejo amigo de mi padre. Me dio su contacto.

La mención a su padre me recuerda lo que Agnes me contó la noche anterior. Vacilo. Es un tema sensible, pero también un punto de conexión entre nosotros.

—Me contaron que tu padre también tuvo cáncer.

Contengo la respiración a la espera de que diga algo... Cuándo murió su padre, qué tipo de cáncer tenía, cuánto tiempo sufrió, cuánto tiempo luchó. Quiero preguntarle si estaban muy unidos, si todavía le duele. Quizá esa información lo haga parecer más humano; quizá se ablande cuando se dé cuenta de que al menos tenemos eso en común.

—Sí.

Aprieta las manos e inmediatamente me arrepiento de haber sacado el tema. Aunque creo que eso me sirve de respuesta a si todavía le duele.

Busco un nuevo tema para cambiar la conversación.

Lo encuentro en la forma de un logo amarillo.

—¡Ey! ¡Tienen un Subway! —Ni siquiera me gustan los sándwiches, pero me alegro de ver algo conocido.

Relaja las manos.

—Es la única cadena que vas a encontrar aquí.

—Entonces... ¿No hay Starbucks? —pregunto con una sonrisa juguetona.

Me mira por el rabillo del ojo y devuelve esos fríos ojos azules al camino.

—No.

—¿Dónde puedo conseguir un café?

Paramos en un semáforo, el primero hasta ahora. Deja las manos en el volante, pero estira el dedo índice (con la uña comida y la cutícula lastimada) para señalar un edificio verde.

—Allí.

Un cartel cuelga por encima de la entrada oscura.

—Berta Café, ¿y *carnada*? —leo en voz alta.

—Sí. Ya sabes… Huevos de pescado, lombrices, arenques, sábalos, trozos de pescado muerto…

—Ya entendí —lo interrumpo con un escalofrío—. Pero ¿*en una cafetería*? Eso no cumple ninguna medida de sanidad.

—Aquí hay que diversificarse para sacar los negocios a flote.

—Ya veo. —Todavía me estremezco cuando veo el edificio destartalado que hay al lado, una mezcla de tablas contrachapadas de gran tamaño y láminas de metal y pintura desgastada, y un cartel en el que han escrito a mano lo que supongo que es *Sichuan*—. Ay, por Dios, ¿eso es *un restaurante de comida china*? —Porque parece una casa del árbol hecha por niños de diez años.

—Lleva ahí una eternidad.

Hubieran cerrado ese lugar por una lista interminable de violaciones al código de seguridad e higiene en cualquier otro lugar de Norteamérica.

—¿Dónde diablos estoy? —mascullo y le saco una foto, no puedo esperar a que Diana lo vea.

Siento que me mira fijamente.

—¿Quieres que aparque y así entras y te compras una taza…?

—No, gracias. Esperaré. —Prefiero aguantarme el dolor de cabeza antes que tomarme un café que ha preparado alguien que seguramente no se ha lavado bien las manos después de meterlas en una cubeta llena de lombrices.

Creo que hay una sonrisita detrás de esa barba, aunque no la puedo ver. Igualmente siento una extraña satisfacción por la posibilidad de que este «osito de peluche» (como lo ha llamado Agnes) no me deteste tanto como parecía al principio.

Vuelve a girar (o mi padre me dio mal las indicaciones o Jonah me está llevando por el camino largo) y llegamos a la calle principal: más ancha, rodeada por los mismos edificios cuadrados con revestimiento de madera, pero con carteles que anuncian comercios. Parece que Bangor tiene todos los servicios básicos (un estudio jurídico, un dentista, la cámara de comercio, un banco y hasta una inmobiliaria) y una seguidilla de restaurantes familiares, de sándwiches o de pizza, sencillos, pero no parece que sirvan listeria.

Me gruñe el estómago cuando pasamos por delante de Gigi's Pizza y Pasta, un bonito local amarillo con más ventanas que el resto. Pero el cartel de neón con la palabra ABIERTO no está encendido. Si lo estuviera, le pediría a Jonah que me dejara allí y volvería a casa en taxi. Jonah se desvía hacia un aparcamiento. Delante tenemos un almacén enorme, revestido de maderas color café y con un techo de chapa negro levemente inclinado. El letrero sobre la puerta dice: MEYER'S: ROPA, COMIDA Y ARTÍCULOS PARA EL HOGAR.

–Mira, si quieres esperar... –Antes de terminar la frase, abre la puerta, salta de la camioneta con un movimiento ágil, la rodea y me espera con los brazos cruzados–. Parece que iré de compras con Jonah –murmuro. Al menos así me aseguro de que no me abandone.

Espero.

Me deslizo por el asiento del acompañante y me estiro el suéter para que me cubra bien la cintura.

Los ojos de Jonah contemplan el movimiento y se da la vuelta como si yo no le generara ningún tipo de interés. Me da igual porque no intento conquistarlo. Pero me pregunto qué clase de chica le gustará.

Camina hacia unas escaleras que llevan a la puerta principal.

Y, a pesar de que es un imbécil, no puedo evitar admirar las curvas de sus hombros y sus brazos mientras lo sigo. Tiene un torso impresionante. El torso de alguien que levanta peso con regularidad. Pero no puedo distinguir nada de la cintura para abajo. Sus vaqueros son demasiado anchos como para mostrar algo, se debe ajustar bastante el cinturón, porque le cuelgan por la parte del culo.

Levanto la vista justo a tiempo para encontrarme con sus ojos. Jonah me ha atrapado y seguro que piensa que lo estaba mirando con lujuria.

—Pensé que tenías prisa. —Alzo la barbilla para indicarle que avance y siento como me pongo roja.

Toma un carrito.

—¿A dónde quieres ir primero?

Buena pregunta. Uno de los beneficios de seguir viviendo en casa es que no tengo que planificar las comidas. Salvo cuando me voy un fin de semana con amigos, y en ese caso nos alimentamos de hamburguesas y cosas por el estilo. Pero, en casa, es mi madre quien se ocupa de qué vamos a comer. ¿Cuándo fue la última vez que tuve que hacerlo *yo*?

¿Lo he hecho alguna vez?

Me doy cuenta de que el interior de Meyer's es un caos absoluto mientras contemplo el mar de productos que ocupa cada espacio disponible. No estoy acostumbrada a esto. En las raras ocasiones en las que he tenido que ir a comprar algo, voy a Loblaws, una tienda limpia y moderna con pasillos amplios, suelos relucientes y productos bien ordenados.

En lo que respecta a la estética, no hay ni punto de comparación con estas luces, pasillos angostos y los estantes repletos de productos y cajas de cartón. Islas de papel higiénico y refrescos sobre pallets que obstaculizan la circulación de los carros. Mire donde mire, hay enormes carteles de OFERTA, pero es imposible que esos precios estén bien. ¿Diez dólares un paquete de Cheerios? ¿*Trece dólares* doce botellas de agua? ¿*Treinta y dos dólares el papel higiénico?*

Lo único que *sí tiene* Meyer's, para mi alegría, es una pequeña cafetería con un escaparate repleto de pasteles y *cupcakes* rellenos de crema. En una pizarra colocada sobre la encimera de metal está escrita a mano la lista de bebidas calientes.

Miro a la chica que se esconde detrás de una torre de vasos descartables.

—Estoy *desesperada* por cafeína. —Un latido doloroso me recorre la cabeza, como para enfatizar la necesidad.

Me mira de arriba abajo con esos ojos negros.

—¿Qué tamaño?

—El más grande que tengas. Un *latte* con leche de soja, por favor.

—No tenemos eso.

Miro el cartel para asegurarme de que no estoy alucinando.

—Aquí dice que sí.

—Sí, bueno. Hacemos *lattes*, pero *normales*.

Me gustaría comentarle que siete dólares (estadounidenses) por un café de supermercado no es normal, pero me muerdo la lengua.

—Es lo mismo, pero con leche de soja.

—No tengo leche de soja —dice despacio, como para que la entienda. Respiro hondo para tranquilizarme.

—Bueno, ¿tienes leche de almendras o…? —Mis palabras se apagan cuando niega con la cabeza.

—Entonces supongo que no quieres el *latte* –dice, harta.

—No, supongo que no.

No puedo recordar la última vez que estuve delante de una barista (si es que puedo llamarla así) que no tuviera una alternativa a la leche de vaca. Creo que nunca me había pasado.

—¿Te está dando problemas, Kayley? –pregunta Jonah a mi espalda.

—Hola, Jonah. –La chica (Kayley) le sonríe, ignorándome por completo.

Es más una mujer que una chica, pienso ahora que la miro de cerca. Debe tener unos veinte o veinticinco, los ojos grandes y los pómulos pronunciados. No hay rastros de rubor ni indicios de máscara de pestañas. Tiene una belleza natural y el hecho de que lleve el pelo recogido en una redecilla no la disminuye.

Una vez tuve que usar una redecilla. Con dieciséis, decidí que no podía soportar trabajar en la florería de mi madre los fines de semana, así que conseguí trabajo en una cafetería. Aguanté un sábado completo antes de volver con mi madre porque, por más mandona que fuera, no me hacía llevar ese odioso accesorio.

—¿Por qué no estás volando? –pregunta la chica sin quitar la vista de Jonah mientras sus manos perezosas apilan y vuelven a apilar los vasos de papel.

—Despego en una hora, cuando acabe de hacer de niñero. –Gira la cabeza hacia mí–. Es la hija de Wren. Todavía no se ha dado cuenta de dónde está.

—Ahora mismo, en el infierno –disparo, mostrando lo irritada que me encuentro. Estoy hambrienta, me duele la cabeza y se están riendo de mí.

Me mira antes de apoyar sus vigorosos antebrazos en la encimera.

—Ey, ¿hay alguna posibilidad de que compre lo que sea que quiere y te lo traiga para que le prepares el café y se quede contenta? —Su voz se ha vuelto suave y profunda. Kayley tuerce la boca, reticente.

—A Yvette no le gusta que lo hagamos. Siempre se caduca.

—No te preocupes. Nos llevaremos lo que sobre y lo pagaremos nosotros en la caja. No te cuesta nada. Dale, Kayley, me harías un gran favor. —Solo puedo ver su perfil, pero, por la forma en que se le arrugan los ojos, puedo adivinar cómo la está mirando.

¿Está… *coqueteando*?

¿El yeti sabe *coquetear*?

Kayley pone los ojos en blanco, pero luego gira la cabeza y tuerce la boca, juguetona.

—Está bien, Jonah, dame un segundo.

No puedo evitar fulminarla con la mirada, pero luego le regalo una sonrisa enorme y falsa.

—*Muchas* gracias, Kayley. Y lo lamento.

Me ignora y desaparece por una esquina, balanceando las caderas suavemente. Le gusta Jonah. Le gustaría que pasara algo. Eso o ya ha pasado algo.

En ambos escenarios, claramente es masoquista. Y también una psicópata.

Siento los ojos de Jonah sobre mí.

—¿Qué?

Niega con la cabeza.

—No podías esperar a volver a casa, ¿no?

—¿Sabes qué? Gracias por traerme. Ya puedes irte a volar tus avioncitos. Estaré bien.

Espero que acepte encantado la oportunidad de deshacerse de mí, pero, por el contrario, se apoya en el carrito y me mira, divertido.

—¿Y cómo vas a llevar todo eso ocho kilómetros?

—Pondré lo indispensable en una bolsa de nylon y haré que me lleven el resto en el siguiente vuelo —bromeo mirándolo fijamente. Aunque la verdad es que me las apaño con un taxi.

Levanta una mano para saludar en silencio a un anciano que pasa.

—Relájate. Tu ropa llegará entre hoy o mañana.

—Hoy, gracias a Agnes y a Billy. *—Y no *a ti*.*

—¿Billy? —Jonah levanta las cejas y tira la cabeza hacia atrás. Una risa inesperadamente alta y escandalosa le sale de la boca y provoca que se giren varias cabezas a su alrededor—. Billy se ha pasado toda la noche hurgando en tus cosas.

—¡No! —digo burlona.

—Se llevó tu maleta a casa, la vació encima de la cama, se desnudó y frotó…

—¡Ay, por Dios! ¡Basta! ¡Eso es asqueroso! —No sé si reír o llorar. Está bromeando, ¿no? *Tiene* que estar bromeando.

Su expresión me hace pensar que puede que no esté bromeando.

—Te conviene lavar la ropa interior antes de volver a usarla.

Tengo el rostro deformado por el asco cuando una anciana nativa, vestida con un enorme suéter de los New York Knicks y una bandana de flores de la que se le escapan algunos mechones de pelo gris se acerca a Jonah y apoya una mano en su antebrazo.

—Podría distinguir la risa de Tulukaruq a kilómetros de distancia.

¿Cómo acaba de llamarlo?

Su rostro me recuerda al de Agnes pese a que los años y el peso le han rellenado las mejillas y pronunciaron las arrugas. Pero es bajita como Agnes. Diría que mide un metro cincuenta, lo que, en contraste con Jonah, resulta casi gracioso.

Jonah baja la mirada y ni la barba puede ocultar una sonrisa sincera.

–¿Qué haces río abajo, Ethel?

–Juntando provisiones. –Señala con la mano un carrito casi vacío salvo por un paquete de arroz, mezcla para gofres y una lata de refresco.

–¿Cómo están Josephine y el bebé?

La mención del bebé provoca en la anciana una sonrisa inmediata.

–Por fin se está poniendo gordo. Y Josephine es fuerte.

–Todos ustedes son fuertes.

Ethel gruñe y se encoge de hombros por el cumplido de Jonah. Entonces se da cuenta de que estoy ahí.

–La hija de Wren. Está de visita.

Asiente con la cabeza y me analiza con una mirada imposible de descifrar.

Me inhibo por el escrutinio y solo puedo pronuncian un «hola» casi imperceptible.

–Es bonita –concluye, por fin, Ethel y vuelve a asentir como si me aprobara. Como si no estuviera allí.

–¿Te ha traído Albert? –pregunta Jonah cambiando de tema rápidamente.

–Sí. Ha ido al hospital a que le revisen la mano.

–¿Qué le ha pasado?

–Se cortó pescando en junio.

Jonah frunce el ceño.

–Debe ser grave para que venga hasta aquí a que lo vea un médico.

–Le estaban saliendo úlceras –admite solemne–. El curandero dijo que iba a empeorar sin medicina. –Lanza una carcajada–. Le dije que iba a cortarle la mano por la muñeca mientras dormía para que no se expandiera la infección. Parece que me creyó.

–Eso es porque *te conoce* –dice Jonah negando con la cabeza.

Sonríe, pero presiento que cree que la anciana podría llevar a cabo su amenaza.

—¿Cuándo volverás al pueblo?

—Ya veremos. —Se encoge de hombros.

—Que sea pronto. Te prepararemos algo de carne. —Vuelve a mirarme—. Jonah le salvó la vida a mi Josephine y a su bebé. Rompió fuente demasiado pronto y él fue a buscarlos, aunque era peligroso. Nadie quería venir. El bebé estaba de color azul y Josephine había perdido mucha sangre…

—Solo hacía mi trabajo —murmura Jonah, interrumpiéndola como si la conversación lo incomodara—. Dile a Albert que le mando saludos y que aprenda a destripar un pescado.

Ethel se ríe y lo palmea en el brazo con cariño.

—Nos vemos río arriba.

Observo como se aleja.

—¿En serio fuiste a buscarlos cuando nadie quería ir?

—Solo había un poco de nieve. Está exagerando —balbucea y se da la vuelta para buscar algo entre los pasillos, puede que a Kayley, o puede que solo quiera terminar una conversación que no tiene ganas de tener.

¿Es porque es modesto? Algo me dice que esa anciana no exagera, y que, si *ella* dice que era peligroso, debería ser el apocalipsis para cualquier otra persona.

Kayley vuelve a aparecer en el mostrador y me saca de mis pensamientos. Trae un cartón de leche de soja que reconozco.

—Lo querías grande, ¿no?

—Sí, pero… —vacilo—. ¿Por casualidad no tienes la marca Silk? —De todas las que he probado, es la única que no sabe a tiza líquida.

Pone una mueca de fastidio.

—Esta es la única que tenemos. ¿La quieres o no?

Suspiro.

—Sí, claro. Con extra de espuma, por favor.

Kayley frunce el ceño.

—La princesita se lo beberá como se lo prepares —interrumpe Jonah con un tono exageradamente paciente—. ¿No, Calla?

—Por supuesto. —Siento calor en las mejillas. ¿Cómo puede ser que me haga sentir absurda por algo tan simple como pedir un café como me gusta?

Señala con la cabeza hacia la sección de productos y suelta el carrito.

—¿Por qué no empiezas y yo te busco cuando esté listo?

¿Se está ofreciendo porque quiere tener algunos minutos a solas con Kayley o solo quiere alejarse de mí? ¿O quiere unos minutos para burlarse de la princesita? Me convenzo de que no me importa.

—¡Genial! —Arrastro el carrito con una amplia sonrisa de satisfacción.

Porque Jonah tendrá que desembolsar siete dólares por ese café de mierda.

—Ya estamos, ¿no?

Jonah empuja el carrito por la línea de caja y mira el reloj de reojo. Cuando me ha dado el vaso de papel humeante (sin el cartón, así que me he quemado los dedos) tomó el control del carrito. Cualquiera diría que quería ayudar, pero, teniendo en cuenta que casi he tenido que trotar para seguirle el paso, estoy segura de que tiene más que ver con irse de aquí lo antes posible que con cualquier forma de amabilidad. Aunque, en su defensa, todavía no me ha abandonado.

—Eso… creo. —Me trago el último sorbo del que posiblemente sea el peor café de la historia de la humanidad y tiro el vaso en una papelera cercana. Al menos el dolor de cabeza empieza a ceder. Pero no sé cómo sobreviviré una semana bebiendo esta mierda. Me pregunto si Amazon llegará hasta aquí…

—Última oportunidad —advierte.

Miro el carrito. Zumo de frutas para el desayuno, ensalada y pollo para el almuerzo y la cena, una bolsa de almendras, una docena de huevos, ingredientes para sándwiches y plátanos. Básicamente lo que como en casa. Jonah ha metido un repelente para insectos que cuesta veinte dólares y probablemente me dé alergia. Pasábamos por el pasillo de artículos para el hogar, junto a los motores de botes y todoterrenos (porque parece que en Alaska puedes comprar motores para botes y todoterrenos en el supermercado) y lo metió sin preguntar mientras gritaba tan fuerte como para que lo escucharan a dos pasillos de distancia que si insistía en pasearme desnuda ese era el único repelente de mosquitos que iba a funcionar.

Pero no puedo quitarme la sensación de que me estoy olvidando de algo.

—Venga. Vamos. Puedes volver con Wren si te has dejado algo.

—Sí, claro —bufo—. Está demasiado ocupado para pasar tiempo con su hija. No quiere que esté aquí.

—¿Quién te ha dicho eso?

—No hace falta que me lo diga nadie. Está bastante claro. —Si no fuera por Agnes, ni siquiera sabría que está enfermo.

Agnes.

La cena de esta noche.

Eso era lo que me estaba olvidando.

—¿Blanco o tinto?

–¿Qué? –Jonah frunce el ceño, confundido. Mi pregunta lo ha tomado por sorpresa.

–Agnes nos ha invitado a cenar esta noche. Tengo que comprar algo para llevar. –Además, espero encontrar una botella de vodka que me ayude a superar esta semana–. ¿Blanco o tinto?

–Ni te molestes. No espera que lleves nada. –Agita una mano.

–No iré de visita con las manos vacías –murmuro mientras recorro los carteles de los pasillos en búsqueda de las bebidas alcohólicas que evidentemente no hemos visto–. ¿Quién hace una cosa así?

–*Yo*, todo el tiempo –responde como si eso lo enorgulleciera.

–Si… Bueno… –Era una pregunta retórica, pero no me sorprende que el yeti no comprenda las normas básicas de la etiqueta. Por el contrario, mi madre me hacía llevar galletas y *cupcakes* a la casa de mis amigos a modo de agradecimiento cuando me invitaban a jugar cuando tenía solo ocho años–. Se considera de buena educación llevar algo para el anfitrión. Un vino, por ejemplo –digo con calma, intentando no sonar presumida.

Me examina unos buenos tres segundos.

–Aggie no bebe. Y tu padre se toma una cerveza de vez en cuando.

–Genial. –Quizá si llevo alguna se sienta obligado a hablar conmigo más de un minuto–. ¿Dónde puedo conseguir…?

–No puedes. Es una comunidad seca. No hay alcohol en Bangor.

–¿Qué? –Siento cómo se me deforma el rostro por la sorpresa–. Estás bromeando.

–¿No me crees?

–¿Qué es esto? ¿La prohibición de 1920?

–*No*. El oeste de Alaska, donde el alcoholismo es un problema real –dice con cierta condescendencia–. En invierno la gente bebe demasiado y puede desmayarse sobre la nieve y morir de frío.

—¿Así que *nadie* puede comprar alcohol? —Me parece un poco drástico.

—No. Ni siquiera tú. —Lo está disfrutando, demasiado.

—¿Y cómo consigue cerveza mi padre? —discuto—. *Acabas de decir que bebe* cerveza.

—La trae cuando va a Anchorage o a Seward. Y no. No volaré hasta allí para traerte una maldita botella. —Muestra sus dientes blancos y perfectamente rectos con una sonrisa malévola—. Supongo que tendrás que dejar de lado el manual para una cena perfecta solo por esta noche.

—Está bien. Le compraré flores.

Miro de reojo el estante donde descansan dos tristes ramos con tres margaritas amarillas cada uno, el color vibrante de los pétalos no consigue disimular que los bordes empiezan a marchitarse. «Si mi madre viera esto, *se moriría*», pienso mientras tomo uno y sigo a Jonah hasta la última caja, contemplando su espalda.

¿Una comunidad *seca*? ¿Qué bebe la gente en los bares los viernes por la noche? ¿Refrescos y chocolate caliente? Ahora que lo pienso, no he visto ningún cartel de neón con la palabra «bar».

¿Entonces qué hacen para divertirse?

—¿No tendrías que estar trabajando? —La cajera (una mujer de unos cincuenta años con el pelo rubio, suaves ojos azules y un sutil acento sureño de esos que se desvanecen con el tiempo) le sonríe a Jonah y me dispara miradas curiosas.

Prefiero esto antes que el descaro del resto. Varias ancianas agazapadas detrás de pilas de vegetales en lata con descuento me fulminan con los ojos nublados por las cataratas. Los reponedores dejan las manos congeladas en el aire y me *estudian* (la cara, el pecho, los zapatos) sin ningún disimulo cuando paso por su lado. Señoras con vaqueros que no les favorecen para nada y zapatos enormes con el pelo atado en una cola de caballo interrumpen sus conversaciones y me *examinan* como si fuera un fenómeno de circo. O, lo que es más probable, como si fuera una extraña y estuvieran intentando descifrar por qué he venido a Bangor, Alaska.

De pronto, siento que aquí todos se conocen entre todos, si no es de manera directa, no tienen más de uno o dos grados de separación entre sí y están dispuestos a conversar hasta encontrarlos. Venir a Meyer's parece más una actividad social que una necesidad. Los compradores deambulan por los pasillos e interrumpen el paso para charlar sobre las ofertas, el pronóstico de lluvia o quién viene de Anchorage. Nadie tiene prisa.

Nadie excepto Jonah.

—Hola, Bobbie. —Jonah empieza a poner los productos en el mostrador—. Sí, debería, pero me han tendido una emboscada.

Pongo los ojos en blanco. Jonah ha pasado de niñero a rehén.

—Gracias. Puedo hacerlo yo. —Le quito el ramo de flores de las manos antes de que lo tire y acabe de estropearlo—. ¿Por qué no vas metiendo las cosas en bolsas? *Allí.* —Lejos de mí. Enfatizo las palabras con un golpecito en su bíceps, duro como una roca.

La cajera (Bobbie) sigue pasando cosas y escribiendo de memoria los códigos de los vegetales.

—George me ha dicho que esta semana esperan que esté despejado. Pero ya no me hago ilusiones. Aunque sería bonito después de tanta lluvia.

—Ya tendrías que estar acostumbrada a la lluvia —dice Jonah con brusquedad mientras mete mis cosas en bolsas de papel.

—¿Cómo puede alguien acostumbrarse? —hace una pausa y agrega—: ¿Es tu hermana? ¿Una prima? —Le pregunta a Jonah, pero me mira a mí.

—Es Calla, la hija de Wren.

Sus dedos ligeros se quedan congelados en el aire.

—Ah… ¡Claro! George me contó que tenías que ir a Anchorage a buscarla. George es mi esposo —explica, esta vez sí, a mí—. Volaba con el padre de Jonah en la Fuerza Aérea, pero ahora vuela para Wren.

Supongo que este tal George es la conexión con Alaska Wild de la que me ha hablado Jonah. Y esta tal Bobbie me ha dado otro dato: el padre de Wren era piloto de la Fuerza Aérea y parece que Jonah sigue sus pasos, al menos en lo que respecta a volar. Esa gorra debía ser de su padre.

Bobbie niega con la cabeza.

—Me había olvidado de que Wren había tenido una hija. Dios, parece que haya pasado una eternidad. Tú y tu madre se mudaron a…

—Toronto.

Asiente, como si eso respondiera una pregunta que no ha hecho.

—¿Es la primera vez que vienes?

—Sí, desde que nos fuimos.

—¿Y te pareció que este era un buen momento para venir de visita?

—Siempre es un buen momento para tomarse unas vacaciones, ¿no? —responde Jonah y me mira, hay una clara advertencia en sus ojos.

Por lo que dijo Agnes, mi padre no quiere que nadie sepa que está enfermo. Supongo que eso incluye a sus trabajadores.

—Sí, tenía unos días libres y siempre quise conocer Alaska —agrego para reforzar la mentira.

Bobbie me regala una sonrisa amable (dejando claro que esperaba una respuesta más jugosa) y termina de pasar el resto de los productos.

Pongo unos ojos como platos cuando veo el total y empiezo a contar los billetes. ¿Cómo pueden costar *eso* dos bolsas de comida?

Bobbie se ríe.

—¡Qué sorpresa! ¿No? Bueno, disfruta de Alaska, Calla. Y ten cuidado —me advierte señalando a Jonah— porque este puede dejarte tan encantada que no querrás irte.

—Sí, ya casi no puedo controlarme —digo sarcástica. Ladea la cabeza, confundida, y me quedo boquiabierta—. Ay, por Dios. ¿No estabas bromeando?

Se le escapa una risa incómoda.

—Asegúrate de que mi esposo vuelva a casa después del trabajo, Jonah. Si empieza a hablar, puede ponerse el sol, que no se dará cuenta.

Jonah le guiña un ojo mientras carga todas las bolsas en un brazo, su bíceps se contrae debajo de la camiseta de algodón.

—Lo haré.

Lo sigo con el ramo de flores casi marchitas en la mano, sintiendo un millón de ojos sobre mí.

No puedo contenerme.

—Si *tú* eres encantador, ¿quién es un imbécil para Bobbie?

—Ahí hay uno.

Sigo su índice hasta mi reflejo.

Es ocurrente, debo reconocérselo.

Jonah mira hacia el cielo, bizco, en busca de una nube de tormenta.

—Están obsesionados con el clima.

—Es imposible no estarlo. Fuertes vientos, niebla densa, mucha lluvia, mucha nieve... Cualquiera de esas cosas puede dejarte varado durante horas, un día entero, a veces más. Necesitan los aviones para la comida, los remedios, la medicina, el correo. Todo.

Intento ignorar a dos adolescentes de unos dieciséis años que sostienen una lata de Coca Cola en las manos y me miran alevosamente.

—Y miran más de lo que se obsesionan con el clima —murmuro hacia mis adentros.

—No están acostumbrados a ver una Barbie en tamaño real, eso es todo.

Frunzo el ceño… ¿Acaba de llamarme…?

—¡No soy una Barbie!

—¿No? —Me mira de reojo, divertido—. Pelo falso, rostro falso, uñas falsas… —Baja la mirada hacia mi pecho antes de alejarla—. ¿Tienes algo real?

Me quedo boquiabierta.

—¡*Estas* no son falsas! —En la vida me habían insinuado eso. Ni siquiera son tan impresionantes.

—No me importa. Has sido tú quien ha preguntado por qué miran. Es por eso —dice con tono aburrido. Abre el maletero y mete las bolsas.

Me lo quedo mirando, pasmada. Lo deben haber saludado unas veinticinco personas en Meyer's. Muchas sonrisas y apretones de manos, como si la gente *se alegrara de verlo*. Bobbie ha dicho que es encantador. Agnes lo ha comparado con un osito de peluche. Ethel habla de él como si fuera un santo.

¿Vivo en un universo paralelo?

¿Un universo en el que todos ven a Jonah de una forma y solo yo sé la verdad?

—¿He hecho algo para caerte tan mal? —lanzo.

—No, pero conozco a las de tu clase y me agotan la paciencia. —Se ríe.

—¿*Mi clase*?

—Sí. —Cierra la puerta de la camioneta, se gira para mirarme y se cruza de brazos—. Las estiradas, egoístas y superficiales.

Me quedo boquiabierta.

—No sabes *nada* de mí.

—¿*En serio*? —Se muerde el labio inferior para pensar—. Veamos… Apareciste en Anchorage con todo el armario metido en la maleta para una sola semana, esperando ¿qué? ¿Que te lleváramos en un avión privado? *Y* vestida como si hubieras confundido la cinta transportadora del aeropuerto con una jodida pasarela de Milán.

Alejo la sorpresa que me provoca que conozca algo sobre la industria de la moda para poder defenderme.

—No sabía qué traer con este clima tan cambiante…

—¿Esta mañana ibas a caminar o a una discoteca? Me apuesto lo que quieras a que hace años que nadie te ve sin maquillaje. Te gastas todo el dinero que tienes en verte guapa y todo tu tiempo en subir fotos para demostrarle a perfectos desconocidos que lo eres.

Un escalofrío me recorre la espalda. ¿Está hablando de mi cuenta de Instagram? ¿Cómo puede saberlo?

—Hay gente a la que le importa su apariencia. —Lo fulmino con la mirada mientras me pongo roja por la forma en que me está juzgando.

—Eres demasiado dramática —sigue como si no hubiese hablado—, creída y criticona. Te gusta ser el centro de atención y estás acostumbrada a conseguir todo lo que quieres. No sabes nada del mundo. Ni siquiera te has molestado en investigar acerca del lugar en el que vive tu padre. El lugar *donde naciste*.

—Tampoco es que haya tenido tiempo…

—En veintiséis años, ¿no has tenido tiempo? —Arquea las cejas—. Decidiste que Alaska no te gustaba antes de que tus pies tocaran el suelo y, desde entonces, lo has criticado todo y a todos.

—¡No es así!

—Agnes sabía que no ibas a pasarlo bien, pero al menos podrías esforzarte un poco en disimularlo. Solo es una semana. Prácticamente no conoces a tu padre y, cuando por fin vienes, ¿te enfadas porque no tenía la nevera llena? Ni siquiera pensaste en lo difícil que fue todo para Wren ni en que, quizá, no sabe *cómo* hablarte después de tanto tiempo —baja la voz—, ni en lo que está atravesando ahora. No, estás más preocupada por conseguir tu maldito *latte de soja* y un regalo para llevar a la cena de esta noche. —Sonríe con aire de suficiencia—. ¿Cómo voy hasta ahora? ¿Estoy muy equivocado?

—Por completo —respondo con voz temblorosa, incapaz de procesar el asombro.

Estoy acostumbrada a Simon: a sus preguntas incisivas, sus pausas reflexivas mientras intenta analizar lo que esconden mis palabras, al modo en que intenta ayudarme sin cambiarme. Es su naturaleza, su profesión. En una época me fastidiaba y le gritaba que dejara de psicoanalizarme. Pero nunca fue vengativo ni despectivo.

Y ahora resulta que viene *este imbécil*, al que conozco hace solo doce horas con una pila de suposiciones infundadas y me disecciona como si no sintiera nada.

La diversión y el sarcasmo desaparecen de su mirada y dejan paso a algo muy parecido a la tristeza.

—*Ojalá* estuviera equivocado. Porque entonces dejarías tranquilo a Wren y aprovecharías el tiempo que tienes para conocerlo.

—Ni siquiera sabes lo que pasó entre nosotros —murmuro—. No es tan fácil olvidarlo todo, perdonarlo y darle un abrazo.

—Nadie espera que hagas eso. Pero, si eres inteligente, tendrías que estar dispuesta a intentar recuperar algo de lo que tenían, por tu propio bien. —Jonah vuelve a mirar el reloj que lleva en la muñeca (todavía no lo he visto sacar el móvil), rodea la camioneta y se sube al asiento del conductor. Me deja allí, de pie. Siento que acaban de retarme y ni siquiera sé bien por qué. Algunos compradores que deambulan por el aparcamiento han presenciado toda mi humillación y la disección a la que me acaba de someter.

«Sí, Bobbie… Me está encantando tanto que creo que me saldrá volando la ropa interior».

Prefiero caminar ocho kilómetros a merced de los mosquitos antes que tener que sentarme al lado de Jonah.

Hay un taxi aparcado a pocos metros. El conductor, un hombre canoso y con expresión aburrida, descansa en el asiento del conductor con la ventanilla bajada, fumando un cigarrillo. Mirando el espectáculo.

Agito la mano que todavía sostiene el ramo de margaritas marchitas.

—¿Estás libre?

Asiente una vez (*sí*) y da una calada larga.

¿Todos los taxistas pueden fumar dentro de los coches o qué?

Con la cabeza bien alta (no le daré a Jonah la satisfacción de saber que sus palabras me han afectado), camino hacia el taxi y me subo en el asiento trasero, intentando ignorar la nube de humo de tabaco que no se disipa.

Enciende el motor y, cuando me giro, me encuentro con la mirada gélida de Jonah. Nos miramos fijamente durante tres… cuatro… cinco segundos antes de que acelere de golpe, levantando con las ruedas piedras y una nube de polvo mientras se aleja. *Buena huida.*

—¿A dónde? —pregunta el taxista, sus ojos negros me miran por el espejo retrovisor.

Mierda. ¿Cómo vuelvo a casa de mi padre? ¿Dónde ha girado Jonah? ¿Antes o después de la cafetería esa?

—¿Sabes dónde vive Wren Fletcher?

Niega con la cabeza y entro en pánico. Estoy a punto de decirle que me lleve al aeropuerto, pero recuerdo que tengo la dirección en un correo que me mandó Agnes. Lo encuentro y lo leo en voz alta. Me hundo en el asiento de cuero raído con un suspiro de alivio. No necesito a Jonah.

—¿Cuánto por el recorrido turístico?

Capítulo 8

—No puede ser, no te creo que tengas seis hijos —murmuro.

—Siete en diciembre. —Michael se ríe mientras aparca en la puerta de la casa de mi padre—. Ya te lo he explicado, tenía dieciocho años cuando nació mi primer hijo.

—*Increíble.*

Se ríe, enseñando los dientes manchados de nicotina y una ligera sobremordida.

—¿Qué le hago? Tengo suerte de que a mi esposa le gusten los bebés.

No recuerdo la última vez que hice algo más que asentir con la cabeza y saludar al conductor de un taxi o un Uber antes de concentrarme en el móvil. Y, a decir verdad, si mi móvil sirviera para algo y no hubiese querido evitar a Jonah, probablemente ni siquiera sabría el nombre de este hombre.

Pero, cuarenta y cinco minutos después de haberme subido a su taxi, conozco mejor a Michael que a cualquier otra persona en el estado de Alaska.

Solo me saca tres años, lo que me resulta desconcertante. Vive la mayor parte del tiempo con su hermano, con quien dirige una próspera empresa de taxis en Bangor. Mientras tanto, su esposa y sus hijos viven río arriba, en un pueblo de trescientos habitantes con los padres y los hermanos de ella. Su esposa no quiere saber nada de Bangor y su estilo de vida. Dice que es demasiado ruidoso y ajetreado. Irónicamente, tener siete hijos no le parece demasiado ruidoso y ajetreado porque los expulsa como si fuera una máquina expendedora de bebés.

Michael me ha llevado a recorrer Bangor. Nos detuvimos delante de un río con varios botes amarrados que quedaba al lado de una iglesia emblemática (el primer edificio que se construyó en el pueblo). Hasta accedió a hacer de fotógrafo y me sacó un par de fotos allí. Debo decir que el resultado final no es nada malo.

—Seguro que echas mucho de menos a tus hijos.

Se encoge de hombros.

—Los veo cuando voy a casa.

—¿Y cada cuánto vas?

—Depende de la temporada. Se complica cuando hay que esperar que el río se congele o el hielo se derrita porque no puedes usar el bote y no es seguro conducir. A veces he tenido que esperar varias semanas —dice de forma tranquila, como si nada supusiera un problema. Como habla Agnes.

—Debe ser difícil. —Aunque no hay ni punto de comparación con pasarte veinticuatro años sin ver a tu hija.

—Así puedo darles una vida mejor. —Me pasa una tarjeta por encima del asiento—. Llámame cuando necesites un viaje. Siempre estoy trabajando. Hasta cuando duermo.

—Muy bien. Gracias. —Frunzo el ceño cuando leo el nombre—. Espera, pensé que te llamabas Michael.

—Michael es mi nombre kass'aq.

–¿Tu nombre *qué*?

Se ríe.

–Mi nombre kass'aq. Es como llamamos a los blancos.

–Ah. ¿*Este* es tu nombre real? Este… –Entrecierro los ojos para leer letra a letra, con cuidado–. ¿Yakulpak?

–Ia-gush-bak –corrige, enfatizando cada sílaba.

–Ia-gush-bak –repito despacio. Al ser de una ciudad tan diversa como Toronto, no es la primera vez que tengo que esforzarme para pronunciar bien un nombre (aunque acabe siendo un desastre)–. Ah… No se pronuncia como se escribe, ¿no?

–No para los kass'aq. –Sonríe–. Quédate con Michael.

–Me parece bien. –Tomo el ramo de flores, le doy los treinta dólares que acordamos y una propina más que merecida–. Gracias por ser mi guía turístico. –Me bajo del coche y me alivia ver que el Ford Escape de Jonah no está por ningún lado.

–Un placer –dice Michael con un gesto, los frenos del coche chillan mientras empieza a avanzar. Me alegra que no haya mencionado la escena con Jonah en el aparcamiento de Meyer's.

En el momento en que cruzo el umbral de la casa de mi padre, en un silencio y una oscuridad inquietantes, mi móvil se conecta a internet y empieza a sonar en una cadena interminable de mensajes de texto y llamadas perdidas de mi madre y Diana. Suspiro, sé que pronto tendré que llamar a casa.

Pero no antes de comer.

Hay dos bolsas de papel en la encimera, vacías y dobladas. Cuando abro la nevera, me sorprende descubrir que todo lo que compré está guardado y ordenado demasiado bien para que haya sido la misma persona que tiraba vegetales a la cinta de caja. Y pensar que esperaba encontrármelo todo tirado por el jardín delantero.

Quizá esta es la manera que tiene Jonah de disculparse por ser un completo imbécil.

—Bueno, algo es algo —murmuro. Pero tendrá que esforzarse mucho más para que lo perdone.

—Son prácticamente desconocidos, Calla. —Simon hace una pausa para tomar un sorbo de té (en su taza favorita de porcelana china Wedgood, no tengo la menor duda; es tan predecible) y escucho cómo se sienta en el escritorio de metal de su oficina—. Les costará sentirse cómodos en presencia del otro.

La silla de la cocina cruje cuando me inclino para untar lo que queda de yema de huevo con un trozo de pan tostado y me lo meto en la boca.

—Solo estaré aquí una semana. —¿Podré empezar a comprender a mi padre en ese tiempo?

—Ese es un límite autoimpuesto. Puedes cambiar el vuelo de vuelta y quedarte más tiempo. Por eso compramos el más caro, para que tuvieras opciones.

—Pensé que era para que tuviera la posibilidad de volver *antes*, en caso de que todo esto fuera un desastre. —Por supuesto que Simon lo vio de otra manera—. Por ahora, una semana entera me parece una sentencia de muerte.

—Sabías que no iba a ser fácil.

—Sí, bueno, pero será imposible si sale corriendo cada vez que nos cruzamos.

—¿Él corre o tú lo alejas?

Frunzo el ceño.

—¿A qué te refieres?

—Tienes mucho resentimiento acumulado, Calla. Años de resentimiento que has usado para construir una coraza. No se te da bien disimularlo y Wren nunca te lo echaría en cara. Si quieren establecer una relación y tienen tan poco tiempo para hacerlo, tendrás que encontrar alguna forma de comunicarte y dejar de lado el verdadero problema. Aunque sea solo un rato.

—Lo intento, pero… es difícil. –¿Cómo empiezas una relación con alguien sin perdonarlo antes?

—Y recuerda… no puedes controlarlo, pero sí puedes controlar cómo te comportas cuando estás con él.

Gruño para mis adentros. ¿Por qué siento que las palabras tranquilas de Simon tienen el mismo mensaje que la versión despiadada de Jonah?

—¿Wren ha dicho algo acerca del pronóstico o las opciones de tratamiento? ¿Sabes algo? –interrumpe mamá, su voz se escucha a lo lejos en el altavoz. Está caminando por la oficina, lo sé, es uno de sus pasatiempos favoritos. Simon siempre se queja de que deja un círculo marcado en la alfombra persa de su abuela.

—Hablamos dos minutos, mamá –le recuerdo–. Pero Agnes dijo que irá a Anchorage la semana que viene para empezar quimioterapia y radiación. No parece enfermo, para nada.

—Eso es bueno. Deben haberlo encontrado a tiempo. –Es imposible no percibir el alivio en la voz de mamá. Seguro que Simon también se ha dado cuenta. ¿Cómo lo hará sentir eso? Ay, por Dios, empiezo a pensar como mi padrastro psiquiatra británico.

Suena un timbre que indica que alguien acaba de entrar a la sala de espera del consultorio de Simon.

—Ese es mi siguiente paciente. Llámame por la noche si quieres.

–Gracias, Simon.

–Pero que no sea entre las diez y las once. Ponen un documental en la BBC sobre…

Dejo de escuchar porque mi mente comienza a pensar en qué haré lo que queda de día, mientras espero que llegue la hora de ir a cenar a casa de Agnes. Podría ir a Alaska Wild para ver los aviones y las personas a las que mi padre prefirió antes que a mí. Pero me arriesgaría a tener otra conversación incómoda de dos minutos con él. O peor aún, a cruzarme con Jonah. Gracias a Dios he traído el portátil.

–No cuelgues, Calla –grita mamá. Hay una seguidilla de sonidos y golpes ensordecidos y luego su voz suave y melódica en mi oído cuando se aleja de la oficina de Simon–. Hola.

–¿Has recibido las fotos que te envié? Ya deberían haberte llegado.

–Déjame ver… ¡Sí! Aquí están. ¡Ay, por Dios! ¿En *eso* volaste hacia Bangor?

–Casi vomito.

–¡Pero en eso ni siquiera puedes llevar equipaje!

–Por eso mis cosas vienen en un avión de carga que llega hoy desde Anchorage.

–¿*Por qué* irían a buscarte en *eso*?

–Porque Jonah es un imbécil y detesta que esté respirando su precioso aire alaskeño. –Le cuento por encima mis interacciones con Jonah, lo que provoca que suelte diferentes gemidos y suspiros.

–¡Pero eres intolerante a la lactosa! Eso no es ser quisquillosa. Es una condición médica real –dispara.

–¡*Exacto*! –Me sumerjo en la silla, que vuelve a crujir, y me siento un poco mejor. *Al fin* alguien más se enfada por las travesuras de Jonah. Parece que solo cuento con mi madre–. Es el mayor imbécil que he conocido en la vida.

—¿Por qué sigue con Wren?

—Porque estoy en el mundo del revés, donde todos lo quieren. —Pongo los ojos en blanco, aunque no pueda verme.

—Evítalo. No quiero que haga las cosas más difíciles de lo que ya son.

—Lo intento, pero siento que cada vez que doblo una esquina, allí está esa cara peluda. ¡Y vive al lado! No puedo librarme de él.

—Lo siento, cariño.

—Como sea —suspiro—. No quiero hablar más de Jonah.

—No te culpo. ¿Qué más me has mandado...? —Hace una pausa mientras mira las fotos—. ¿Qué es eso? ¿Lechuga? —Casi puedo ver su gesto de confusión.

—Sí, cientos de plantas de lechuga. Quizá más. Hay granjas al lado de la ruta.

—Ah. Parece que hay cosas que *sí* han cambiado estos últimos veinticuatro años.

—No *todo*. —Sonrío mientras espero que pase a la foto siguiente.

Suspira.

—¡Los patos siguen allí!

—En todo su esplendor.

Se ríe, mortificada.

—Son tan horrorosos como los recordaba.

Miro el tapiz sobrecargado.

Vuelve a suspirar, esta vez más suave, y sé que ha pasado a la foto siguiente, la de las calas y lilas de mi dormitorio.

—¿Cómo he podido olvidarme de eso? Pasé muchas noches en vela para pintar cada pétalo, toda gorda e hinchada, para que estuvieran listas cuando nacieras.

—Sí, recuerdo que me lo contaste.

—Dios, parece que ha pasado una vida, ¿no? —murmura con nostalgia. Hay una pausa larga mientras, sin lugar a duda, repasa mentalmente el tiempo que pasó aquí–. ¿Y? ¿Qué harás el resto del día?

—¿Además de rascarme las picaduras de mosquitos? —farfullo mientras me clavo las uñas en la parte posterior de la pantorrilla, donde me está saliendo una roncha roja–. Creo que voy a programar las publicaciones de la web. Diana se ha iluminado. —Tengo por lo menos diez mensajes suyos.

—Diana *siempre* se ilumina cuando menos te lo esperas. Desearía tener la energía de esa chica… ¡Ah! Mira la hora que es. Tengo que ir a la tienda para terminar unas cosas. No sabes lo que me ha pasado hoy. Vino una mujer que quería que pusiera gipsófilas en el ramo, aunque le dije que no usaba esas flores porque hacen que parezca barato. Tuvo el coraje de…

Pierdo el hilo del monólogo de mi madre porque algo en el papel tapiz me llama la atención. Siento cómo se me deforma la expresión.

—¿Los patos tienen pezones?

Una pausa.

—Perdón. ¿*Qué*?

Me acerco para mirar los seis puntos perfectamente espaciados en el vientre del pato. Hay leves variaciones en los puntos y el espaciado, lo que me indica que alguien lo ha hecho con un rotulador. Ha pintado todos y cada uno de los patos de la pared.

—¿Es cosa tuya?

—Calla, ¿de qué rayos hablas?

Cuando se lo explico, las dos estallamos a reír.

—Eso es un trabajo que requiere horas. Hay *cientos* de patos en esta pared.

—Bueno, yo no fui, pero me hubiera gustado.

156

Vuelvo a sentarme en la silla, asombrada.

–Quizá lo ha hecho Agnes. Me parece que tampoco le gustan mucho los patos.

La risa de mamá muere poco a poco.

–Y… ¿qué tal está ese tema?

–Ni idea, pero, sea lo que sea, «es complicado». Esta noche cenamos en su casa. Vive justo delante.

–Bien. Pasarás más de dos minutos con él. Wren siempre ha comido muy lento.

–Para ser sincera, ahora mismo me da un poco de pánico. –¿Será muy incómodo estar sentada en la mesa con él? ¿Se esforzará por entablar alguna conversación? ¿O me ignorará por completo?

Al menos Agnes estará allí para aplacar la situación.

–Todo va a salir bien. Solo sé tú misma. Y, escucha, no te preocupes por lo que diga ese piloto imbécil. No sabe nada de ti.

No sabe nada y, sin embargo, no logro dejar de pensar en sus palabras.

–Gracias, mamá. Te quiero. –Dejo el móvil en la mesa con un suspiro pesado y enciendo el ordenador.

Capítulo 9

El jardín delantero de Agnes es tan grande como el de mi padre y me da tiempo a analizar la casa mientras me acerco con el suéter encima de la cabeza para protegerme de la llovizna que lleva cayendo toda la tarde.

Es una copia de la casa de mi padre excepto por el revestimiento blanco y la puerta principal pintada de un carmesí profundo que aporta un toque de color muy necesario. No tiene el garaje adicional, pero hay un pequeño cobertizo a la izquierda con un gran cesto de basura verde apoyado al lado. Su camioneta está aparcada en la puerta.

Aferrada al triste ramo de margaritas, llamo a la puerta. Un momento después, escucho la voz de Agnes:

—¡Pasa!

Calor y un delicioso aroma a pollo horneado con hierbas me envuelven cuando entro y me tomo un momento para contemplar lo diferente que parece esta casa comparada con el frío y la oscuridad de la de enfrente. Para empezar, la cocina, el comedor y la sala de estar están integrados en un gran ambiente que ocupa todo el largo de la casa. En el fondo hay un pasillo más corto, que asumo que lleva a los dormitorios.

Por otro lado, parece el hogar de una familia. Está amueblado con muebles sencillos pero limpios en diversos tonos de gris y beige. Mientras que a la casa de mi padre le falta carácter, Agnes ha puesto toques de su personalidad por todas partes. Las paredes están pintadas en tonos rojos y naranjas. El sofá está decorado con cojines con pájaros bordados. De las paredes cuelgan máscaras de madera e ilustraciones que deben responder a sus raíces nativas y todo el pasillo está lleno de retratos de personas, algunos con tocados y abrigos de piel. Su familia, supongo.

—¿Y? ¿Has sobrevivido a tu primer día en Alaska? —pregunta Agnes y me da la espalda mientras inspecciona el pollo que tiene en el horno.

—Hay momentos en los que pensé que no lo conseguiría, pero sí —bromeo.

Me he pasado la mayor parte del día actualizando los enlaces de la web y creando borradores de publicaciones para que Diana pueda agregarles el texto. He ido de la cocina plagada de patos a la sosa sala de estar, pasando por el porche cubierto (que podría ser cómodo si no fuera por las pilas de basura y sillas de jardín decrépitas), a mi habitación, donde me he tumbado un rato.

En resumen, una tarde tranquila pero aburrida después de una mañana difícil.

—Espero que tengas hambre. Comeremos cuando lleguen los chicos.

¿Los chicos?

—¿Qué chicos? —pregunto con cautela.

—Wren y Jonah. Llegarán pronto. Jonah se ha quedado atrapado cerca de Nome por la niebla, pero estaba empezando a disiparse cuando me he ido. Ha dicho que llegaría a tiempo.

—¿*Jonah* viene también? —Me cuesta ocultar el desagrado.

Agnes sonríe.

—Todo va a ir bien. Te lo prometo.

Suspiro. Sí, supongo que todo «irá bien» para Agnes.

Mierda. No puedo deshacerme de ese imbécil.

—Jonah lleva diez años trabajando para tu padre. Es como su mano derecha. Se ocupa de todos los aterrizajes complicados y de la mayoría de los problemas mecánicos de los aviones. Y de los problemas con los clientes, aunque no tenemos tantos. Ayuda cuando Wren tiene que tomar decisiones difíciles. Es un buen chico cuando derribas todas sus barreras. —Me mira por encima del hombro y levanta las cejas cuando ve las margaritas.

—Un pequeño agradecimiento. Por la cena… y todo lo que has hecho.

Sonríe con nostalgia.

—No recuerdo la última vez que alguien me compró flores. Ha pasado tanto tiempo.

Estoy segura de que no fue Jonah. Pero ¿habrá sido mi padre? ¿Es la clase de hombre que compra flores? ¿Alguna vez tuvieron *ese* tipo de relación?

—¿Tienes un florero para ponerlas?

—Creo que hay un jarrón alto. Pero tengo que buscarlo. Déjalas en la encimera por ahora.

Apoyo el ramo, me arremango y voy hacia el fregadero para lavarme las manos.

—¿Cómo puedo ayudarte? —Veo que la mesa ya está puesta.

Agnes mira la cacerola y luego a mí, como si estuviera considerándolo.

—Si no te molesta, podrías machacar las patatas.

—Ningún problema.

No recuerdo la última vez que machaqué patatas. Mamá las eliminó de nuestra dieta cuando decidió que eran los carbohidratos los que estaban «arruinando» su cintura. Pero, de vez en cuando, bajo a la cocina y me encuentro a Simon en la mesa con un plato de puré de patatas instantáneo y cara de perrito abandonado. Todavía no sé dónde guarda los paquetes.

—El machacador está allí. —Señala un cajón con la barbilla—. Y hay leche y mantequilla en la nevera. Espera, ¿puedes comer? Porque podemos hacerlo sin.

Sonrío porque valoro su preocupación y el hecho de que lo recuerde.

—No pasa nada. No comeré patatas. —Vuelvo a arremangarme y me pongo a trabajar—. ¿Papá ha comentado algo sobre mi equipaje? ¿Lo traerá hoy?

—No ha dicho nada, pero espero que así sea. El avión tendría que haber llegado hace una hora.

—Gracias a Dios. Se me están estropeando todos los zapatos. —Hoy encontré un cepillo y me pasé una hora limpiando con cuidado el barro de mis tacones, aunque creo que el esfuerzo ha sido en vano.

Escucho pasos en los seis escalones de madera y, un segundo después, la puerta se abre de par en par.

El estómago me da un vuelco mientras me giro y me preparo para saludar a uno de los dos hombres que me causan más ansiedad en la faz de la Tierra, ambos por motivos diferentes.

En su lugar, me encuentro con una adolescente que me mira fijamente. Tiene el pelo oscuro, largo, brillante y sujeto en una cola de caballo. Sus ojos negros me miran con curiosidad.

—¡Calla! ¡Estás aquí! —exclama y se quita las botas sucias.

—Aquí estoy —digo con cautela. Parece saber quién soy, pero yo no tengo ni idea de quién es ella.

—Iba a visitarte anoche, pero mi madre me dijo que estabas cansada y luego pasé de camino a la granja y Jonah dijo que seguías en el pueblo.

Su madre... Miro a Agnes y luego a la mesa. Las cuatro sillas me han engañado y no me he dado cuenta de que hay cinco platos. Después miro la pared llena de fotos y lo entiendo.

—¿Es tu hija? —¿Agnes tiene una hija? ¿Lo había mencionado y no lo había escuchado por estar demasiado sumida en mis preocupaciones?

Agnes sonríe.

—Es Mabel, un terremoto de energía, solo para que lo sepas.

La cara de Mabel se divide en una sonrisa que compite con la de su madre. Me doy cuenta de que no tiene la cara tan redonda como Agnes, pero sin lugar a duda tiene los mismos ojos hundidos, aunque más grandes.

—Eres de Toronto, ¿no? ¡Eso es genial! *Me muero por* ir a Toronto algún día. ¡George fue y me dijo que era maravilloso! He visto *todas* tus publicaciones en Instagram. Deberías ser modelo. ¡Eres preciosa!

—Toronto es genial —digo mientras intento procesar todo lo que acaba de salir de la boca de Mabel. Definitivamente no es tímida y habla a cien kilómetros por hora con una voz ronca, rara en una chica de su edad y un acento un poco diferente al de su madre.

Pero, lo más importante de todo, ¿por qué esta chica del oeste de Alaska conoce mi Instagram?

—Había un enlace al final de tu correo —explica Agnes, leyendo la confusión en mi cara—. Tenía curiosidad, así que cliqueé y me encontré con tu página web. Te juro que Mabel examinó hasta el último rincón.

–Ah. Claro. –Mi firma. Lo había olvidado. Ahora tiene sentido.

–¿Así que has ido en taxi al río? –pregunta Mabel.

–Eh… Sí.

Tardo un segundo en conectar los puntos. He subido algunas fotos esta tarde. Decidí ignorar el consejo de Diana sobre las frases motivacionales y opté por hablar de mi día en Bangor, sobre el simpático taxista que en realidad no se llama Michael, que tiene seis hijos y uno en camino, y cómo usa el río para verlos. Me pareció más interesante y mucho más sincero.

Lo he publicado hace, como mucho, una hora, pero parece que incluso aquí, en medio de la nada, los adolescentes viven pegados a los móviles.

–Mabel, ¿por qué no vas a prepararte para la cena y traes la silla de mi dormitorio? –Agnes empieza a trocear el pollo con movimientos de cuchillo dignos de una experta y pone la carne recién cortada en una pequeña bandeja blanca.

Mabel deambula y se acerca para inspeccionar el pollo como acaba de hacerlo su madre. Es al menos diez centímetros más alta que Agnes y lleva los mismos vaqueros baratos de supermercado.

–¿He escogido bien?

Agnes tira de la pata izquierda, que empieza a separarse, y entre la piel y la carne chorrea grasa.

–Sí, muy bien. Pero me hubiera gustado uno con muslos más grandes.

–¡Era el más lento de todos! ¡Casi no tuve que correr para atraparlo!

–¿*Has atrapado* la cena? –escupo.

Mabel me sonríe.

–Barry me ha dejado tomar uno por haberlo ayudado con la granja.

—¿La granja que queda al lado del camino? Creo que la he visto cuando he salido a correr.

—Los Whittamores —confirma Agnes—. Es bastante famosa. Nadie ha tenido tanto éxito con una granja en esta zona como Barry y Dora. Cosecharon más de *veintitrés mil* kilos de vegetales el año pasado. Y quién sabe cuántos huevos les habrán dado esos corrales subterráneos. Con los aviones llevamos sus productos a muchos pueblos.

—Me sorprendió verlo —admito—. A mi madre se le dan muy bien las plantas y nunca consiguió hacer crecer algo aquí.

—Las temporadas son más largas y cálidas que hace veinticuatro años. Pero, aun así, cuesta mucho que crezca algo. Al menos como lo hacen los Whittamores —murmura Agnes—. Barry se pasó dos años descongelando, labrando y preparando el suelo antes de plantar algo.

—Sí, instaló unos túneles *enormes* para poder empezar a sembrar en febrero, cuando no hay viento ni nieve y hace bastante más calor.

Agnes se ríe.

—Es donde la encuentro casi todos los días después de las clases. Allí o en el sótano.

—¡Ah! ¡Sí! —exclama Mabel como si acabara de recordar algo importante—. Barry dijo que te vio esta mañana, cruzando la calle vestida de rosa chillón.

Al menos no ha dicho que iba desnuda.

—Sí, era yo. Y los mosquitos que me estaban comiendo viva —agrego mientras me rasco una parte del brazo que me pica de repente.

Mabel se lleva las manos a la cara.

—Los mosquitos y las chinches te van a volver loca.

—¿Las *chinches*?

—Sí. Este año es exagerado. Si sales, usa suéter y vaqueros. Así estarás bien.

—Lo tendré en cuenta. —Cuando mi suéter llegue de Anchorage.

—¿Y cómo te ha ido en la granja? —pregunta Agnes.

—Como siempre. Un poco aburrido.

—Recuerda que eres muy afortunada. Mucha gente que estaría dispuesta a tomar huevos y cosechar vegetales a cambio de productos frescos y un pollo de vez en cuando.

—Te apuesto lo que quieras a que preferirían hacerlo por dinero —murmura Mabel.

—Estoy segura de que te pagará con dinero cuando seas más grande. A menos que sigas yendo cuando te da la gana. En ese caso, puede que nunca más te contrate —la regaña Agnes con ese tono amable tan propio de ella.

¿Cuántos años tiene Mabel para que el granjero no considere apropiado pagarle con dinero?

—A Barry no le importa a qué hora llegue. —Mabel frunce el ceño con fastidio e intenta desestimar las preocupaciones de su madre—. Aparte, las gallinas ponen el doble de huevos cuando estoy cerca. Soy su encantadora de pollos. —Me sonríe y se pone de puntillas para tomar una bolsa de patatas fritas del armario.

Agnes le arrebata el paquete y lo devuelve a su sitio.

—Cenaremos muy pronto, Encantadora de pollos. Ve a lavarte las manos.

Con un gruñido, Mabel se aleja por el pasillo y yo me quedo mirándola.

—Sí que tiene mucha energía.

—Exacto. Intento mantenerla ocupada para que la gaste, sobre todo durante las vacaciones de verano. Agradezco que Barry le dé algo que hacer. —Agnes hace una pausa y baja la voz—. Todavía no sabe lo de Wren. Se lo diré pronto. Pero… Él me pidió que esperara.

También le pidió que no nos lo contara a Jonah o a mí, pero ignoró esa voluntad.

Otro par de botas sube los seis escalones de madera del porche. Estos son más pesados y se mueven de forma más lenta.

Miro de reojo y me encuentro un par de ojos azules que me miran desde el otro lado de la ventana. No puedo evitar devolverle la mirada, aunque la ansiedad me oprime el pecho.

Suena un solo golpe, seguido por el crujido de la puerta al abrirse.

—No huele a muktuk —dice mi padre mientras se inclina para desatarse las botas. Su voz revuelve algo familiar en mi interior.

—Me pareció que teníamos que dejar que Calla se aclimatara antes de darle de comer grasa de ballena.

Me cuesta disimular el gesto de asco, lo que hace reír a Agnes.

—¿Ha atrapado uno gordo esta vez?

—Gordo y lento según ha dicho. Aunque no tan lento como ustedes dos. Empezaba a pensar que no vendrían. —Agnes sonríe, aunque acaba de reprocharle que llegue tarde.

—Ya sabes cómo es. —Se acerca para estudiar la bandeja de pollo. No puedo dejar de mirarlo mientras aplasto las patatas como un autómata preso de una niebla surrealista.

De verdad estoy aquí, en Alaska. Con mi padre. Soy una espectadora que contempla su vida cotidiana, rodeado de *su* gente, que inhala el rastro de olor a cigarrillo que deja a su paso.

—¿Ha llegado Mabel? —pregunta.

—Está en el baño. Saldrá en un minuto. —Después baja la voz, pero de todos modos puedo escucharla—. Cuando escuche la voz de Jonah.

¿Mabel está enamorada de Jonah? Levanto las cejas, sorprendida, y miro por encima del hombro justo cuando el supuesto objeto de su amor hace su aparición y empieza a quitarse el abrigo y la gorra.

Lo admito, dista mucho de ser feo, incluso con ese pelo. Si pudiera acercarle un par de tijeras… Se me mueven los dedos de solo pensarlo.

Y entonces escucho en mi cabeza, una vez más, las palabras de Jonah (que no dejo de juzgar a todo el mundo desde que llegué) y la culpa interrumpe mi sesión de peluquería imaginaria.

Me encuentro con los ojos grises y amables de mi padre, que me miran con cariño.

—¿Y? ¿Cómo ha ido el día, Calla?

Las palabras de Simon retumban en mi cabeza.

«¿Él corre o tú lo alejas?».

«No puedes controlarlo, pero sí puedes controlar cómo te comportas cuando estás con él».

—Ha estado… bien. —Si no tengo en cuenta la lengua karateka de su mano derecha. Aplasto las patatas con fuerza—. Tranquilo.

Asiente despacio.

—Supongo que es diferente a lo que estás acostumbrada.

—Sí, un poco. —Sonrío. ¿Cuántos días resistiré antes de querer volver a mi ciudad? O a cualquier ciudad, en realidad.

—¿Has tenido algún problema con la camioneta? La segunda marcha se traba un poco últimamente.

—Eh… —Miro a Agnes desconcertada y la veo negar con la cabeza con sutileza. Supongo que no le ha dicho que no sé conducir. Y, obviamente, Jonah tampoco lo ha hecho. ¿Debería decírselo yo?

—No. Ningún problema.

—Muy bien… Muy bien… —Mueve la cabeza. El momento incómodo se estira.

—¿Han llegado las maletas de Calla? —pregunta Agnes.

—Sí. Respecto a eso… —Papá duda y se rasca la nuca—. No había espacio en el vuelo de hoy.

–¡Tiene que ser un chiste! –Mi decepción crece–. ¡Pero *necesito* mis cosas! ¡Mis botas de lluvia!

–Podemos lavar otra tanda de ropa esta noche –ofrece Agnes.

–Sí, supongo que sí –murmuro, pero esa no es la cuestión–. ¿Cómo puede ser que, de golpe, no haya espacio?

–Tuvieron que hacer espacio para unos suministros que tenían que llegar a un pueblo hoy sí o sí. Así son las cosas por aquí. –Mi padre me mira con compasión.

–Comida. Medicina. Ya sabes, necesidades *reales* –agrega Jonah con un tono divertido.

–Tendrás tus cosas mañana. –Agnes sonríe para darme seguridad mientras agrega–: Seguramente.

–No te preocupes. Seguro que Billy está cuidando *muy bien* de todo.

Aprieto los dientes y vuelvo a concentrarme en las patatas mientras respiro para tranquilizarme y liberar las frustraciones, porque no hay nada que pueda hacer por mi equipaje y pegar a Jonah con el machacador de patatas hasta matarlo arruinaría la cena.

–Ey, Aggie, he comprado esto para la cena.

–¡Guau! ¿Primero flores y ahora esto?

Un tintineo familiar me hace girar la cabeza justo a tiempo para ver a Jonah dejar seis latas de cerveza en la encimera.

Me quedo boquiabierta. Aparto las patatas (que están prácticamente pulverizadas) para mirarlo.

–¡Dijiste que no se podía comprar cerveza en Bangor! –Se me endurece la voz de la indignación–. Que el alcohol está prohibido.

–*Tú* no puedes –dice sin más mientras toma dos latas y le tira una a mi padre, que la toma en el aire sin dificultad.

Miro esa cara de presumido que tiene. Otro de sus jueguecitos.

Probablemente la compró en el supermercado mientras me mentía a la cara.

—Técnicamente ya no porque aprobaron un proyecto de ley que permite la venta de alcohol —dice mi padre. Se oye un chasquido cuando abre la lata—. Pero aún no se atreven a hacerlo porque les preocupan las comunidades más pequeñas. Entonces tienes que viajar o comprárselas a un contrabandista, cosa que no te recomiendo, Calla. Venden cosas que podrían dejarte ciega. —Su mirada rebota entre Jonah y yo, y frunce un poco el ceño—. Dime qué quieres y te lo traeremos la próxima vez que alguien vaya a la ciudad.

—Gracias —digo entre dientes, irritada—. Prometo que traeré a la cena algo mejor que pis de gato —agrego mirando a Jonah y señalo las latas blancas y rojas con la cabeza.

Jonah resopla.

—A tu padre le encanta el pis de gato. Es otra cosa que no sabías, ¿no?

Estamos cara a cara. Aprieto la mandíbula por la indignación. Sí, Jonah conoce a mi padre mejor que yo y lo usa para hacerme daño cada vez que tiene la oportunidad.

El tenso espectáculo se rompe porque Agnes y mi padre empiezan a reírse a carcajadas, Agnes incluso derrama un par de lágrimas.

Miro a Jonah de reojo, desconcertada. Parece tan confundido como yo.

—Creo que tienes que refinar el paladar, Wren —dice Agnes mientras sirve un trozo de carne muy suculento.

Mi padre da un sorbo y chasquea los labios.

—Ni siquiera me gustan los gatos.

Jonah gira la cabeza un momento y empieza a sacudir los hombros con una risa genuina, que le sale del interior, con un sonido que me retumba en el pecho y resuena en la habitación.

—¿Quién se lo habría imaginado? Satán *puede* reírse —murmuro, aunque a mí también empieza a aflorarme una sonrisa y la tensión de la cocina rápidamente se disipa.

Mi padre niega con la cabeza mientras sigue riéndose.

—¿Qué le has hecho a mi hija, Jonah?

Mi hija. Palabras que me resultan muy extrañas y, sin embargo, hacen que me sonroje.

La emoción se evapora cuando Jonah apoya su pesada mano en mi hombro y me acerca a él. Comparado con la languidez de Corey, parece una pared de ladrillos.

—¿Qué podría hacerle a esta chica tan *paciente, encantadora y centrada*? ¿Yo?

Intento liberarme, pero Jonah traba el bíceps y me acerca más, hasta que mi cuerpo se adapta a la forma de su torso y su cadera. Después de la jornada, no hay ni rastro del tenue aroma a madera que le deja el jabón, pero sigue oliendo muy bien.

Lo último que debería estar haciendo es *oler* a Jonah.

—No podríamos llevarnos mejor. Uña y carne. Diablos, somos *uña y carne*, Wren.

Para liberarme, le clavo los dedos en las costillas en busca de un punto sensible. Solo encuentro una gruesa y sólida capa de músculo. Entonces hago lo único que puedo: explorar la dura tabla que es su pecho hasta encontrar lo que creo que es un pezón.

Pellizco y retuerzo.

Me suelta con un aullido de dolor.

—Yo diría que más bien son como el agua y el aceite —dice Agnes, muy divertida.

Se escuchan pasos en el pasillo.

—¿Qué está pasando? ¿Qué es tan divertido?

Mabel aparece en la cocina. Lleva unas mallas negras y una camiseta blanca lisa pero ajustada que le marca las caderas y los pechos incipientes. Tiene el pelo largo y le cae por la espalda, recién cepillado. Sus ojos nos recorren de forma rápida y se detienen en Jonah.

E inmediatamente veo que lo que ha dicho Agnes es cierto.

Mabel está perdidamente enamorada de Jonah.

Ay, Dios. *¿Por qué?*

—Hola, peque. —Mi padre le pasa un brazo por los hombros y la acerca—. ¿Cómo te ha ido en la granja?

Se me retuerce el estómago. Ese era *mi* apodo. Como me llamaba *a mí*.

—Bien. Bastante aburrida. ¿Por qué no me dejas ir a Wild? —Mabel finge un puchero y él se ríe.

—Porque eso es *más* aburrido. ¿Qué chica de doce años quiere pasarse el verano sentada en un aeropuerto?

¿Solo tiene doce años? Parece mayor. No he pasado tiempo con una niña de doce años desde que yo misma tenía esa edad.

Mabel pone los ojos en blanco.

—Doce años y casi un mes. Y no tendría que quedarme sentada si me enseñaras a volar.

—Oh, ya estamos otra vez... —murmura Agnes.

—¿Qué? ¡Dijo que me enseñaría!

—Cuando tuvieras catorce —le recuerda Agnes.

—Sí, y solo falta un año y once meses. No te olvides. —Mabel apunta a mi padre con un dedo y él se estremece un poco.

—¿Cómo podría olvidarlo? —La despeina—. Me lo recuerdas desde que cumpliste los seis.

Me invade una clara ola de celos. *Yo* hablaba con mi padre sobre que me enseñaría a volar algún día, antes de darme cuenta de que prefería tener los pies en tierra firme. Y aquí está ahora, abrazado a Mabel, prometiéndole lo mismo que me prometía a mí. Comportándose exactamente como el padre que me imaginaba que sería.

Una sospecha incómoda me empieza a dar vueltas por la cabeza.

Agnes ha definido su relación con mi padre como «complicada». Que se conocen hace dieciséis años. Y, viendo a Mabel, juraría que su padre no es Yupik ni de ningún otro pueblo nativo.

La sangre me sube a los oídos.

Doce años y un mes. Eso significa que cumple años a finales de junio. El junio pasado se cumplieron doce años de mi graduación de octavo, cuando se suponía que mi padre iría a Toronto.

¿Es solo una coincidencia o...?

¿Mabel es una parte de lo que Agnes llama «complicado»?

¿Tengo una media hermana de la que *nadie* me ha hablado?

Cuando mi madre se casó con Simon, me moría de ganas de tener un hermano. Y cuando empecé la secundaria, recuerdo desear que quedara embarazada por accidente para que tuviera otra cosa de lo que preocuparse y dejara de respirarme en la nuca.

¿Todos estos años he tenido una hermana y no sabía nada de su existencia?

No estaba preparada para enterarme de esto cuando me subí al avión.

¿Fue por Mabel que mi padre canceló su viaje?

¿Al final no tenía nada que ver con Alaska Wild? ¿Fue *ella* la razón por la que me dejó plantada? ¿La eligió a *ella* antes que *a mí*?

—¿Calla? —Papá me mira—. ¿Te encuentras bien? Estás pálida.

—Sí. —Me aclaro la garganta, temblorosa—. No, en realidad no. No me encuentro bien. —Lo último que quiero es sonreír y hacer como si todo estuviera bien. Necesito aclarar mis pensamientos.

Agnes y mi padre se miran, preocupados.

—¿Por qué no te echas un rato? —dice Agnes—. Mi dormitorio está a la derecha...

—No, creo que quiero irme a casa. —La de delante. Y después, si tengo razón... Subirme a un avión y volver a Toronto.

Siento la mirada de Jonah clavada en mí mientras paso por su lado, meto los pies en los zapatos embarrados y cruzo la puerta con torpeza.

—¡Calla!

Me doy la vuelta y veo a Jonah corriendo por la acera con las botas desatadas y abiertas. Es la *última* persona con la que quiero hablar ahora mismo. Aprieto el paso, tropiezo y siento en los ojos el dolor de las lágrimas que amenazan con derramarse y me nublan la vista mientras la verdad se arremolina en mi interior.

Jonah es más rápido de lo que esperaba y me toma del brazo cuando estoy subiendo los escalones de la entrada de la casa de mi padre. Su mano firme no me deja escapar.

—¿Qué ha sido eso?

—No me encuentro bien...

—Mentira. Te encontrabas bien hasta que Wren abrazó a Mabel y entonces te volviste loca. No me digas que estás celosa de una niña de doce años.

Agnes tenía razón. Jonah *es* perceptivo. Supongo que es como se ha visto mi reacción desde fuera.

Respiro hondo y me doy la vuelta. El segundo escalón del porche me deja a la altura de sus ojos y me quedo clavada en ese misterioso azul océano.

—Es mi media hermana, ¿no? —Me tiembla la voz.

¿Creían que no iba a darme cuenta?

¿De verdad pensaron que estaba bien ocultarme algo así?

Mezclada con la sorpresa y el dolor hay una furia creciente.

Jonah abre la boca para hablar, pero se frena y frunce el ceño.

—¿Qué te han contado de Mabel?

—¿Te refieres a la niña de la que no sabía nada hasta hace dos minutos? —Su pregunta es la confirmación que necesitaba. Una lágrima me rueda por la mejilla y me la limpio enseguida con la mano libre. *Odio* llorar cuando estoy molesta.

—¿Wren nunca la mencionó?

¿Cuánto sabe Jonah de lo distante que es nuestra relación?

—Ni una palabra. No desde que dejó de esforzarse por ser *mi* padre. —Pero, aparentemente, no el de ella. Se me escapa otra lágrima. Esta vez no me molesto en limpiarla—. He estado doce años intentando hacer las paces con la idea de que le importaban más sus aviones y Alaska que yo. —Resoplo, burlona—. Y ahora me entero de que en realidad fue porque tenía otra hija.

Jonah me suelta el brazo.

—Joder, Wren —murmura y agrega algo que no llego a comprender, pero sin lugar a duda incluye una serie de insultos.

Me muevo para terminar de subir los escalones, encerrarme y poder estar a solas con mis pensamientos.

—El padre de Mabel trabajaba para Wren. Era piloto de Wild —grita Jonah y clavo los pies donde estoy.

—Espera. ¿Entonces mi padre no es el suyo?

—No, no es su padre —dice Jonah lento y claro.

Mis hombros se desploman con una extraña sensación de alivio.

—¿Y dónde está el padre de Mabel?

—Murió en un accidente aéreo unos meses antes de que naciera.

—Ah. Eso… es una mierda.

–¿A qué has venido a Alaska exactamente, Calla?

–¿A qué te refieres? Ya lo sabes, para conocer a mi padre… *por si acaso*. –No hace falta que lo aclare.

–Quizá deberías conocer a Wren *porque sí*. Y dejar de buscar razones para odiarlo.

–No lo *odio*. Y no estoy *buscando* nada. Es que… No lo entiendes. Respira hondo.

–Lo que pasó entre ustedes no es cosa mía. Tienen que resolver todo este drama. Pero sé lo que es estar dispuesto a perdonar a alguien y darte cuenta de que es demasiado tarde. –Baja la mirada antes de centrarse en mí–. Créeme, no quieres ese peso sobre los hombros. –A pesar de esa barba desaliñada, puedo sentir la tensión en su mandíbula.

¿Está hablando de su padre? ¿Qué pasó entre ellos? Le sostengo la mirada por uno… dos… tres largos segundos.

Él es el primero en romper la conexión y mirar hacia la casa de Agnes, donde mi padre, apoyado en la barandilla, se lleva una mano a la boca. Está fumando.

La vergüenza me inunda, haciendo que se me retuerza el estómago. Me he puesto celosa sin motivo, he salido corriendo, he arruinado la cena y lo he vuelto todo más incómodo de lo que ya era.

Tengo que dejar de permitir que el resentimiento se lleve lo mejor de mí. Tengo que empezar a hacerme cargo de mis acciones.

–Sin lugar a duda, eres hija de Wren –murmura Jonah.

–¿Por qué lo dices? –pregunto con cautela. ¿Quiero saber la respuesta?

–Porque ninguno de los dos tiene las agallas necesarias para decir lo que siente cuando más importa.

Lo observo mientras se aleja, la grava cruje bajo sus botas.

Capítulo 10

Estoy en el patio, rascándome con furia una picadura de mosquito, cuando la puerta se abre de par en par.

Mi padre asoma la cabeza.

—Ahí estás. —Recorre con la mirada la manta estampada que he traído del dormitorio y en la que me he envuelto como un capullo para protegerme del frío de la noche—. ¿Tienes hambre?

—Un poco —admito con timidez y siento cómo el calor me sube a las mejillas por la vergüenza que me provoca la escena que he montado.

Lleva dos platos en una mano.

—Agnes te ha preparado esto. Me ha dicho que no comías puré de patatas, así que te ha servido más del resto. —Deja un plato en la mesita que tengo delante. Tiene un trozo de carne blanca bien cocinada (más de lo que podría comer), guisantes y zanahorias.

Señala con la cabeza la silla de mi lado, con un tapizado rojo y naranja, y que está bastante rota, no parece capaz de soportar nada de peso.

—¿Puedo acompañarte?

—Sí, claro. Adelante.

Se desploma con un gruñido y deja su plato sobre una pila de contenedores de plástico.

—Agnes hace un pollo al horno delicioso. No conozco a nadie que no haya repetido.

Tomo mi plato.

—Se los llevaré cuando acabemos para disculparme por lo que ha pasado.

Abre la boca para decir algo, pero cambia de opinión y se saca una lata de cerveza del bolsillo del chaleco.

—¿Tienes sed?

Normalmente lo rechazaría, pero algo en mi interior me pide que acepte.

Toma otra del otro bolsillo. El sonido de la lata cuando la destapa rompe el silencio de una noche tranquila.

Lo miro mientras le da un sorbo a la cerveza con la vista perdida en las hectáreas de campo que tenemos delante.

¿Le hablo de lo que ha pasado hace un rato?

¿Espero a que lo haga él? ¿Y si no lo hace?

¿Quizá debería evitar por completo el tema de Mabel y hablar de cualquier cosa que no lo haga todo más incómodo?

—Lo siento —escupo antes de pensarlo demasiado.

—No pasa nada, Calla —murmura con una mano en alto—. Jonah nos ha explicado lo que pensaste. —Se ríe—. Después de decirme lo que pensaba sobre mí y cómo estoy llevando las cosas contigo. Dios, ese hombre no se anda con tonterías. Te puede hacer sentir *así* de pequeño. —Separa un poco el dedo índice y el pulgar para enfatizar sus palabras.

—Sí, me he dado cuenta —murmuro con el ceño fruncido. Jonah dijo que nada de esto le incumbía.

–Pero tiene razón. Te debo una explicación. Aunque eso no soluciona nada. Aunque haya tardado doce años. –Sus ojos se posan en una pila de zapatos usados tirados sin cuidado en un rincón y se queda así tanto rato que dudo que vaya a conseguirla–. Unos meses antes de ir a verte, uno de mis pilotos, Derek, estaba volando por encima de la cordillera de Alaska cuando el nivel de las nubes bajó de repente. Creemos que se confundió y se equivocó de maniobra. Chocó de frente contra la ladera de la montaña.

–¿Era el padre de Mabel?

Asiente.

–Se suponía que iba a ir *yo*, pero tuve que encargarme de un montón de problemas: falta de combustible, dos aviones rotos, una pila de trámites que no podía postergar. Ya sabes, impuestos… esas cosas. Así que le pedí a Derek que fuera por mí.

Entonces lo entiendo.

–Te hubieras estrellado.

Mi padre hubiera muerto ese día.

–No lo sé. Derek solo tenía cinco años de experiencia y no hacía mucho que volaba entre montañas. ¿Y yo? No puedo ni calcular las veces que he hecho esa ruta. Conozco el camino. Nunca hubiese cometido ese error. –Le da un trago a la cerveza–. No tendría que haberlo enviado.

Busco las palabras adecuadas, pero no sé qué decir.

–Seguro que ha sido muy difícil.

–Sí. Para todos los trabajadores de Wild. Sobre todo para Agnes. Mabel iba a nacer en agosto, pero hubo complicaciones y el parto fue en junio, pocos días antes de que fuera a verte a Toronto. Tenía una malformación cardíaca y necesitaba una cirugía de urgencia. Las dos se fueron a Anchorage con un avión sanitario y yo las acompañé por mi cuenta. –Suspira–. No podía dejar sola a Agnes después de lo que le había pasado a Derek. ¿Y si Mabel no sobrevivía? Por eso cancelé el viaje.

Repaso los fragmentos y los detalles de esa conversación telefónica que tuvimos hace doce años. La llamada que cortó la relación con mi padre. Todos estos años he pensado que me había dejado plantada por algo tan trivial como el trabajo.

–¿Por qué no me lo contaste? Te hubiera entendido.

–Tenías catorce años, Calla. Hacía años que me rogabas que fuera a visitarte. De todas formas, iba a defraudarte. Me pareció que el motivo no importaba. Sobre todo cuando involucraba a la hija de alguien más. No sabía cómo explicártelo. Era más fácil culpar a Wild. Al menos estabas acostumbrada a esa excusa.

Sus palabras me hacen pensar. Tiene razón: tenía catorce y estaba desesperada por verlo, por saber que le importaba. Daba igual la explicación, ¿lo hubiera entendido?

¿Lo entiendo ahora?

–¿Se lo contaste a mi madre? –Dios, si sabía esto y no me lo contó…

Mi padre niega con la cabeza.

–Tu madre estaba… Las cosas entre nosotros eran complicadas. Las cosas entre nosotros *siempre* han sido complicadas.

Complicadas. Parece que es un adjetivo recurrente cuando se trata de mi padre.

–¿Porque seguía enamorada de ti? –pregunto despacio.

Se le escapa una risa incómoda. Se rasca la nuca, sus ojos grises buscan los míos y me miran buscando algo (no sé qué) antes de volver a la pila de zapatos.

–¿Qué sabes de eso?

—Solo lo que me ha contado Simon. Que creía que seguía enamorada de ti y que lo dejaría si había alguna esperanza de que volvieran a estar juntos —vacilo—. ¿Tenía razón?

Se masajea el ceño fruncido.

—Mira, no quiero ser un motivo de pelea entre tú y tu madre.

—¿Por qué iríamos a pelearnos? —pregunto con cautela.

Parece esforzarse por ordenar sus pensamientos.

—Lo nuestro nunca iba a funcionar. Lo supe desde el momento en que la conocí y, sin embargo, me convenció de lo contrario. Diablos, no iba a discutir con ella, pero sabía que un día despertaría y se daría cuenta de que era demasiado buena para mí. Lo aproveché mientras duró. Una mujer así… —Niega con la cabeza y dibuja una sonrisa pequeña y sigilosa—. No me sorprendió cuando juntó todas sus cosas y se fue. Me sorprendió que se quedara tanto tiempo. Y, por mucho que quisiera, no podía rogarle que se quedara. No hubiese sido justo. Sabía que nunca podría ser feliz aquí.

—Pero no te dejó *a ti*. —Si él hubiese estado dispuesto a mudarse a un lugar donde ambos hubieran sido felices, ahora no estaría sentada delante de un perfecto desconocido.

—Vivo en Alaska, pero también forma parte de quien soy. No puedo explicarlo. Este lugar, esta vida… Está en mi sangre. —Junta las cejas—. Tu madre me llamó después de que te dijera que iba a ir a verte.

—Ah, ¿sí? —No recuerdo que me lo contara, pero quizá lo hizo y lo olvidé.

—Esa primera llamada fue rápida. Ya sabes, para saber dónde me quedaría y cuánto tiempo.

Empiezo a ponerme nerviosa. Ha dicho «*esa primera llamada*».

—¿Cuántas veces más te llamó?

Duda.

—Algunas —admite, de un modo que indica que fueron bastante más que tres—. Dios, me alegré tanto de volver a escuchar su voz después de tantos años. —Se estudia las manos—. El problema es que eso también revolvió muchos sentimientos. Las cosas se volvieron un poco confusas. Por ambas partes.

—¿Qué quieres decir? —Me hundo en la silla mientras el estómago se me retuerce. ¿Qué me está diciendo?—. ¿Tuvieron una aventura por teléfono? —¿Ese fue parte del motivo por el que todo se fue a la mierda?

—Espera, Calla. Solo… espera un minuto. No te adelantes. —Levanta una mano en señal de rendición y se toma un momento para continuar—. Ambas parecían estar muy bien en Toronto. No quería arruinarte la vida, ni la de Susan, porque, al final, nada había cambiado. No sería capaz de darles lo que querían. Yo lo sabía y ella también. —Suelta un suspiro—. Así que después de cancelar el viaje por lo de Mabel, decidí que quizá había llegado el momento de salir de sus vidas para que pudieran seguir adelante. Y puede que fuera un error. Solo Dios sabe cuántos errores he cometido. No puedo cambiar ninguno. —Al cabo de un rato, se gira y me regala una sonrisa triste—. Pero puede que no. Pareces que todo te ha ido bien.

«Gracias a mamá y a Simon», quiero decir.

No puedo contarle todas las noches que me dormí llorando y preguntándome por qué no le importaba, pero aun así me cuesta procesarlo. ¿*Quién* empieza una relación si está tan seguro de que está condenada al fracaso? ¿Por qué te casarías y traerías un hijo al mundo?

Y, si vas a hacerlo de todos modos, ¿por qué no *intentas* que funcione? Sé que el embarazo de mi madre fue un accidente, pero da igual.

Mi padre deja la lata y toma el plato. Se lo apoya en el regazo y empieza a cortar el pollo.

—¿Y cómo van las cosas en casa?

—Eh… Bien. Bien —balbuceo, sorprendida por la rapidez con la que mi padre ha llevado la conversación de las tierras pantanosas del pasado hacia un lugar seguro.

—¿Tu madre? ¿Tu padrastro? ¿Cómo se llamaba?

—Simon.

Asiente para sí.

—¿Qué era? ¿Médico?

—Psiquiatra. —Empujo un trozo de pollo con el tenedor, ya no tengo hambre, pero me obligo a darle un bocado y me maravillo en silencio por lo tierno y jugoso que es.

—Sabía que era algo de eso. Un hombre inteligente.

—Superinteligente. Y paciente. A veces me molesta que sea tan paciente.

Una sonrisa invade el rostro de mi padre, pero enseguida se borra.

—¿Pero es bueno contigo y con tu madre?

—El mejor. —*Ha sido un padre de verdad.*

Y me diría que tengo que ignorar la voz que alimenta esta angustia que siento y recordar por qué he venido a Alaska.

¿Pero le constan estas llamadas? Es él quien paga las facturas. Lo he visto revisándolas. ¿Se habrá dado cuenta de que no era yo la que llamaba a Alaska sino mi madre?

De pronto estoy muy enfadada con ella. ¿Se dará cuenta de lo bueno que es Simon con ella? Tanto que quizá no lo merezca.

Mi padre mastica sin prisa. Mi madre siempre ha dicho que come muy lento. Me pregunto si ese es el caso o si lo está usando como excusa para evitar conversar.

Por fin, traga.

—Y bien, cuéntame todo lo que has hecho desde la última vez que hablamos.

—¿Quieres que te cuente los últimos *doce años* de mi vida? —No quería sonar sarcástica.

Se encoge de hombros.

—A menos que tengas algo mejor que hacer.

—La verdad es que no. —Ponerme una mascarilla facial y bucear en las redes sociales hasta quedarme dormida.

—Bueno, entonces creo que tenemos tiempo… —Levanta la lata y sonríe—. Y la cerveza de Jonah.

—¿Por qué sonríes así?

Mi papá niega con la cabeza y sonríe cada vez más. Hace mucho que ha acabado de cenar y ahora está apoyado contra una de las columnas del porche, a unos tres metros, con un cigarrillo encendido entre los dedos.

—Nada. Es solo que escucharte hablar me recuerda todas las veces que hablamos durante tantos años.

Sonrío con timidez.

—¿Quieres decir que no paro de hablar?

Se ríe.

—A veces te embalabas tanto que tenía que dejar el teléfono apoyado e ir al baño. Volvía un minuto más tarde y seguías hablando, ni te habías enterado de que me había ido.

—¿Me estás diciendo que necesitas ir al baño?

Tranquilo, vacía las últimas gotas de su lata en el césped. Nos hemos tomado dos cada uno, lo que quedaba de las seis que llevó Jonah.

—En realidad, creo que me voy a la cama, estoy fundido.

Vuelvo a sentir la tensión… Estaba muy ocupada contándole a mi padre todo sobre la universidad, el trabajo, mi reciente despido, Diana y la página web, hasta le he hablado de Corey, en quien no he pensado desde que me fui de Toronto. En algún momento me olvidé de la realidad y ahora vuelve para vengarse. ¿Está cansado porque ha tenido un día largo? ¿O porque el cáncer le está consumiendo lentamente la energía? Porque, a pesar de cualquier rencor que pudiera quedar en la superficie, no quiero que mi padre se muera.

—Agnes me ha dicho que empiezas el tratamiento la semana que viene —vacilo. Niega con la cabeza, no hay rastros del humor de hace un momento—. ¿Es muy malo?

—Es cáncer de pulmón, Calla. No puede ser bueno —dice despacio—. Pero he esperado veinticuatro años para verte. No quiero pensar en eso hasta la semana que viene. Ahora estás aquí. Es en lo único en lo que quiero pensar. ¿De acuerdo?

Siento cómo se forma una sonrisa espontánea en mis labios.

—Está bien. —Es la primera vez que da alguna pista de que está contento de que haya venido.

Alguien cierra la puerta de un coche y nuestra atención se dispara hacia la casa de Agnes justo cuando un motor se enciende. Las ruedas empiezan a girar y escupen grava.

—Me parece que tiene otro vuelo.

—¿Ahora? —Miro el móvil. Son las nueve de la noche.

—Hay que aprovechar la luz del sol mientras dure. Los chicos trabajan muchas horas en verano. Despegan a las seis de la mañana y, a veces, siguen en el aire a medianoche.

Hace una mueca.

—¿Sabes qué? No recuerdo que me haya dicho que tenía que ir a algún lado esta noche. Pero Jonah suele encargarse de sus horarios. —Resopla—. Quién sabe, quizá está al acecho de más cerveza.

Aparto los pensamientos sobre la salud de mi padre.

—Bien. Quizá también podemos bebernos esa.

Papá lanza una carcajada. Suena tan suave como las que escuché en el teléfono todos estos años. Un calor me invade por el placer de *por fin* escucharla en persona.

—¿Cómo te las apañas para tratar con él a diario? Es… *insufrible*. —Esa es la palabra favorita de Simon. Me muero de ganas de contarle que la he usado en una oración.

—¿Con quién? ¿Con Jonah? —Papá camina hacia el lado opuesto del porche para observar la casa amarilla—. Todavía me acuerdo de cuando apareció en Wild hace una década. Veintiún años, escuálido, de Las Vegas, lleno de energía y desesperado por volar. Y, diablos, era muy bueno.

Entonces Jonah tiene treinta y uno, solo me saca cinco años.

—Me ha dicho que creció en Anchorage.

—Sí. Culpaba a su padre por haberse mudado. Volvió cuando tuvo la oportunidad. Dudo que vuelva a irse.

Igual que tampoco se irá mi padre, supongo. Pero ¿por qué? ¿Qué es lo que les gusta de Alaska? ¿Qué hace que este lugar valga tanto la pena como para dejar todo lo demás?

—A veces es como un grano en el culo, pero es el mejor piloto de montañas que existe. Posiblemente también el más loco, pero en eso nos parecemos todos en mayor o en menor medida.

—Sin duda se ha apropiado de la apariencia de montañés loco, pero no sé si estoy de acuerdo con que sea el mejor piloto de montañas.

—El Cub era algo pequeño para ti. —Papá asiente como si ya conociera la historia.

—Fue con ese avión diminuto a propósito, para asustarme. Pensé que iba a morir.

—No si estás con Jonah —dice con seguridad—. Puede tomar riesgos que *ni yo* tengo las agallas de tomar, pero siempre lo hace con inteligencia.

«Como cuando salvó a la familia de Ethel», pienso.

—Casi vomito. Ya tenía la bolsa preparada y todo.

Mi padre sonríe.

—Bueno, debería haberse aguantado. Una vez llevó a un grupo de estudiantes de vuelta a casa de un campeonato de lucha y dos se marearon en el viaje. Cuando bajó del avión, su ropa tenía el mismo color que la sopa de guisantes. Desde entonces no soporta el sonido del vómito.

—Ahora desearía haber vomitado —admito entre un sorbo de cerveza. Aunque eso hubiese dificultado el aterrizaje.

La risa suave de mi padre me acaricia el oído mientras aplasta la colilla del cigarrillo contra la lata vacía.

—Hablaré con él para pedirle que se tranquilice. Pero no es tan malo cuando llegas a conocerlo. Hasta puede que acabes queriéndolo.

—No nos adelantemos a los acontecimientos.

Papá camina hacia la puerta y junta los platos a su paso.

—Hay muchas películas en el mueble del televisor, por si quieres ver algo.

—Voy a quedarme un rato más aquí y luego iré a la cama. Todavía tengo *jet lag*. Pero gracias.

Recorre el porche con la mirada.

—Susan se sentaba ahí todas las noches de verano. Claro que

entonces todo esto estaba mucho más bonito. Tenía varias macetas con flores y una cosa de mimbre enorme. –Sonríe mientras recuerda–. Se enroscaba con una manta como tú. Como una oruga en su capullo.

–Hace lo mismo en casa. Tenemos un pequeño porche cubierto en la parte trasera. Es un cuarto de este, pero… es bonito. Acogedor.

–¿Sigue con sus flores y esas cosas?

Lanzo una carcajada.

–Nuestra casa es una jungla de espinas y pétalos. Ahora es dueña de una florería. Le va bien.

–Es perfecto para ella. –Aprieta los labios y sonríe con satisfacción–. Bien. Me alegra oír eso. Bueno… Buenas noches, Calla.

–Buenas noches. –Siento la necesidad de agregar «papá» al final, pero algo me detiene.

–Ah, y no te preocupes por Jonah. Le gusta meterse en la cabeza de la gente. –Cierra la puerta con delicadeza a sus espaldas y me deja sola.

–Como un maldito parásito –murmuro.

Y, sin embargo, si no me equivoco, ese parásito ha colaborado para que mucha verdad saliera a la luz.

Una verdad necesaria si me quedaba alguna esperanza de volver a conectar con mi padre.

Capítulo 11

Me estremezco por el sabor agrio del sudor y el repelente de insectos mientras avanzo por la entrada de la casa de mi padre con el corazón latiendo como loco por el ejercicio. Hasta ahora siento que estoy repitiendo el día anterior: he vuelto a despertarme temprano sin quererlo, otro cielo nublado, otra vez la casa silenciosa y sin vida salvo por el aroma del café recién hecho que evidenciaba que mi padre había estado, pero ya se había ido. Sin embargo, hoy, mi relación con Wren Fletcher ya no me parece un caso perdido.

Por otro lado, no sé cómo me hacen sentir las llamadas con mi madre. Enfadada por Simon, eso seguro. Aunque algo me dice que Simon sabe más de lo que confesó en los escalones del porche.

¿Y si esas llamadas no hubieran ocurrido? ¿Y si no hubieran resurgido los sentimientos entre mis padres? ¿También se hubiera apartado?

Mi mirada va hacia el Ford Escape mientras subo la escalera de la entrada, agitada. Anoche no lo volví a escuchar. Seguro que ha vuelto cuando yo ya estaba en la cama.

Atravieso la puerta de la cocina. Y grito cuando me doy con una figura enorme que se está sirviendo una taza de café.

–¿Qué haces aquí?

–¿Qué te parece que estoy haciendo? –Jonah vuelve a poner la cafetera semivacía en los fogones. Lleva la misma ropa que ayer, solo que se ha cambiado la camiseta negra por una gris. Los vaqueros le siguen quedando grandes. La misma gorra raída.

–¿No tienes cafetera en tu casa?

–Wren siempre hace café para los dos. Esa es nuestra rutina. Siempre vengo a servirme una taza.

Frunzo el ceño.

–¿Ayer también viniste?

–Sí. –Se gira, se apoya en la encimera y me clava sus preciosos ojos azules–. Estabas en la ducha. –¿Se ha recortado la barba? La sigue teniendo larga y tupida, pero parece más limpia que ayer. O… No lo sé. Hay algo diferente en él. Parece menos salvaje y me genera menos rechazo.

Se lleva la taza a los labios, da un sorbo largo y recorre con la mirada mi cuerpo bañado en sudor (enfundado en pantalones cortos y un top del mismo color rosa que dijo que no deja *nada* a la imaginación) antes de centrarse en mi cara.

–¿Ha funcionado el repelente de insectos?

No consigo descifrarlo y eso me inquieta.

–Eso parece –murmuro. De pronto me siento insegura. Probablemente es lo que estaba buscando. Aprieto la mandíbula con obstinación y voy hacia el fregadero de la cocina.

–Agnes te ha advertido acerca del agua, ¿no?

Mis manos se congelan a medio camino de mis labios.

–¿A qué te refieres? ¿Está contaminada? –No he bebido hasta ahora, pero sí me he lavado los dientes.

–No, está limpia. Pero no tenemos agua corriente. Viene un

camión una vez a la semana y llena un tanque grande que hay fuera. Si la usas toda antes de que vuelva el camión, no hay nada que hacer.

—¿Y eso pasa a menudo? ¿Quedarse sin agua?

—No si no la dejas correr mientras te lavas —dice y señala el grifo abierto.

Estiro la mano para cerrarlo.

—Gracias por avisarme.

—No es nada. —Una pausa—. Esas picaduras no tienen buen aspecto.

Puedo sentir su mirada sobre los bultos rojos que han aparecido durante la noche a lo largo de mis muslos.

Empiezo a ruborizarme.

—Estaré bien.

El suelo cruje mientras se dirige a la puerta.

—Que te diviertas jugando a los disfraces o lo que sea que hagas todo el día.

Y… Parece que ha vuelto a ser un imbécil. Una pena porque, durante un segundo, he llegado a pensar que podría llegar a caerme bien.

—Que te diviertas fastidiando a la gente o lo que sea que hagas todo el día.

Su carcajada me vibra en el pecho mientras cruza la puerta. Lo veo a través de la ventana mientras se dirige a su camioneta, muy seguro de sí mismo, como si no le importara nada.

—Bastardo —murmuro. Al menos ya no me cae tan mal. Ahora solo estoy un poco molesta. Me sirvo media taza de café y luego, con reticencia, voy hacia la nevera para llenar la otra mitad con tiza líquida.

Frunzo el ceño cuando veo un brik cerrado en medio de un estante.

No estaba allí esta mañana a primera hora.

¿La ha dejado Jonah?

Asomo la cabeza justo para ver cómo sale su Escape de la entrada de su casa y se aleja por la calle a toda velocidad hacia Alaska Wild.

¿Qué ha hecho? ¿Fue a comprarla anoche?

Con una rápida búsqueda en internet, descubro que solo hay otro supermercado en el pueblo. Supongo que ha ido a llevar algo. Pero, de todos modos, que Jonah considere hacer algo así por mí…

Me lleno la taza para diluir el sabor amargo y le doy un sorbo largo y placentero.

No es el *latte* de Simon, pero puedo vivir con esto, decido con una sonrisa satisfecha.

—Gracias por el viaje. —Cierro la puerta del taxi mientras recorro con la mirada el pequeño grupo de tripulación de tierra que trabaja delante de mí. Los chalecos naranja fluorescente se mueven por la brisa gélida mientras llevan carros llenos de paquetes hasta los aviones.

—Cuando quieras. Pero puedes venir caminando desde donde vives —dice Michael mientras se enciende un cigarrillo.

—Está más cerca de lo que creía —admito. De todos modos, hubiera tardado más de media hora. Veo la bocanada de humo que sube–. No tendrías que fumar. —Al menos no lo ha hecho mientras estaba en el coche, porque si no tendría que haberme buscado otro conductor.

—Sí, sí. Lo sé. Ya lo he intentado —dice con tono apático.

—Sigue intentando hasta que lo consigas. Por el bien de tus hijos. —Sé que se preocupa por ellos porque los nombra todo el tiempo, aunque vivan lejos.

El coche empieza a alejarse y el brazo de Michael cuelga de la ventana con el cigarrillo encendido mientras me saluda.

Con un suspiro, empujo la puerta de entrada a Alaska Wild y siento mariposas en el estómago. Cuando era pequeña, me imaginaba la empresa de mi padre dentro de uno de esos aeropuertos que son obras maestras de la arquitectura como los que veía en las películas, con hordas de personas moviéndose como hormiguitas en todas direcciones, apurados para no perder el vuelo, arrastrando maletas. Una vez le pregunté a mi madre cómo era Alaska Wild. "No, Calla. No es así para nada. Es sencillo", me había dicho mi madre entre risas.

Así que intenté cambiar la imagen y pensar en un aeropuerto sencillo, con aviones, pilotos y mi padre al mando. No pude.

Pero, ahora, de pie en esta recepción de paredes de madera falsa y suelo de linóleo gris con una alfombra verde llena de marcas de zapatos; con los paneles de luces encima, colgados del techo; y viendo la única ventana, que da a la pista, entiendo a qué se refería.

Se parece a un taller mecánico al que fuimos una vez con mi madre después de que un silbido extraño interrumpiera nuestro fin de semana por los viñedos de Niagara. Hasta la máquina de agua es bastante similar.

Al menos no apesta a grasa de motor. No puedo describir el aroma. Un leve dejo de café mezclado con humedad, quizá.

Filas de sillas azul marino (los típicos asientos incómodos de aeropuerto) completan el espacio. Calculando a ojo, entran unas treinta personas. Ahora están todas vacías.

Una mujer delgada, de pelo castaño y mejillas rosadas está sentada detrás del mostrador. Su mirada de halcón me recorre de arriba abajo. Cuando se da cuenta de que me he dado cuenta, sonríe.

–Tú debes de ser Calla. –Su voz (que tiene un distinguido acento estadounidense que no puedo localizar pero que estoy segura de que no es de Alaska) hace eco.

No estoy segura de cómo debería tomármelo.

Fuerzo una sonrisa.

—Hola. Estoy buscando a Agnes.

—Está en la parte trasera. —Señala la puerta a sus espaldas—. Por cierto, soy Sharon.

—Cierto. Agnes me habló de ti el otro día. Soy la hija de Wren, Calla. —Niego con la cabeza para mí mientras me acerco—. Pero ya lo sabías.

Se ríe y vuelve a señalar la puerta.

—Adelante.

Hasta que no rodeo el escritorio, no me doy cuenta de la pelota de básquetbol que tiene debajo de la camiseta. Pongo unos ojos como platos.

—Estoy a punto de reventar, ¿no? —Se toca el vientre.

—¿Para cuándo esperas? —Porque de verdad parece que va a reventar.

—Me quedan ocho semanas. No veo la hora de que termine.

—Ya me lo imagino. —No es que sea mucho mayor que yo. Quizá hasta es más joven. Reprimo una mueca de solo pensar en estar en sus zapatos. Puede que un bebé suene mejor dentro de algunos años.

Como dentro de diez años.

—Bueno… Buena suerte.

Atravieso la puerta y paso a una habitación mucho más pequeña e igual de anticuada; la mitad está llena de archivadores de distintos tamaños y tonos de metal, en la otra mitad hay tres escritorios grandes. Hay mapas pegados en todas las paredes y, en la otra punta, una pequeña oficina cuya puerta tiene una placa dorada que dice WREN FLETCHER. Y está vacía.

Un hombre canoso está sentado en el escritorio de la esquina, golpeando las teclas de una calculadora enclenque con la goma de borrar de la punta del lápiz. La impresora raya y escupe una tira de papel blanco en un flujo constante. Parece una escena de esas películas viejas que Simon insistió que mirara, pero sin el humo de cigarrillo.

Agnes levanta la mirada, lleva un par de gafas demasiado grandes, colgadas de la punta de la nariz.

–Hola, Calla. ¿Estás buscando a tu padre? –No está sorprendida de verme aquí, pero nada la sorprende.

–No, en realidad quería hablar contigo. ¿Tienes un minuto?

–Justo estaba pensando que necesitaba un café. –Agnes se levanta y toma una taza verde de su escritorio y la roja que hay al lado del Hombre Calculadora–. ¿Quieres, James?

–Ajá. –Ni siquiera levanta los ojos.

Vacila.

–Calla está aquí.

Sus manos se congelan y levanta las cejas tupidas mientras me mira.

–Por Dios, eres la viva imagen de Susan –murmura antes de volver a la hoja que tiene delante–. Mierda, ¿dónde estaba?

–James está «a lo suyo», como diría Mabel. –Agnes señala la puerta–. Será mejor no interrumpirlo. Se pone de malhumor. –Asoma la cabeza por la puerta–. ¿Sharon? Presta atención a la radio, ¿sí? Wren llamará en cualquier momento.

–¡Por supuesto! –dice, alegre, la recepcionista.

–Wren ha ido hasta Santa María para controlar las reparaciones que le están haciendo a una terminal.

Agnes me lleva por otra puerta hacia lo que asumo que debe ser el área de descanso del personal: un largo pasillo con una pequeña cocina, una mesa rectangular en el centro y una ecléctica colección de tres sillones en forma de U en la otra punta con los cojines deformados por tantos años de soportar peso. Frente a ellos, una mesita de café llena de revistas gastadas y periódicos mal doblados.

Parece que aquí la temperatura es menor. Me abrazo para no perder el calor corporal.

—Así que ese hombre se acuerda de mi madre. —Creo que ha dicho que se llamaba James.

—Y de ti —responde Agnes mientras toma la jarra y sirve las dos tazas—. James viene todas las semanas para actualizar los libros de cuentas de Wild desde hace *cuarenta y ocho* años. ¿Puedes creerlo?

Guau.

—¿Y no usa un ordenador?

—No. Solo esa calculadora y sus libros de contabilidad.

—Es una broma, ¿no? —pregunto. Agnes niega con la cabeza, divertida—. ¿Así son las cosas en Alaska?

—Así son las cosas en Alaska Wild. —Abre el grifo y empieza a lavar las tazas sucias que han dejado en el fregadero. Claramente han ignorado el papel pegado en la pared que dice SI LO USAS, LO LAVAS—. Por la misma razón que tu padre escribe las reservas en trozos de papel sueltos que tengo que rescatar de sus bolsillos y por la que solo aceptamos reservas en persona o por teléfono. —Se ríe—. Por si no te has dado cuenta, Wild lleva un par de décadas de retraso.

—Ni siquiera pude encontrar una página web —admito—. Al menos no una con contenido.

—Esa es nuestra página web. —Agnes se ríe y pone los ojos en blanco—. No creerías el tiempo que me llevó convencer a Wren de que debíamos tener una página web. Me decía que no hacía falta pagarle a alguien miles de dólares porque en Alaska nos conoce todo el mundo. Sea como sea, conseguí que accediera a contratar a un diseñador de Toledo. Se quedó con el dinero, dio de alta la dirección y no hizo nada más. Lo perseguí algunos meses hasta que los correos empezaron a volver rebotados. –Se encoge de hombros–. Todavía no hemos podido encontrar a otra persona.

–No tienes que pagarle a nadie. Puedes hacerlo tú misma.

Resopla.

–Acabo de aprender a crear una nómina en Excel. Conozco mis limitaciones.

–¿Y Sharon, la recepcionista?

–A Sharon se le dan muy bien los clientes. Esa es su fortaleza. Igual que Maxine. Hoy no ha venido, pero ya la conocerás.

–¿Y Jonah?

–¿*Jonah*? –Se ríe–. Ese chico se niega a responder el teléfono. No… Jonah sirve para volar aviones, decirle al resto lo que tiene que hacer y solucionar problemas. Pero no quiere saber nada de ordenadores.

–¿Los aviones no usan ordenadores? –murmuro con ironía. Aunque eso explica el reloj–. Bueno, quizá pueda hacerlo yo, mientras estoy aquí –ofrezco sin pensarlo–. No sé nada de aviones ni de empresas de transporte, pero estoy segura de que puedo aprender. –Mucho de lo que hago para Calla&Dee lo he aprendido de manera autodidacta.

–Ah, no es tan importante. Ya lo resolveremos. Solo estarás aquí una semana. Deberías dedicarte a conocer a tu padre.

Supongo que sí.

Si dejara de trabajar un poco.

Agnes suelta el estropajo y lo deja para que se seque.

–¿Mabel ha ido a verte esta mañana?

–No. ¿Por qué?

—Oh, por saberlo. Le dije que te diera espacio, pero a veces no me escucha. No pasan muchas cosas en Bangor. —Sonríe—. Y *tú* eres algo novedoso y emocionante. Y a veces puede ser un poco abrumadora.

La mención de Mabel me recuerda por qué vine a Alaska Wild. Pienso en si debería sacar el tema y volverlo todo más incómodo.

—Siento mucho lo que pasó anoche.

Sacude una mano, igual que mi padre.

—Entendemos por qué te confundiste.

Miro el perfil de Agnes mientras, en silencio, limpia el café y el azúcar que alguien ha derramado sobre la encimera. *¿De verdad* lo entiende?

—Mi padre me habló sobre el padre de Mabel. Derek, ¿no?

—Sí. —Una sonrisa nostálgica le levanta los pómulos—. Todavía recuerdo el día en que llegó desde Oregón. Era el piloto nuevo, torpe y ruidoso, y me enamoré de él automáticamente. Nos casamos al año siguiente. —Se sienta delante. Envuelve la taza de café con sus pequeñas manos—. Cuando nos dijeron que no había llegado, lo supe. Tardaron dos días en encontrar el avión por la niebla. Estaba sentada en ese sillón cuando nos dijeron que lo habían encontrado. —Señala el azul y se me forma un nudo en la garganta.

—Eso es… horrible.

El dolor le invade los ojos y, con la misma velocidad, desaparece.

—Lo fue. Pero siempre supe que era una posibilidad. Con las condiciones en las que vuelan, puede pasarle a *cualquiera* de los chicos. No sabes todas las veces que he sufrido por Jonah. De todas formas… Siempre agradecí que Mabel estuviera en camino. Así me queda algo de él.

—¿Pregunta mucho por él? —¿Tanto como yo le preguntaba a mi madre por mi padre cuando era pequeña?

—No mucho. A veces. —Agnes se apoya en el respaldo de la silla mientras recorre el techo con la mirada—. Me recuerda tanto a Derek. Es un terremoto como él. Hasta tiene la misma voz ronca.

—Qué locura que pasen esas cosas, ¿no?

Siento los ojos negros de Agnes sobre mí mientras recorro con un dedo las vetas de la madera de la mesa, con las manos que mi madre jura que son iguales a las de mi padre.

—Fue la muerte de Derek lo que hizo que Wren decidiera ir a visitarte a Toronto. Derek le insistió mucho para que fuera y, cuando murió, sintió que se lo debía.

¿No sintió que me lo debía *a mí*?

Ignoro ese pensamiento amargo.

—Porque se siente culpable por la muerte de Derek. Al menos es lo que me dijo.

Agnes hace un sonido de desaprobación.

—Da igual lo que le digan, Wren siempre le da la vuelta a lo que pasó para culparse. Que Derek no tenía la experiencia suficiente para volar entre esas montañas… lo que quiere decir que Wren tomó una mala decisión. O que no había forma de evitarlo, pero que debería haber sido él el que hiciera ese viaje. Son cosas que pasan en esas rutas cuando el clima es inestable. Los pilotos confunden un río con otro y no giran donde deben o giran antes. Sea como sea, Derek tendría que seguir vivo. O eso es lo que piensa Wren. Solo él lo ve de esa manera. —Vacila y me estudia—. No me contó que había cancelado su viaje para ir a verte hasta que fue demasiado tarde. De haber sabido lo que planeaba, hubiera insistido para que fuera. Me siento un poco responsable por lo que pasó entre ustedes. Lo siento.

—No… No tuviste nada que ver. Fue su decisión. —Y quizá su error, o quizá no. ¿Qué hubiera pasado con nuestra familia? ¿Hubieran dejado a Simon de lado? ¿Habría decidido mi madre hacer algo que no tenía vuelta atrás? ¿Cómo sería mi vida ahora si mi padre hubiera ido a Toronto? Suelto un suspiro–. Me hubiese gustado que me lo dijera. Aunque no lo hubiese entendido en ese momento, me gusta pensar que lo habría hecho con el tiempo.

–Si te hace sentir mejor, Wren no lo dijo, pero sé que se arrepiente de muchas cosas. Y lo que pasó contigo y con tu madre es la primera. –Agnes se levanta y camina hacia unos armarios que hay al lado del fregadero–. Puede ser exasperante, lo admito. Habla poco y no sabe lidiar con sus emociones, pero no es porque no le importe. Todo lo contrario. A veces solo tienes que mirar de cerca para entender cómo lo demuestra. –Se pone de puntillas para llegar hasta el armario y empieza a mover cosas de un lado para el otro, reordenando lo que ya está ordenado. El sonido de puertas que se cierran interrumpe el silencio.

Tiene que estar siempre ocupada, como mi madre.

Al menos tienen eso en común.

Entiendo un poco mejor la relación que tiene Agnes con mi padre, pero todavía tengo una incertidumbre que no me deja avanzar.

–Y… Tú y mi padre… Quiero decir, ¿alguna vez fueron *más* que amigos?

Se entretiene anotando algo en una pizarra que hay colgada en la pared (¿quizá el inventario?).

–En una época, yo *deseé* que pudiéramos ser más de lo que somos.

–¿Y ya no?

No responde de inmediato, como si tuviera que pensar las palabras con cuidado.

–Ya no.

Alguien llama a la puerta y, cuando nos giramos, vemos a Sharon, su barriga de embarazada parece más grande ahora que le veo las piernas delgadas.

Los ojos de Agnes brillan al mirarla.

–¿Cómo va todo?

Sharon apoya las manos en la parte baja de su abdomen mientras camina con torpeza hacia la nevera.

–Tengo que hacer pis cada veinte minutos, me olvido de *todo*, y esta acidez… Ugh. Y Max me está volviendo loca.

–Max es el padre. Hace la ruta de Nome –me explica Agnes mientras mira a Sharon, de pie delante de la nevera abierta, contemplando los estantes con desconcierto–. Solo está nervioso.

–Y yo estoy nerviosa por que salga este pequeñito –dice Sharon con seguridad–. Agnes, ¿ya has encontrado a alguien que nos reemplace a mí y a Max?

–Jonah entrevistará a un piloto la semana que viene. Pero todavía no hemos conseguido a nadie para la recepción. Supongo que nos haremos cargo entre Maxine, Mabel y yo. A menos que pueda convencer a Calla de que se quede un poco más. –Lanza una carcajada–. ¿Qué opinas? ¿Cubrirías a Sharon cuando vayan a los Estados Contiguos? Podrías pasar más tiempo con tu padre. –Deja la idea flotando como un anzuelo.

¿Le ha contado que me despidieron del banco? ¿Le ha dicho que estoy desempleada y que *podría* quedarme más tiempo?

Me pregunto por qué se van Sharon y Max. ¿No les gusta Alaska?

–*Por eso* he venido. Por dios, ¡esta memoria de embarazada! –gruñe Sharon–. Wren ha llamado. Aterrizará en diez minutos.

–Bien. Por fin. –Agnes me llama agitando una mano–. Ven, Calla. Vamos a ver llegar a tu padre.

Me abrazo para protegerme de la helada que se ha levantado durante la última hora. El aire húmedo y las nubes grises anuncian una tormenta. Al menos el aire frío mantiene a los mosquitos a raya.

–¡Mira! ¡Allí está! –Agnes señala una marcha en el cielo que va tomando forma a medida que se acerca. Sonríe–. Nunca me canso de ver volver a estos chicos.

Lo admito, es un poco emocionante estar en un aeródromo, rodeada de aviones y saber que, por más surreal que parezca, son nuestro único vínculo con la civilización. No se parece en nada a subirte al metro o a un coche y llegar a tu destino.

–¿Sale todos los días?

–No, suele pasarse el día pegado al teléfono hablando con los pilotos y monitoreando el pronóstico del tiempo. Pero últimamente ha salido más. Creo que quiere acumular todas las horas de vuelo que pueda antes de tener que renunciar.

Frunzo el ceño.

–¿A qué te refieres con renunciar?

Mira a nuestro alrededor.

–Pronto deberá comunicar su diagnóstico y, cuando lo haga, tendrá que quedarse en tierra. No podrá volar mientras dure el tratamiento. En realidad, ya tendría que haberlo comunicado. Creo que por eso vuela solo. Así no se siente tan culpable por romper las reglas. Solo está arriesgando su vida. –Agnes hace una pausa–. Eso es lo peor para él. No poder volar cuando quiera.

Miro en silencio cómo crece la mancha en el cielo.

–Volar es *su pasión*.

–No conozco a nadie que le apasione más, y hay *muchos* pilotos en Alaska. James decía que tu abuela estaba convencida de que Wren gritó cuando nació porque no quería que sus pies tocaran el suelo. Si hay un hombre hecho para estar en el cielo, ese es tu padre. —Sonríe, pensativa—. ¿Sabes cómo nos dábamos cuenta de que había hablado contigo? Salía a volar sin decirle a nadie a dónde iba ni cuándo volvería. No respondía a la radio ni a los otros pilotos. —Se ríe—. Nos volvía locos. Por supuesto, regresaba antes de que pasara una hora. Pero acabamos entendiendo que era su forma de lidiar con la situación.

—¿Volverse un kamikaze?

—Pasar tiempo en su lugar favorito, el cielo, lejos de todo lo que había perdido en la tierra.

No entiendo si intenta defender que mi padre dejara ir a su familia o si intenta encontrarle una explicación. De cualquier modo, hay una evidente distorsión de la realidad. Nunca fue una víctima.

—No tenía que perdernos. Alaska no es el único lugar que tiene cielo. Podría haber trabajado como piloto de montaña en muchos sitios. En el noroeste del Pacífico, la Columbia británica, Alberta, Ontario. Nos perdió porque ni siquiera lo intentó.

Se queda en silencio y entrecierra los ojos para ver el avión que se aproxima, como buscando las palabras.

—¿Sabes que tu padre vivió en Colorado un tiempo?

—Eh… No. —Pero hay muchas cosas que no sé sobre mi padre, así que no debería sorprenderme—. ¿Cuándo?

—Cuando tenía veintiuno vivió con su tío, el hermano de tu abuela. De hecho, eran de allí. Se mudaron a Alaska un año antes de que naciera Wren. Sea como sea, Wren nunca había salido del estado. Quería ver cómo era la vida en los Estados Contiguos antes de hacerse cargo de Alaska Wild para siempre. Así que se fue y consiguió trabajo en un equipo de rescate. Llevaba volando desde los catorce, así que tenía experiencia. En un día ya tenía tres ofertas. Viajó un poco también. California... Arizona... Oregón. No me acuerdo de más. Ah, Nueva York, una semana. –Lanza una carcajada–. Odió esa ciudad. Dijo que no veía la hora de volver. Pasó un año allí y nunca dejó de sentirse como un visitante en un país extranjero. Era tan diferente... Las personas eran diferentes. El estilo de vida era diferente. Las prioridades eran diferentes. Echaba mucho de menos esto.

–Así que se volvió a Alaska.

–No le quedó otra opción. Tu abuelo se puso enfermo y lo ingresaron en el hospital de Anchorage. Así que Wren volvió y se hizo cargo de Wild. Siempre supo que tendría que hacerlo, pero fue mucho antes de lo que esperaba. Tenía solo veintitrés años cuando murió su padre.

–No sabía que era tan joven.

–Seguro que fue abrumador, pero Wren nunca se quejó. Fue una carga enorme. Tu abuela ayudó todo lo que pudo, pero seguía siendo mucha responsabilidad. Muchas veces entraba en juego la vida de las personas. –Agnes mira con tristeza al avión que se acerca–. Aquí la vida puede ser más simple, pero no es fácil, y no es para cualquiera. El agua se acaba; las tuberías se congelan; los motores dejan de funcionar; la noche dura dieciocho o diecinueve horas durante meses, o incluso más, en el norte. Debes tener suficiente comida y calor para sobrevivir al invierno. Se trata de sobrevivir y disfrutar de la compañía de quienes nos rodean. No se trata de quién tiene la casa más grande ni la ropa más bonita ni más dinero. Nos apoyamos porque estamos juntos en esto. Es una forma de vida que adoras o aborreces; no hay punto medio. Las personas como Wren y Jonah no pueden concebir otra cosa. Y las personas como Susan, bueno..., nunca podrán acostumbrarse. Luchan contra los obstáculos en lugar de aceptarlos o, por lo menos, adaptarse. —Agnes hace una pausa, con la boca abierta, como si estuviera sopesando lo que dirá—. No estoy de acuerdo con las decisiones que Wren tomó contigo, pero sí sé que no fue porque no le importaras. Y, si quieres culpar a la gente por no intentarlo, él no es el único al que deberías culpar. —Agnes se da la vuelta y me sonríe—. O podrías concentrarte en el aquí y ahora y no en lo que no puedes cambiar.

Entiendo lo que dice. Que el hecho de que el matrimonio de mis padres fracasara no fue solo cosa de mi padre, que quizá mi madre tampoco lo intentó, diga lo que diga.

El pequeño avión con rayas blancas y negras se acerca, empieza a descender, se alinea con la corta y se tambalea.

—¿Siempre parecen tan inestables cuando bajan? —pregunto con cuidado.

—Depende de los vientos cruzados. Pero no te preocupes. Wren podría aterrizar esa cosa con los ojos cerrados.

Intento tranquilizarme contemplando el campo que tengo delante. Muchos de los aviones que estaban cargando cuando llegué ahora están cerrados y listos para despegar.

—¿Qué llevan esos aviones? He visto que los chicos los llenaban de cajas.

—Correo. Cientos y cientos de paquetes y otro tipo de correspondencia hacia los pueblos.

—¿Wild lleva el correo?

—Ah, sí. Hace años que tenemos un contrato con USPS. Llevamos miles de kilos de correspondencia todos los días. Cartas, compras, comida, combustible, químicos para el tratamiento del agua. Hace dos semanas llevamos dos todoterrenos hasta Barrow en un Sherpa.

—Guau. No sabía que el negocio era tan grande —admito.

Asiente, comprensiva.

—Es bastante grande. Entre todas las sucursales trabajan muchas personas. Éramos todavía *más*, pero nuestra competencia nos robó los cotos de caza y las empresas de turismo. Y los vuelos privados desde los Estados Contiguos son cada vez menos. —Resopla—. Un día Wren me hizo llamar a todas nuestras líneas para asegurarme de que funcionaran porque los teléfonos no sonaban. Pero... nos las arreglaremos —dice orgullosa, aunque la rigidez de su postura me dice que no es algo que deba tomarse a la ligera. Sonríe con seguridad cuando percibe mi preocupación—. No te preocupes, Calla.

Miramos en silencio cómo las ruedas del avión tocan el pavimento de la pista y rebotan dos veces antes de detenerse. Sigo a Agnes, arrastrando los pies hacia donde mi padre aparca con ayuda del mismo hombre bajito y rechoncho que la noche que llegué.

Mi padre sale del avión con una agilidad sorprendente para alguien de cincuenta y tres años. Llegamos justo cuando sus botas tocan el suelo.

—¿Cómo ha ido? —grita Agnes.

—El techo sigue filtrando agua y los chicos están más preocupados por el descanso para comer que por arreglarlo. Voy a tener que pedirle a Jonah que vaya a pegarles unos gritos. —Sus ojos azules se posan en mí—. ¿Llevas mucho despierta?

—Desde el amanecer —admito, aunque no hay sol.

—Tardarás unos días en acostumbrarte.

—Para cuando tenga que volver.

—Suele pasar —murmura, frunciendo el ceño porque ha empezado a llover—. Esperemos que haga algo de buen tiempo antes de que te vuelvas.

—Ha venido a conocer Alaska Wild y a ver cómo su padre vuela

—dice Agnes y me guiña un ojo—. Podrías llevarla contigo para que conozca Bangor.

—¿Hoy? —El estómago me da un vuelco por los nervios. Una cosa es ver un avión aterrizar y otra muy distinta subirse y salir a volar sin tiempo para prepararme mentalmente, sobre todo después de lo horrible que fue mi última experiencia.

Parece que mi padre se da cuenta de que va a darme un ataque de pánico. Lanza una carcajada.

—Creo que Jonah la espantó, pobrecita.

—Estará bien. Puedes llevarla con Jonah en Betty —sugiere.

Frunzo el ceño. *¿Betty?*

—No va a poder ser. —El tripulante de tierra aparece a nuestras espaldas y empieza a descargar el avión de mi padre—. Betty está en el hangar.

Mira hacia el almacén, donde hay un avión amarillo aparcado. Hay dos hombres de pie a su lado, hablando. Uno es alto, canoso y barrigón; el otro es bajito, lleva un overol de denim y sostiene una herramienta. Debe ser el mecánico.

—¡Sonny! —exclama una voz profunda que desvía mi atención hacia la izquierda, donde una figura se acerca—. ¿Te has acordado de los suministros que estaban en la nevera?

—Mierda —susurra el tripulante de tierra (Sonny, supongo). Me dirige una mirada y se escapa; su expresión me dice que no se ha acordado de lo que dice Jonah.

—Hay fuertes ráfagas y lluvia al norte. Más te vale ponerte en marcha —advierte mi padre a modo de saludo.

—Estaré en el aire en cinco —Jonah se detiene detrás de mí—. He llamado a River para quejarme. Dicen que pagarán la factura a finales de semana.

Mi padre asiente.

–Bien. Eso ayudará. Sé que están muy ocupados, pero eso no es excusa para no pagar.

–Sí, ocupados diciéndoles a sus clientes que vuelen con Jerry –dice Jonah entre dientes–. Si no van a pagar a tiempo, vamos a tener que dejar de hacer negocios con ellos.

–No podemos permitirnos perderlos –advierte Agnes.

–Ya casi los hemos perdido –responde Jonah.

Mi padre suspira, cansado, como si ya hubieran tenido esta misma conversación muchas veces. Señala el hangar con la cabeza.

–¿Qué le pasa?

–George ha dicho que ha notado algo raro.

–¿Raro? ¿A qué se refiere?

–No supo decirlo, solo que no volaba bien.

–¿Veintisiete años de experiencia pilotando aviones y dice que «no volaba bien»?

–Ya sabes cómo es George. –Jonah le lanza una mirada a mi padre–. Quién sabe. Quizá no acarició tres veces la pata de conejo antes de despegar. De todos modos, ya le tocaba revisión, así que le he pedido a Bart que viniera.

En ese momento me acuerdo.

–Le pones nombre a todos los aviones –digo, despacio. Solía hablar de ellos como si fueran personas, como miembros de su familia.

Se giran para mirarme y me dedica una sonrisa nostálgica.

–¿No había una… Beckett? –Me esfuerzo por recordar el nombre exacto mientras los recuerdos inundan mi mente. «*Hoy he volado muy arriba, hasta el Polo Norte*». Hasta me hizo pedirle a mi madre que me enseñara dónde estaba el Polo Norte. Parece que está en Alaska.

–Becker. Por George Becker, el geólogo. Es uno de los Beavers.

—Mi padre brilla de emoción–. Tu abuelo siempre les ponía nombre de exploradores de Alaska. Tenemos un Otter que se llama Moser. Y un Stockton, y un Turner. Esos son Pipers. Tuvimos que retirar a Cook después de que uno de los pilotos atropellara un alce en un aterrizaje de emergencia sobre la nieve. Por suerte él no salió herido. –Mi padre se estremece al recordarlo. Se llena de vida mientras recuerda nombres y anécdotas–. A Bering, por Vitus Bering, le están reparando el motor. Eh… –Se rasca la barba de tres días–. No creo que lo recuerdes.

—Yo tampoco. –También me había olvidado de lo fácil que era hablar con mi padre si el tema eran los aviones–. ¿Y *Betty* también era una exploradora?

Los tres se echan a reír.

—Creo que cambié un poco el rumbo –admite mi padre con una sonrisa tímida–. Ahora tenemos a Betty, que está en el hangar. Y esta es Verónica. Es una Cessna. Es mi chica especial. –Golpea el avión en el que acaba de volar con los nudillos y luego señala al avión naranja y blanco que hay aparcado a unos metros–. Y ese es Archie. –Hace una pausa y me mira con expectativa.

—No te hagas ilusiones, Wren, dudo que haya leído un solo cómic en su vida –interfiere Jonah, y sé que está sonriendo de forma condescendiente, aunque no pueda verlo.

Pero esta vez no voy a permitir que me enfade. Rodeo al imbécil presumido y me detengo delante de un avión blanco con la parte delantera pintada de azul marino y una hilera de varias ventanas a cada lado.

—¿Entonces este es Jughead? –Miro a Jonah y veo la sorpresa en sus ojos azules. Una sensación de triunfo me recorre y le devuelvo la sonrisa.

Ni loca admitiré que no solo tiene razón en que en la vida he leído un cómic (porque no les encuentro el sentido y no soy un niño de siete años). Además, no sería capaz de nombrar a ninguno de los personajes de Archie, incluido el protagonista, si no fuera por Netflix.

La cuestión es que he ganado esta discusión y me siento demasiado satisfecha.

Mi padre se acerca para acariciar la nariz azul de Jughead.

—Es la mula del equipo deportivo escolar. Va y viene de los pueblos para llevar a los niños a los partidos.

—¿Los alumnos tienen que *volar* para ir a los partidos?

—Deberías ver los presupuestos de transporte de las escuelas. —Una sonrisa conocida le arruga los ojos—. La vida es muy diferente aquí.

—Hablando de presupuestos… James está haciendo las cuentas de lo que perdimos por no poder salir la semana pasada —dice Agnes en voz baja y seria—. Tienes que encargarte de algunas cosas.

La alegría abandona la cara de mi padre y asiente con solemnidad.

Cada vez estoy menos tranquila.

Primero el comentario de Agnes sobre la competencia y ahora esto. ¿Alaska Wild tiene problemas económicos? Ya es bastante malo que mi padre tenga que preocuparse por su salud, ¿también tiene que hacerlo por el negocio familiar?

Sonny regresa corriendo torpemente por el pavimento hasta un avión cercano, con una enorme nevera en brazos.

—Esta sola, ¿no, Jonah?

—Sí. Muy bien. Me voy —anuncia Jonah y arrastra los pies hacia su avión, como si no quisiera avanzar.

—¿Por qué no te llevas a Calla? —dice Agnes de repente.

No puedo evitar fulminarla con la mirada.

—No, gracias. —¿Está loca? En la vida volvería a subirme a un avión con Jonah.

Jonah se ríe y se baja las gafas de sol para disimular que me está mirando fijamente.

—Está bien. Quizá Wren pueda enseñarte a conducir mientras yo no estoy. —Se gira y se dirige a su avión.

—¡Que tengas un *excelente* vuelo! —exclamo con la sangre arremolinada por el fastidio. *Idiota*.

—Acuérdate de llamar cuando llegues —agrega Agnes.

—Siempre.

—*Antes*. —Suena como una madre que le pide a sus hijos que la mantengan informada.

—Sí.

Agnes suspira y esa es la única señal que indica que está un poco frustrada con él. Después se gira hacia nosotros.

—¿Por qué no vas a hablar con James y yo llevo a Calla al centro a comprar algo para esas picaduras? Parece que le están dando una reacción alérgica.

—Eso sería genial —enfatizo rascándome el brazo.

—Sí. —Mi padre frunce el ceño, pensativo—. ¿A qué se refería con lo de conducir? —Contempla el aparcamiento en busca de su camioneta.

Suspiro.

Muchas gracias, Jonah.

Capítulo 12

—¿Qué te parece «Ropa para una aventura salvaje»? Suena bien, ¿no?

—Sí, no está mal —murmuro mientras navego por la página web de Aviadores de Alaska. Dicen que son la mejor compañía de vuelos internos de Alaska. No sé si es verdad, pero supongo que cualquier turista que esté planificando un viaje les creerá.

Todo lo que necesito saber está aquí (su historia, los tipos de aviones que tienen, las rutas que hacen, quiénes son sus pilotos, las medidas de seguridad, las estadísticas, recomendaciones de hospedaje y excursiones) e incluso más. ¡Y hasta tienen fotografías! Una galería de pintorescos paisajes y fauna durante todas las estaciones para atraer a los turistas.

Si estuviera planificando un viaje, Aviadores de Alaska sería mi primera opción. Y, si no ellos, cualquiera de las otras diez empresas que llevo horas investigando desde el porche.

Sin lugar a duda, *no* elegiría Alaska Wild, que aparece *muy* abajo en la lista de resultados y no tiene más información que una lista de teléfonos.

—No me estás prestando atención, ¿no? —dispara Diana.

—¡Sí! Te juro que sí —miento—. Me parece genial. Pero va a ser

«Cómo aprovechar la única ropa que tienes en una aventura salvaje» si el resto no llega pronto. Puede ser útil para los mochileros –agrego sin entusiasmo.

–¿*Todavía* no ha llegado tu maleta? Qué locura.

–Debería llegar hoy. –Con suerte.

–Bien, entonces tienes cuatro días para hacer algo.

–¡Calla! ¿Qué te pasa? Parece que no te importa.

–No lo sé. Creo que estoy cansada. Me he tomado un antihistamínico para las picaduras y me está dando sueño. –Me estremezco cuando veo las ronchas rojas que tengo detrás de la rodilla–. Y ni siquiera está funcionando. Me arde la piel.

–Oh… No me gusta cómo se oye eso. Espero que no se convierta en celulitis.

–¿¡Celu *qué*!? –grito con pánico.

–No *esa* celulitis. Sino que tengas una infección. Toma un bolígrafo y dibuja un círculo alrededor de una roncha. Si el color rojo se expande por fuera del círculo, probablemente tengas que tomar antibióticos.

–¿Cómo lo sabes?

–Hola, ¿nos conocemos? Porque mi madre es enfermera.

–Cierto –murmuro.

–Pero vas a estar bien. Una o dos pastillas y estarás como nueva. ¡Ah! También se me ha ocurrido que podríamos subir una foto sobre…

Me disperso mientras Diana sigue hablando sobre vikingos y aguas termales. La verdad es que no creo que mi falta de entusiasmo tenga nada que ver con que no tenga ropa ni con los antihistamínicos, es más que ahora Calla&Dee me parece… superficial.

–¿Y el yeti? –pregunta de repente y me devuelve a la realidad.

—¿Qué pasa con él? —Le narré a Diana con todo lujo de detalles mis dos primeros encuentros con Jonah. Los mensajes de texto que intercambiamos estaban llenos de insultos y la esperanza de que fuera a tener un encuentro sexual con un animal salvaje.

—No lo sé. Quizá podamos hacer una segunda ronda de «De hombre lobo a caballero» edición Alaska.

Resoplo.

—Confía en mí, voy a necesitar mucho más que un par de tijeras para conseguir un atisbo de caballerosidad. Además, creo que le gusta su estilo. —Tiene que ser el caso, ¿por qué lo conservaría si no?

—Mierda. Me tengo que ir. Me está llamando Palitos de Carne —murmura Diana—. Parece que soy su asistente personal.

—Bueno, es el dueño de la compañía —le recuerdo. Y el hecho de que el jefe de Diana basara su alimentación en esos palitos de carne que se venden en la línea de cajas de los supermercados no cambia eso.

—Diablos, tengo que cambiar de trabajo. Hablamos luego —dice en un susurro y cuelga.

Vuelvo a colocarme los auriculares, pongo música y regreso a la investigación mientras mordisqueo el sándwich de jamón que me he preparado para analizar la competencia de Alaska Wild, aunque enseguida me doy cuenta de que no me apetece un sándwich. Entonces voy a la cocina para preparar un plato de hummus y zanahoria.

Salgo por la puerta corrediza.

Y, ¡ay! Hay un mapache en la mesa, muy ocupado destruyendo las rebanadas de pan.

—¡Fiuuu! ¡Vete! —grito desde el umbral, esperando que se vaya por el agujero que tiene la puerta del porche, por donde claramente se ha colado.

Pero apenas me mira y vuelve a mi sándwich.

Le doy una patada a un cubo de plástico.

—¡Vete de aquí!

El mapache me responde con ese chillido agudo que me pone los pelos de punta.

Y luego avanza hacia mí.

Doy unos pasos hacia atrás y, en mi afán por escapar, se me cae la comida al suelo y me mancho los pantalones.

Se distrae un momento con una zanahoria. La toma entre sus patas y la gira de un lado a otro.

¿Los mapaches de Alaska son diferentes a los de Toronto?

¿Me va a atacar?

Hay una escoba apoyada en una esquina. Apoyo el plato y el vaso en una repisa y la tomo con firmeza, lista para darle un golpe.

—¡Bandido! —grita una voz grave. El mapache se para sobre las patas traseras y se gira hacia la voz para escuchar mejor—. ¡Bandido! ¡Ven aquí!

Sale disparado por el agujero de la puerta. Miro, con la escoba todavía entre las manos, como el animal cruza el jardín y va directamente hacia Jonah, se detiene muy cerca y, sobre las patas traseras, se estira.

—Hola, amiguito. ¿Te estás metiendo en problemas? —Jonah lo acaricia con cariño, a lo que el animal responde con entusiasmo.

—¡No puede ser en serio! —Pongo una mueca de horror—. ¿Es tu *mascota*?

—No. No está permitido tener mapaches como mascotas en Alaska —dice Jonah.

—¿Y entonces qué es? Porque parece una mascota.

—Es un mapache al que le gusta pasearse por aquí. —Jonah mira con los ojos entrecerrados la escoba que llevo en la mano—. ¿Qué pensabas hacer con eso?

—Espantarlo antes de que me mordiese.

—No va a morderte a menos que le des un motivo.

Pienso en Tim y Sid, con las colas rebotando cuando escapan por la acera después de hurgar entre comida podrida, y me estremezco.

—Sabes que transmiten enfermedades, ¿no?

Jonah vuelve a acariciar al mapache y se incorpora. El animal se escapa.

—Bandido está sano.

—Le has puesto *nombre*.

—Sí. Ya sabes, por el antifaz negro que tiene alrededor de los ojos…

—Lo entiendo —interrumpo—. *Super*original. —Y adecuado—. Me ha robado el sándwich.

Jonah se encoge de hombros.

—No lo dejes tirado si no quieres que te lo roben.

—No lo he dejado tirado. Estaba un plato, encima de la mesa, *aquí dentro*. *Él* entró. *Y* me he tirado la comida encima por su culpa. —Me paso la mano por los pantalones manchados. Tengo los calcetines empapados.

Jonah arruga los ojos, divertido.

—La próxima vez no seas tan despistada.

Lo fulmino con la mirada. ¿Qué hace aquí? ¡Pensé que estaba trabajando! Tomo lo que queda de comida y vajilla y entro para ponerme la única ropa limpia que me queda y buscar un plátano para comer.

Cuando vuelvo, Jonah está en mi asiento. Por suerte, no hay mapaches a la vista.

—¿Qué es esto? —pregunta señalando el ordenador.

—Un portátil.

Me mira sin expresión.

—¿Por qué estás mirando las páginas web de otras empresas de transporte?

—Porque quería conocer mejor la competencia de mi padre.

—¿Para qué? ¿De repente estás interesada en hacerte cargo de la empresa familiar? —murmura.

—No. —Toso en medio de un bocado—. Pero me he dado cuenta de que Alaska Wild no tiene página web y creo que eso es un error. *Todo el mundo tiene una.* La chica de dieciséis años que pasea perros en mi vecindario tiene una *y* un método de pago virtual. Es el primer paso si quieres promocionarte.

Jonah se apoya en el respaldo con las piernas abiertas, de ese modo en el que se suelen sentar los hombres, con los brazos cruzados. Se ha puesto cómodo en mi asiento.

—No necesitamos promocionarnos; todo el mundo nos conoce.

—Sí, pero ¿y los turistas? Agnes dijo que están perdiendo ese mercado.

—Sí, así es —admite—. Pero una página web no cambiará nada.

Me acomodo en el otro asiento. Las patas hacen que se tambalee.

—Si *yo* viniera a Alaska y quisiera ver paisajes o visitar otra ciudad, ni me enteraría de que Alaska Wild existe.

—Por supuesto que sí. Aparecemos en las páginas de turismo de Alaska. Y en la guía telefónica.

—Sí, pero no hay información. Nada de los aviones que tienen o cuáles son sus formas de pago o política de devoluciones, los itinerarios, cuánto costaría...

—Les contamos todo eso cuando llaman —dice como si fuera obvio.

Se ha desviado de la cuestión.

—Jonah, no te digo que no sea como hacen las cosas por aquí, pero si quieren atraer a gente de los Estados Contiguos, o como los llamen, o de cualquier otra parte del mundo, eso no basta. La gente no llama a las empresas, al menos no hasta que han descartado otras opciones. La gente *odia* hablar por teléfono. *Yo* no hablo ni con mis *amigos* si puedo evitarlo. *Todo el mundo* busca las cosas en internet, elige dos o tres opciones y *después* llama. Muchos no lo hacen ni aunque tengan preguntas, mandan un correo electrónico.

—Pueden enviarnos un correo electrónico.

—¿Y cómo encontrarán la dirección? No aparece en la web y no la van a buscar en una guía, créeme —continúo porque parece que Jonah me está escuchando—. Mucha gente reserva por internet, imprime el recibo y se presenta el día del vuelo. Y, si hay otras empresas de transporte con página web y toda esta información, fotos de aviones y videos de vuelos para ayudarlos a decidir, ni van a fijarse en Alaska Wild. Y, para ser sincera, si voy a pagar por venir a Alaska y tengo que invertir mi dinero en visitar otros lugares y ver montañas y paisajes, no lo haría con una empresa que ni siquiera tiene página web. —No tengo datos concretos para demostrar lo que digo, pero es sentido común, ¿no? Todo el mundo lo sabe. Jonah todavía duda—. Mira, soy John Smith de Arkansas y quiero venir a Alaska para cazar. Nunca he venido, así que busco un coto de caza y me encuentro con este. —Me estiro y arrimo la silla para llegar al ordenador. Paso a la pestaña del coto que ha aparecido primero en la búsqueda anterior—. Cuando hago *clic* en «cómo llegar», me lleva a Aviadores de Alaska.

—Porque tienen un acuerdo con ellos. Tenemos un contrato similar con River.

—¿Los que no pagan las facturas a tiempo? —Me inclino hacia delante para ver mejor la página y nuestras rodillas se chocan por accidente–. Lo siento –balbuceo–. Las únicas opciones para llegar son Alaska Wild *y* Aviadores de Alaska. –Toco la pantalla con la uña para enseñárselo y vuelvo a chocarme con su rodilla. No se mueve–. Entonces, cuando John Smith está planificando su viaje, Aviadores de Alaska parece la mejor opción porque no tiene con qué compararlo y tiene que decidir desde Oklahoma.

–Has dicho que viene de Arkansas.

–Eso da igual. La cuestión es que lo único que podría hacer que escogiese Wild es que fuera mucho más barato.

–Los precios son bastante parecidos.

–Bueno, entonces imagínate qué elegirá John cuando reserve su viaje de caza. –Me recuesto en la silla, satisfecha de haber demostrado mi postura–. Puede que River no sea el problema. Puede que no le estén diciendo a esos turistas que vuelen con la competencia. Quizá los turistas se van con ellos porque es más fácil elegirlos.

Siento el peso de su mirada sobre mí, su expresión, siempre fría e indiferente, ha dado paso a la curiosidad.

–¿Sabes cómo hacerlo? Me refiero a una página web.

–Sí, prácticamente creé esa. –Me acerco para cambiar a la pestaña de Calla&Dee.

–Es *rosa*.

Pongo los ojos en blanco.

–Solo es el diseño. Puedo crear otra cosa para Alaska Wild.

–¿En cuatro días?

–Sí. Creo que sí. Al menos algo sencillo. –Me encojo de hombros–. Tampoco es que pueda hacer otra cosa.

Asiente despacio en un gesto reflexivo.

–No costará mucho, ¿no?

–No. Usaré el mismo diseño que usé para mi página. Y he traído la cámara, así que puedo sacar algunas fotografías. No soy profesional, pero me las apaño bastante bien. Saqué estas. –Hago *clic* en una entrada que sé que tiene muchas imágenes.

–«Lentejuelas en la ciudad». –Jonah lee en voz alta.

–Olvídate del título y mira las imágenes.

–¿Quién es? –Señala con la cabeza a Diana, posando en High Park con una minifalda de lentejuelas rosas a juego con las flores de cerezo del fondo.

–Mi mejor amiga.

–*Mierda*.

–Bien. Genial. Así que te gustan las rubias de piernas largas. Qué sorpresa –murmuro–. Pero *mira* las fotos.

–Esa falda apenas le tapa el culo.

–¡Jonah! –exclamo entre risas y le golpeo el pecho, no puedo evitar darme cuenta de lo duro que está–. Olvídate de Diana y de su minifalda. La cuestión es que no se me da mal la fotografía. De todos modos, es mejor de lo que tienen ahora, que es nada. –Me mira y arruga los ojos, divertido. Siento como la boca se me cuerva en una sonrisa estúpida a modo de respuesta, aunque estoy ligeramente molesta–. No me estás tomando en serio.

–Sí. Te lo juro. –Su mano aterriza en mi rodilla y la aprieta un segundo antes de volver a apoyarse contra el respaldo de su silla–. Hazlo.

–¿En serio? –No puedo ocultar la sorpresa.

Se encoge de hombros.

–Tus argumentos son sólidos. Todavía no estoy seguro de que vaya a funcionar, pero no va a hacernos daño.

–¿Debería preguntárselo a mi padre?

–Nah. Solo cuéntale lo que estás haciendo. Se alegrará.

–¿Sí?

–¿Bromeas? ¿Que su hija se interese en Wild?

No lo llamaría tanto interés en Wild como interés en sentirme útil y tener algo que hacer. Pero eso me lo guardo para mí.

–Bueno… Muy bien.

–Muy bien. –Asiente con seguridad–. Podemos hacerlo juntos.

Guau. Espera.

–¿*Nosotros?* –Los ojos se me van a salir de las órbitas.

–¿Si no cómo incluirás toda la información de los aviones y la historia de Wild? ¿Pensabas que podrías hacerlo sola? ¿En *cuatro días*? Yo sé todo lo que hay que saber sobre este lugar.

–Me parece bien. Creo. –Jonah y yo trabajando juntos en una página web para Alaska Wild–. Será interesante –balbuceo entre dientes.

Curva los labios en una sonrisa presumida.

–¿Por qué lo dices?

–Porque eres… *tú.*

–Y tú eres *tú* –responde y agrega por lo bajo–, pero eres inteligente. Estoy sorprendido.

–Cállate. –Una chispa de satisfacción se enciende en mi interior. Jonah piensa que soy inteligente.

Suspira y su mirada se posa en sus manos entrelazadas.

–Bueno, bueno. Mira, empezamos con el pie izquierdo por mi culpa. Sí, sé reconocer cuando me he comportado como un imbécil.

–Entonces… ¿Esto es una tregua? –¿Jonah es capaz de comportarse como una persona civilizada?

–Algo así. –Mira el reloj y se levanta de mi silla. Sus pesadas botas golpean contra las tablas del suelo mientras camina hacia la puerta del porche.

—Mi padre te ha pedido que fueras amable conmigo, ¿no?

—No.

No le creo. Sobre todo porque Wren dijo que le diría a Jonah que me dejara en paz. Algo me hace pensar que le importa demasiado su opinión como para ignorar lo que le pide.

—Ey.

Se detiene en la puerta.

—¿Sí?

—¿Qué sabes sobre el diagnóstico de mi padre? —Ha dejado claro que no quiere hablar del tema y Agnes ya me ha contado todo lo que sabe.

Así que solo me queda preguntarle a Jonah.

Deja caer los hombros con una exhalación profunda.

—Sé que tiene cáncer y que no quiere hablar de eso mientras estés aquí —dice.

—¿Y qué crees que significa eso?

—Que tiene cáncer y que no quiere hablar de eso mientras estés aquí —repite con superioridad y dándome la espalda.

Pongo los ojos en blanco.

—¿Pero ha dicho si es grave?

Hace una larga pausa hasta que admite de mala gana:

—Me preguntó si consideraría comprarle la empresa.

Su declaración me sorprende.

—¿Está pensando en *vender* Alaska Wild?

—Está considerando opciones, está pensando en retirarse.

Mi padre retirándose. Solo tiene cincuenta y tres años. Aunque es verdad que dirige la empresa desde los veinte. Quizá, después de treinta años, por fin se ha cansado. ¿Pero qué va a hacer?

¿Se quedará en Alaska?

¿O por fin intentará algo nuevo?

—¿Y qué le dijiste?

Se ríe.

—No tengo tanto dinero. Y, además, no quiero pasarme los próximos treinta años sentado detrás de un escritorio. Me gusta cómo son las cosas ahora. Pero, de todas formas, le dije que cuente conmigo para hacerme cargo de Wild todo el tiempo que necesite.

Lo mismo que hizo mi padre por mi abuelo, cuando fue él quien tuvo que empezar su tratamiento.

Me trago el nudo que tengo en la garganta.

—Es muy amable de tu parte que te hayas ofrecido.

—Sí, bueno, Wren es como mi familia. Haría cualquier cosa por él. —Aclara la brusquedad de su voz.

El corazón se me estremece por la extraña demostración de emociones.

—¿Crees que lo superará?

—Creo que… Si puedes quedarte más tiempo, deberías hacerlo.

—Podría —digo sin pensar. Jonah se gira para mirarme con el ceño fruncido. Me encojo de hombros—. Han hecho reestructuraciones en mi empresa, así que ahora mismo estoy desempleada.

Me recorre el rostro con la mirada.

—Entonces deberías quedarte una o dos semanas más. O incluso más, si puedes ponerte los pantalones y aceptar cómo son las cosas aquí.

Lo miro sin expresión alguna.

No parece que esté bromeando.

—Confía en mí, Calla, si no lo haces, te arrepentirás toda la vida.

Suena muy tajante.

¿Habla de lo que pasó con su padre?

¿Y a qué se refiere? ¿A que me quede un *mes* en Bangor, Alaska?

¿A mi padre le importaría?

La mirada de Jonah baja hacia el suéter rosa en el que me he envuelto.

—He llamado a Anchorage para preguntar por tus cosas. Parece que ha habido un problema con uno de los aviones. Tus maletas no van a llegar hoy.

—*¿En serio?* —gruño.

—Te aguantas. —Cruza la puerta, atraviesa el jardín hacia su casa, rebotando un poco al andar, y yo me quedo sola con mi frustración.

La puerta de la cocina cruje y, cuando miro por encima del hombro, veo que mi padre entra.

—Día largo, ¿eh? —digo. Lleva casi catorce horas trabajando.

—Siempre son largos. —Con un suspiro, arroja unos papeles a la encimera y se masajea los ojos—. Algo huele muy bien.

Echo a la sartén el ajo picado.

—Estoy preparando la cena. Ensalada griega de pollo con aderezo casero. —Debería embotellarlo y venderlo como oro líquido con lo que me han costado los ingredientes y el viaje en taxi—. Estará lista en cinco minutos. Espero que te gusten las aceitunas negras.

—Eh… Sí. Me gustan. —Se queda en silencio mientras me mira—. Gracias, Calla. Es muy amable de tu parte.

—No es para tanto. —Pero es la primera vez que le cocino, pienso con una sonrisa. Es una de esas cosas cotidianas y triviales que probablemente recuerde toda la vida.

—¿Qué tal el día?

Me muero de ganas de contarle mis planes para renovar la web.

Estoy desesperada por preguntarle si piensa retirarse.

¿Por dónde empiezo?

Se escuchan unos pasos rápidos en las escaleras del porche y, un segundo después, la puerta se abre de par en par. Mabel aparece con una sonrisa enorme, agitada, como si hubiese venido corriendo.

—¡Justo a tiempo!

—Hola, peque. —La cara de papá se ablanda con una sonrisa—. ¿Qué haces por aquí?

—Mi especialidad. —Sostiene una fuente de vidrio cubierta con papel de aluminio. Habla con tono dramático y una energía que creo que no podría igualar ni con litros de cafeína—. La pasta más deliciosa, condimentada y llena de queso que comerás *en la vida*. Recién salida del horno. —Apoya la fuente en la mesa, retira el papel de aluminio y un hilo de queso se estira en el aire—. ¡Por fin la he perfeccionado!

Me explotaría todo el sistema digestivo con una sola cucharada.

—*Guau*. Aquí hay comida para una semana. —Mi padre lanza una carcajada y me lo explica—: Mabel descubrió que le apasiona la cocina. Lleva un año practicando y me está usando como conejillo de indias. Creo que es la… ¿octava semana que haces esto?

—Novena —lo corrige, orgullosa—. Pero *esta* es la definitiva, te lo juro.

—*Nueve semanas seguidas* de pasta con queso. —Me mira y tengo que contener la risa a pesar de la ofensa que siento. Esta niña de doce años, haciéndose la despistada, se ha colado en una de las pocas noches que tengo con mi padre. *Yo* no vivo en la casa de enfrente. *Yo* no puedo entrar corriendo con la cena cuando quiera. *Soy yo* la que tiene que cocinarle mientras esté aquí.

Solo tiene doce años, no creo que haya interrumpido con malas intenciones, pero no puedo evitar sentir un leve resentimiento.

Aunque esto explica la nevera vacía. *Y* cómo sobrevive mi padre.

—Calla, espera a que lo pruebes. —Mabel toma tres platos del armario.

—Ojalá pudiera, Mabel. Pero soy intolerante a la lactosa —explico con vergüenza.

—¿De verdad? Vaya mierda. ¿Y entonces qué vas a comer? —Mabel se acerca para observar lo que estaba preparando. Arruga la nariz—. *Ah*. Bueno, menos mal que he preparado la cena para nosotros.

Frunzo el ceño.

—¿Por qué?

—Porque Wren *odia* los vegetales. Sobre todo la ensalada.

Mi padre se estremece.

—«Odiar» es un poco exagerado, Mabel…

—¡No! Mamá le dice "Bebé Wren" cuando viene a cenar porque tiene que cortar las verduras en trozos *diminutos* y esconderlos para que se los coma. —Me sonríe mientras busca un cucharón en el cajón.

Entonces solo estaba siendo amable. Ahora que lo pienso, ayer no le sirvieron ni zanahorias ni guisantes.

Suspira y sonríe con timidez.

Mabel sirve dos porciones generosas de pasta y se dirige a la sala de estar gritando:

—¿Juegas con negras o me toca a mí?

—No lo recuerdo. Elige tú. —Se detiene en la puerta—. Jugamos a las damas todas las noches. Esta semana, nos hemos saltado algunas sesiones. —Porque llegué yo, descifro. Duda y se muerde el labio inferior—. ¿Así que eres intolerante a la lactosa?

—Sí.

—¿Por eso la nevera está llena de leche de soya?

—Soja —corrijo—. Sí, es para el café.

–Ah. Bueno… Ahora lo sé.

–Sí. Como yo ahora sé que no te hubieras comido nada de esto. –Señalo el recipiente con el cuchillo.

–Me hubiese comido hasta el último bocado, peque –dice con seguridad y desaparece.

Me quedo sonriéndoles a los patos de la pared.

Mabel pega un grito cuando toma la pieza negra del tablero y la suma a su pila, cada vez más alta.

–¿Qué se siente al perder catorce partidas contra una *chica*?

Mi padre frunce el ceño mientras analiza el tablero, como si estuviera repasando sus últimos movimientos.

–Parece que te he enseñado *demasiado* bien –murmura y se reclina en su sillón. Su mirada se clava en el sofá en el que yo estoy sentada con las piernas cruzadas y el portátil en el regazo–. ¿Seguro que no quieres intentarlo, Calla? Estoy buscando oponentes a los que pueda vencer. Mi ego lo necesita.

–Tal vez mañana –digo por decir.

Papá se ríe.

–Gracias por mentir para no herir mis sentimientos. Tu madre se rehusaba sin más.

Los ojos curiosos de Mabel rebotan entre Wren y yo. Me pregunto cuánto sabrá de nuestra historia. ¿Podrá percibir la tensión en el aire cuando estamos en la misma habitación? Una tensión que, por suerte, parece irse disipando poco a poco.

Mi padre vuelve a colocar las piezas en el tablero.

–¿A la misma hora en el mismo sitio, peque?

Intento ignorar el nudo que tengo en el estómago. La ha llamado de esa forma al menos media docena de veces y cada una ha sido como una alarma, un firme recordatorio de que esta niña tiene con él un vínculo que yo nunca he tenido, ni siquiera durante los años en que yo todavía lo llamaba y él todavía respondía.

A pesar de que no tienen la misma sangre. A pesar de que él y Agnes no están juntos. Tienen un vínculo padre-hija de verdad.

Mabel mira el reloj y dice de mala gana:

—Bien. —Pero luego, con un brillo malicioso en los ojos, agrega—: Mañana te dejaré ganar.

—Eso me vendría bien.

—Hecho. Nos vemos. —Se inclina para darle un beso rápido en la frente, sin dudar, como si lo hubiera hecho miles de veces.

¿Cómo va a reaccionar cuando se entere de que tiene cáncer? El hecho de que todos quieran protegerla de la inevitable realidad me hace pensar que no muy bien.

Toma el suéter que ha dejado en el respaldo de la silla de mi padre.

—Calla, podrías venir a recoger moras conmigo mañana. Saldremos varios desde aquí.

Alejo los pensamientos oscuros.

—Sí, puede ser. —No recuerdo la última vez que hice algo así.

—Bueno. —Se encoge de hombros como si le diera igual, pero, por lo que me contó Agnes sobre su fascinación conmigo, supongo que está actuando.

Tan rápido y con la misma familiaridad con la que entró, Mabel se va, dejándolo todo en silencio.

—Espero que te haya gustado la pasta —murmuro mientras muerdo una manzana—. Ha sobrado para que coman como veinte personas más.

–Si te soy sincero, no noto la diferencia entre esta receta y la de hace ocho semanas –murmura mi padre, mirando el plato vacío que he llenado dos veces–. Qué pena que no puedas ayudarme. Parece que comes bastante para alguien tan pequeño.

–Creo que la diferencia horaria me está abriendo el apetito –admito–. Además, el panda de la basura de Jonah me arruinó la comida, así que no había comido mucho.

–¿*Panda de la basura?*

–Mapache.

–Ah. –Mi padre asiente, sonriendo–. Veo que has conocido a Bandido.

–Esa cosa es su mascota. Lo sabes, ¿no?

Papá se ríe.

–Jonah se lo encontró viviendo debajo de su casa el año pasado. Era un cachorro; supongo que había perdido a su familia. Entonces empezó a arrojarle restos de comida para ayudarlo hasta que se fuera. Pero nunca lo hizo.

–Por supuesto que no. Nadie se va de un sitio donde te dan comida para morirse de hambre en la naturaleza.

–Jonah le construyó una casita debajo del porche y vive allí. Parece que está bastante cómodo.

–Hoy lo ha acariciado. –Me estremezco.

–Bandido es un pequeñín bastante cariñoso. –Mi padre parece aprobar la relación.

–Saben que los mapaches transmiten enfermedades, ¿no?

Intenta tranquilizarme.

–No pasa nada. Jonah conoce a una veterinaria que le puso a Bandido las vacunas de la rabia. Dios, ni te imaginas lo que les costó. Jonah le tuvo que disparar un dardo tranquilizador. –Hace una pausa–. Por supuesto, Marie no tendría que haberlo vacunado. Si alguien llegara a enterarse... –Me mira a modo de advertencia.

–¿A quién se lo voy a decir? –Aparte de a mi madre y a Diana, claro.

Mueve algunas piezas por el tablero de damas, ausente.

–¿Y tú? Recuerdo que de pequeña querías un perro. ¿Lo conseguiste?

–No. Simon le tiene alergia a cualquier cosa que tenga cuatro patas. Pero no pasa nada. Ya tengo suficientes problemas en la vida. Aunque sí me regalaron un pez una Navidad.

Frunce el ceño, pensativo.

–Creo que lo recuerdo.

–Se llamaba Guppy. Era un guppy. –Pongo los ojos en blanco por el nombre–. Vivió una semana y después se fue por el retrete.

–Así que... sin mascotas.

–Sin mascotas. –Resoplo–. Salvo por Tim y Sid.

Levanta las cejas, confundido.

–Dos mapaches que viven en el vecindario y me aterrorizan.

–Te aterrorizan –repite y veo la risa en su mirada–. Parecen criaturas horribles.

–¡*Lo son*! Y enormes. El doble que Bandido. Y malvados. –Aunque siempre se han limitado a fastidiarme.

–¿Sabías que los mapaches no son autóctonos de Alaska?

–No lo sabía.

–Sí. Los trajeron en 1930 para la comercialización de pieles.

–Eso es... fascinante. –No puedo ocultar la sequedad de mi voz, pero consigo que se ría.

–La verdad es que, en lo que respecta a la rabia, nos preocupan más los zorros. Siempre atacan a los perros. Marie vuela desde Anchorage una vez al mes para atender la clínica veterinaria de Bangor y Jonah suele llevarla a las aldeas para que vacune a los perros callejeros contra la rabia. Esa sí que es una luchadora.

—Esta Marie y Jonah deben ser muy amigos si asume el riesgo de vacunar a Bandido —digo de pasada—. ¿Están juntos o algo de eso?

Frunce el ceño.

—No, no... Son amigos. Al menos que yo sepa. Pero Jonah no habla de las chicas con las que... *sale.* —Vacila cuando pronuncia esa palabra, lo que me hace pensar que «salir» no es la mejor palabra para describir lo que Jonah hace con las chicas que le interesan—. Agnes está convencida de que a Marie le gustaría ser algo más, pero dice lo mismo de todas las chicas que se le acercan.

—No lo entiendo —murmuro, desconcertada. Kayley, la chica de la cafetería... Marie, la veterinaria... Hasta Mabel, una niña de doce años... Todas enamoradas del bruto ese. Aunque, si tomo como referencia su interacción con Kayley, sospecho que Jonah es mucho más amable con ellas de lo que ha sido conmigo.

Pero lo que *de verdad* no entiendo es esa pizca de *algo* que sentí cuando Jonah comentó la foto de Diana con minifalda. No me lo saco desde entonces. Se asemeja a la desilusión, pero no puede ser, porque *no me gusta* Jonah. A estas alturas, apenas lo tolero.

Mi padre me contempla de un modo peculiar durante un buen rato.

—¿Siguen sin llevarse bien?

—Creo que hoy hemos enterrado el hacha de guerra. Me ha dicho que me ayudará con la página web de Alaska Wild. —Y quizá acabemos siendo amigos.

Eso o nos matamos el uno al otro.

Mi padre abre los ojos como platos.

—¿Una página web?

Para cuando acabo de explicarle mi razonamiento, tal como he hecho con Jonah, mi padre tiene una expresión reflexiva.

—¿Te ha pedido él que lo hicieras?

—No, me he ofrecido yo.

—¿Llevas trabajando en eso toda la tarde? —Señala mi ordenador.

—Sí. Ya tengo el esqueleto. —Me incorporo y dejo el portátil donde estaba el tablero de damas—. Podemos probar diferentes colores y estilos para mejorar la apariencia y después solo tendremos que agregar el contenido y las imágenes.

—Desearía tener la mitad de tu talento para los negocios. Me hubiese facilitado mucho las cosas. —Sonríe, reflexivo—. Eres muy inteligente, peque.

Siento un pinchazo de nostalgia en el estómago. Ahora sé que ese apodo no es solo mío, pero sigue llevándome al pasado.

—Jonah también me ha contado que quisiste venderle Alaska Wild.

—¿Te lo ha contado? —Aprieta los labios y baja la vista hacia la alfombra gastada.

—¿No debería habérmelo dicho?

—Supongo que no le dije que era secreto —dice después de un rato—. De todas las personas que conozco, es el único que sé que lo haría bien. La gente de Aerolíneas Aro estaba interesada, pero Wild desaparecería para pasar a formar parte de su compañía. —Sonríe, triste—. No sé si estoy listo para eso.

Pero Jonah ha dicho que no tenía el dinero, ¿qué opciones le quedan a mi padre?

—Ha dicho que estabas pensando en retirarte.

—Lo estoy considerando. Han sido treinta años muy largos. No me vendría mal descansar un poco. —Hace una pausa y pregunta—: ¿Tienes sueño?

–No mucho. He dormido la siesta esta tarde. –Ese antihistamínico me tumbó. Por suerte, la hinchazón no se ha expandido por fuera de la línea azul.

–Tengo algunas películas en el armario. Son viejas, pero están algunas de mis favoritas.

¿Mi padre me está invitando a ver una película con él de una forma un tanto rebuscada? ¿Así intenta Wren Fletcher volver a conectar con su hija?

–Podría elegir una para que la miremos juntos –digo con cuidado.

–¿Sí? Me parece bien.

Cierro el ordenador, lo aparto y me dirijo al armario.

No sin antes registrar la sonrisa de satisfacción en los labios de mi padre.

Capítulo 13

El sonido de un golpe me sobresalta.

Un segundo después se repite con más fuerza.

En la puerta de mi habitación.

Me quito el antifaz y un rayo de luz que se filtra entre las cortinas me da de lleno en la cara.

—¿Sí? —grito con voz de dormida.

No hay respuesta, solo más golpes. Es un sonido desesperado y me pone nerviosa. Lucho para liberarme de las mantas y camino como puedo hasta la puerta.

Cuando la abro, me encuentro con Jonah, que ocupa todo el umbral.

—¿Qué pasa? ¿Mi padre está bien? —pregunto mientras entro en pánico, buscando cualquier señal. Me recorre con la mirada—. ¿Jonah?

Pestañea varias veces.

—¿Esta es la pinta que tienes sin toda esa mierda que te pones en la cara?

Suspiro, exasperada.

—No estoy de humor para soportar tus tonterías. ¿Qué quieres? ¿Dónde está mi padre?

Los ojos de Jonah bajan hacia mi escote y recuerdo que no llevo sujetador, solo una camiseta de algodón. Y hace frío.

Me cruzo de brazos, pero un escalofrío extraño me recorre la piel. Su mirada vuelve a subir.

—Ha tenido que volar a Anchorage. Pensé que estarías despierta.

Me pierdo en sus ojos un segundo. Parecen más oscuros. Encendidos. ¿Está... excitado?

—Nos quedamos despiertos hasta tarde mirando una película y después no podía dormir. ¿Qué hora es?

—Las siete. Vístete. Vamos a volar.

Eso me saca de esta niebla rara en la que me había quedado atrapada.

—*¿Qué?*

—El cielo está despejado y tu padre quiere que conozcas mejor Alaska. Ya llevas tres días aquí. Es hora de que te subas a un avión.

—*¿Contigo?* —pregunto, dubitativa.

Sonríe, presumido.

—Vamos. Podrás sacar fotos para la página web. Dijiste que querías hacerlo, ¿no?

La ansiedad crece y se me arremolina en el estómago de solo pensar en subirme a un avión (con Jonah). Pero la acompaña una extraña expectativa. Además, no quiero pasarme el día buscando maneras de matar el tiempo hasta que mi padre vuelva.

—Bueno. Dame una hora.

Suelta una carcajada.

—Tienes cinco minutos.

—Sí, claro. No puedo prepararme en cinco minutos. No soy *tú*.

—Estás en Alaska. Ponte algo de ropa, lávate los dientes y vámonos.

—Media hora. —Si me salto la ducha y me maquillo rápido.

—Cinco minutos.

—Veinte —regateo.

Sus ojos, que suelen ser fríos, bajan por mi boca, garganta, pecho y más abajo antes de volver a subir para encontrarse con los míos. El sonido que hace cuando traga con dificultad llena el ambiente.

—No necesitas todo eso para verte bien, Calla. En serio.

No encuentro las palabras. ¿Eso ha sido un cumplido?

¿De *Jonah*?

¿Y por qué su mirada no me incomoda?

¿Por qué parece tener el efecto contrario y me recorre una ligera excitación? ¿Estoy…? No, aunque la mitad superior de su cara sea atractiva y tenga un cuerpo impresionante, *no puede* gustarme Jonah. No hay forma de que ignore ese pelo de yeti.

Pero algo en la forma en que me mira me llena de curiosidad.

—Quince minutos —digo, tratando de que no me tiemble la voz.

—Si no estás en *cinco*, vendré, te cargaré encima del hombro y te llevaré así.

—No lo harás.

Me responde con una sonrisa maliciosa que hace que me agite.

—No me tientes. Y, para que lo sepas, me dará igual si estás vestida o no. —Toca algunos botones de su reloj.

—¿Acabas de poner un *cronómetro*?

—Cinco minutos. Te espero en la camioneta. —Le clavo los ojos en la espalda—. ¡Tic-tac!

—Imbécil. —Con un suspiro, busco los pantalones.

—¿Te estás *esmerando* para pasar por todos los baches? —disparo mirando mi reflejo en el espejo mientras intento aplicar una segunda capa de máscara de pestañas.

—Estás en el monte. ¿Qué quieres? —murmura, pero baja un poco la velocidad. Aun así, soy incapaz de mantener el pulso firme.

Me rindo, tapo la máscara y la meto en el bolso.

—¿Por qué lo llaman «monte»? En mi casa, en el monte hay árboles. Aquí no hay bosque. Es que no hay casi ningún árbol. *No hay* ningún matorral —agrego por lo bajo—, salvo el de tu cara.

—Estamos un poco atrevidos esta mañana, ¿no? —Parece que se divierte.

Me pongo las gafas de sol. Me alegro de que haya reemplazado la lluvia, pero no es tan bienvenido cuando me da de lleno.

—Si no te gusta, no me obligues a salir de la cama. —Nunca estoy de buen humor cuando me meten prisa por la mañana.

—Te di tres minutos más.

—Qué amable que eres. —Tomo la taza de café que pude llenar antes de que Jonah irrumpiera en la cocina—. No sé cómo consigues que las mujeres no tiren tu puerta abajo.

Su risa suave hace que un escalofrío me recorra la columna vertebral. *Odio* que tenga una sonrisa seductora.

—Me alegra ver que tienes sangre caliente después de todo.

—Parece que sacas lo mejor de mí —murmuro. No suelo ser así. Es como si estuviera desesperada por pelear. Gira a la izquierda y me derramo algo de café encima—. ¡Mierda! —Lo limpio, pero es imposible sacarlo.

—Relájate. Solo es una camiseta.

—Me costó cien dólares.

—¿Pagaste *cien dólares* por eso? —Jonah levanta las cejas y me mira con una expresión que expresa la frase «eres idiota».

—¿¡Qué!? Me queda bien y parece nueva después de cincuenta lavados.

—Por cien dólares debería lavarse sola.

—¿Como tu ropa de *alta calidad* comprada en el supermercado? —Miro la camiseta que, aunque es muy básica, le queda bien.

Sonríe.

—¿Estás disfrutando de la leche de soja?

Mierda. Lo había olvidado. Y era obvio que iba a sacar el tema después de este golpe tan bajo, solo para hacerme sentir peor. No juega limpio.

—Gracias por eso —vacilo—. Fue muy amable de tu parte.

—No lo hice por ti. Lo hice por todos los que te rodean.

Aprieto los dientes para no responderle, me giro para darle la espalda y me concentro en el aeropuerto.

La tregua se ha acabado.

La mirada afilada de Agnes rebota entre los dos, llena de curiosidad.

—Vuelven los mismos que se van, ¿no?

—Me necesita para volar, así que no puede librarse de mí. —Jonah toma una caja roja que le da Sonny y la arroja en la parte trasera del avión naranja y blanco—. Al menos no hasta que volvamos.

«Gracias a Dios este avión es más grande», pienso mientras miro las dos hileras de asientos, tapizados de un color borgoña que no combina para nada con el naranja del exterior. No es que me importe demasiado la paleta de colores. Solo quiero que esta cosa vuele.

—Toma. Lo necesitarás. —Jonah me da un suéter.

Agnes me estudia mientras me lo pongo.

—Hoy estás diferente, Calla.

—Porque Jonah apenas me ha dado tiempo para hacer pis, así que no he podido maquillarme. —Me siento desnuda e insegura. No puedo recordar la última vez que salí a la calle con la cara lavada. Ni siquiera voy al gimnasio sin maquillaje.

Agnes sonríe con calidez.

—Me gusta el estilo apenas-he-tenido-tiempo-para-hacer-pis. Te queda bien.

Me cierro el abrigo y me subo las mangas. Me queda grande, pero no tanto como esperaba, considerando que es de Jonah. Y sé que es de Jonah porque huele a él, a madera y menta.

—¿Crees que mi ropa llegará hoy?

—Sí, sin lugar a duda. Tu padre las traerá cuando vuelva.

—Ay, gracias a Dios. No veo la hora de tener mis botas de lluvia. —Bajo la vista a mis zapatos deportivos polvorientos. Están para tirar a la basura.

—¿Todo listo? —pregunta Jonah a mi espalda. Tiene una energía extraña que no había sentido nunca. ¿Siempre es así cuando está a punto de volar?

El día anterior no me di cuenta.

—¿A dónde vamos?

—¿Serviría de algo que te lo dijera?

—No —admito—. ¿Pero vamos a las montañas? —Porque después de mi primera experiencia y la historia del padre de Mabel, no quiero saber nada de las montañas.

—No. —Jonah se levanta la gorra para apartarse el pelo de la cara y se la vuelve a colocar—. Ey, Aggie, ¿George ya ha salido hacia Holy Cross?

—Sigue esperando un paquete. Saldrá cuando llegue.

–¿Y los suministros de Santa María?

–Joe debe estar aterrizando ahora mismo.

–Bien. Por fin. Llevan semanas esperando las municiones para poder salir a cazar –murmura.

A pesar del fastidio que me provoca, no puedo evitar admirarlo cuando veo de primera mano cuán involucrado está Jonah con el día a día de las operaciones de Wild. Entiendo por qué mi padre confía tanto en él. Y por qué cree que sería el indicado para continuar el negocio familiar (que lleva generaciones en la familia Fletcher). Y lo crucial que será la ayuda de Jonah en los próximos meses, por no hablar de los próximos años.

–Muy bien. Entonces estamos listos.

Mi estómago, que estaba tenso, empieza a retorcerse y a dar tumbos con una extraña mezcla de pánico y entusiasmo mientras miro cómo Jonah sube al avión y se pone los auriculares.

–¡Que te diviertas, Calla! –Agnes empieza a alejarse.

Sonny me está esperando con una mano en la puerta, ansioso por cerrarla, y los palos naranjas en la otra.

Ocupo mi asiento. No es tan pequeño como el Super Cub, pero tampoco es espacioso, lo que significa que el brazo de Jonah está pegado al mío desde el hombro hasta el codo y así se quedará mientras estemos aquí. No hay forma de evitarlo con un piloto de su tamaño, así que intento concentrarme en los controles del avión. No es más que un panel de diales, interruptores y palancas, con espacios tallados a cada lado para las piernas. Los dedos de Jonah golpean suavemente, presionan y tiran del panel con la experiencia de alguien que ha hecho esto mil veces.

Un ruido sordo brota del motor del avión y la hélice gira una vez… dos veces… antes de que arranquen las turbinas.

Sin decir nada, Jonah me pasa unos auriculares. Los acepto y nuestros dedos se rozan en el proceso.

Aunque no me guste.

Aunque siga queriendo pegarle.

—¿Me escuchas? —Su voz grave retumba en mis oídos.

—Sí. ¿Cuántos años tiene este avión? —Porque parece un coche de la película *Grease* con las puertas acolchadas y las manijas cromadas para bajar las ventanillas.

—Más que nosotros.

—Ah, *genial*. —Hay coches mucho más nuevos que ya no sirven para nada, pero tengo que confiar en que este pedazo de metal volará.

—No toques el yugo.

—¿El qué?

Me golpea con el brazo cuando se estira para tocar una cosa negra que tengo delante y que parecen los controles de una consola. Es idéntico al que él mismo tiene delante.

—Ni los pedales del suelo. Controlan los timones.

Ni siquiera sé qué son los timones. Y hay una cuestión más importante:

—¿Dónde está la bolsa para vomitar?

—No vas a necesitarla.

—Mi experiencia volando contigo dice lo contrario.

—No vas a marearte.

—No basta con solo decirlo. ¿*Dónde* está?

Niega con la cabeza y respira hondo.

—Debajo de tu asiento.

Mientras Jonah habla con el controlador aéreo, me inclino para buscarla hasta que toco el borde con la punta de los dedos. La tomo y la meto en un pequeño hueco que hay en la puerta.

—Relájate, no hay nada que temer. —Las palabras de Jonah me llegan cuando el avión comienza a avanzar.

No me molesto en responder, me concentro en Sonny, que camina junto al avión sacudiendo los palos naranjas. El avión rebota, se zarandea por los baches del pavimento y vuelve a traerme una extraña y temida sensación de *déjà vu*.

Me aferro al cinturón de seguridad y miro de reojo la pequeña flota de aviones de mi padre: los tripulantes de tierra están cargando algunos y otros esperan pequeños grupos de turistas. No puedo distinguir si la pista que tenemos delante parece angosta y corta porque la estoy comparando con la vasta extensión de tierra que nos rodea o si realmente es angosta y corta.

—No entiendo cómo puedes ser la hija de Wren y asustarte así por un avión pequeño.

—Porque mi primera vez en un avión pequeño fue una experiencia horrible con un piloto *malvado* —respondo.

Se desinfla.

—Mira, eso estuvo muy mal por mi parte y lo siento.

Llegamos al final de la pista de Wild. Me giro para mirarle a los ojos y encuentro una sinceridad extraña.

—¿Entonces por qué lo hiciste?

—No lo sé. Supongo que quería ver de qué pasta estaba hecha la hija de Wren Fletcher.

—*¿Para ver de qué pasta estaba hecha?* —Resoplo—. Bueno, estuviste a punto de medir la capacidad de mi estómago.

—Sí, eso no estaba en mis planes. —Frunce el ceño—. Había visto todas esas fotos tuyas y estaba convencido de que eras una de esas chicas de ciudad estiradas a las que no soporto.

Junto las cejas.

—¿Qué fotos?

—No sé, las que me enseñó Mabel.

Debe referirse a mi cuenta de Instagram.

—¿Qué tienen de malo esas fotos?

—Nada. Es solo que las chicas como tú… —Niega con la cabeza—. Supongo que quería bajarte los humos.

Como yo. Como una Barbie, según él.

—¿Y ahora qué? ¿Ya no soy una chica de ciudad estirada como todas esas a las que no soportas?

—Definitivamente eres estirada. —Tuerce los labios en una sonrisa—. Pero está bien. —Habla con el controlador aéreo por la radio mientras me invade esa extraña mezcla de miedo y entusiasmo.

Esperamos en silencio la autorización para el despegue.

—¿Así que tu primera vez fue conmigo?

—¿*Qué?*

—Es lo que has dicho. Que tu primera vez fue conmigo.

Me doy cuenta de a qué se refiere y pongo los ojos en blanco, aunque también me ruborizo.

—Sí, y tu desempeño fue pésimo. Debería darte vergüenza.

Le dan la autorización.

—Si muero, te mataré. —Aprieto los muslos por las repentinas ganas de orinar.

—Eso requerirá talento —murmura con las manos en los controles.

—Pero, en serio, ¿a dónde me llevas?

Toca más teclas.

—Te mostraré que Wild es mucho más que un negocio —dice repitiendo lo que dije unos días atrás, junto a las cajas de Meyer's.

Contengo la respiración cuando el avión empieza a acelerar.

Capítulo 14

Me quedo boquiabierta ante la extensión de azul y verde que tenemos debajo.

–¡Nunca había visto tantos lagos juntos! –Incontables cuerpos de agua diseminados por la tierra. Tantos que no sé si el agua interrumpe la tierra o la tierra interrumpe el agua.

Y, en el centro, una colonia de construcciones rectangulares con techos de colores rojos, verdes y azules.

–Todo esto es el Delta Yukón-Kuskokwim. Delante tenemos el mar de Bering –explica Jonah.

Apunto hacia el cañón Simon e intento sacar algunas fotografías del imponente paisaje. Pero el sol complica las cosas.

–¿Cómo te sientes?

–Bien. Sin lugar a duda este avión es mejor. Estoy gritando, ¿no? Sonríe y me muestra esa hilera de dientes blancos.

–No pasa nada, está bien. –Recorre el cielo con su mirada de halcón–. Es un día estupendo para volar. Hay menos viento que de costumbre.

–Y tú eres mucho mejor que el *último* piloto imbécil con el que volé. –Me esfuerzo por mantenerme inexpresiva mientras fotografío el pueblo colorido y siento su mirada clavada en mi perfil. Me quedo esperando una respuesta ocurrente.

—Eso es Kwigillingok, allí vamos —dice.

—Siento que acabamos de despegar.

—Es un viaje de trece minutos. La mayoría de los vuelos son cortos. Se tarda menos de dos horas para llegar a Barrow, y es el punto más austral de Alaska. —Jonah inclina el avión a la derecha y siento mariposas en el estómago.

Aunque no es tan aterrador como antes.

Aunque la vista desde el aire sea pintoresca, la realidad es diferente.

Por fin puedo volver a respirar y a hablar.

—¿*Todos* los aeropuertos son así? —Si es que se puede llamar aeropuerto a este lugar. Porque, si es así, no tengo ningún interés en seguir conociendo Alaska.

—Qué va. Este es uno de los más peligrosos —dice Jonah de pasada, imperturbable ante los rebotes y sacudidas del avión mientras nos guía por una pista angosta con agua a ambos lados. Básicamente, hemos aterrizado en una isla.

—¿Y has pensado que era una idea *excelente* traerme contigo?

—Bautismo de fuego.

—Ya me bautizaron, gracias. —Hace dos décadas que no voy a la iglesia, pero da igual. Respiro para tranquilizarme—. Creí que acabaríamos en el agua.

Jonah se ríe y se quita los auriculares cuando nos detenemos cerca de un hangar azul claro sin ventanas donde nos esperan dos personas. Toca unas teclas que desaceleran las hélices y apaga el motor.

–Quizá con otro piloto. Pero yo soy *muy bueno*.

Y muy engreído.

Se quita el cinturón, se estira hasta detrás de mi asiento y lucha para destrabar algo. Siento su pecho sólido contra el hombro. Puedo oler la menta en su aliento. Junto los labios porque me preocupa no tener un aliento tan fresco.

Las dos personas caminan hacia nuestro avión. Están vestidos como todos los alaskeños que he visto (abrigo de corderito y algodón arriba, vaqueros y botas abajo).

–¿Me repites a qué hemos venido?

–A dejar un respirador portátil. –Por fin levanta el maletín rojo con una mano. Me aparto para que no me dé en la cabeza–. Vamos. Ha llegado la hora de conocer a un cliente de Wild. –Abre la puerta y baja con agilidad. No tengo ni la mitad de gracia cuando desciendo, doy un paso en falso y tropiezo. Para cuando rodeo el avión, Jonah ya ha entregado el maletín.

–... Por toda la arena que ha traído el viento estos días –dice la mujer–. Por suerte, hoy ha mejorado.

Es una nativa de Alaska de mediana edad con una expresión amable y el pelo negro. Tiene un acento levemente similar al de mi padre, o al de Agnes, o al de Michael, o al de cualquier persona que haya vivido toda la vida en Alaska. Me recuerda a una chica de la universidad que creció a unas ocho horas de aquí, en el Salto de Santa María. Hablaba diferente. Estiraba las vocales, omitía algunas consonantes. En general, no se apresuraba. Aunque los dialectos no son iguales, puedes distinguir que todos son norteños.

–Esto debería ayudarla. Lamento mucho la demora. –Jonah se peina y se vuelve a poner la gorra. Me pregunto si necesita hacerlo o es un gesto inconsciente.

–Los nuevos son mucho más pequeños. –La mujer mira maravillada el maletín que lleva en la mano–. Evelyn dijo que insististe hasta que se dieron por vencidos.

–No paraban de decir que no podían hacer nada, que esperásemos hasta la semana que viene. Este estaba en un almacén, por si acaso.

–Nos has salvado la vida, Jonah. –La mujer me mira con curiosidad.

–Enid, ella es Calla, la hija de Wren. Ha venido de visita. Le estoy enseñando lo que hacemos.

La cara de la mujer se derrite con una sonrisa.

–Todo el mundo conoce a tu padre. Y a Jonah. Siempre nos ayudan. Cobran, pero ayudan.

–Los aviones no son baratos –dice Jonah con tono de sermón.

–Lo sé, lo sé –se ríe con amabilidad y agita la mano–. Estoy bromeando. Son los mejores. Siempre podemos contar con ustedes.

–Ya nos vamos. Llévale el respirador a la niña y llama si necesitas algo más –dice Jonah caminando hacia atrás.

–Dile a Wren que venga a visitarnos pronto. Tengo algunas algas rojas para darle –grita Enid.

Sonrío, saludo con la mano y volvemos a nuestro avión.

–¿Algas rojas?

–Es típico de aquí.

–¿Mi padre…?

–*Las odia*, pero nunca rechazas la comida que te ofrece un aldeano. Cazan y recolectan *todo* lo que comen. Es mucho trabajo, así que ofrecérselo a alguien es la mayor forma de gratitud que tienen.

–¿Enid es médica?

–No. Es una clase de enfermera. Estudió primeros auxilios y está en constante comunicación con los médicos de Bangor. A veces traemos a algún especialista para que atienda a los aldeanos.

—Y si alguien tiene que ir al hospital…

—Medevac si es una emergencia y, si no, nos llaman a nosotros. Llevamos a gente muy dolorida. —Su tono se ensombrece—. Esos vuelos parecen cinco veces más largos.

Pero apuesto lo que sea a que Jonah no se opone a hacerlos. Puede ser un imbécil, pero es un imbécil solidario.

—¿Qué le pasa a la niña?

—Tiene asma severa y el inhalador ya no es efectivo. Necesita el respirador y el que tenían (una reliquia) dejó de funcionar la semana pasada. Al menos ahora podrá volver a respirar. —Suspira y percibo su alivio.

—¿Por qué su familia vive aquí si tiene problemas de salud? Si yo fuera ellos, me mudaría a Bangor.

Me mira y frunce más el ceño.

—Porque su familia vive aquí desde hace cien años. Este es su hogar. Es lo que conocen y cómo quieren vivir —dice con seguridad, como si no hubiese otra explicación ni necesidad de agregar más.

—No lo entiendo.

—No tienes que entenderlo. Solo tienes que respetarlo.

Ahora Jonah me está sermoneando *a mí*. Me invade otro pensamiento.

—¿Por eso me has metido tanta prisa?

—¿Me estás preguntando si la respiración de esta niña es más importante que tu vanidad?

Pongo los ojos en blanco, voy a tomármelo como un sí.

—Podrías habérmelo dicho. Entonces no hubiera pensado que te estabas comportando como un imbécil, como siempre.

—¿Y perderme toda la diversión? —Sostiene la puerta para que pueda entrar.

—Entonces *sí* tienes modales —murmuro mientras me subo a mi asiento.

—Me los reservo para las damas, pero voy a hacer una excepción contigo —responde sin vacilar y cierra la puerta de un golpe antes de que pueda abrir la boca.

—Imbécil —murmuro y me muerdo el labio inferior para contener la sonrisa que empieza a formarse. Sus comentarios ya no me duelen como antes.

Hasta creo que he empezado a disfrutar de su humor.

Espero mientras rodea dos veces al avión, acariciando el fuselaje con el ceño fruncido como si estuviera haciendo un análisis exhaustivo. Por fin sube.

—¿Hay algún problema con el avión?

—No hay grietas ni filtraciones. Estamos bien.

—¿Y ahora a dónde vamos? —pregunto. Vuelve a tocar teclas y botones.

—¿Todavía no quieres deshacerte de mí? —dice en tono de broma, pero percibo algo de duda.

—¿Es lo que quieres? —¿Ha llegado a su límite?

—No —responde tras una larga pausa.

—Perfecto. Pero no te metas en el agua, ¿de acuerdo?

Se ríe mientras se pone los auriculares.

—Si has pensado que aterrizar era peligroso, espera a que despeguemos.

Jonah apaga el motor. Después de un día de escuchar su rugido casi constante, el silencio que sigue es aún más sereno.

Me quito los auriculares, me inclino y contemplo los edificios de Alaska Wild. El sol sigue alto, aunque son las ocho pasadas. Me duele la cabeza por el temor, la sobreestimulación y el hambre. Solo he comido una manzana, un plátano y un puñado de galletas que me dio Agnes en uno de nuestros regresos a la base.

—¿Y…? —Suspira Jonah—. Solo hacer dinero, ¿no?

Si se ha propuesto hacerme tragar mis propias palabras, lo está consiguiendo. Ha sido un día largo y agotador lleno de aterrizajes con los dientes apretados en pistas irregulares que no son más que breves caminos de tierra a cientos de kilómetros de la civilización más cercana. Casi todos los viajes han sido para llevar suministros indispensables que los aldeanos habían encargado hacía semanas. Jonah sabe el nombre de todos. Bromeaba con ellos y se disculpaba por la tardanza. Le daban las gracias por haber ido, aunque llevaban horas esperando al lado de la pista. Uno de ellos varios días por culpa de una niebla densa que les impedía aterrizar.

Y lo único en lo que podía pensar mientras le sonreía a ese hombre es en la cantidad de veces que compré maquillaje o ropa por internet y me frustré cuando volvía a casa del trabajo y descubría que no había llegado. Y en mi madre, a quien se le cayó el móvil al retrete y pidió otro con entrega al día siguiente. Se quedó esperando en casa al borde de un ataque de nervios. Su paquete llegó justo cuando yo volvía del trabajo y pude presenciar cómo se desquitó con el cartero (que había perdido un día entero de vida, que tenían que entender que el móvil es una pieza clave en la sociedad y que la empresa de envíos tenía que mejorar el sistema y dar horarios de entrega más acotados y precisos, que no valoran el tiempo de sus clientes y que se merecía una compensación por las horas de trabajo que había perdido) mientras el hombre uniformado esperaba con una paciencia admirable y la mirada perdida a que le firmara los papeles. Como si estuviera tan acostumbrado a que la gente le gritara que ya le daba igual.

Mi madre, que no es una persona paciente, le chilló a un completo desconocido por un móvil que llegó el día que tenía que llegar, mientras que este aldeano hablaba con Jonah y le enseñaba fotos de los perros que estaba entrenando para una carrera de trineos, con la penicilina que llevaba días esperando a los pies.

No me sorprende que mi madre no consiguiera adaptarse a este lugar.

Y empiezo a entender por qué Jonah me miró (la chica de veintiséis años que aparece con tacones, un sombrero y dos maletas gigantes) y quiso enderezarme.

—Hacer dinero *y* repartir pizzas —lo corrijo, bromeando.

—Exacto. —Se ríe—. ¿Pero has visto la expresión de ese chico?

—El cumpleañero más feliz que he visto en la vida.

Niega con la cabeza.

—Y casi lo arruinas.

Gruño.

—Hubiese sido *tu* culpa. —Me dispara una mirada de desconcierto y no puedo evitar reír—. ¿Por qué iba a creerte?

Cuando un taxi aparcó y le entregó a Jonah dos cajas de pizza, creí que nos habían traído el almuerzo, y, cuando Jonah dijo que las llevaríamos a una aldea junto con otros paquetes para el cumpleaños de un niño, pensé que me estaba tomando el pelo.

Estaba tomando una porción para quitarle el queso (muerta de hambre) pero gritó y me arrancó la caja justo a tiempo.

Gracias a Dios, porque el niño y la madre nos estaban esperando junto a la pista cuando llegamos a una aldea de trescientos habitantes;

el niño tenía los ojos llenos de alegría y expectativa. Su madre nos ha contado que la maestra (una mujer de Chicago) llevaba un año hablándoles sobre la pizza y que lo único que había pedido para su cumpleaños era una fiesta con pizza.

Hablando de pizza.

—Tengo hambre. —Y estoy agotada.

—Sí, yo también. Menos mal que ya hemos terminado. —Jonah suspira y se desabrocha el cinturón. Pero no se mueve. Abre la boca y creo que quiere decir algo, aunque luego se arrepiente. Nos quedamos sumergidos en un silencio incómodo.

—Ey, gracias por llevarme. Y por no estrellarte —digo, esperando romper la tensión—. Lo he pasado muy bien. —Y, lo que es todavía más importante, comienzo a entender lo que Alaska Wild significa para muchas personas; cuántas aldeas confían en que Jonah, mi padre y los demás pilotos les llevarán lo que necesitan para sobrevivir.

Pensar que mi padre lleva haciendo esto desde los veinte y yo tengo veintiséis y ni siquiera quiero responsabilizarme de una mascota.

Jonah me mira y fija la vista en su ventana.

—Dáselas a tu padre. Fue él quien me pidió que te llevara.

—Claro que sí —murmuro mientras Jonah baja del avión. ¿Por qué no puede reconocer que él también lo ha pasado bien?

Mi padre y Agnes ya se están acercando cuando bajo.

—¿Y? ¿Dónde han ido? —pregunta mi padre mientras su mirada rebota entre nosotros con curiosidad.

—¿Calla? —responde Jonah. De pronto, siento que vuelvo a tener nueve años y me están sometiendo al interrogatorio de: «¿qué has aprendido hoy en la escuela?». Excepto que en esa época mis respuestas eran esquivas y ahora estoy enumerando nombres de aldeanos que no sé pronunciar y transmitiendo los saludos de la gente que he conocido.

—Veo que has sacado fotos. —Señala con la cabeza la Canon de Simon.

—Hasta que se me agotó la batería a mitad de camino.

—Entonces tendrás que volver a salir con Jonah mañana —dice Agnes con una pequeña sonrisa en los labios.

Estoy a punto de responder «¡Claro!» cuando Jonah levanta las manos a modo de rendición.

—Yo ya he cumplido mi condena. Tenemos otros pilotos. —Siento cómo se me desfigura la cara y se me forma un nudo en el estómago—. En serio, Wren, es la peor pasajera que he llevado. Debería darte vergüenza.

Me quedo boquiabierta.

—¡Ey! ¡He sido una pasajera excelente!

Su regia expresión por fin da paso a una sonrisa.

Me doy cuenta de que está bromeando y siento un profundo alivio.

Seguido de una ola de confusión. ¿Qué es lo que me alivia? ¿Por qué me importa que Jonah quiera volver a llevarme?

Porque, aunque me haya pasado la mayor parte del tiempo aferrada al asiento, rezando entre dientes en cada aterrizaje y en cada despegue, ha sido el día más fascinante de mi vida. Por eso.

Un día que no puedo describir. Un día que probablemente recordaré siempre.

Y el hecho de haberlo compartido con Jonah ha tenido un papel fundamental.

Puede ser temerario, terco y demasiado sincero. De hecho, necesita aprender a *no* decir lo que piensa. Pero también puede ser juguetón, ocurrente y considerado. Y, sin importar cuánto se esmere, no consigue ocultar el hecho de que esta gente le importa de verdad.

—Ey, ¿Bart le ha encontrado algo a Betty? —pregunta Jonah mientras hace su movimiento de gorra y pelo.

Mi padre niega con la cabeza.

—Dice que la ha revisado dos veces y que no ha encontrado nada. Empiezo a pensar que es todo parte de la imaginación de George, lo que es muy probable. Ese hombre sigue creyendo que se le metió un ave en la turbina porque Bobbie no cosió el agujero de sus calcetines de la suerte.

—Y que chocó con un poste y se le desprendió el tren de aterrizaje porque se le cruzó un gato negro —agrega Jonah.

—George es un poco supersticioso —me explica Agnes con un susurro exagerado.

—No lo culpo. —*¿Aves en las turbinas? ¿Trenes de aterrizaje que se desprenden?* Me alegra no haber empezado el día sabiendo esas historias.

—No podemos tenerla en el hangar mucho más tiempo, sobre todo con la tormenta que se avecina. Puede que estemos parados toda la semana —dice mi padre.

—¿Toda la semana? —repito—. ¿Podré volver a Anchorage para tomar el avión el domingo?

—Puede que no —admite y agrega, despacio—. Si te preocupa, Jonah podría llevarte a Anchorage el viernes por la mañana. No empezará a llover hasta la noche. Puedes quedarte un par de días en la ciudad. —Frunce el ceño—. Quizá eso sea más tu estilo.

—El viernes *por la mañana*. —Eso significa que solo me queda un día. Un día con mi padre.

—Solo para asegurarnos de que puedas volver a tu casa el domingo. —Sus ojos grises bajan al suelo, como buscando algo en los charcos.

¿Siente lo mismo que yo?

¿Que acabo de llegar y que todavía no estoy lista para despedirme?

«*Podría* quedarme», me recuerdo. Pero ¿por qué no me lo pide? Aparte de la respuesta obvia: que no quiere que lo haga.

Alejo la voz de niñita insegura e intento encontrar otro motivo.

Quizá piensa que *quiero* irme. Quizá no quiere decir nada que me ponga en un compromiso. Del mismo modo que nunca le pidió a mi madre que se quedara.

Siento el peso de la mirada de Jonah sobre mí. Como si pudiera leer el remolino de pensamientos que tengo en la cabeza. Me mira con los ojos bien abiertos y asiente: «Ya sabes lo que tienes que hacer».

Vacilo.

—*O* podría cambiar el vuelo para el siguiente fin de semana.

Mi padre levanta la mirada y me analiza.

—¿Es lo que quieres?

—Si no te importa que me quede más tiempo en tu casa. Sé que empezarás el tratamiento…

—Yo no tengo problema —responde con una sonrisa, y, si no me equivoco, un suspiro de alivio—. También es tu casa. Aquí, en Alaska.

—De acuerdo. Entonces me quedaré un poco más. —¿Estoy tomando la decisión correcta?

Agnes está radiante y Jonah asiente con los dientes apretados, lo que me hace pensar que sí es correcta.

El viento sopla con más fuerza y me despeina; me recorre un escalofrío que me recuerda que no tengo abrigo.

—Por cierto, ¿has traído mi equipaje?

—Sí. Sobre eso… —Mi padre pone una mueca—. Cuando Billy fue al depósito a buscar tus maletas, no las encontró.

Y así, sin más, la pequeña burbuja de felicidad que me rodeaba estalla.

–¿A qué te refieres con «no las encontró»? ¿Las *han perdido*? –Mi ropa, mis zapatos…

–Con todas las demoras y las idas y vueltas, no saben dónde están. Pero seguro que aparecerán pronto.

–¿Y si no aparecen? –Mi voz se agudiza.

Frunce el ceño, pensativo.

–El seguro cubre algunos cientos de dólares. Tienes seguro, ¿no?

–Sí, quizá sirva para cubrir un suéter y un par de tacones –murmuro. Este día tan maravilloso se está yendo por el excusado–. Solo tengo dos vaqueros. ¿Cómo voy a quedarme más tiempo?

Jonah, que lleva callado todo este tiempo, interviene con un rastro de humor en la voz:

–Estaré encantado de llevarte a Meyer's para que te compres algunas cosas.

Lo señalo con furia.

–Todo esto es culpa tuya. Si hubieses llevado un avión más grande, mis cosas no se hubiesen perdido.

–Si hubieses traído cosas para una semana y no para un año, no hubiésemos tenido que dejarlas –responde con suavidad.

–Ey, ¡hace un rato admitiste que habías sido un imbécil! –¿Por qué vuelve a cambiar el tono?

–Démosles uno o dos días –dice Agnes con calma, asumiendo, como siempre, el rol de mediadora–. Estas cosas pasan, pero suelen resolverlas.

Aprieto los dientes para reprimir el impulso de gritarle que me está mintiendo. Sé que solo quiere ayudar.

Mi padre suspira.

–Vamos, peque. Vayamos a casa.

Capítulo 15

Cuando Jonah atraviesa la puerta de la casa de mi padre a la mañana siguiente, ya he salido a correr, me he bañado, vestido y estoy llenando la taza de café mientras reviso Instagram.

Para mi alegría, me he despertado con muchos comentarios y nuevos seguidores gracias a la toma aérea de una de las aldeas que subí junto con un breve texto sobre el niño de la pizza y un relato del aterrador aterrizaje que a todos les pareció muy divertido.

—¿A dónde vamos hoy? —pregunto intentando alejar el recuerdo del pequeño entredicho que tuvimos la noche anterior por mi equipaje.

Jonah se detiene a mi lado y levanta la jarra sin vacilar, su mano callosa (casi el doble que la mía) me acaricia por accidente.

Mi corazón deja de latir.

—Tengo que llevar a un grupo de escaladores hacia el interior. —Su voz suena especialmente grave y rompe el silencio de la casa—. No quedan asientos libres.

—Ah. —Frunzo el ceño y me golpea una ola de desilusión. Pensé que estaba de broma cuando dijo que era como una condena. Pero puede que haya algo de verdad.

Me concentro en llenar la otra mitad de la taza con leche de soja.

—¿Quieres un poco de café?

—No me gusta el sabor del café. Por eso siempre bebo *latte*. —Le hablo de la máquina de barista de Simon.

—Parece que tienes un padrastro bastante decente.

—Sí, es muy bueno. —Cuando les escribí para contarles que iba a quedarme, Simon me envió la información de su tarjeta de crédito por si la aerolínea me cobraba algún cargo extra. Y luego me dijo que estaba haciendo lo correcto y que estaba muy orgulloso de mí.

—Mi padrastro es un imbécil —murmura Jonah—. Pero bueno, mi padre también lo era.

Lo miro mientras se bebe el café, entrecerrando los ojos por el sol, que le da de lleno cuando mira por la ventana. Me ha abierto una puerta, pero solo un poco. Avanzo con cuidado.

—¿Tus padres también están divorciados?

—Sí. Mi padre era un imbécil egoísta que no trataba bien a mi madre. Tengo que dejar suministros en un campamento por la tarde, si quieres puedes venir conmigo.

—¡Claro! —respondo demasiado rápido y con efusividad—. Seguramente vaya a la oficina esta mañana. Puedo trabajar en la página web, descargar las fotos que hice ayer. —Por la noche no pude hacer nada. La adrenalina fue bajando mientras escuchaba cómo Mabel se reía de mi padre por haberle ganado quince veces seguidas. Todavía no sé si la deja ganar o no.

Jonah no parece que tenga tanta prisa como siempre, deambula sin rumbo por la cocina con la taza en la boca. Por fin se detiene delante de la mesa y recorre el papel de la pared con la mirada.

—¿Sabes quién dibujó pezones a los patos? —Siempre me olvido de preguntárselo a mi padre.

—¿Dibujó qué?

—Pezones. A los patos.

Frunce el ceño mientras mira la pared.

—¿De qué hablas?

—¡De eso! —Me inclino por encima de la mesa y golpeo la pared con una uña—. ¿Ves? *Pezones*. Allí… Allí. Alguien dibujó pezones a *todos y cada uno* de los patos.

—¿Puedes repetirlo?

—¿Qué? —Frunzo el ceño, me giro y veo que está reprimiendo una carcajada. Por fin entiendo que en todo momento supo de qué estaba hablando—. Ay, cállate. Eres *tan* inmaduro.

Me mira de arriba abajo hasta encontrarse con mis ojos, mejillas, boca.

—Por cierto, ayer tenías mejor aspecto. Sin toda esa mierda en la cara.

Siento cómo me ruborizo con una mezcla de vergüenza e ira.

—Tú tienes el mismo aspecto que ayer, con *toda* esa mierda en la cara.

Se acaricia la barba.

—¿Qué tiene de malo?

—Nada si planeas vivir solo en las montañas y recolectar tus propios alimentos. Y caminar encorvado.

—Así que no te gusta. —No puede disimular la risa.

—Claro que no.

Se encoge de hombros.

—A muchas mujeres les gusta.

—No.

—Es mi estilo.

—No. Hípster es un estilo. Rockabilly es un estilo. *Yeti* no es un estilo. —Intento ver lo que hay debajo (una mandíbula marcada, pómulos afilados), pero es imposible–. No tengo ni idea de cómo eres debajo de eso.

Hace una pausa reflexiva.

–¿Y eso es importante? ¿Saber cómo soy?

–¡No! Es solo que… ¿Por qué no querrías…? –Balbuceo mientras me pongo roja. ¿Por qué me provoca tanta curiosidad y expectativa que pueda ser guapo debajo de todo eso?

Una carcajada le arruga los ojos.

–Vamos, Calla. Hora de trabajar.

La recepción, normalmente tranquila, de Wild está invadida por una multitud de mochileros, un murmullo de voces entusiasmadas y los quejidos de un bebé recién nacido.

–¿No te han comido los osos todavía? –Jonah sonríe y abraza al hombre alto y delgado con un abrigo verde militar que sostiene una carpeta.

–Todavía no. Buen día para volar, ¿no? –Se estrechan las manos e inician una conversación casual. Supongo que este es el grupo al que llevará Jonah y que conoce muy bien a este guía.

Me dirijo hacia el fondo, donde una mujer regordeta de pelo oscuro me saluda desde detrás del mostrador con un teléfono en la oreja. Creo que es Maxine.

Murmuro un «hola» a Sharon, quien sostiene en brazos al bebé llorón de una alaskeña y lo mece para intentar calmarlo. Hay un hombre rubio, alto y guapo a su lado que la abraza y la mira con adoración. Ese *tiene* que ser Max. Mientras tanto, la flamante madre levanta la vista con un bolso a sus pies y ojeras que atestiguan varias noches sin dormir.

El murmullo baja considerablemente cuando atravieso la puerta que lleva a la oficina.

—Cambia esta entrega para la tarde y manda a Jean a buscarla —dice mi padre, apoyado sobre un mapa gigante. Agnes está a su lado. Un hombre más viejo con bigote y barriga cervecera está al otro lado. Lo reconozco, es quien estaba con Betty en el hangar el otro día.

Mi padre levanta la vista y su gesto de concentración se disipa de inmediato.

—Buenos días, Calla.

Agnes muestra su sonrisa característica.

—George, esta es la hija de Wren.

—Hola. —El hombre me mira la mano cuando se la extiendo. La suya es grande y sudorosa—. Encantado de conocerte. Mi esposa me dijo que te vio el otro día con Jonah. Primero pensó que por fin había encontrado a una novia guapísima.

Entonces me doy cuenta.

—Tu esposa trabaja en Meyer`s.

—Sí. Bobbie. —Se ríe—. ¡Estuvo a punto de organizar una fiesta! —Tiene un marcado acento del oeste de Estados Unidos—. ¿Cómo te está tratando Alaska?

—Muy bien. Es diferente, pero bien —admito.

Lanza una carcajada.

—Ya lo creo. No hay nada que se le parezca.

—¿Y? ¿Qué piensas hacer hoy? —Mi padre mira el portátil que he traído.

—No mucho. Jonah me ha dicho que no tiene espacio en el avión para llevarme con él esta mañana, pero que puedo acompañarlo por la tarde.

—¡¡Y por qué no sales con tu viejo!? ¿Eh? Puedes tomarte un

descanso, ¿no? –George le da unos golpes en el hombro–. Quizá la convenzas de que siga la tradición familiar.

Mi padre se ríe, pero es un sonido lleno de angustia. Agnes dijo que no lleva pasajeros para no sentirse culpable por volar cuando no debería.

–Sí, me gustaría, pero ahora mismo tengo que concentrarme en el cronograma y ocuparme de este viaje imprevisto. Y resolver qué haremos con los vuelos del fin de semana, la tormenta y... –Las excusas salen mientras la verdad se queda guardada bajo llave.

–Y yo quiero poner a funcionar este sitio lo antes posible –agrego.

–Eres más que bienvenida a usar ese espacio. –Agnes señala el escritorio en el que el otro día estaba James, el contador.

–Genial. Gracias. –Me dirijo hacia allí y ellos vuelven al mapa.

De pronto, se me ocurre algo.

–Papá...

–¿Sí, peque? –titubea.

Se me corta la respiración cuando me doy cuenta de que hacía años que no me llamaba de esta forma. Creo que el sentimiento ha sido mutuo.

–Ehmm... –Tardo unos segundos en recobrar la claridad–. Estaba pensando que, si tienes tiempo, podrías venir con Jonah y conmigo más tarde. –Eso resolvería sus miedos de pilotar, pero podría volar con él.

–¿Por qué he escuchado mi nombre? –Jonah aparece en la puerta e interrumpe la respuesta–. ¿Qué ha dicho sobre mí?

–Está maravillada por tu caballerosidad y tu porte. –George sonríe y me guiña un ojo. Parece que Bobbie no es la única que le está buscando novia a Jonah.

–Qué raro. Hace rato me dijo que parecía un yeti –murmura

mientras abre una carpeta de la mesa y la escanea con una mirada penetrante.

Agnes, en medio de un sorbo de café, se atraganta y comienza a toser. Mi padre le palmea la espalda y lanza una carcajada él también.

—¿Jim irá con Betty a llevar a la chica y al bebé de vuelta a casa? —Jonah frunce el ceño—. No lo sé, Wren.

Mi padre se encoge de hombros.

—¿Qué quieres que haga? Tengo un buen mecánico con treinta y cinco años de experiencia que me dice que está en condiciones de volar. Tenemos que confiar en él, Jonah. El resto de los aviones están en el aire y esa pobre chica solo quiere volver para reencontrarse con su esposo y su familia. Hace un mes que está en Bangor.

Jonah se gira hacia George, que ahora lo mira con timidez.

—Ese día me había olvidado a Jillian. Supongo que me descolocó.

—¿Quién es Jillian? —le susurro a Agnes.

—Esta es Jillian. —George me muestra una muñequita hawaiana que tenía guardada en el bolsillo, de esas que se pegan al salpicadero del coche y se mecen con el movimiento—. Me la regaló el primer pasajero que tuve en Wild y desde entonces la llevo siempre encima. Excepto esa vez. Era la primera. Como ya he dicho, me descolocó.

—Sí... Puede ser. —Pero Jonah no parece convencido. Con el ceño muy fruncido, vuelve a estudiar lo que supongo que es el cronograma del día antes de arrojar la carpeta encima del mapa—. La llevaré a dar una vuelta yo primero para ver qué me parece.

—Tienes a gente esperando —le recuerda mi padre con tono firme—. Y un plan muy ajustado antes de que llegue la tormenta.

—Y acaban de llamar por una emergencia —agrega Agnes—. Un aldeano necesita que lo lleven al hospital hoy mismo. Vamos a ver cómo lo resolvemos...

Jonah ya está cruzando la puerta.

—No tiene sentido discutir con él —murmura George.

Mi padre suspira, resignado.

—Maldito cabezota.

—¡Está bien! ¡Le hice todas las pruebas que se me ocurrieron y está bien! —Bart, el mecánico, se rasca la barbilla, mirando el avión de cuatro plazas, amarillo vibrante, aparcado al final de la pista—. Ese hijo de fruta nunca me cree.

El viento me arroja el pelo largo a la cara y me obliga a peinármelo con una mano. Desearía no haberle devuelto el suéter negro a Jonah. Era más práctico que este de cachemira rosa que me esfuerzo por mantener cerrado.

—Ya conoces a Jonah. No confía en nadie, aunque sepa que todo esto es una ridiculez —murmura mi padre—. Pero más le vale que se dé prisa. Todavía falta un día para la tormenta y el viento ya está a —espía la bandera naranja en forma de cono— treinta nudos.

—¿Para eso son? ¿Para medir el viento? —Los había visto en las pistas de otros aeropuertos, pero siempre pensé que eran señaladores.

—Se llaman mangas de viento. Indican la velocidad y la dirección del viento para saber qué tan arriesgados serán los despegues y los aterrizajes. Si llega a cuarenta y cinco, no podemos llevar pasajeros.

—Ah. Todos los días se aprende algo nuevo.

—¿Y tú qué? —Bart se acerca para mirarme con los ojos entrecerrados. Es unos treinta centímetros más bajo que yo, por lo que su mirada queda a la altura de mi pecho y ya lo he pillado aprovechándose de eso un par de veces—. ¿Vas a aprender a volar mientras estés aquí? Quizá puedas hacerte cargo de la empresa familiar cuando tu padre por fin abandone el barco.

Es una pregunta inocente, hecha desde la ignorancia (Bart no tiene ni idea de la condición de mi padre), pero se me retuerce el estómago. No puedo evitar mirar de reojo a mi padre, que tiene la mirada clavada en Betty. No puedo leer nada en su expresión, pero no se me escapa la forma en que su pecho se infla con una inhalación profunda.

—Me conformo con poder ir como acompañante sin vomitar, gracias.

—¿Estás segura? Porque aquí tienes al mejor maestro —insiste Bart, ignorando la tensión que hay en el aire.

—En realidad, el mejor maestro está allá. —Mi padre señala hacia Betty mientras el motor ruge.

—Estás bromeando, ¿no?

Sus ojos grises me miran, de pronto están muy serios.

—No, no bromeo.

—He conocido a niños de dos años con más paciencia que él —digo dubitativa.

El inconfundible sonido que hacen los aviones pequeños cuando comienzan a acelerar llena el aire. Unos segundos después, está despegando. Las alas de Betty se inclinan hacia un lado y hacia el otro, luchando contra la brisa.

—Sabe montar un espectáculo, eso sí —murmura mi padre y me guiña un ojo. Algo me dice que no se refiere a sus habilidades como piloto.

—¿Ves? ¡Te lo dije! Está mejor que nunca —proclama Bart y se gira hacia el hangar con un destornillador en la mano—. Tengo que seguir arreglando cosas que sí están rotas.

Mi padre suspira.

—Bueno, mejor así. Ahora solo tenemos que descubrir… —vacila y el cielo—. Ey, ¿Bart?

—¿Sí, jefe? —grita Bart y aminora el paso.

—¿Oyes eso? —Hay algo raro en su voz.

Frunzo el ceño, mis oídos también lo notan, pero no logro identificar qué es lo que les preocupa tanto.

Entonces me doy cuenta de que ya no se escucha el zumbido constante que indica la proximidad de un avión pequeño.

—¿Qué sucede? —pregunto con cautela.

—No lo sé. Pero el motor se ha apagado. Debe estar intentando volver a encenderlo. —Ambos hacen una pausa para escuchar. Yo solo oigo el latido de mi corazón.

El avión empieza a descender. Suena un móvil y mi padre saca el suyo del bolsillo para responder. Ni siquiera sabía que tenía uno.

—¿Sí? Está bien. —Corta—. Era Agnes. Jonah ha hablado por la radio y ha dicho que tiene fuego en un motor. Lo ha apagado a propósito. Tiene que aterrizar al otro lado de Whittamores. Vamos.

Tengo el estómago retorcido mientras me apresuro para seguirle el paso a mi padre, que nunca había andado tan rápido.

—¿Estará bien? —Percibo el pánico en mi voz.

—Sí, no te preocupes. Va a planear. Sabe aterrizar sin motor —asegura mientras saca las llaves del bolsillo y se sube al asiento del conductor de su camioneta. Sin pensarlo dos veces, ocupo el asiento del medio, entre él y Bart.

Los pocos segundos de calma que me habían dado sus palabras se evaporan cuando enciende el motor de la camioneta y sale disparado.

Me siento como una cazadora de tormentas yendo a toda velocidad por estos caminos de tierra mientras veo cómo planea el avión amarillo.

—Es un terreno muy llano. Eso es bueno, ¿no?

—Sí. Eso es bueno —promete mi padre y se estira para darme unas palmadas en la rodilla—. Jonah ha aterrizado en glaciares y en riscos donde ni yo me animaría.

—Claro que debe tener cuidado con el bosque, las torres de electricidad, el lago y un par de casas. Y si el fuego no se apaga…

—¡Bart! —grita mi padre y me sobresalta. Nunca lo había escuchado alzar la voz.

—Nueve de cada diez aterrizajes de emergencia acaban sin un rasguño. Sí, sabe lo que se hace —murmura Bart mientras tamborilea los dedos contra la puerta con impaciencia.

Quiero creerle, pero la forma en que lo dice me hace pensar que se está sacando esa estadística de la manga.

Por más plano que sea el terreno (al menos hasta donde he llegado a ver en mis paseos matutinos), hay una cadena montañosa y un bosque que enmarca a Betty mientras Jonah intenta descender.

Unos segundos después, escuchamos un fuerte golpe.

—¿Eso es normal? —pregunto con pánico.

Mi padre no responde y gira por un camino pantanoso. Un camino privado que, supongo, solo lo usan tractores y vehículos parecidos. Es angosto y está lleno de baches profundos que nos hacen rebotar en nuestros asientos. Por fin nos paramos.

—No podemos avanzar más.

Salimos disparados. No los espero y empiezo a avanzar entre los árboles. Me hundo en el barro.

Si los cálculos de Bart son correctos, Jonah es ese uno entre diez.

No sé cuándo he empezado a correr, pero ahora me muevo a toda velocidad con la sangre agolpada en los oídos mientras me acerco al desastre, tropezando por el suelo irregular y los restos de fuselaje amarillo, intentando no concentrarme en el ala que cuelga en un ángulo extraño o la cabina llena de rayas y abolladuras. Unos metros de tierra arrasada me guían hasta el avión.

Sentado en el suelo, a cierta distancia, con la espalda contra una pila de rocas, está Jonah. Un río de sangre le baja por el puente de la nariz, el ojo izquierdo y la barba. Parece la víctima de una película de terror.

—Ay, por Dios. —Me inclino para acercarme, le aparto un mechón de pelo para localizar el origen del sangrado y encuentro un corte transversal en la frente.

—¿Todavía te parezco guapo? —murmura débil.

Lanzo una risa temblorosa. En medio de mi lucha por recuperar el aliento, me golpea un alivio abrumador no solo porque Jonah está vivo, sino también porque su sarcasmo parece no haber sufrido daños.

—Tenemos que parar ese sangrado. —Miro a mi alrededor y recuerdo que estamos en el medio de la nada—. Toma. Usa esto. —Me quito el suéter y lo aprieto contra la herida.

—Gracias. —Suspira y presiona con su mano ensangrentada sobre la mía. Bart es el primero en llegar—. ¿Así que no tenía ningún problema, Bart? —murmura Jonah.

—Pero… Yo… —tartamudea.

Un coro de tos anuncia que mi padre se acerca.

—Jesús. —Se tapa la boca con la mano para controlarla—. ¿Qué ha pasado?

—Había un ruido raro y luego se encendió la luz de alerta del motor. Y entonces comencé a oler a aceite quemado, así que lo apagué —explica Jonah—. Todo iba bien hasta que choqué con esas rocas. Las vi cuando ya era demasiado tarde. Intenté evitarlas, pero no lo conseguí. Mierda, lo siento...

—¿Y *tú* estás bien? —interrumpe mi padre abruptamente, como si no quisiera escuchar sus disculpas. Jonah se estremece.

—Estoy casi seguro de que me he dislocado el hombro, pero sí, creo que estoy bien.

—¿Te has dado en la cabeza?

—No.

—Déjame ver.

Alejo la mano y me incorporo para no estorbar. Mi padre se inclina sobre Jonah, retira el suéter ensangrentado y la imagen me estremece.

—Es superficial y está bastante limpia. Seguramente te has cortado con un trozo de metal. Te van a tener que dar unos diez puntos.

Un ojo (el que está lleno de sangre) se alza para mirarme.

—¿Ha sido divertido, Barbie?

Niego con la cabeza, exasperada.

—Esta chica ha corrido como nadie —murmura mi padre.

—Quería asegurarse de que estuviera bien muerto.

«Quería asegurarme de que estuvieras bien. Porque estaba preocupada. Porque me importas».

—No. Pensé que te iba a encantar la oportunidad de estropear mi suéter favorito —digo en cambio.

—Mmm... —Los labios de Jonah se curvan en una sonrisa sangrienta mientras vuelve a apretar la prenda, suave y rosada contra su frente—. Al menos he sacado algo bueno de esto.

Suenan sirenas a la distancia.

Jonah gruñe.

—¿Quién los ha llamado? Ni en sueños me sacarán de aquí en

camilla. —Usa a mi padre como bastón para incorporarse, gimiendo de dolor, con movimientos torpes y lentos. Aunque está herido, su presencia es imponente. Se detiene para contemplar el fuselaje destruido de Betty—. ¿Qué número es? ¿La novena?

—La décima. Pero diez aviones en cincuenta y cuatro años no está nada mal. —Mi padre niega con la cabeza y suspira—. Jamás volveré a dudar de las corazonadas de George.

Bart asiente, resoplando y estupefacto, mientras le da una patada a un trozo de metal.

Capítulo 16

—Ey. —El brazo de mi padre cuelga de la ventanilla abierta de su camioneta—. ¿Estás segura de que estás bien?

—Estoy bien. Voy a almorzar algo y luego me tiraré un rato a descansar en el porche. —Volví a Wild después del accidente, pero no he conseguido quedarme sentada en esa oficina, un poco por la adrenalina que me seguía corriendo por las venas y otro poco porque tengo la camiseta llena de sangre de Jonah.

Los aviones de Wild no pueden despegar hasta que la Fuerza Aérea vuelva a autorizarlos. Mi padre ha dicho que tenía que volver al lugar del impacto para reunirse con los investigadores, así que me ha dejado en casa.

Contemplo la casita de al lado.

—¿Cuándo volverá Jonah?

—En un rato. Quieren revisarlo bien antes de darle el alta por si tiene una contusión cerebral. —Asiento con solemnidad. Sigo teniendo un nudo en el estómago, aunque hayan pasado horas—. Se pondrá bien, Calla.

—Sí, lo sé. —Me encojo de hombros.

—De acuerdo. Bien, llámame si tienes ganas de volver más tarde.

–Tose un par de veces y se aclara la garganta–. ¿Todavía tienes mi número? –Tomo el trozo de papel que me ha dado antes de salir, hace cinco minutos, como prueba. La camioneta avanza, pero se detiene de pronto. Tuerce los labios, pensativo–. ¿Sabes qué? Creo que la vieja silla de tu madre todavía está en el garaje. La que usaba en el porche. Hay varias cosas apiladas en el fondo que guardaba para el invierno.

–¿Te refieres al invierno de hace *veinticuatro años*?

–Sí… –Se rasca la barbilla con una sonrisa tímida–. Puede que encuentres algo útil. –Avanza y la camioneta da tumbos cuando sale de la entrada. Me quedo mirándolo en silencio y me pregunto si de verdad está tan tranquilo con el accidente o si solo lo disimula muy bien.

Baja la velocidad en la calle principal para hablar con una chica que pasa en bicicleta. Tardo un rato en darme cuenta de que es Mabel.

Sube por la entrada de la casa de mi padre con el pelo largo al viento. Cuando llega a mí, está agitada y comprendo que ya se ha enterado de lo de Jonah. Abre los ojos como platos cuando ve mi suéter.

–Solo ha sido un corte. Probablemente diez puntos –le aseguro citando a mi padre.

Se quita la mochila. Cae al suelo con un golpe seco.

–Estaba de compras en el pueblo y he escuchado que alguien decía que Jonah se había estrellado y que estaba en el hospital. Así que he ido, pero no me han dejado entrar a verlo, y al principio no podía comunicarme con mi madre, pero después sí he podido y me ha dicho que estaba bien y que volviera a casa, pero estaba tan preocupada… –divaga presa del pánico, agitada como si hubiese pedaleado a toda velocidad hasta aquí.

–Llegará en unas horas. Pero está bien.

–Bueno. –Asiente despacio como si todavía estuviera procesando lo que ha pasado, intentando creerlo. Se aparta el pelo de la frente–. ¿Puedo quedarme contigo hasta entonces? –Tiene la voz cargada de desesperación. Es verdad que está bien, pero también es verdad que eso podría no ser cierto. Le ha pasado algo aterrador a una persona importante para ella y no quiere estar sola.

Ahora que lo pienso, yo tampoco.

–Por supuesto que sí. –Sonrío–. Espero que tengas ganas de hurgar en basura vieja.

–¿Estás bien?

–Claro que estoy bien. No estaba en el avión, mamá.

–Pero seguro que ha sido aterrador presenciar una cosa así.

–La verdad es que sí –admito.

Su suspiro me llena el oído.

–Recuerdo los días en los que escuchaba historias de accidentes. Hacía cuentas del tiempo que pasaban en el aire y cómo eso aumentaba las probabilidades de que les pasara algo. Sobre todo con los aviones pequeños. No son como los de las grandes aerolíneas comerciales que prácticamente se controlan por ordenador y tienen servidores de emergencia. Cada vez que tu padre cruzaba la puerta me preguntaba si esa sería la última vez que lo vería.

–Seguro que fue difícil.

–¿Difícil? Me volvió loca. No estaba preparada para ser la esposa de un piloto de montaña.

Sin lugar a duda, la profesión de Simon es mucho más segura que la de mi padre. Aparte del paciente que le tiró un busto de plata de Sigmund Freud (no acertó, pero sí dejó un enorme agujero en la pared), los riesgos a los que se enfrenta Simon son cortarse con una hoja de papel o que le duela el culo por pasar tanto tiempo sentado.

–Gracias a Dios por este tal George. ¿Te imaginas lo que *podría* haber ocurrido?

Sí, gracias a George y a Jillian, su muñequita hawaiana.

Pero, más todavía, gracias a Dios que Jonah sea tan cabezota y quisiera salir a probar el avión. Si no hubiese insistido, el avión se hubiera incendiado con una madre y un bebé a bordo.

Quién sabe si el aterrizaje hubiera sido más suave.

Es probable que Jonah les haya salvado la vida.

–¡Todavía funcionan! –exclama Mabel. Me giro y la veo con una maraña de luces navideñas azules, verdes y rojas en los brazos.

–¡No te puedo creer!

–Impresionante, ¿no? –Mabel se ríe–. Revisaré el resto.

–¿Qué es lo que no puedes creer? –pregunta mi madre.

–Espera, mamá –murmuro y alejo el móvil–. Si tenemos suficientes, podríamos colgarlas de punta a punta del techo, como una tirolesa.

Mabel abre los ojos como platos.

–Eso sería sensacional.

–¡Calla! ¿Con quién hablas?

–Con la hija de Agnes, Mabel. ¿Sabías que papá guardó todas tus cosas? Y cuando digo todas son *todas*.

Mabel y yo llevamos dos horas revolviendo contenedores de plástico llenos de polvo y hemos encontrado desde decoraciones navideñas hasta gnomos de jardín y relojes de sol.

–¿Agnes tiene una hija? ¿Por qué no me lo contaste?

«¿*Y tú por qué tu no me contaste lo de las llamadas con papá?*», quiero responder, pero me muerdo la lengua.

—No había salido el tema. —La verdad es que no habíamos hablado desde el lunes. La tengo que actualizar respecto a diversos temas que no he podido contarle por mensaje. Pero ahora no es el momento—. Hemos encontrado tu mecedora bajo una lona. Está en bastante buen estado —digo, intentando volver a los temas sin importancia—. El tiempo, la humedad y algún animal (probablemente un ratón) han destruido los cojines, pero la estructura es robusta.

Lo hemos movido todo y Mabel me ha ayudado a despejar el porche, arrastrando las sillas decrépitas, cañas de pescar y otras cosas que a lo largo de los años han acabado en el garaje. Y lo ha hecho sin quejarse ni una sola vez.

Ni había pasado tiempo con Mabel sin la mediación de mi padre o un tablero de damas. Es rara y atrevida, y habla sin parar de tres temas al mismo tiempo, por lo que suele perder el hilo. Empiezo a pensar que tiene problemas de atención.

Y, a cada minuto que pasa, me cae mejor.

—Escucha, me tengo que ir. Ha entrado un cliente —dice mi madre—. Me lo contarás *todo* más tarde, ¿no?

—Claro.

Sé que se refiere a que se lo cuente esta noche, pero la verdad es que no me muero por tener esa conversación. ¿*En serio* necesita saber por qué mi padre canceló su viaje hace tantos años? ¿Le importará saber que Alaska Wild tiene problemas financieros y que estoy intentando ayudar mientras estoy aquí? Puede que sí. Pero también puede que sea egoísta y solo quiera pasar tiempo con mi padre sin tener que preocuparme por lo complicada que es su relación.

Cuelgo justo a tiempo para escuchar el motor de una camioneta.

Mabel, boquiabierta, deja caer las luces y sale disparada hacia la puerta.

—¡Es Jonah! —grita. Sus pies golpean fuerte contra el césped cuando corre por la entrada.

Y yo siento la inexplicable necesidad de correr tras ella. Pero me resisto e intento entretenerme con la botella de agua y una manzana que he lavado hace horas y he sido incapaz de comer.

Hasta que decido que ya he esperado bastante.

Jonah está apoyado contra su camioneta y escucha a Mabel parlotear con una sonrisa tranquila. Estoy a mitad de camino cuando se da cuenta de mi presencia y empieza a mirarme de reojo.

—¿Te han dejado volver conduciendo? —grito, intentando mantener el paso lento y relajado. Como si no hubiese estado contando las horas en silencio, ansiosa por que regresara.

Se incorpora y da un paso en mi dirección.

—¿Quién iba a detenerme? —No lleva vendajes. Solo una fina y sutil sutura hecha con hilo negro que le atraviesa la frente justo debajo del nacimiento del pelo. El corte es más pequeño de lo que me imaginaba. Pero, de todas formas, parece doloroso. Le han limpiado casi todas las manchas de sangre. Solo le quedan algunos pegotes color carmesí en la barba.

Me muerdo el labio para no mostrar la sonrisa que me provoca esta oleada de alivio y felicidad. Le señalo la frente con la cabeza.

—¿Cuántos?

—Solo nueve. Deberían curarse sin problema. —Sus labios se curvan en una sonrisa pícara—. La doctora ha dicho que solo me hará más guapo. Creo que estaba coqueteando conmigo.

—Claro. Seguro que sí. —Pongo los ojos en blanco, pero me río—. ¿Y lo demás? ¿Todo bien?

—Me duele un poco el hombro, pero parece que no me he roto nada. He tenido suerte.

—Cualquiera lo diría. —De nuevo, pienso en cómo *podría* haber acabado y me estremezco.

—¡Ven a ver el porche de Wren! —insiste Mabel y le acerca la mano para que se la agarre.

—En un rato, peque —dice, usando el apodo de mi padre—. Me quiero dar una ducha y cambiarme. Quizá hasta me eche una siesta. —Su camiseta azul oscuro disimula bastante bien las manchas de sangre, pero no del todo. Señala con la cabeza algo a la distancia y sonríe, pícaro—. Pero parece que *le han llamado la atención a alguien.*

Me giro y veo a Bandido correteando hacia la casa de mi padre.

—¡Las patatas fritas! —exclama Mabel y sale corriendo.

Jonah se ríe.

—Va a comer bien mientras sigas aquí.

—Bueno. Por mí que se lo coma todo. Después de lo que ha pasado hoy, no tengo hambre. —Me abrazo para protegerme del viento helado.

Abre la boca para decir algo, pero cambia de opinión. Se acerca a la ventanilla del acompañante, toma un abrigo de piel a cuadros blancos y rojos y me lo da.

—Pensé que no ibas a querer que te devolviera el suéter. Es la talla más pequeña que tenían, debería quedarte bien.

—Guau. Es… Gracias. —Deslizo los brazos por las mangas y me lo abrocho, disfrutando del contacto de la tela con las yemas de los dedos—. Ahora parezco lugareña.

—No sé si es para *tanto* —dice, pero está sonriendo.

—¿Sabes cuándo volverá mi padre?

—Probablemente tarde un rato. La Fuerza Aérea los ha autorizado a despegar de nuevo.

—Sí, hace como una hora que hemos vuelto a ver aviones. —El

porche de mi padre tiene una vista privilegiada al aeropuerto. No puedo evitar preguntarme si fue intencional o una coincidencia mudarse aquí.

—Sigue con el investigador, pero se conocen de toda la vida, así que espero que acelere un poco las cosas. No debería haber problemas. Tenemos todos los registros de mantenimiento. Enseguida volveré a estar en el aire. —Su tono es relajado. No es el tono de alguien conmocionado porque podría haber muerto, pero tampoco es el Jonah que busca hacerme enfadar todo el tiempo.

Niego con la cabeza. Acaba de volver del hospital después de sufrir un accidente aéreo y ya está desesperado por volver a volar.

—Malditos vaqueros del aire —murmuro entre dientes.

—¿Eh?

—Nada. —Señalo su casa con la cabeza y me ajusto el abrigo—. Gracias por esto. Deberías ir a descansar.

Jonah empieza a caminar hacia el porche a paso lento y desganado.

—Ey... ¿Has avanzado con la página web? —dice por encima del hombro.

—La verdad es que no.

—No te gusta mucho trabajar, ¿no?

Ahí está el Jonah que conozco.

—Puede que el día que aprendas a pilotar un avión no me distraiga tanto.

La risa con la que me responde es grave y cálida, y hace que me recorra un ligero escalofrío.

—Si traes el ordenador después de cenar, podemos trabajar un poco.

Frunzo el ceño.

—¿Estás seguro?

–Hay que hacerlo, ¿no? –Acelera el paso mientras sube las escaleras y desaparece en el interior de la casa.

El sol sigue brillando (lo que hace difícil creer que son las ocho de la noche) cuando dejo a mi padre y a Mabel en la sala de estar y camino por el césped lleno de charcos. Llevo un plato de sobras en la mano y el ordenador debajo del brazo. Dudo un segundo antes de llamar a la puerta.

–¡Sí!

Espero un segundo e intento escuchar los pasos que se acercan.

–¡No me levantaré!

Empujo la puerta. Siento el aroma a limón y menta cuando entro a una cocina pequeña y ordenada, idéntica a la de mi padre, pero que parece fresca, limpia y nueva.

Probablemente porque no tiene un ejército de patos.

Pero también porque me estaba preparando para el olor a cerveza y costillas de cerdo, algo más acorde con lo que uno esperaría de un piloto de montaña soltero que no se preocupa para nada por su aspecto.

–Ey –grito mientras me quito los zapatos deportivos con el ceño fruncido de curiosidad–. Te he traído una porción del guiso de queso de Mabel, por si no has comido. Mi padre dice que está rico.

–Déjalo en la cocina. –Y, como una reflexión posterior, agrega–: Por favor.

Hago lo que dice y me adentro en la sala de estar. Otra habitación idéntica a la de mi padre (una puerta corredera que lleva a un porche cubierto, una pequeña chimenea en una esquina, estanterías sencillas que van desde el suelo hasta el techo en la otra esquina).

Y, de nuevo, sorprendentemente ordenado.

Cambió la alfombra por una marrón de pelo largo, tan nueva que todavía no está ni aplastada. Las paredes están pintadas de gris, decoradas con fotos de aviones de colores vibrantes sobre la tundra nevada. Las lamparitas le dan un brillo cálido y acogedor al ambiente, que está a oscuras pese al sol que brilla en el exterior.

Siendo franca, parece que todo esto lo ha decorado una mujer.

Jonah está desparramado en el sofá gris de gamuza sintética. Ya no lleva la ropa manchada, la ha cambiado por un pantalón de chándal negro y una camiseta gris claro que, aunque le queda suelta en el abdomen, le resalta la forma de los músculos. Maldice por lo bajo mientras lucha con un envase de pastillas.

—Déjame a mí.

—Yo puedo.

Se lo arrebato y, sin querer, le rasguño la palma áspera por la sequedad. Con un movimiento preciso, logro destaparlo.

—Tienes razón. Puedes solo. —Me aseguro de que me vea poner los ojos en blanco cuando le devuelvo las pastillas—. ¿Para qué son?

—Gracias —murmura mientras intenta pescar una—. Es un relajante muscular. —Unos mechones de pelo recién lavado le cuelgan a ambos lados de la cara. Salta a la vista que acaba de ducharse, pero sigue teniendo sangre reseca en esa mata que tiene por barba. Solo un par de tijeras podrían quitársela.

Ahora me mira con los ojos entrecerrados en un gesto suspicaz.

—¿Qué?

—Te traeré agua.

Busco un vaso en el armario, todavía sorprendida por el estado de la cocina. Está impoluta. Todo está ordenado con cuidado, no hay basura ni polvo a la vista. Solo dos platos con flores rosas pintadas en el escurridor y alguna pieza de vajilla más. El acero inoxidable del fregadero brilla.

Pero el descubrimiento que más me sorprende es el estante de comida en lata. De una persona como él me esperaría que tirara las latas y las dejara como cayeran. Pero todas están agrupadas por clase y tamaño, con las etiquetas mirando hacia delante, en filas ordenadas.

—Ey, ¿has visto *Durmiendo con el enemigo*? ¿La de Julia Roberts y el esposo loco? —El que ordena las latas igual que tú.

—No miro la tele. —Una pausa—. ¿Por qué?

—Por nada —agrego con suavidad—. Apuesto a que el psicópata de Martín tampoco la miraba. —*¿Comida para perro?* ¿Por qué Jonah tiene latas de trozos de pollo e hígado al lado del melocotón, el maíz dulce y las judías? No tiene perro.

Pero *tiene* un mapache, recuerdo.

—¿Qué estás haciendo en mi cocina?

—Nada. —Lleno un vaso con agua y se lo dejo en la mesa que tiene delante.

—Gracias. —Jonah se traga el analgésico.

—¿Has dormido algo?

—No. Me duele mucho el hombro. Tengo que esperar a que las pastillas hagan efecto.

—¿Las has tomado antes?

—Sí. La primera vez que me disloqué el hombro, en la secundaria. Cuando jugaba al fútbol.

—Ah. Nunca me hubiese imaginado que fueras deportista. —Contemplo su biblioteca y me doy cuenta de algo: no hay televisor.

—No lo era. Me echaron del equipo a mitad de temporada.

Niego con la cabeza, pero sonrío mientras leo los lomos con

curiosidad por saber qué le interesa a Jonah aparte de los aviones y el sarcasmo.

—Esas cosas se llaman libros —murmura con un tono de voz suave y presumido.

El gran Gatsby… Crimen y castigo…

—Oh, pero qué culto.

—¿Y qué esperabas?

—No lo sé… *¿Cómo despellejar una ardilla en cuatro pasos?, 101 formas de cocinar un castor, ¿Qué pasa si tus padres son primos?* —digo burlona.

Se ríe con dificultad.

Debe haber unos doscientos libros metidos ahí.

—¿Los has leído todos?

—Eso es lo que se hace con los libros, Barbie.

Hago como que no escucho el apodo porque sé que lo hace para molestarme y vuelvo la atención hacia un estante reservado para fotografías enmarcadas.

—¿Es tu madre?

—Sí. Esa foto tiene mucho tiempo, es de cuando todavía vivíamos en Anchorage.

Estudio a la mujer despampanante y esbelta con un bikini color cereza, sentada al borde de un muelle con los mechones rubios volando por el viento con las delgadas piernas cruzadas.

—Se parece a una *instagrammer* noruega que sigo. Es muy guapa.

—*Es* noruega, así que tiene sentido.

Hay un niño de unos seis años sentado a su lado, con las piernas flacas y bronceadas colgando del borde, su pelo igual de rubio brillando bajo el sol. Es fácil reconocer los ojos de un azul penetrante en los del hombre que está sentado en el sofá a mis espaldas.

–¿Sigue en Las Vegas?

–Oslo. Se volvió cuando se casó de nuevo.

–¿La ves a menudo?

–Han pasado un par de años desde la última vez. Iba a ir a verla para Navidad, pero no creo que lo haga.

–¿Por qué no?

–Por Wren –lo dice con seguridad, como queriendo decir «por qué otro motivo no iría a ver a mi madre en Navidad de no ser por Wren».

–Claro. Por supuesto –asiento. Jonah se quedará con Wild y tendrá que llevar a Wren a Anchorage para el tratamiento. Jonah, quien ni siquiera tiene un vínculo de sangre–. ¿Vas a poder llevarlo el lunes a la mañana?

–Si no puedo, cualquiera lo hará.

Un pinchazo de culpa me atraviesa el pecho. ¿Estoy cometiendo un error al irme durante la primera semana del tratamiento de mi padre? Ya he atrasado la vuelta, pero ¿debería quedarme todavía más? ¿Debería quedarme para ayudarlo cuando vuelva a casa? Después de todo, soy su hija, aunque acabamos de conocernos. ¿Se lo debo?

Y, si no lo hago por él, ¿no debería hacerlo para compartir la carga con Jonah, Agnes y Mabel?

Y, si no lo hago por ellos, ¿no debería hacerlo por mí?

Tengo que llamar a Simon, la voz de la razón.

La otra fotografía es de una versión adolescente, alta y desgarbada de Jonah con una expresión sombría, junto a un hombre con uniforme militar. Hay un avión militar detrás. Debe ser el padre de Jonah. No me sorprende que tenga una mujer tan guapa, él mismo es muy atractivo, aunque serio, con una mandíbula tan definida que podría cortar papel. Levanto el cuadro.

–¿Cuántos años tienes aquí?

–No lo sé. ¿Trece?

Todavía estaba en el inicio de la pubertad, definitivamente, con cara de niño y labios demasiado gruesos para el resto de sus rasgos (si es que eso es un problema). Muy joven, pero estoy segura de que ya se ganaba los corazones de sus compañeras de clase.

–¿Él te enseñó a volar?

–Sí. Era un gran piloto.

–¿Y nunca pensaste en unirte a la Fuerza Aérea?

–No. –Una pausa–. Pero se suponía que sí. *Él* quería que lo hiciera. *Esperaba* que lo hiciera. Me presenté, pasé todas las pruebas, pero, cuando tenía que firmar, cambié de opinión y me fui. –Hay algo sombrío en su voz.

–Pero se alegró de que hicieras lo que haces, ¿no?

–Con el tiempo, sí. Cerca del final, pero no al principio. No entendía por qué quería "perder el tiempo con estos esquimales". Esas fueron *sus* palabras, por supuesto. –Otra pausa larga–. Estuvimos siete años sin hablarnos.

–¿Y volvieron a conectar cuando se puso enfermo? –pregunto en voz baja.

Jonah suspira.

–Llevaba un año de tratamiento cuando por fin lo visité en el hospital. Murió pocos días después.

Lo miro por encima del hombro y lo veo alzar la vista al techo.

–Y te arrepientes de no haber ido antes. –Ya me lo ha dicho, aunque siempre ha sido de una forma mucho más sutil.

–Era muy testarudo como para disculparse por toda la mierda que dijo e hizo a lo largo de los años, y yo era demasiado testarudo y orgulloso como para perdonarlo por ello. –Me roba una mirada–. Y no hay nada que pueda hacer para cambiarlo.

Pero yo sí puedo, porque todavía tengo tiempo. No me sorprende que Jonah me empujara a hacer las paces con mi padre, a construir una relación donde no la había. No quiere que cargue el mismo peso que él. Su situación no es la mía. Si no hubiera tenido a alguien como Simon sentado a mi lado esa noche, ayudándome a superar mi resentimiento, ¿habría tomado tan rápido la decisión de venir a Alaska?

Jonah necesita un Simon en su vida.

Todo el mundo necesita un Simon en su vida.

Tomo otra fotografía, una de Jonah con mi padre, sentados uno al lado del otro en los asientos de piloto y copiloto, girados y sonriendo a la persona que estaba en el asiento de atrás. El pelo de mi padre todavía era color café y las arrugas de su frente, menos pronunciadas.

Pero no puedo despegar los ojos de Jonah. Puedo verle la cara, sin esa barba fea y el pelo enmarañado.

–¿De cuándo es?

–Del primero o segundo verano que pasé aquí. No lo recuerdo. –Hace una pausa–. ¿Por qué?

–Tienes hoyuelos –lanzo. Dos hoyuelos profundos que acentúan una sonrisa perfecta de labios carnosos que compensan unos pómulos y una mandíbula duros y angulosos. Hasta la forma de su cabeza es atractiva (tiene el pelo rubio bien corto). Todos esos rasgos (ahora veo que muchos los heredó de su madre escandinava) ocultos detrás de esa mata de pelo.

Rasgos que, sumados a esos penetrantes ojos azules, me atrevería a decir que vuelven a Jonah atractivo. Y esto fue cuando tenía veintiuno o veintidós años, cuando todavía tenía cara de niño. Diez años después…

Me giro con el ceño fruncido para mirar al Yeti y lo encuentro con una sonrisa presumida. Como si supiera *exactamente* lo atractivo que es y como si pudiera leerme la mente.

—Entonces… ¿Lo hacemos o qué? —dice casualmente.

—¿Perdón? —Me ruborizo.

—Trabajar en la página web. Has traído el ordenador, ¿no?

Ah. Exhalo lentamente.

—Cierto.

—Bien, porque cuando estos analgésicos hagan efecto, ya no serviré para nada.

Vuelvo a dejar la fotografía de mi padre y Jonah en el estante, busco el portátil y me siento en la otra punta del sillón.

Muy consciente de que Jonah no me saca los ojos de encima.

—Has dicho 1964, ¿no? ¿Jonah?

—Ehmm… —Tiene los ojos cerrados y su ancho pecho se mueve hacia arriba y hacia abajo con lentitud.

—¿Jonah? —Lo llamo despacio.

No se mueve.

—Bueno, supongo que eso es todo. —Veinte minutos de ayuda es mejor que nada. Aunque tampoco he podido trabajar mucho porque, aparte de televisor, Jonah tampoco tiene internet.

¿Qué hombre normal de treinta y un años no tiene televisor ni acceso a internet?

Cierro el portátil y me quedo mirando su rostro relajado, mordiéndome el labio, reflexiva. Ya sabía que no se parece a ningún hombre que haya conocido. ¿Y qué lo lleva a ocultarse detrás de una barba? Dios sabe que no se trata de inseguridad, ya que es muy confiado.

Pero tampoco puedo decir que vaya por ahí dejado. No está tirado en el sillón con una bolsa de Doritos, limpiándose los dedos en la barriga cervecera mientras se estira para buscar la tercera lata. Incluso aquí acostado, con un pantalón de chándal y una camiseta, salta a la vista que está en buena forma.

Me llega un murmullo desde fuera. Bandido está en el porche, con las patas apoyadas contra el vidrio, mirándome con esos ojos pequeños y brillantes.

—*No* te dejaré entrar —digo negando con la cabeza.

Vuelve a parlotear a modo de respuesta y se baja. Escucho un golpe extraño. Me da curiosidad lo que está haciendo, así que me acerco a la ventana y lo veo golpeando un recipiente metálico vacío.

—Tienes hambre. —Entiendo—. Y supongo que tendré que alimentarte yo. —Con un suspiro de resignación, voy a la cocina para poner la comida de Jonah en la nevera y, supongo, tomar una lata de comida para perro para alimentar el mapache que, para nada, es su mascota—. No puedo creer que tenga que hacer esto —murmuro mientras abro la puerta corredera con la lata en una mano y una cuchara en la otra.

El porche de Jonah no tiene muchas cosas. Solo unos estantes y cestos de almacenamiento a un lado y una caja gigante de madera al otro que, supongo, es el paraíso de Bandido. No hay lugar para sentarse.

El mapache se para sobre las patas traseras y sacude las delanteras con entusiasmo. ¿Qué cantidad suele comer? Tiene la mitad del tamaño de Tim y Sid. Es enano. Y supongo que es tan bonito como puede ser un mapache.

—¡Fiuu! ¡Atrás! —grito esquivando sus garras afiladas mientras vacío la lata con la nariz arrugada por el asco que me provoca el pegote gelatinoso que cae en el recipiente–. ¡Ugh! –Me estremezco cuando siento que un trozo pegajoso aterriza en mi mano.

Bandido mete su cabeza triangular en el recipiente y empieza a devorar sin detenerse siquiera para respirar.

Me giro para volver a entrar, desesperada por lavarme las manos.

Entonces veo unas ruedas que asoman debajo de una pesada manta de lana. Ruedas que me recuerdan a las de una maleta.

Me recorre una sospecha y, cuando levanto una de las esquinas de la manta y veo una maleta plateada (*mi* maleta plateada), me quedo boquiabierta.

¿Cómo diablos han acabado *mis* maletas escondidas en el porche de Jonah?

La verdad es que solo hay una opción.

Jonah las ha puesto ahí.

Lo que significa que me las ha estado ocultando a propósito.

¿Cómo han llegado hasta aquí? Siento cómo se me deforma el rostro mientras pienso en las posibilidades. ¿Fue a Anchorage a buscarlas? En ese caso, no ha sido hoy. Ni fue ayer, porque estuvimos juntos todo el día. Eso significa que, como mínimo, fue hace dos días. ¿Pero qué hizo? ¿Le *robó* mi equipaje a Billy?

Hace días que tiene mis cosas. Pero… *¿por qué?*

Contemplo al gigante dormido a través de la ventana y siento la abrumadora necesidad de entrar y abofetearlo hasta que se despierte para que me dé las explicaciones que merezco. Lo haría si no acabara de tener un accidente aéreo.

Maldito Jonah.

¿Cómo hemos pasado un día entero sin que me sacara de quicio?

Golpeo la puerta mientras arrastro las maletas al interior, el plástico pega contra el metal. Ni se inmuta.

Las arrastro hacia el sofá y, a propósito, golpeo la cadera cerca del lugar en el que descansa su cabeza con tanta fuerza que es probable que me salga un hematoma.

Nada.

—Qué hijo de puta. —Gruño por la furia. Dejo las maletas en la cocina y vuelvo a buscar el ordenador—. Debería dejar entrar a Bandido. Te encantaría encontrarte con esa sorpresita, ¿no, imbécil? Te mereces que te destroce la casa. —¿Qué va a decir cuando se lo diga? ¿Sonreirá con malicia y soltará algún comentario inteligente?

¿Y qué dirán Agnes y mi padre? ¿Lo ignorarán? ¿Wren dirá que va a hablar con él? ¿Agnes va a sacudir las manos y a decir «le gusta hacer bromas» o algo por el estilo?

Lo miro, ahí tirado, inconsciente, con esa mata de pelo desaliñado y esa barba que le tapa toda la cara. Debería…

Esbozo una sonrisa de venganza.

Capítulo 17

No puedes caminar por el centro de Toronto sin cruzarte con un vagabundo. Se ocultan a plena vista, debajo de muchas mantas. Se sientan en las esquinas con vasos descartables de Tim Horton llenos de café, con matas de pelo colgando alrededor de la cara. Esperando algo de dinero de algún extraño caritativo.

Muchas veces me he preguntado qué aspecto tendrían esas personas sin tanta mugre y pobreza. Qué cambiaría con una ducha caliente, un cepillo y una maquinilla de afeitar. Si ayudaría a que la gente no acelerara el paso al pasar por su lado, si no los ignorarían. Si los mirarían con otros ojos.

Un poco como miro a Jonah ahora, bastante impresionada con lo que he conseguido con unas tijeras de cocina, una maquinilla de afeitar y lo que he encontrado en el botiquín del baño.

Se suponía que solo iba a afeitarle el lado derecho. Como esas bromas que se hacen los hombres cuando alguno se queda dormido en el sofá. Lo suficiente para obligarlo a afeitarse al despertar.

Pero luego pensé: «¿*Y si se la deja así solo para volverme loca?*».

Jonah sería capaz de una cosa así.

Así que empecé a cortar.

No se mosqueó.

Ni cuando le corté mechones enteros de pelo con pegotes de sangre; ni cuando el ruido de la cuchilla rompió el silencio de la sala de estar; ni cuando, con cuidado (con la mayor delicadeza posible), recorté y cepillé esa mata sin forma que le cubría la mitad de la cara hasta revelar los labios gruesos y suaves, los pómulos marcados, la mandíbula definida que sabía que ocultaba.

Ahora Jonah tiene una barba tupida pero recortada, digna de admirar, de esas que las mujeres buscan en los hombres.

Pero no me detengo ahí. Tomo el control de la mata de pelo que tiene sobre la cabeza y le afeito los costados y la nuca: lo mejor que puedo en posición horizontal. Dejo una franja en medio, de unos cinco centímetros de largo, que además peino porque, contra todo pronóstico, Jonah tenía un frasco de gel barato en el botiquín.

Me inclino hacia atrás para admirar al hombre guapo que había debajo de toda esa mata de pelo rubio, durmiendo pacíficamente. Me muero de ganas de acariciarlo. Es todavía más atractivo que el de la fotografía con la que estuve babeando hace un rato; el año y los kilos le han llenado la cara y las delicadas líneas de expresión lo hacen más masculino.

Me pregunto cómo esto ha pasado de venganza a adorar a este imbécil.

Gruño.

—Eres imbécil hasta cuando estás inconsciente, ¿no?

Gira la cabeza a la derecha y respiro hondo. He contenido la respiración mientras empezaba a mover los párpados.

Exhalo, aliviada, cuando vuelve a quedarse quieto.

Me doy cuenta de que no quiero estar aquí cuando se despierte mientras la satisfacción deja paso al pánico.

¿Cómo va a reaccionar cuando vea lo que le he hecho? ¿Se reirá y me dirá que se lo merecía?

¿O he ido *demasiado* lejos?

Acabo de cortarle el pelo a una persona que acaba de sobrevivir a un accidente aéreo mientras dormía para reponerse.

La ansiedad me invade mientras recojo todas las evidencias y salgo disparada hacia la cocina.

Esto no es solo porque me dejó sin ropa, recuerdo mientras guardo las cosas en los cajones y la bolsa llena de pelo debajo del fregadero. Entonces lo entiendo. Esto es lo que pasa cuando tensas demasiado la cuerda: se rompe. Lo mismo que le pasa a tu pelo mientras duermes.

Tomo el anotador y el bolígrafo que hay en la encimera, anoto algo rápido, lo dejo en la mesita de café junto a sus analgésicos y un vaso lleno de agua para cuando se despierte. Una ofrenda de paz un poco floja.

Hace un rato, he hecho tanto ruido como he podido al entrar con el equipaje, pero ahora salgo de puntillas, arrastrando una a una las maletas. Bajo las escaleras teniendo mucho cuidado de no hacer ruido. Empujarlas por el césped húmedo y embarrado es una pesadilla; cuando por fin llego a la seguridad de la casa de mi padre, me duelen los brazos.

Mi padre está en el sillón de la sala de estar. Aleja los ojos de las noticias sobre béisbol para mirarme.

–¿Cómo está nuestro muchacho? –Una pregunta tan sencilla como esa hace que me invada una ola de culpa.

–Dormido. Los analgésicos lo han dejado traspuesto.

–Apuesto a que necesita descansar. Ha tenido un día difícil. –Un ataque de tos hace que se tape la boca.

—¿Te encuentras bien? —También lo he escuchado toser durante la cena.

Hace un gesto con la mano y se aclara la garganta un par de veces.

—Es solo que no debería correr por el campo. Entonces… ¿Han avanzado mucho?

—Un poco. Enseguida se desmayó.

—Pero llevas un buen rato ahí. —Hay algo extraño en su tono que no consigo identificar.

Miro el reloj en la pared. Son casi las once.

—Le di de comer a Bandido y luego… miré unos libros —balbuceo y desvío la mirada mientras siento cómo me ruborizo. Espero que no me conozca tan bien como para saber que estoy ocultando algo. Todavía no me atrevo a admitir lo que le he hecho a Jonah.

¿Y si mi padre me dice que he ido demasiado lejos? ¿Y si lo decepciono?

—¿Encontraste algo interesante?

—¿Qué?

—Los libros… —Se fija en mis manos vacías.

—Ah. No, no leo mucho. ¿Algo bueno en la televisión?

—No. La acabo de encender. He estado un buen rato sentado en el porche. Mabel y tú lo han dejado muy bonito. Me recuerda a como era hace años.

—Espera a que baje el sol. —Teníamos suficientes luces navideñas como para cruzar el techo dos veces.

Suspira, presiona el botón para apagar el televisor y apoya el mando en la mesita de café.

—Quizá mañana. Estoy reventado.

—Sí, yo también estoy bastante cansada.

Se levanta de la silla con movimientos lentos y toma la taza sucia.

—¿Seguro que estás bien? Pareces… nerviosa.

—Estoy bien. Ey, ¿a qué hora te vas mañana?

—A la de siempre. Antes de las seis.

—Debería llamar a un taxi, teniendo en cuenta que Jonah no va a poder ir.

Se ríe.

—Unos puntos en la frente no lo alejarán de Wild, aunque todavía no pueda volar.

—De acuerdo. Bien. —*Genial*. Aprieto los labios.

Mi padre vuelve a mirarme con curiosidad.

—Bueno, perfecto. Hasta mañana.

—Sí.

Encuentra las dos maletas en la entrada, junto a la cocina.

—¡Ey! ¡Te dije que aparecerían!

—Sí, han aparecido sin un rasguño —murmuro entre dientes. ¿Le cuento lo que hizo Jonah? Una parte de mí quiere destruir la imagen de su protegido, pero una más grande quiere escuchar primero los argumentos del imbécil.

Además, esto ya es personal.

Mi padre frunce el ceño.

—¿Cómo han llegado hasta aquí?

—En taxi. Justo cuando volvía a casa.

—Mmm… —Parece todavía más confundido, como si supiera que es una mentira. Pero luego se encoge de hombros—. Bueno, ya tienes toda tu ropa. Es lo mejor. Buenas noches.

—Buenas noches, papá.

Hace una pausa para regalarme una sonrisa y se retira a su dormitorio.

Suelto un suspiro tembloroso en el preciso momento en que la puerta de mi dormitorio se cierra a mis espaldas. Jonah se lo merecía. Tampoco es que lo *haya desfigurado*. El pelo vuelve a crecer. Si prefiere parecer un hombre de las cavernas, estoy segura de que puede esperar a que crezca, no será tanto tiempo.

Empiezo a deshacer las maletas.

Doscientos cuarenta y cuatro.

Alguien le ha dibujado pezones a doscientos cuarenta y cuatro patos.

Hay mil cuatrocientos sesenta y cuatro pezones dibujados a mano en la cocina de mi padre.

–¿Calla?

Me doy la vuelta y lo veo en la puerta de la cocina.

–¡Ey! Estoy haciendo café. Estará listo en un momento.

Su mirada sorprendida se desvía hacia la cafetera, que escupe las últimas gotas del líquido caliente.

–¿Te encuentras bien?

–Sí. No podía dormir, así que pensé en prepararme e ir contigo.

Me estudia con cuidado. No he conseguido disimular el cansancio ni con corrector.

–Yo tampoco he dormido bien –admite, y sus ojeras son la prueba definitiva–. Supongo que ver a Jonah en ese estado te dejó intranquila.

–Sí, puede ser. –Mi insomnio tiene que ver con Jonah, pero no tanto con el accidente como con el ataque que puede llegar a tener cuando se despierte y descubra que los han esquilado como a un animal de granja. ¿Se reirá o volveremos al punto de inicio de nuestra relación?–. Sea como sea, pensé en arrancar temprano. Contigo.

–No veo por qué no. –Se sirve una taza y le da un sorbo. Empieza a toser–. ¿Cuántas cucharadas le has puesto?

–Lo que dice el paquete. ¿Está muy mal?

Aprieta los labios, niega con la cabeza y dice con voz firme:

–Está perfecto.

Lo miro, seria.

–Estás mintiendo.

–Puede que esté *un poco* fuerte. –Sonríe y le da otro sorbo, dándose la vuelta para ocultar el gesto de asco.

–Lo siento. No sé hacer café. No tienes que beberlo.

–¿Bromeas? –Otro sorbo forzado, seguido de un falso suspiro–. Mi hija me ha hecho café. Por supuesto que voy a beberlo.

No puedo parar de reírme mientras tomo mi taza (con extra de leche de soja) y lo veo beber a la fuerza lo que le queda, entre escalofríos dramáticos y temblores. Deja la taza en el fregadero, toma el chaleco y las llaves.

–Bueno, si no estaba del todo despierto…

Lo sigo hacia la camioneta.

–Son bonitas. –Admira mis botas Hunter con una sonrisa y señala el abrigo que me regaló Jonah, que llevo colgado del brazo–. Y combinan.

–Es sorprendente. *Por fin* tengo algo decente para ponerme. –Me he puesto mis vaqueros rotos favoritos y los he combinado con la blusa plateada de un solo hombro y un sujetador de encaje del mismo tono.

–Tienes todo el derecho del mundo a sentirte frustrada. Cuesta acostumbrarse a cómo funcionan las cosas aquí.

Quiero decirle que los problemas con mi equipaje no fueron culpa de Alaska. *Todo* fue culpa del gigante dormido que habita en la casa de al lado.

Los dos miramos hacia la casa amarilla, que sigue en silencio.

—Me pregunto cómo se encuentra esta mañana —murmura. Se sienta en el asiento del conductor, cierra la puerta de un golpe y enciende el motor.

Rodeo la camioneta sin dejar de mirar la casa de Jonah. Se me corta la respiración cuando creo ver que una de las cortinas de la cocina se mueve. Solo un poco.

Pero son las seis de la mañana. Jonah no está despierto, al menos intento convencerme de ello.

Subo y abrocho el cinturón sin poder quitarme la culpa de encima.

Mi padre tiene las manos en el volante, pero no avanza.

—Quizá deberíamos ir a comprobar que esté bien.

—¿No sería mejor que lo dejáramos dormir? Es muy pronto. —Tamborileo con los dedos sobre mi rodilla mientras mantengo la vista fija hacia el frente.

Siento la sospecha en su mirada cuando me habla:

—¿Seguro que estás bien, Calla? Estás muy rara.

—¿Yo? —digo con aire despreocupado—. Debe ser por ese café.

—No. Estás así desde anoche —vacila—. ¿Pasó algo entre ustedes?

No lo soporto más.

—¿Aparte de que encontré mi equipaje en el porche de Jonah? —Esa va a ser la defensa oficial cuando me interroguen por mi crimen.

Abre los ojos como platos.

—¿*Jonah* tenía tu equipaje?

—Escondido debajo de una manta.

Lanza un suspiro exasperado.

—Ese hijo de… Hablaré con… Ah, parece que *sí* está despierto. —Señala con la cabeza la puerta de Jonah, que se abre. Se me retuerce el estómago—. Iré más tarde y me aseguraré de que… —Sus palabras se van apagando cuando el cuerpo musculoso de Jonah sale al porche con la misma camiseta y los mismos pantalones con los que se quedó dormido anoche. Estamos demasiado lejos como para ver la herida de su frente.

Pero no para descifrar la mirada que nos dirige, con los brazos musculosos cruzados.

Me fulmina con la mirada.

El silencio invade la camioneta y mi padre levanta las cejas a modo de sorpresa.

Por fin…

—Calla, ¿cuánto tiempo te quedaste después de que Jonah se durmiera?

—No estoy segura —murmuro desviando la mirada hacia la carretera. Su tono es amable, pero ya sé a dónde va.

—Y… ¿qué hiciste? ¿Me lo recuerdas? Trabajaste en la página web, le diste de comer a Bandido y luego… Ah, sí, miraste los libros de Jonah. ¿Eso es todo?

—Sí —miento con tanta convicción como puedo.

—No me olvido de nada.

—No, definitivamente no. Pero tendríamos que irnos. *Ahora* mismo. —Por fin me atrevo a levantar la vista y veo a mi padre con los labios apretados, intentando disimular la sonrisa.

—Sí, creo que tienes razón. —Pone primera. Empezamos a movernos y bajamos por la rampa de la entrada, intentando esquivar un bache profundo.

El silencio invade la camioneta. Y luego:

—Esos relajantes musculares que le dieron deben ser fuertes —musita.

—*Muy* fuertes —concuerdo.

Me mira hasta que no puedo ignorarlo más. Me giro para quedar cara a cara y veo que le brillan los ojos.

Nos echamos a reír. En mis carcajadas también hay un gran alivio. Al menos él no parece estar enfadado conmigo.

Cuando la camioneta llega a la carretera, mi padre lucha contra un ataque de tos producto de tanta alegría.

—Ah, Calla… Ahora sí que la has hecho buena.

—¡Se lo merecía!

—Sí, pienso lo mismo. Pero Jonah siempre tiene la última palabra. No te saldrás con la tuya.

Me cruzo de brazos en un gesto testarudo.

—Debería *darme las gracias*. Ahora la gente le verá la cara.

Levanta las cejas con curiosidad.

—¿Y eso es bueno?

—Es menos probable que lo capturen y lo encierren en un zoológico. —¿Tendrán zoológicos en Alaska? Lo dudo.

Vuelve a reírse.

—Por un momento pensé que había *pasado algo* entre ustedes. Ya sabes, para liberar la tensión del accidente… —Me mira.

Me pongo roja.

—¿*En serio creías que había pasado eso?*

—Tampoco es para tanto. Es inteligente, trabajador. Parece que le va muy bien con las chicas. —Se ríe, nervioso—. Soñar no cuesta nada, ¿no?

¿Qué es lo que acaba de decir? ¿Mi padre *quiere* que Jonah y yo estemos juntos?

¿Jonah y yo?

Entonces me acuerdo de la noche anterior (su rostro atractivo y tranquilo profundamente dormido).

–No me enamoraré de un vaquero del aire –digo con seguridad.

Papá se ríe y tose.

–Dios, Calla, a veces me recuerdas tanto a tu madre.

–Es como les llama ella –admito con vergüenza.

–Sí, bueno… No se equivoca, al menos no en lo que a Jonah respecta. Pero es mejor así. No tienes que repetir nuestros errores –murmura y gira en la calle que lleva a Alaska Wild.

Capítulo 18

Agnes se pone bizca cuando se acerca para mirar la pantalla.

–Me gustaba más el otro. –Retrocedo a la primera opción–. Sí. Esa. Me recuerda a una postal. –Agnes se incorpora y se quita las gafas–. Va tomando forma, Calla. Rápido.

Selecciono la configuración ganadora.

–Podría tenerlo listo en uno o dos días.

–Haces que parezca tan fácil.

–*Es* fácil. Te enseñaré a hacerlo. Y, si necesitas ayuda con algo, solo tienes que escribirme un correo. –Es muy extraño porque, una semana atrás, intercambiábamos correos como completas desconocidas.

Me suena el móvil y la *selfie* de Diana poniendo morritos llena la pantalla.

–Tengo que atender –murmuro y me incorporo. Sabía que me llamaría. El mensaje de texto que le he enviado hace diez minutos la ha dejado con ganas de más–. ¿Quieres que te traiga agua?

Agnes sacude la mano para decir «no, gracias» y vuelve a su escritorio.

Respiro hondo, presiono el ícono verde y agradezco que no haya nadie en la sala de personal.

—¡*No*! —Diana grita, impactada, como diciendo «¡No te creo que hayas hecho una cosa así!».

—El Yeti ya no es el Yeti.

—¡Ay, por *Dios*, Calla! ¿Cuánto se ha enfadado?

—Todavía no lo sé.

—¿Te acuerdas de cuando Keegan se desmayó por la borrachera y el equipo le afeitó…?

—Sí. Por favor, no vuelvas a recordármelo. —El hermano de Diana es como mi hermano y la imagen mental sigue siendo perturbadora en muchos niveles pese a la cantidad de años que han pasado.

—Bueno, me estoy escondiendo en la sala de mensajería y tengo unos treinta segundos antes de que Palitos de Carne empiece a buscarme —susurra paranoica y me imagino a esa rubia despampanante, enfundada en su falda de tubo, hecha una bola detrás de la fotocopiadora—. No tengo tiempo para detalles, solo dame el veredicto.

—El veredicto es que… —Abro la nevera y empiezo a tocar las botellas de agua para encontrar la más fresca—. Es sexy.

—¿En serio? ¿Muy sexy?

—¿Te acuerdas de la cuenta del vikingo musculoso que te enseñé hace un par de semanas? —El único hombre con barba que me parecía atractivo. Gime a modo de confirmación—. Sí, así. Pero mejor.

—Dime que tienes una foto.

—¡No! —exclamo—. ¡No iba a sacarle una foto a un hombre inconsciente!

—¿*En serio*, Calla? ¿*Ahí* pones el límite? —se burla.

—Lo sé.

—Entonces, es sexy, pero sigue siendo un imbécil, ¿no?

—Sí, un completo imbécil. Pero… *A veces* es un completo imbécil y quiero darle un puñetazo en toda la cara. Y otras veces… no me molesta tanto. —Ya se me ha pasado un poco el enfado. Ahora me enfoco en el nudo que tengo en el estómago.

¿Y si Jonah se ha enfadado de verdad? ¿Y si no quiere saber nada más de mí?

—¿Follarán?

—¿*Qué?* —chillo—. ¡No!

—Es sexy y no tienes una conexión emocional. Es perfecto para la revancha.

—Yo… ¡No! —Dios, ¿primero mi padre y ahora mi mejor amiga?—. El sexo casual no es lo mío… ya lo sabes. —O acabo con el corazón roto tipo el chico deja de gustarme y me invade la culpa—. Además, le gustan las rubias de piernas largas. Así que ven aquí y acuéstate *tú* con él.

—*Vamos. Necesitas* una revancha.

—Créeme que no. No he vuelto a pensar en Corey desde que estoy aquí. —Lo que demuestra que no fue un error dejarlo.

—¡Bien! ¡Entonces *hazte al vikingo*!

—¡No voy a *hacerme al* vikingo! —Me echo a reír y me doy cuenta de cuánto la echo de menos—. No sabría ni por dónde empezar. —¿Cómo aborda una mujer a Jonah, que puede reírse de tus movimientos o convertirse en un hombre de las cavernas y empujarte a la cama? Como mínimo debería tener una columna de hierro.

Diana se queja.

—¡Uf! Palitos de Carne me está llamando. Su voz es tan molesta que me está empezando a provocar pesadillas. Me tengo que ir. Encárgate de ese hombre. Y llámame esta noche. Tenemos que planificar la semana. Calla&Dee no puede ser solo Dee porque tú hayas decidido que prefieres volar con tu vikingo.

—Lo sé, lo siento. Esto está siendo una locura. —Calla&Dee está al final de mi lista de prioridades, al lado de mi exnovio–. Y *no, no* voy a follar con Jonah. –Satisfecha por haber encontrado una botella de agua bien fría, cierro la puerta de la nevera con un golpe de cadera–. Es una idea horrible. ¡Ahhh! –Jonah está a un metro de distancia–. Te llamo más tarde –murmuro y cuelgo.

Tan guapo como anoche (con el pelo recién cortado y profundamente dormido), mirándome con esos ojos azules y la mandíbula apretada, me resulta tan maravilloso como intimidante. La barba sigue intacta y el pelo, aunque se ha despeinado un poco, conserva el volumen que buscaba.

No parece contento. ¿Cuánto ha escuchado?

Me pongo roja. Intento recobrar la compostura mientras me inclino para retomar la botella que se me ha caído por la sorpresa.

–Deberías estar en casa, descansando –digo intentando sonar relajada.

–Me he visto obligado a venir. –La voz suave contrasta con la mirada glaciar.

Mis ojos se desvían hacia la herida. Se curará sin problemas, pero algo me dice que una cicatriz no disminuirá el atractivo de Jonah.

Sostiene un papel muy bien doblado que comienza a desplegar con tranquilidad.

–Querido Jonah. Esto es por irme a buscar en un avión de juguete en el que no cabía mi equipaje, por *robármelo*, por no ayudarme a comprar cerveza para mi padre… –Lee la lista de delitos menores que le dejé y me atrapa contemplando el movimiento de sus labios. ¿Cómo pueden ser así de suaves y decir tantas palabras hirientes?–… por profanar los patos del papel tapiz, si es que fuiste tú…

Sigo olvidándome de preguntarle a mi padre sobre eso, pero algo me dice que tiene la firma de Jonah por todas partes.

Por fin curva los labios en una sonrisa. Levanto la mirada (mierda, me ha atrapado mirándole la boca) mientras recita la última línea de memoria:

—Por último, por romper a Betty y darme un susto de muerte.

El corazón me va a mil por hora. No sé por qué agregué esa última línea. No fue culpa suya.

Vuelve a doblar el papel con la misma calma, se lo guarda en el bolsillo y el movimiento hace que la camiseta gris se le adhiera al pecho y resalte esas curvas que me esfuerzo (sin nada de éxito) en no mirar.

Intento destapar la botella de agua, pero no consigo reunir la fuerza que requiere. Sin decir nada, Jonah me la arrebata de las manos. El sonido del plástico invade la habitación.

—¿Cuánto tiempo te llevó juntar el coraje para hacer algo así?

Dejo de preocuparme por lo que haya podido escuchar y lo mido con una mirada acusatoria.

—No lo dudé después de encontrar mi equipaje escondido en tu porche junto al mapache.

—Sí, por cierto, gracias por alimentar a Bandido. —Me devuelve la botella de agua y nuestros dedos se rozan en el intercambio.

—¿Desde cuándo las tenías?

—Desde que volví a Anchorage esa misma noche para buscarlas —admite como si nada, sin rastro de duda ni remordimiento.

—Pero… ¿Estás diciendo que tenías todas mis cosas escondidas en el porche desde el lunes? —Enfatizo la palabra con un golpe.

Se acaricia el hombro herido con un gesto de dolor.

—Lo siento. —Me estremezco y me relajo un poco—. ¿Y qué? ¿Obligaste a Billy a mentir?

—Nah. No tiene ni idea de que me las llevé. Lleva desde entonces poniendo excusas con la cola entre las patas deseando que aparezcan.

Niego con la cabeza.

—Eres tan imbécil.

La mirada de Jonah me recorre las clavículas desnudas y se detiene en la tira de encaje del sujetador.

—Has sobrevivido, ¿no?

—¿Qué? ¿Estabas intentando demostrar algo?

—Lo he conseguido, ¿no?

Suspiro.

—Justo cuando empezabas a caerme bien…

Se le escapa una carcajada y me mira.

—Ah, creo que te caigo *bastante bien*…

Vuelvo a ruborizarme. En serio, ¿cuánto ha escuchado?

Me muevo para rodearlo, para poner distancia, pero vuelve a invadir mi espacio, obstaculizando mi salida, haciendo que se me acelere el pulso.

—Sabes que volverá a crecer.

—Por desgracia, sí.

Me dirige una sonrisa presumida.

—¿Por desgracia para quién?

—Para la gente de Alaska. Por suerte, cuando eso pase, yo ya estaré bien lejos.

Jonah se estira. Me estremezco ante el primer contacto de sus dedos en mi pelo.

—¿Qué haces? —pregunto con cautela, aunque mi cuerpo reacciona con escalofríos que me recorren los brazos, pasan por las clavículas y se me instalan en el pecho.

—Tenía curiosidad por saber cómo sería tu pelo. Es suave. —Frunce el ceño, pensativo—. Y largo. Seguro que te ha tardado años en crecer tanto.

–En realidad, no. Nunca lo he llevado corto.

–¿Nunca?

Siento la intranquilidad en la columna.

–Nunca.

–Mmm… Creo que te quedaría bien corto. –Me lo toma en una cola de caballo y me acaricia la nuca–. Corto como el de Aggie.

–No tengo la forma de cara adecuada. –Me aclaro la garganta para alejar el temblor de mi voz.

Me analiza la frente, pómulos, mandíbula, como si estuviera evaluando lo que acabo de decir.

–Estoy seguro de que tienes maquillaje suficiente como para solucionarlo.

–Sé lo que estás haciendo.

Me suelta el pelo.

–¿Y qué estoy haciendo?

–Intentando asustarme haciéndome creer que vas a vengarte cortándome *el pelo*.

Hace un gesto burlón.

–¿Qué? ¿Voy a meterme en tu habitación con un par de tijeras mientras duermes? Nunca haría eso. No soy un desquiciado.

–No me metí en tu habitación –disparo–. Y tampoco es que te haya desfigurado. Más bien te he ayudado.

–¿Me *has ayudado*? –repite.

–Sí.

–Quizá ahora tengas alguna posibilidad de acostarte con alguien. Si te quedas callado.

Me dedica una sonrisa maliciosa que hace que se me seque la garganta.

–¿Te parece que tengo problemas con eso, Calla?

—Me refería a criaturas de dos patas. —«*Hijo de puta arrogante, has escuchado toda mi conversación*». Mi respuesta puede haber sido rápida y precisa, pero es demasiado tarde. Lleva la delantera porque sabe tan bien como yo que mi venganza ha tenido un efecto secundario completamente inesperado.

Sin lugar a duda, ahora me gusta el yeti.

Parece que haya vuelto a noveno, cuando Billy Taylor, el capitán del equipo de hockey, se enteró de que estaba locamente enamorada de él. El sentimiento no era mutuo (Keegan se encargó de que me enterara), pero mi obsesión infantil hizo que me convirtiera en el blanco de las burlas de sus amigos y que me pasara todo el año metiéndome en aulas y ocultándome detrás de alumnos más altos cada vez que lo veía en los pasillos.

Esa fue la última vez que admití que me gustaba un chico antes de estar *segura* de que el interés fuera mutuo.

Jonah *no es* Billy Taylor.

—George me ha contado que te ha visto mientras venías. —La voz de Agnes rompe la tensión. Rodea la mesa y camina hasta nosotros—. Tendrías que estar descansando —lo regaña con ese tono dulce desprovisto de todo rigor tan característico de ella. No sé cómo se las apaña para mantener a raya a Mabel. De nuevo, ¿en cuántos problemas puede meterse un adolescente aquí sin bares y con lo difícil que es conseguir alcohol?

Sin embargo, su entrada es como un rescate.

—Eso es exactamente lo que le estaba diciendo —murmuro intentando recobrar algo de dignidad.

—Entonces… ¿Estás probando un nuevo estilo? —pregunta y levanta la comisura de sus labios. No le he comentado lo que hice, pero estoy segura de que mi padre sí.

—Parece —dice Jonah al fin— que Calla decidió que necesitaba un cambio.

—Te queda bien. —Los ojos oscuros de Agnes me miran y se abren con una clara advertencia: «*¿Te das cuenta del problema que te has comprado, niñita tonta?*».

—Le queda bien, ¿verdad? —Para enfatizar, ladeo la cabeza y mis ojos recorren su mandíbula con admiración—. El jardinero de mi vecino también tiene mejor aspecto cuando lo esquilan. Y ayuda con las pulgas.

Agnes resopla.

No puedo descifrar la intención de Jonah cuando me mira fijamente a los ojos, pero el estómago me da un vuelco y, al mismo tiempo, se me arremolina la sangre.

—Sharon quería decirme algo —miento, y paso por su lado. Camino hacia la puerta, obligando a mis piernas a moverse lentamente para que no delaten lo cobarde que soy.

Capítulo 19

–Maldita lluvia. Lo convierte todo en un pantano –murmura mi padre entre tos y tos con la mirada clavada en la ventana de la sala de estar, mirando el porche empapado por la lluvia persistente.

Ha empezado como una llovizna a eso de las dos de la tarde (antes de lo esperado) y rápidamente ha evolucionado en una tormenta que ha impedido que pudiésemos volar. Por desgracia, el esposo de Sharon, Max, está atrapado en Nome y tendrá que pasar la noche allí.

–Dicen que la peor parte debería ser mañana por la tarde. Eso espero. –*Cof, cof.*

–¿Puedo hacerte una pregunta seria?

Al cabo de unos segundos, responde:

–Claro, peque. –Hay cariño, pero el desgano en su voz es inconfundible.

–¿Te pasa algo con Julia Roberts?

–Eh… –Suspira aliviado–. No lo sé. ¿Sí?

Sé lo que temía: que fuera a presionarlo para conseguir información sobre su diagnóstico, sobre el pronóstico. Que quisiera saber si los ataques de tos que ha tenido estos últimos días se deben a algo más que la humedad y la carrera por el campo. Pero la verdad es que últimamente quiero pensar y hablar de la batalla que tiene por delante tanto como él: nada.

—Tienes todas y cada una de las películas en las que ha actuado, en VHS *y* DVD. Así que, sí, *te pasa algo* con ella.

Los labios de mi padre se doblan en una sonrisa reflexiva.

—Su risa. Me recuerda a la de Susan.

Frunzo el ceño para intentar recordar el sonido mientras en la pantalla aparecen los créditos de *Pretty Woman*.

—Nunca las había relacionado, pero tienes razón, se parece. —Mi madre tiene una de esas risas que detienen el tiempo, una melodía contagiosa que invade las habitaciones e interrumpe las oraciones de extraños que intentan descifrar de dónde viene ese sonido.

—¿Sabes qué? Su risa fue lo que me hizo presentarme esa noche. La escuché antes de verla. Y luego la vi y pensé: «Tengo que juntar el coraje para conocer a esa mujer, aunque sea lo último que haga». —Se estudia las manos en silencio—. Debía llevar unos seis meses viviendo aquí cuando me di cuenta de que hacía mucho tiempo que no escuchaba esa risa.

—¿Todavía la quieres?

—Oh, peque. Lo que tuvimos... —vacila y niega con la cabeza.

—Lo sé. Jamás iba a funcionar. No puede funcionar. Nunca iba a funcionar. *Lo entiendo.* ¿Pero todavía la quieres?

Hace una pausa larga.

—Siempre la querré. *Siempre.* Ojalá eso fuera suficiente, pero no. Durante un tiempo esperé que cambiara de idea y volviera. Ya sabes, que pasaría unos meses con su familia y que acabaría volviendo.

—Y ella esperaba que cambiaras de opinión y vinieras con nosotras.

—Sí. Bueno... Como ya he dicho, nunca iba a funcionar. Me alegra que encontrara a alguien bueno para ella. Y para ti.

—¿Y tú qué?

—¿Eh?

—Otra mujer.

—*Ah* —vacila—. Lo intenté una vez con alguien muy importante para mí. Pero nos dimos cuenta bastante rápido de que es difícil que las cosas funcionen cuando otra mujer tiene el papel protagonista. No era justo para ella que tuviese que competir todo el rato y yo no estaba dispuesto a avanzar. Supongo que el matrimonio no es para mí.

—¿Te refieres a Agnes?

—Sí. —Se masajea los ojos y luego ríe—. Hoy me estás exprimiendo, ¿no?

—Lo siento.

—No, no pasa nada. Me alegro de hablar contigo. Ojalá lo hubiésemos hecho antes —suspira—. Mabel no tenía ni dos años, así que no se acuerda. No fue algo oficial ni *grande*. Unas charlas largas, la idea de que *quizá* podía pasar algo.

—¿Y no pasó?

Aprieta los labios, pensativo.

—Agnes es todo lo que *debería* querer en una esposa. Es amable, divertida y paciente. Adora a su familia y a Alaska. Me cuida, aunque no se lo pida. La verdad es que no sé qué haría sin ella. Será una gran esposa para alguien algún día.

Espero el «pero» que siento en el aire. Aunque creo que ya lo he escuchado.

«*Sí, bueno… no soy Susan*». Es lo que dijo Agnes la primera noche. No parecía amargada, sino más bien resignada.

Mi padre suspira.

—Siempre le digo que tiene que encontrar a alguien. Ha habido algunos interesados, pero no les da ni la hora. Creo que se está volviendo tan intransigente como yo. Así que… seguiremos como hasta ahora.

—Me gusta la forma en que funcionan las cosas aquí. Cómo se cuidan. O sea, Mabel te trae la cena… le preparas una jarra de café a Jonah todas las mañanas… Es bonito. Como si fueran familia.

—Sí, bueno… —Se rasca la barba—. *Somos una* familia.

—Me alegro de saber que hay personas que se preocupan por ti. —«*¿Quién se ocupará de ti cuando me vaya?*»—. Y que he podido conocerlos.

Sonríe con el ceño fruncido.

—¿Hasta a Jonah?

—Hasta a *él* —admito reticente, poniendo los ojos en blanco. Jonah, quien me ha cubierto ayudando a mi padre y a Agnes con la programación de los vuelos después de la demora del día anterior mientras yo me escondía en una esquina para darle el remate final a la página de historia de Wild con una foto de mis abuelos delante del primer avión que compraron.

Intento disimular que no me he dado cuenta de todas las veces que pasa por mi lado.

—Bueno, algo es algo. —Con un bostezo, se despega de la silla y busca algo en el bolsillo del chaleco—. Oye, voy a salir un momento y luego iré directo a la cama. Estoy agotado.

No puedo evitar mirar el paquete de cigarrillos que tiene en la mano. Se da cuenta y suspira.

—Hace *cuarenta años* que fumo, Calla.

—Y te acabará matando si no lo dejas. —Una posibilidad que está sobre la mesa desde el momento en que nos conocimos cara a cara y, sin embargo, ahora me preocupa más que nunca. Posiblemente porque ya no siento que es un completo desconocido.

—El médico dice que no va a cambiar nada, así que no vale la pena el esfuerzo.

—Supongo que no pasa nada, si es que tu médico te ha dicho eso.

Abre la boca, pero luego duda.

—Estás bostezando. Vete a dormir, peque.

Es cierto que estoy exhausta, ayer no pegué un ojo.

—Ey, ¿podemos empezar a cerrar la puerta con llave por las noches?

Frunce el ceño.

—¿Por qué? ¿Algo te da miedo?

—¿Aparte del vecino que quiere raparme la cabeza?

—¿Eso te dijo? —Se ríe—. No va a hacerlo. —Le dirijo una mirada desconfiada—. No lo dejaré —agrega con más severidad.

—Tú mismo lo dijiste… No va a dejarme ganar, aunque debería darme las gracias. —Aunque se me acelere el corazón cada vez que escucho su voz y haya estado dispersa todo el día, pensando en nuestras conversaciones, repitiendo palabras y miradas de esta nueva versión de Jonah que me robaría más de una mirada si me lo cruzara por la calle.

De algún modo, me las he ingeniado para olvidar todos los intercambios desagradables y los jueguecitos. Todo eso fue obra de la furia del Yeti. Mi mente (o, mejor dicho, mis hormonas) se esfuerza por pensar en Jonah como una especie de Jekyll y Mr. Hyde para poder fantasear sin sentirse culpable con esta versión de vikingo sexy.

—No te olvides de que todavía no lo han autorizado para volar. Una sola llamada de mi parte… —Me guiña un ojo.

Estoy segura de que está bromeando, pero agradezco el gesto.

—¿Podemos cerrar la puerta de todos modos?

Se encoge de hombros.

—Si eso te ayuda a dormir mejor, lo haremos.

—Muy bien, gracias. —Junto los platos de la cena—. Ah, pondré a hidratar avena para el desayuno. ¿Quieres que prepare para ti también?

—No suelo desayunar, pero… —reflexiona—. Claro. Me encantaría.

—Bien. —Sonrío, satisfecha—. Buenas noches, papá.

La lluvia ha dado paso al frío. Siento como se me pone la piel de gallina cuando pongo un pie fuera de la bañera. Me envuelvo con la toalla, corro hasta mi habitación y me visto lo más rápido que puedo.

Cuando entro, siento un perfume familiar y me paro a respirar hondo. Es el jabón de Jonah. Pero no es posible. Cerré con llave la puerta de la cocina cuando me metí en la ducha.

Recorro la habitación en alerta. Mi móvil y mi ordenador están sobre la silla; la ropa que he preparado sigue intacta sobre la cama y el resto de mis pertenencias en el armario.

Entonces me doy cuenta.

La cómoda está vacía. Todos los recipientes, botellas y pinceles, hasta el último de mis cosméticos, no están.

Busco en mi bolso.

También se ha llevado los esenciales que tenía ahí (polvo compacto, máscara de pestañas, mi lápiz labial favorito).

—¡Jonah! —lo suelto como un insulto y salgo corriendo por el pasillo.

Está en la cocina. Apoyado contra la encimera, dándole la espalda al fregadero. Tiene las piernas cruzadas por los tobillos y se está comiendo mi avena.

De su dedo cuelga una llave que mueve con gesto provocativo. Supongo que es la llave de su casa.

–¿Dónde están mis cosas? –exclamo y el fastidio me nubla el pensamiento.

Deja la cuchara en el aire, a mitad de camino de su boca, y recorre mi cuerpo con la mirada, con un interés especial por mis muslos desnudos, lo que me recuerda que esta toalla es *muy* corta y apenas me tapa las partes íntimas, antes de seguir comiendo.

–¿Qué cosas? –dice, tranquilo.

–Todo lo que me has robado.

–Ah. *Esas* cosas. –Lame la cuchara con esmero–. Están en un lugar seguro. –La camiseta blanca que lleva debajo del abrigo está un poco mojada. Aunque haya disminuido mucho, la lluvia sigue cayendo. ¿El agua no es suficiente para impedirle salir corriendo con mis cosas y volver solo para atormentarme?–. En mi casa –confirma, como si pudiera leerme la mente–. Y nunca las encontrarás.

–No es gracioso. Te has llevado más de *mil dólares* de maquillaje. –Las sombras para ojos que pueden romperse si no se tiene cuidado, y presiento que Jonah no lo ha tenido.

–Mierda. ¿Mil dólares? Creo que eso ya es delito en Alaska. –Pero no parece demasiado preocupado.

–Entonces debería llamar a la policía.

–Sí. Buena idea. Pero hazme el favor de preguntar por Roper. Siempre se queja de que se aburre. –Señala el recipiente con la cuchara–. Por cierto, esto está muy bueno. ¿Qué es?

La frustración que me provoca crece.

–Es *mío*. –Avanzo y, con una mano en la toalla, le arrebato el recipiente. Tomo una cuchara limpia del cajón, me giro y vuelvo a meterme en mi dormitorio dando un portazo.

A los pocos minutos, llama a la puerta.

–¿¡Qué!? –grito mientras me pongo unas mallas.

—Te lo devolveré todo.

—Más te vale.

—En algún momento.

Un sonido gutural sale de mi garganta.

—¡Eres *tan* imbécil!

—¿Qué? Solo te estoy ayudando. Ahora tienes más posibilidades de conseguir novio. —Se nota que le divierte repetir lo que le dije ayer.

—Yo tampoco tengo problemas con eso —respondo.

Una pausa.

—¿Quién es Corey?

—Mi ex. —Me subo los calcetines.

—¿Por qué cortaron?

¿Me conviene responderle? ¿Encontrará el modo de usar lo que le diga en mi contra?

—Nos distanciamos. O nos aburrimos, no lo sé. Cortamos poco antes de venir. —Abro la puerta de golpe y encuentro a Jonah apoyado, tranquilo, contra la pared, con la mirada en el techo, lo que me regala una vista privilegiada de su nuez. Hasta el cuello tiene bonito.

Los ojos azules se posan sobre mí y, por un momento, me olvido del fastidio que siento.

—¿Por qué te interesa?

Se encoge de hombros.

—Mera curiosidad.

Recorre de arriba abajo la bata violeta y las mallas negras que llevo debajo. Su mirada es indescifrable, pero me acelera el pulso.

Respiro hondo y lo intento con un abordaje más civilizado.

—¿Jonah, *por favor*, podrías devolverme mis cosas?

—No. —No vacila, ya no hay rastros de humor.

—Bien —digo con brusquedad—. Me voy a divertir tirando tu casa abajo hasta encontrarlas. —Porque no puede quedarse todo el día dentro.

Paso por su lado, pero me detiene con una mano firme en mi costado, y luego la otra en el otro costado, me sujeta con fuerza y me empuja hacia atrás hasta que quedo con la espalda apoyada contra la fría pared.

Por instinto, pongo las manos entre los dos, con las palmas apoyadas en su pecho, no estoy segura de qué está pasando, mi mente no registra nada más allá de la solidez, el calor de su cuerpo y el modo en que mis manos se adaptan a la forma de sus músculos.

Lo entiendo cuando me atrevo a levantar la vista y veo cómo se le han oscurecido los ojos, llenos de intensidad.

Puede que esta atracción sí sea correspondida.

Uno… dos… tres latidos en el aire mientras nos estudiamos en silencio, en los que me esfuerzo por comprender *cómo* hemos llegado hasta aquí.

Y entonces Jonah se inclina y apoya su boca sobre la mía en un beso tan suave que jamás imaginé que recibiría de alguien como él. Sus labios saben a pasta de dientes de menta y al azúcar de mi avena; y su barba suave, recién cortada, me hace cosquillas de una forma extrañamente excitante.

No puedo respirar.

Se detiene y luego vuelve a avanzar. Me está poniendo a prueba, quiere ver cómo respondo.

—Pensaba que no era tu tipo para nada —susurro, mis dedos no se atreven a explorar tanto como quisieran este enorme lienzo que es su pecho.

Me suelta un poco y deja caer una de las manos por la cadera mientras la otra sube y me acaricia la espalda, los hombros, y se queda en la nuca. Enreda los dedos en mi pelo y tira un poco, obligándome a inclinar la cabeza hacia atrás.

—Supongo que me equivocaba —admite con una voz tan grave que puedo sentirla en la parte baja del vientre.

Y luego me besa sin dudar, su boca obliga a la mía a abrirse, su lengua se desliza sobre la mía, su respiración se funde con la mía. La sangre se me agolpa en los oídos y mi corazón late con una emoción embriagadora y adictiva que hacía mucho no sentía. El calor me derrite.

Apenas soy consciente de los pasos que suben las escaleras de la entrada y luego escucho la voz chillona y entusiasta de Mabel:

—¿Calla? ¿Estás lista?

Jonah se aparta y da un paso hacia atrás con una exhalación suave y temblorosa. Es la primera y la única señal de que esto lo afecta tanto como a mí.

—¡Ey! —Mabel está en el pasillo, con el piloto empapado—. ¿Qué estaban haciendo?

—Ehmm… Estábamos… —tartamudeo. ¿Es muy joven para percibir la tensión en el ambiente? ¿Para darse cuenta de lo que acaba de interrumpir?

—Le estaba dando a Calla algo que necesitaba —dice Jonah, regresando a su tono normal, relajado, un poco burlón.

Me doy la vuelta para mirarlo y me quedo sin palabras. Bueno, si Mabel no se había dado cuenta…

Con una sonrisa, se saca algo del bolsillo del pantalón.

—Toma. —Lo tira al aire y me apresuro a atraparlo. Es mi desodorante—. ¿Ves? No soy un *completo* idiota. —Se aleja y le revuelve el pelo a Mabel en un gesto juguetón. Unos segundos después, la puerta se cierra de golpe.

Mabel arruga la nariz.

–¿Jonah te ha comprado un desodorante?

Estoy demasiado abrumada como para intentar explicarle algo de todo esto.

–¿Qué tengo que llevar? –pregunto, ignorando su pregunta.

–¡Tu presencia! Ya lo tengo todo. –Sonríe y levanta los brazos. Lleva otro piloto amarillo en una mano y una pila de canastas en la otra.

–Perfecto. –Una mañana recolectando moras bajo la lluvia helada con un grupo de extraños seguramente sea lo mejor que puedo hacer en este momento, mientras intento descifrar qué acaba de ocurrir con Jonah.

Y si quiero que se repita.

Capítulo 20

—A Max le gusta Thornton, por su abuelo. —Los labios de Sharon se tuercen en un gesto de desagrado.

Me encojo de hombros.

—Le pueden poner Thor. Es un buen apodo. Único.

—Pero la madre de Max nunca se referiría a él por un apodo. Va a ser «Thornton esto», «Thornton aquello». —Pone los ojos en blanco—. Ya renuncié a mucho al venir aquí. Mi hijo *no* se llamará *Thornton*.

—No te culpo —susurro, divertida—. ¿Dónde te mudas?

—Volvemos a Portland, Oregon. No puedo creer que pronto estaré en casa. —Sharon se acaricia el vientre con un movimiento suave y circular mientras con la otra mano toma una mora de la canasta que Mabel y yo hemos traído al aeropuerto después de pasar varias horas bajo la llovizna, entre interminables senderos de arbustos. Todavía me duelen los muslos y no he podido quitarme el frío de encima.

—Me acuerdo del día en que Max llegó a casa hace tres años y me dijo: «Cariño, ¿sabes qué? ¡He conseguido el trabajo! ¡Nos mudaremos a Alaska!». No sabía ni que había hecho una entrevista. —Se ríe y niega con la cabeza—. No me malinterpretes, los echaremos mucho de menos, pero la vida aquí es *muy* dura. Y encima ahora tendremos un bebé.

Seguro que Sharon y mi madre se entenderían bien.

—¿Y Max está contento con la mudanza?

—Por ahora sí. Ya habla de volver a trabajar para Wren dentro de cinco años. Pero tendremos esa charla cuando llegue el momento.

Dentro de cinco años. No puedo evitar hacer los números. Dentro de cinco años tendré treinta y uno. ¿Dónde estaré? En Toronto, por supuesto. ¿Cuántas veces habré vuelto a Alaska? ¿Papá habrá ido a visitarme? ¿Seguiré viviendo con mamá y Simon? ¿O me habré casado e ido de casa? ¿Me acariciaré el vientre de embarazada como Sharon?

¿Mi padre seguirá vivo para ver algo de todo eso?

Trago el nudo que se me ha formado en la garganta.

Una anciana se acerca al mostrador, aferrada a un bolso. Lleva el pelo gris envuelto con un pañuelo de flores, pero el resto de su ropa es marrón y verde, y tiene un único objetivo: abrigarla.

—¿Alguna novedad? —pregunta amablemente y sonriendo, como si no llevara sentada en esa recepción desde las siete de la mañana. Según Sharon, todos están aquí desde esa hora, esperando pacientemente a que, en algún momento, salgan sus vuelos.

Cuento catorce personas. La mayoría son pescadores ansiosos por llegar a los campamentos. Es fácil identificar quiénes no son de Alaska: dan vueltas como animales enjaulados, miran el cielo cada vez que pasan por la ventana, refunfuñan impacientes. Quienes ya saben cómo funcionan las cosas por aquí están sentados en silencio, concentrados en las pantallas de sus móviles, en las agujas de tejer o en sus acompañantes.

Ya hace unas horas que nos han autorizado para despegar. La mitad de los vuelos ya han salido. Ahora solo tienen que esperar a que los llamen.

—Los chicos lo están cargando, Dolores. —Sharon le sonríe a la mujer con un gesto comprensivo. El avión de carga en el que viajará ha pasado la noche varado en una aldea y, cuando yo he llegado, lo he encontrado aterrizando–. ¿Te alegras de ver a tu hermana después de un año?

Dolores se encoge de hombros y murmura:

–Desearía que se mudara más al sur.

–Deberías ver la aldea donde nació Dolores –me explica Sharon–. Yo nunca he ido, pero Max sí. El sol no se pone desde… ¿cuándo, Dolores?

–Principios de mayo –confirma la anciana.

–Cierto. *Principios de mayo*. Por fin se esconderá dentro de unas semanas. Y luego no saldrá durante los dos meses que dura el invierno. *Para nada*. Ni siquiera podemos volar durante las noches polares.

–Tienen que aprovisionarse sí o sí durante el otoño.

–Y hace frío todo el tiempo. –Sharon se estremece–. ¿Cuál es la máxima para hoy?

–Cuarenta. –Dolores se envuelve en su abrigo de piel como para enfatizar el frío que hace.

Hago cálculos mentales. Tres grados Celsius a mediados de agosto. Tiemblo de solo pensarlo. Dolores me mira con esos ojos tan sabios.

–¿Quién es esta chica? ¿Tu sustituta?

Sharon se ríe.

–No, es la hija de Wren. Solo está de visita.

Me mira de arriba abajo con curiosidad, casi como la mujer del supermercado. Al menos hoy, con la cara lavada y el abrigo, no me siento fuera de lugar. Y entonces mira algo a mis espaldas. Una sonrisa sincera, que deja ver sus dientes amarillos y torcidos, se forma en el rostro de la anciana.

–Ahí estás.

–¿Vas a ver a Helen?

Se me para el corazón al oír la voz grave de Jonah.

–Por desgracia. ¿Me llevarás tú? –Sus ojos negros brillan con ilusión. ¿Es que en Alaska *todos* conocen y adoran a Jonah?

–Esta vez no. Pero no te preocupes, irás con Jim, estás en buenas manos. –Se mueve para apoyarse en la punta del escritorio. Desde allí puede vernos a ambas mientras habla.

No encuentro el valor para mirarlo a la cara. Ni siquiera para saludarlo con un movimiento de cabeza. Así que sigo concentrada en la mujer y lo miro por el rabillo del ojo mientras una corriente eléctrica me recorre la piel y el calor me sube a las mejillas.

Tres horas de aire frío han ayudado a calmar mis hormonas, literal y figurativamente. Lo que ha pasado con Jonah ha sido una broma de mal gusto. No me arrepiento (¿cómo podría arrepentirme de algo tan bueno?), pero no nos llevará a ningún lado, así que no tiene sentido. Volveré a Toronto, que es mi lugar, y él se quedara en Alaska, que es el suyo.

Es un camino sin salida.

Ha sido un error.

Los ojos negros de Dolores recorren el rostro de Jonah y se detienen en la cicatriz.

–Me enteré del accidente.

–Es solo un rasguño… Ya estoy bien. Listo para volver a volar.

Porque estás loco.

–Pero hay algo más. Estás diferente –dice con el ceño fruncido.

–No, nada más. –Su voz es firme pero divertida.

–Sí, algo hay. –Vuelve a mirarlo–. No consigo identificarlo.

No sé si bromea o no.

–¡Por fin se ha cortado el pelo! –grita Maxine desde su puesto, a pocos metros. Es una mujer bajita, regordeta, de voz chillona y risa aún más estridente.

Dolores hace un sonido reprobatorio y vuelve a mirarlo.

—Me gustaba más la otra barba —concluye, al fin, como si él estuviera esperando su veredicto—. Ahora estás demasiado guapo.

Sonríe y se le marcan los hoyuelos. No está ni un poco ofendido por esa crítica despiadada.

—No tan guapo como estaría sin barba. Además, a algunas mujeres les gustan los hombres así. —Hace una pausa y me mira fijamente—. ¿No, Calla?

Siento todos los ojos sobre mí mientras me pongo roja. Me aclaro la garganta.

—Puede que a *alguna* le guste. —*Idiota*.

Arruga los ojos, divertido. «*Un idiota al que quieres volver a besar*», parece decir.

Y tiene razón.

Mala idea, Calla. Mala. Horrible.

—¡Marie! —El grito entusiasmado de Sharon rompe la tensión. Rodea el escritorio con torpeza justo a tiempo para encontrarse con la rubia alta y esbelta que acaba de cruzar la puerta.

¿Ha dicho Marie? ¿*Esa* Marie? ¿La veterinaria que viene una vez al mes? ¿La valiente que vacunó a un mapache por Jonah? ¿La amiga que, según Agnes, quiere ser algo más?

Lleva bordado DR. MARIE LEHR en el bolsillo de la bata blanca, lo que confirma mis sospechas.

Intento no abrir la boca cuando miro esas piernas larguísimas enfundadas en un par de vaqueros azules y el pelo largo y dorado que, aunque mojado por la lluvia, le cae por los hombros de una forma sexy, como si acabara de volver de la playa. Sus ojos verdes están rodeados por un cerco de pestañas largas y tupidas, pero naturales. Tiene una nariz delicada, labios gruesos y, aunque los pómulos no destacan, la forma redonda de la cara le sienta bien. Debe tener unos treinta años. Es una chica común y corriente. No hay ningún rastro de maquillaje.

Recuerdo cuando me preguntaba qué clase de mujer podría interesarse en Jonah. Creo que acabo de conocerla.

Y, amiga o no, estoy segura de que se ha acostado con ella.

Dolores se está volviendo a sentar cuando Sharon envuelve el cuello de Marie con los brazos.

—¿Acabas de aterrizar?

—Eh… sí. Vuelo difícil. —Marie le devuelve el abrazo, pero parece desconcertada; su atención va de Jonah a Sharon y de nuevo a Jonah, como si no supiera en quién concentrarse—. Bien, antes que nada, *guau*, ¡mira esta barriga! Solo han pasado cuatro semanas desde la última vez que te vi.

—*Solo*, dice —se queja Sharon mientras se acaricia el vientre.

—Y *tú*. —Marie levanta las cejas mientras rodea el escritorio—. ¿*Qué demonios*, Jonah?

La envuelve en sus brazos y la acerca a su cuerpo. Es alta, pero parece pequeña en comparación con él.

—Sí, qué demonios —murmura—. Hola, Marie.

Se separan y ella estira una mano para acariciarle la barba con esos dedos largos (de uñas cuidadas, pero sin esmalte) de un modo que delata confianza. Del modo en que una mujer se estiraría, cansada, para acariciar el rostro de un hombre después del sexo.

—Me gusta —murmura.

Ya lo creo.

¿Cuántas veces lo habrán hecho?

¿A ella también le hará bromas? ¿La habrá arrinconado en un pasillo para robarle un beso? ¿Sabía que llegaba hoy? ¿Va a desaparecer mientras ella esté aquí?

Al menos no tiene las manos sobre ella. De hecho, ha vuelto a su posición inicial, apoyado contra el mostrador. Y no me saca los ojos de encima.

—Fui víctima de una broma cruel y despiadada. —Intento ignorar la intranquilidad que crece en mi interior y pongo los ojos en blanco con dramatismo. Se ríe—. Probablemente me lo merecía.

—*Probablemente* —repito con tono sarcástico.

Los ojos verdosos de Marie me miran de arriba abajo con curiosidad.

—Es Calla, la hija de Wren —dice Jonah—. Está de visita.

—No sabía que Wren tenía una hija —dice. Estira la mano y sonríe, aunque dista mucho de la sonrisa que le ha regalado a Jonah—. ¿Primera vez en Alaska?

—Sí.

—La fui a buscar a Anchorage el fin de semana pasado. Fue… interesante. —Jonah sonríe y, mierda, vuelvo a ruborizarme.

La mirada de Marie rebota entre nosotros, tan desorientada como Mabel.

—¿De dónde eres?

—De Toronto.

—Ah, qué lejos —dice con tono de «qué pena», y lo enfatiza con una mirada destinada a que Jonah la identifique—. ¿Hasta cuándo te quedarás?

—Una semana más.

—Bien… —Creo escuchar un suspiro de alivio. *Una semana y estará bien lejos de Jonah.*

—A menos que decida quedarme más —lanzo sin pensar.

Jonah levanta la ceja izquierda. No sé por qué lo he dicho.

Es mentira. Sé *exactamente* por qué lo he dicho. Una sensación desagradable se me instala en el estómago.

No lo puedo creer. Estoy celosa de Marie.

Vi a mi novio metiéndole mano a otra chica y ni siquiera me importó. Mientras que un beso con Jonah hace que quiera alargar mi viaje para marcar territorio.

Esto es lo que pasa cuando besas a quien no debes.

Un ataque de tos anuncia la llegada de mi padre antes de que asome la cabeza desde la oficina:

—Ey, Marie. ¿Ya ha pasado un mes?

Marie le regala una sonrisa de oreja a oreja.

—Siempre siento que ha pasado más tiempo, Wren. Creí que ya te habías curado de la gripe.

—Sí… Pero parece que llegó para quedarse. —Ni la persona más atenta se hubiera dado cuenta del modo en el que mueve los pies, incómodo con la mentira. Luego se dirige a Jonah—. El informe dice que la neblina ya se ha disipado, pero está muy nublado. Es probable que llovizne.

Jonah se incorpora con un suspiro resignado y no puedo evitar admirar la forma de su pecho. Recuerdo qué he sentido esta mañana con mis manos apoyadas en esa solidez.

—Volaré bajo. No creo que mejore.

—¿Qué sucede? —pregunta Marie con los ojos perdidos en el rostro de Jonah.

—Tengo que ir a buscar a unos alpinistas. Llevan esperando en el refugio desde el jueves.

—¿Quieres compañía? —ofrece enseguida.

—Ya tengo, gracias. Prometí que la llevaría a esa zona. Así mato dos pájaros de un tiro.

Tardo unos segundos en darme cuenta de que Jonah se refiere a mí.

Lucho por borrar el gesto de sorpresa. Nunca me prometió nada. ¿Es su forma de evitar pasar tiempo a solas con Marie?

¿O es para pasar más tiempo a solas conmigo?

Tengo que rechazar la propuesta, decirle que vaya con ella. Eso le dejará claro que lo de esta mañana ha sido un error y que no tengo ninguna intención de repetirlo.

—¿Estás lista? —Me mira fijamente.

—Sí, vamos. —*Oh… Calla.*

Una extraña mezcla de miedo y entusiasmo crece en mi interior. ¿*Estoy* lista? Olvidemos por un momento lo que ha pasado con Jonah. ¿Estoy lista para volver a subirme a un avión después de que se estrellara hace solo dos días?

¿Por qué siento que me está poniendo a prueba? Otro de los jueguecitos de Jonah para «ver de qué estoy hecha».

Es solo que, esta vez, quiero gustarle.

Mi padre nos mira, como si estuviera haciendo cálculos mentales. Por fin se gira hacia Jonah. Se miran durante un buen rato.

—Sin riesgos —le advierte.

—Voy y vuelvo —promete Jonah con seriedad.

—¡Ahí hay otro! —exclamo apuntando la lente de la cámara hacia abajo para capturar un alce cuando atraviesa el río que serpentea por el valle, la amplia cornamenta que tiene sobre la cabeza parece digna de un rey—. Son *enormes*.

Tengo los ojos fijos en el suelo desde que encontramos una pequeña manada de caribúes pastando cerca del nacimiento de la cordillera. En este lado del río Kuskokwim, el paisaje es completamente diferente a la tundra a la que estoy acostumbrada. Aquí el valle es una mezcla de árboles perennes altos y tupidos, prados manchados con flores rosadas y púrpuras, y un río ancho, de orillas rocosas, con colores que parecen mucho más vívidos debajo de este cielo gris.

–Encontrarás de todo por aquí. Lobos, caribúes, renos, ovejas… –Jonah presta atención a la ruta, lo que agradezco, porque estamos volando bajo y hay montañas a ambos lados, con niebla en las cumbres–. Si sigues mirando, quizá veas algún oso pardo.

–¿Hay muchos?

Se ríe.

–Estás en el país de los osos, ¿qué crees?

Me encojo de hombros y comienzo a inspeccionar el río con un interés renovado.

–¿Cuánto llevan ahí esos alpinistas?

–Los dejamos hace ocho días.

–¿*Ocho días?* –Intento imaginarme lo que eso significa. Ocho días de subir y bajar montañas con todo el equipo. Ocho días caminando en medio de la nada con osos, durmiendo en tiendas de campaña con osos, buscando comida con osos. Ocho días sin baño ni una ducha caliente. Con osos–. Es una locura.

–Es bastante normal por aquí. Es una locura si no sabes lo que haces. Pero espero que no sea el caso de estos dos. Es un matrimonio de Arizona. Creo que dijeron que era su aniversario número quince o algo por el estilo.

Cagar en un pozo durante ocho días.

–Qué romántico –murmuro con ironía.

—Para algunos lo es. Aquí, en medio de la nada, puedes hacer casi cualquier cosa que se te ocurra —argumenta, y tengo la sensación de que lo dice por experiencia.

—Sí, solo son ellos dos, un millón de mosquitos y los osos pardos gigantes rugiendo junto a su tienda de campaña por las noches.

Se ríe.

—No molestan si no haces ninguna estupidez. Pero es verdad que siempre llevo un arma cuando acampo.

—¿Y cómo lo haces? ¿Duermes con el arma cargada debajo de la almohada? —Niego con la cabeza—. Ni loca… No dormiría ahí ni que me pagaran, y no me importa cuánta experiencia tenga mi acompañante.

—¿No? —Una pausa—. ¿Ni que estuvieras conmigo? —Lo suelta con tranquilidad, pero sus palabras están cargadas de significado.

Intento aplacar las mariposas que siento en el estómago, no estoy preparada para el giro que ha tomado la conversación, aunque, desde que cruzamos las puertas de Wild, me estoy masajeando los muslos con las manos sudorosas para intentar controlar la ansiedad. Jonah ha estado muy ocupado desde que despegamos, con los puños bien cerrados en el yugo para mantener el avión estable contra corrientes cruzadas tan fuertes que creí que iban a sacarnos de la pista.

Ha estado hablando por radio con los otros pilotos casi todo el tiempo, prestando atención a sus indicaciones para encontrar los claros sin niebla y con menos lluvia. Según sus reportes, no parece que el pronóstico vaya a mejorar pronto en esta parte del estado.

El vuelo de hoy ha sido tenso por motivos completamente diferentes a los de la última vez. No sé distinguir si es porque las condiciones exteriores lo hacen más arriesgado… o si tiene más que ver con las condiciones *dentro* de este pequeño fuselaje.

Aunque sé que es un error, no puedo dejar de pensar en ese beso. La lluvia, las turbulencias… todo compite con el recuerdo de la boca de Jonah sobre la mía y cómo respiraba cuando nos despegamos.

Y ahora, en este valle, habla de sexo. O sea, no es que lo haya dicho directamente, pero es lo que he escuchado, y nos imagino a los dos desnudos, recostados sobre una esterilla, con la puerta de la tienda de campaña abierta hacia la imponente naturaleza.

Y suena *increíblemente* romántico.

—Puede ser. —Tengo los ojos fijos en el río. Eso ha sonado muy tímido. ¿Cuándo fue la última vez que me mostré así de tímida con alguien que coquetea conmigo alevosamente? Con alguien que estoy casi segura de que lleva varios días coqueteando conmigo y ni siquiera me había dado cuenta. Con alguien que despierta mis terminales nerviosas y hace que mi cuerpo pida a gritos que lo toque. ¿Está tan excitado como yo? ¿Tiene las piernas abiertas porque tiene una…?

—*¿Puede ser?*

Alejo el pensamiento inapropiado y me aclaro la garganta.

—Sí. Eres una presa más apetecible y estoy bastante segura de que corro más rápido que tú.

La sonrisa grave que viaja por los auriculares me hace sonreír como una tonta y un escalofrío me recorre la espalda. Me estoy volviendo adicta a hacerlo reír.

Por desgracia, la conversación juguetona muere cuando la llovizna se intensifica y el viento se acelera. Jonah toma el yugo con firmeza y mira las nubes negras que tenemos delante.

—No tiene buen aspecto.

—No, para nada —coincide—. Eso es lo que pasa aquí arriba. El tiempo puede cambiar de un segundo a otro. Pero no estamos lejos de nuestro destino. Llegaremos bien.

–De acuerdo. –Me doy cuenta de que confío ciegamente en él. No parece el momento oportuno para preguntar, pero necesito una distracción–. Y… Marie, ¿qué pasa con ella?

–¿A qué te refieres?

Me giro para buscar señales. Puede que Dolores tenga razón. Puede que Dolores tenga razón y esté demasiado guapo, porque esos labios gruesos no le corresponden a un hombre como él. Tampoco esas pestañas, que deben ser más largas que mis postizas.

–Sabes bien a qué me refiero.

Los ojos azules me miran durante una fracción de segundo y vuelven al cielo.

–¿Por qué lo quieres saber?

–Curiosidad –repito lo que dijo hace un rato cuando me preguntó por Corey.

Sonríe, pícaro.

–Marie es mi amiga.

–¿Aunque quiera ser algo más?

–¿Quiere?

Pongo los ojos en blanco.

–Deja de hacerte el tonto. *Sabes* que sí.

Presiona una tecla en el tablero.

–¿Por qué te preocupa?

–No me preocupa.

Niega con la cabeza.

–Eres tan Fletcher.

–¿Y eso qué significa?

–Significa que te animes a preguntarme lo que quieres saber, Calla. –Parece fastidiado.

–Bien. ¿Han salido alguna vez?

—No.

Vacilo.

—¿Estuvieron juntos?

—Define «estar juntos».

—Supongo que eso responde a mi pregunta —murmuro entre dientes y dejo que mi mirada se pierda en la cadena montañosa.

—Me besó una vez.

—Y…

—No puedo darle lo que quiere. No estoy en ese momento de mi vida. —Ni se inmuta al decírmelo.

—Es muy guapa —arriesgo.

—E inteligente y buena. Pero solo quiero ser su amigo. Lo sabe. Siempre le he dicho la verdad. —No puedo reprimir el suspiro de alivio—. Parece que esa es la respuesta que querías escuchar, ¿no? —Me giro para ocultar la sonrisa. Es muy perceptivo. Y sincero. Y bastante decente si la veterinaria rubia, alta y de piernas largas no ha conseguido aprovecharse de él ni en un momento de debilidad masculina—. ¿Qué más quieres preguntarme? —murmura.

Dudo unos segundos. ¿Qué sentido tiene parar ahora?

—¿Por qué me besaste?

—Porque quería, y porque sabía que tú también querías que lo hiciera. —Una respuesta simple y clara. Exactamente lo que esperaba de Jonah. Hace una pausa—. ¿Me equivoco?

—No. —Por desgracia, y por mucho que me esfuerce por ignorarlo, hay muchos obstáculos—. ¿No te parece un poco arriesgado? Me refiero a cómo puede complicar las cosas con todo lo que estamos viviendo. Además, me voy en… —Mi voz se apaga cuando me doy cuenta. Me voy en una semana. Un cierre limpio e indoloro para lo que sea que pasa entre nosotros—. Ah… claro. —Las palabras se me escapan–. Por supuesto. –Eso es *justo* lo que quiere. Y aquí estoy, dándole demasiadas vueltas a un beso de un hombre que, hace una semana, detestaba. Por eso no me gusta el sexo sin compromiso.

–Por supuesto, ¿*qué*?

De golpe, aparece un avión anaranjado que viene hacia nosotros. Capta la atención de Jonah y termina con nuestra conversación. Unos segundos después, advierte por radio de los vientos huracanados y la lluvia torrencial y dice que no sabe si seremos capaces de atravesarla.

Me preocupo.

–¿Damos la vuelta?

–Imposible. Ya casi hemos llegado. –El ala derecha se inclina y empezamos a descender.

Capítulo 21

—¿Estás seguro de que este es el lugar correcto? —murmuro acurru-cada en el chubasquero mientras sigo a Jonah por un sendero que atraviesa el bosque entre los abetos y marca el camino por el denso follaje. Hemos andado bastante desde que hemos bajado del avión. Me duele la mandíbula de tanto apretar los dientes por el miedo y tengo las mallas empapadas, ya que la lluvia cae más desde los lados que desde arriba.

—Es el *único* lugar que hay por aquí.

Una rama se quiebra a nuestra derecha y el ruido es tan fuerte que se escucha por encima de la lluvia.

—Jonah… —Contengo la respiración mientras miro entre los ár-boles.

—Relájate. El ruido del avión debe haber espantado a casi todos los animales. Seguro que son los Lannerds.

—Claro. —Acelero el paso para reducir la distancia que nos separa. Me cubro los ojos con la mano cuando veo un arco hecho de ramas y cuerda con un cartel tallado a mano en el centro y faroles por encima. Es adecuado y extrañamente acogedor para estar en medio de la nada.

Veo una pequeña cabaña más adelante. Parece bien cuidada

y abastecida. Hay una pila de leña cortada y ramas secas junto a la puerta de madera. A la derecha, un pequeño deposito lleno de cajas, herramientas, cuerda, guantes de trabajo y dos tanques negros con la advertencia INFLAMABLE. Varias herramientas cuelgan de las paredes exteriores, protegidas de las inclemencias del clima por un techo de lona.

REFUGIO PÚBLICO dice el letrero de la puerta.

–¿Puede usarlo cualquiera?

–Algo así. Siempre ha estado aquí. Creo que desde 1930. Se usa sobre todo en el Iditarod, una de las carreras de trineos de perros más grandes de Alaska –agrega y golpea la puerta con los nudillos–. ¿Hola? –Espera un minuto antes de abrir y entrar.

Huele justo como esperaba que oliera una cabaña que lleva noventa años en medio del bosque.

–Todavía no han llegado –declara Jonah–. Mierda.

Nada sugiere que estén por aquí. Las tres ventanas diminutas están tapiadas con tablas. No hay sacos de dormir en las literas de las esquinas. La mesa de madera que hay al lado de la chimenea está vacía. *Hay* provisiones (linternas colgadas en unos ganchos, rollos de papel higiénico y paquetes de toallitas para bebé en los estantes, una botella de aceite sobre la larga encimera, junto a sartenes y ollas), pero sospecho que las dejaron los últimos habitantes o los guardabosques.

–¿Y si se fueron porque hemos llegado tarde?

Se inclina para inspeccionar la chimenea.

–No... Con esta lluvia hubieran encendido el fuego y nadie ha usado esta chimenea en meses. Además, sabían que nuestra llegada dependía del clima.

–¿Y dónde están?

Se incorpora y se pasa una mano por el pelo húmedo.

—Esa es una buena pregunta. —Aprieta la mandíbula.

—¿Crees que se han perdido?

—No serían los primeros. —Tamborilea los dedos contra la mesa, pensativo—. Tenían un teléfono que funciona por satélite, pero no lo usaron.

Me invade un pensamiento oscuro y siniestro cuando me acuerdo de la conversación que hemos tenido en el avión.

—¿Y si los ha atacado algo? ¿Algo como un *oso*?

—Eso no es *tan* común —murmura, pero tiene el ceño fruncido—. ¿Has visto alguna tienda de campaña mientras estábamos en el aire?

—No. Nada. —La última señal de vida fue un bote de pesca anclado en el río, unos diez minutos antes de que entráramos a la zona de montañas.

Inspecciona los gastados y polvorientos suelos de madera.

—Tendrían que haber llegado el jueves por la noche. Eso significa que se han retrasado dos días.

—¿Dijeron a dónde iban?

—A Rainy Pass. Me dieron un mapa. Puede que se hayan quedado varados allí arriba por la lluvia o que se hayan resbalado por el terreno pantanoso. El río se los pudo haber tragado… Quién sabe. —Jonah sale por la puerta y se queda parado debajo del arco, recorriendo con la mirada la cadena montañosa, pensativo.

—No estás pensando en salir a buscarlos con ese avión, ¿no? —Sé que he dado en el clavo porque no me responde—. *No* volarás con esta lluvia.

Maldice y se acaricia la barba.

—No, no lo haré. —Me invade el alivio. Toma el teléfono satelital—. Voy a informar.

Me acurruco contra el marco de la puerta y escucho las gotas de lluvia golpear contra el techo mientras Jonah le explica la situación a alguien… supongo que a mi padre. La comunicación debe ser mala porque habla fuerte y repite lo mismo varias veces, haciendo énfasis en «no están», «lluvia fuerte» y «nos quedaremos».

—¿Qué ha dicho mi padre? —pregunto cuando cuelga.

—Lo notificará a los guardabosques. Tienen que comenzar la búsqueda antes de que el clima empeore. No podemos hacer más.

—Muy bien. ¿Y ahora qué? —Tiemblo de frío.

—Ahora… tú y yo estamos aquí atrapados hasta que podamos volver.

Algo en el modo en que dice «tú y yo» me da otro escalofrío, solo que este no es por el frío.

—¿Cuánto tiempo?

Su pecho se infla con una inhalación profunda.

—Quizá tengamos que pasar la noche aquí.

—¿*La noche*? —Mis ojos recorren la cabaña helada con olor a humedad y se detienen en la barra de madera de las literas. No hay colchón, no hay mantas, no hay almohada… aunque tampoco usaría nada de lo que hubiera aquí.

Ni electricidad ni tuberías.

—¿Puedes con esto, Barbie? —Me giro y veo los ojos de Jonah clavados en mí.

Algo me dice que se refiere a algo más que a las condiciones de la cabaña.

El estómago me da un vuelco.

—No me llames así.

—Entonces demuéstrame que me equivoco —me desafía dando un paso hacia delante, entrando en mi espacio personal. Me quedo donde estoy y el corazón se me empieza a acelerar. Me olvido de los campistas perdidos, los osos y las letrinas. Solo puedo pensar en una cosa: que estoy desesperada por que vuelva a besarme.

Giro la cabeza y miro esos ojos de un azul intenso.

—Eres la *hija* de Wren.

Frunzo el ceño.

—Sí... —¿A dónde quiere llegar?

—Sobre lo que dijiste en el avión. Sé a lo que te referías. —Levanta un poco las cejas—. Eres *la hija de Wren*. Jamás me aprovecharía de ti de esa forma.

—No te sigo. —Se me forma un nudo en el estómago porque creo que dirá algo como: «Tienes razón, fue un error y no se va a repetir».

Porque, a pesar de poder ver el final de la carretera, estoy dispuesta a subirme al coche y disfrutar del viaje.

—Digo que puede que tome riesgos, pero siempre valen la pena. ¿Lo entiendes?

—Creo que sí. —Para nada.

Le miro la boca.

«Pregúntame si quiero que vuelvas a besarme, por favor».

Se aleja de golpe.

—Tenemos que instalarnos. Prenderé el fuego cuando vuelva.

—¿Cuándo vuelvas de dónde?

—Del avión. ¡Necesitamos mi equipo! —grita desde fuera.

Veo cómo se aleja, con los hombros encogidos por la lluvia que le da de lleno mientras avanza por el sendero que lleva hacia el avión.

Y me deja en medio del bosque, sola.

—¡Espera! —Corro para alcanzarlo.

—Deberías haberte quedado —murmura Jonah de cuclillas delante de la hoguera, poniendo ramas muy finas. El suelo a su alrededor está mojado por el agua que chorrea de su ropa.

Probablemente sí, admito para mis adentros mientras me escurro el agua del pelo, apoyada contra la puerta abierta, mirando cómo se dobla por la lluvia el césped y las flores silvestres. Jonah acababa de tomar una bolsa de nylon cuando el cielo se desplomó. Corrimos todo el camino de vuelta, pero no sirvió de nada. Las botas de lluvia, los impermeables, nada fue suficiente protección.

—¿Siempre traes estas cosas? —Miro el equipo que Jonah ha tirado al suelo, intentando ignorar el estuche de un arma.

—Tengo que traerlo. Mucho de esto lo exige la ley. Basta con quedarse tirado una vez para estar bien preparado la siguiente. Pero tenemos suerte. Podríamos tener solo el avión congelado, pero, en cambio, tenemos este paraíso.

Nuestra idea de paraíso es muy diferente.

Me abrazo con fuerza mientras Jonah prende una cerilla. Al instante, me llega el reconfortante aroma de la madera encendida. Las llamas empiezan a crujir.

—Tardará un rato en calentarse. —Jonah pasa a mi lado, cruza la puerta y desaparece. Me he quedado conteniendo la respiración ante la expectativa de que se detuviera, me mirara, me sonriera y me acariciara.

Cualquier cosa.

Se oye un sonido extraño.

—¿Jonah? ¿Qué haces? —grito con el ceño fruncido. Asumo que necesita usar el baño, yo tampoco podré evitar la letrina siempre.

De pronto, la luz del día irrumpe en la cabaña por las ventanas diminutas de la izquierda. Al minuto, Jonah también abre las otras dos.

Reaparece con el pelo pegado a la frente y la barba chorreando.

—Tenemos que cerrar la puerta si queremos secarnos. —Me hace entrar.

A pesar de las pequeñas ventanas, la cabaña sigue oscura y tardo unos segundos en acostumbrarme.

Jonah revisa el fuego, decide algo y le tira un leño. El fuego crece.

—Eres un *boy scout, ¿no?*

—*Sé cómo sobrevivir, si es a eso a lo que te refieres.*

Gracias a Dios por eso. Me imagino tirada aquí con Corey. El último otoño, el muy idiota puso leños húmedos en una hoguera y casi se quema vivo por echar gasolina (sobre los leños y las llamas) para que se prendieran. Hasta yo, una chica de ciudad sin remedio, sabía que era una mala idea.

No creo que ninguno de mis exnovios tuviera mucho instinto de supervivencia. Sí puedo garantizar que ninguno disparó un arma.

Pero ahora estoy aquí, en compañía de este piloto alaskeño, concentrado, preparando el campamento, con todo bajo control, repasando la lista mentalmente.

—¿Con qué puedo ayudar?

—Hay un saco de dormir y una colchoneta. Ponlos en el suelo, por ahí.

—¿En el suelo? —Me estremezco al mirar los tablones gastados.

—Confía en mí. Será más cómodo que esas literas. Además, hace más calor aquí, cerca del fuego.

Sigo las instrucciones, preguntándome si estoy preparando esta cama para mí o para él.

O para los dos.

Siento mariposas en el estómago de solo pensarlo.

Jonah empieza a quitarse la ropa y a colgarla en una de las

cuerdas que cruzan por encima de la chimenea. Se queda solo con una camiseta ajustada de color crema, con cuello redondo, de un material que recuerda a la ropa interior.

Los tres botones del cuello están sueltos y dejan ver las formas sólidas de su pecho y sus clavículas, y empiezo a fantasear en cómo serán esos músculos más abajo.

–Pásame tu ropa mojada.

–*Toda* mi ropa está mojada –murmuro mientras me quito el impermeable y el abrigo. Están empapados.

Jonah se fija en mi pecho (puedo ver sus pezones debajo de la camiseta, así que no quiero ni imaginarme cómo se verán los míos) antes de estirar la mano.

Frunzo el ceño al ver un corte en su palma, cerca de la muñeca.

–Estás sangrando.

La gira para inspeccionar el tajo.

–Ah, mierda. Sí, me he cortado con uno de los tablones de las ventanas. No es nada.

–Estás *sangrando*. Debes tener un botiquín de primeros auxilios, ¿no? –Me inclino para inspeccionar la bolsa con el equipo de supervivencia (cuerda, un cuchillo de caza, linterna, pastillas de cloro para potabilizar el agua, municiones) hasta que encuentro un pequeño botiquín.

–No uso tiritas –lanza Jonah mientras cuelga mi ropa junto a sus cosas.

–Ven aquí –le ordeno con dulzura mientras tomo una tirita y me acerco.

Después de una pausa, estira la mano herida.

Con todo el cuidado del mundo, cubro la herida mientras siento todo el peso de su mirada sobre mí.

–Listo –murmuro y deslizo un dedo por su antebrazo, maravillada por la forma de sus músculos y por el modo en que la pelusa rubia me acaricia la yema–. Ya me has estropeado bastante ropa con sangre.

–Nunca imaginé que le diría esas palabras a un hombre.

–Me has preguntado por qué te bese.

Me atrevo a levantar la vista y veo sus ojos azules clavados en mí, encendidos.

–Y has dicho que fue porque querías.

–Esa no era la respuesta correcta. –Se estira para quitarme los mechones de pelo mojado de la frente y contempla mis rasgos con una mirada voraz–. Estoy loco por ti y no podía contenerme un solo segundo más.

–¿En serio? –digo débilmente, aunque se me erizan los pelos de la nuca. Este *hombre* de lengua afilada pero gran corazón me está diciendo que me desea. Mucho.

Eso es exactamente lo que es Jonah: un hombre. El resto de las personas con las que he estado apenas eran chicos.

Una descarga me atraviesa el cuerpo y trae consigo un calor sofocante que me trepa por los talones.

Todo pasa muy rápido.

Un segundo, apenas estoy tocando el brazo de Jonah y él apenas me está tocando la mejilla; y al siguiente, me pone una mano en la nuca y acerca su boca a la mía. No hay nada suave ni tímido en este beso, es como si hubiera estado contando los minutos y las horas que han pasado desde esta mañana, esperando este momento, y ahora que ha llegado, no quisiera desperdiciar un solo segundo.

Estoy atrapada en medio de un cordón montañoso de Alaska, besándome con *Jonah*.

No puedo creer que esté pasando, pero no me importa nada de

lo que pensaba hace un rato, por una noche estoy completamente comprometida con esta mala idea.

Sus labios obligan a los míos a abrirse y siento el sabor de su boca por segunda vez cuando desliza la lengua. Chicle de menta y rastros del refresco que se ha bebido en el avión. Ni siquiera me gusta, pero podría beberme una botella entera de la boca de Jonah.

Mis dedos comienzan a explorar su cuerpo, trepan por el pecho, recorren la sólida llanura de su abdomen, los hombros robustos, siguen por las crestas de sus clavículas hasta el sitio en el que se unen con el cuello. Finalmente, enrosco los brazos en su nuca para acercarme todo lo que pueda a esos labios gruesos. Si es que eso es físicamente posible. Mi cerebro sigue intentando procesar lo que está pasando cuando lo oigo gruñir con dulzura.

–Calla.

Solo puedo responderle con un gemido, me quema cada centímetro del cuerpo por las ansias de que lo toque. Separa un poco los pies. Apoya la mano libre en la parte baja de mi espalda y me empuja hacia él. Siento la dura presión de su erección contra el estómago.

Despega su boca de la mía para buscar mi cuello y se me escapa una risita entre jadeos, la caricia de su barba me resulta embriagadora, pero también me provoca cosquillas. Le sigue un gemido profundo cuando apoya los dientes en el mismo lugar.

–Tienes la ropa empapada –murmura mientras me acaricia la cintura, justo en la unión entre la blusa y las mallas, me toma con firmeza, sus dedos se hunden en mi cuerpo de un modo encantador. Se aleja de golpe y da dos pasos hacia atrás–. Quítatela –ordena con suavidad y en voz baja–. La colgaré para que se seque.

Cruza los brazos y espera en silencio, paciente, con esa mirada voraz y la boca abierta.

—Tú también. —Sus pantalones están mojados.

—Tú primero —responde con los ojos llenos de fuego.

Toda la cabaña está en silencio, excepto por el sonido de la lluvia. Me doy cuenta de que está conteniendo la respiración.

Trago saliva y, a pesar de la inesperada oleada de nerviosismo, tomo el borde de mi blusa y comienzo a levantarla por el torso, el pecho, doblo los brazos para deslizarla por la cabeza.

Siento piel de gallina cuando Jonah baja la vista, contempla mi sujetador de encaje y sigue por mi vientre plano.

Levanta una mano y le tiro la blusa. Se queda esperando sin decir ni una palabra.

Me quito las botas de lluvia y las aparto. Luego deslizo los pulgares por el elástico de las mallas y las despego de mi piel. Tiemblo cuando el algodón mojado baja por mis piernas y sale por los tobillos, junto con los calcetines.

Jonah baja la mirada y la vuelve a subir poco a poco, parando varias veces.

—Tienes frío.

—Sí. —Pese a que siento que cada centímetro de mi piel está a punto de arder bajo el calor de su mirada.

—Entonces será mejor que te des prisa —murmura con una sonrisa pícara y mi ropa colgando de la mano.

Ambos sabemos que mi ropa interior está seca. Bueno, no seca, pero no está mojada por la lluvia.

Siento un leve mareo cuando me contorsiono para desabrochar el sujetador, que luego deslizo por mis brazos.

—Por cierto, sí que son reales —murmuro como una estúpida mientras el aire frío me endurece los pezones.

Aprieta la mandíbula.

—Ya veo.

Respiro hondo y estiro el elástico de mi cadera, dejando caer las bragas de encaje.

—Mierda —sisea. Y entonces va hacia la cuerda y, rápido, se estira y cuelga las cosas mientras yo me esfuerzo por reprimir la necesidad de cubrirme con los brazos. Algo me dice que Jonah prefiere la seguridad.

—A la cama. Ahora —murmura y mi corazón empieza a latir con fuerza. Nunca he estado con alguien que pidiera las cosas así. Nunca pensé que iba a excitarme.

Me dejo caer de rodillas sobre la colchoneta (de una plaza) y me tapo con el saco de dormir. En silencio, contemplo a Jonah cuando se quita las botas y los calcetines.

Levanta los brazos para deshacerse de la camiseta y suspiro cuando veo por primera vez su amplia espalda. Su piel se estira sobre el músculo, que va desde la columna hasta las escápulas.

Se gira y me regala el paisaje igualmente impresionante de su pecho, cubierto por una delicada capa de vello rubio que baja en un sendero largo y oscuro que desaparece debajo de su cinturón.

Me quedo mirando sin pudor cómo se lo desabrocha con seguridad y lo arranca con un solo movimiento.

Dejo escapar un gemido suave. Esos vaqueros sueltos (para nada favorecedores) han ocultado todo este tiempo unas piernas gruesas, largas y musculosas cubiertas con más pelo rubio.

Todo está perfectamente proporcionado.

Siento cómo se me abren las piernas por voluntad propia.

Tengo que obligarme a levantar la vista cuando camina hacia mí con una sonrisa pícara y presumida. Dios, acabaré amando esa sonrisa. Pero se desvanece en el momento en que ocupa la diminuta porción de colchoneta que queda junto a mí, levanta la manta y se mete debajo.

Su piel se siente caliente contra la mía y, sin embargo, tiemblo.

¿Cómo hemos pasado de un beso robado en un pasillo esta mañana a *esto*? *No* soy esa clase de chica, no avanzo así de rápido. Y, sin embargo, aquí estoy, acercándome a él, aceptando sin más que deslice su brazo debajo de mi cabeza, recibiendo su boca cuando abre la mía con fuerza mientras me aturde el latido de mi propio corazón.

Paso las uñas por su barba y me entretengo con la deliciosa sensación que me produce mientras él parece desesperado por ocuparse de mi cuerpo. La ansiedad me trepa por la columna, extremadamente consciente de su erección mientras juega con mechones de mi pelo y me acaricia la garganta con la palma abierta.

—No me esperaba que las cosas terminaran así —murmura, deslizando con delicadeza la mano por mis clavículas, por el contorno de mi pecho izquierdo, donde se queda un largo rato antes de continuar por mi vientre, mi pelvis y más abajo… tan abajo como llega. Parece querer memorizar mis curvas.

Se me entrecorta la respiración cuando su mano se escurre entre mis piernas. Me toca con mucha más delicadeza de la que lo creía capaz.

—Estás nerviosa —murmura, sus dedos gruesos son inesperadamente suaves cuando entran en mí.

—No estoy nerviosa —miento entre un gemido y un beso.

—¿Por qué estás nerviosa?

Vacilo.

—¿Porque es la primera vez? —Suena como una pregunta.

Juguetón, atrapa mi labio inferior entre los dientes y luego lo libera.

–¿Solo por eso?

¿Lo admito? ¿Le digo la verdad? Que a veces puede ser intimidante, que ya sé cómo se sienten sus críticas y no me gusta para nada, y que ahora estoy en una posición *mucho* más vulnerable y no podría soportarlo.

Se aleja para mirarme y sus manos interrumpen las exploraciones. Entrecierra los ojos azules mientras analiza los míos.

–Sabes que eres perfecta, ¿no?

–*Por supuesto* que lo sé –bromeo con una seguridad fingida para ocultar que ha descubierto el verdadero motivo de mi nerviosismo–. Pero no soy tu tipo. Ya sabes, rubias de piernas largas.

Buena idea, Calla. Recuérdaselo justo ahora.

Levanta las cejas, pero en su mirada veo la confirmación de una sospecha.

–Ese no es mi tipo.

–Pero dijiste…

–*Tú* eres mi tipo. –Su voz es amable, pero en su mirada hay severidad.

Hago una pausa. La seriedad de sus ojos me pilla con la guardia baja.

–¿Y cuál es ese tipo exactamente?

Suspira, se mueve y su boca comienza a recorrer el sendero que había marcado la mano.

–Inteligente… –Me acaricia las clavículas con la lengua, hacia un lado y hacia el otro, varias veces, dejando tras de sí un camino frío y húmedo cuando avanza hacia mi pezón–. Ardiente… –Me quedo sin aire cuando lo chupa. Su cuerpo, gigante y musculoso, baja y me obliga a abrir las piernas mientras sus labios besan el centro de mi estómago y me provocan espasmos en los músculos del abdomen–.

Ingeniosa… –Contengo la respiración cuando los gruesos pelos de su barba acarician el interior de mis muslos. Se queda allí. Cierro los ojos y trago saliva. Mi mente grita por la expectativa–. Y jodidamente preciosa… –susurra y las palabras chocan conmigo como una brisa cálida.

Dejo escapar un gemido en el momento en que su boca se posa sobre mí.

No puedo creer que esto esté pasando. Que Jonah esté…

Me quedo mirando el techo de madera de esta cabaña venida a menos. Maravillada, mi corazón se acelera, las hormonas enloquecen y hacen que me suba la temperatura.

No desacelera, no se detiene y los ruiditos guturales que suelta están llenos de deseo. Enseguida hace desaparecer mi nerviosismo y siento la necesidad de pasar los dedos por su pelo y mover la pelvis gritando su nombre, el único sonido aparte de la lluvia.

Cuando por fin se incorpora, acomoda mis caderas entre sus piernas y se mete dentro de mí, estoy desesperada por él.

Enrosco las piernas mientras veo su amplio pecho moverse con cada embestida, sus ojos están llenos de fuego, me miran fijamente y me pregunto cómo alguna vez pude *no* desear a este hombre.

–¿Me voy a despertar sin eso también? –murmura Jonah.

Paso las uñas por el suave pelambre rubio oscuro que le cubre el pecho, dibujando círculos primero en un pezón y luego en el otro. Está húmedo por el sudor.

–No. Creo que nos quedaremos con esto. Pero *esto*… –Le acaricio la barba, marcando las líneas definidas de la mandíbula y acariciando los suaves labios con la yema del pulgar–. Creo que voy a arreglarla un poco más.

Mi cabeza, que está apoyada sobre su pecho, se mueve cuando comienza a reírse.

—¿Qué soy? ¿Tu muñeca?

Bajo los dedos hacia el sur, acariciando el centro de su pecho con mucha delicadeza, entre las curvas de su vientre. Sonrío encantada cuando percibo los espasmos de sus músculos.

—Más bien diría que eres mi figura de acción bien acicalada.

Si no fuera por el golpeteo constante de la lluvia contra el techo y su respiración acelerada, la cabaña estaría en absoluto silencio. Sigo el sendero de pelo, deseando bajar más, deseando acariciar esa piel tan suave como el terciopelo y ver cómo se endurece.

—No empieces algo que no estás dispuesta a terminar –advierte.

Deslizo mi muslo sobre el suyo.

—¿Y quién ha dicho que no estoy dispuesta a terminarlo? –No me canso de Jonah. No puedo ni mirar su boca sin pensar en tenerla sobre mí; no puedo pensar en sus manos sin recordar los lugares en los que me han tocado. Un nerviosismo se apodera de mí mientras me invaden los pensamientos.

Pero me contengo. He encontrado mi lugar entre sus brazos, con todo mi cuerpo apretado contra su costado, absorbiendo su calor. No quiero arruinar este momento de paz.

—Ese fuego necesita otro leño.

Gruño.

—No me hagas moverme. –La colchoneta es pequeña, apenas disimula el hecho de que estamos recostados sobre un suelo frío y duro. Sin embargo, con él es sencillo olvidarlo. Me ruge el estómago–. ¿Qué haremos con la comida?

—Estamos bien. Hay mucha agua y tenemos suficiente de estos como para alimentarnos durante días. —Se estira y toma dos bolsas llenas de unas tiras de carne reseca.

—¿Qué es eso? ¿Charqui?

—Sí. —Me muestra otras de un intenso color rosado—. Y esto es salmón. —Arrugo la nariz—. Supongo que el salmón no es lo tuyo.

—Odio el pescado.

—Uh, estás en el lugar incorrecto.

—¿Dónde los has conseguido?

—Ethel. ¿La recuerdas?

—¿La que amenazó con cortarle la mano a su hijo? Vagamente.

Jonah se ríe.

—Me los regaló la última vez que fui a su aldea. —Toma una tira de la primera bolsa y desgarra un trozo con los dientes, su mandíbula se tensa de un modo sexy cuando mastica—. Toma, pruébalo. —Me ofrece.

Olisqueo. Tiene un aroma ahumado.

—¿Está rico?

—Mejor que el que venden en el supermercado. Y es la única comida que tenemos, así que… Vamos. —Me da unos golpecitos en los labios—. Pruébalo.

Abro la boca con desconfianza y dejo que Jonah lo deslice dentro; me mira fijamente mientras muerdo un trozo diminuto. Dejo que mi lengua procese el sabor intenso.

—No está mal —admito mientras mastico y trago. Vuelvo a acurrucarme junto a él con un suspiro y siento el aire frío contra la espalda desnuda.

—Dame un minuto. —Me da un beso en la frente y me aleja de él.

Me acurruco bajo las mantas mientras lo miro tomar otro leño de la pequeña pila de la esquina y meterlo en la chimenea con cuidado, con total seguridad pese a que está completamente desnudo. Ya no queda nada de ese adolescente flacucho de la foto. Su cuerpo es ancho, musculoso y fuerte, perfectamente proporcionado, con muslos sólidos y gruesos. En comparación, Corey parece un niño desgarbado, y solo tiene dos años menos.

—¿Vas al gimnasio?

—Lo dejé hace mucho.

—¿Entonces cómo…?

—La maravilla de los genes noruegos. Tendrías que haber visto los antebrazos de mi abuelo. Y me muevo mucho. —Las llamas empiezan a crecer e iluminan la lúgubre cabaña.

—¿Te refieres a moverte como te movías hace un rato? —Porque, con el modo en que se movía sobre mí, con los músculos trabados y la piel sudada, sin lugar a duda ha hecho ejercicio. Mis muslos se tensan por instinto de solo recordarlo. Todavía puedo sentirlo.

Sus ojos afilados me miran y vuelven hacia el fuego. Como siempre, ha entendido lo que le estoy preguntando y está decidiendo si tendré que esforzarme para conseguirlo o me lo dará sin más.

—El año pasado salí un tiempo con una piloto de la guardia costera.

—¿Y qué pasó?

—Nada. La transfirieron al continente.

—¿La echas de menos? —«¿Cómo era? ¿También pasaste una noche con ella junto al fuego en el suelo de una cabaña mugrienta? ¿Seguirías con ella si no se hubiera ido?».

Toma el atizador y mueve los leños.

—Sabía que no se quedaría mucho tiempo, así que no me encariñé demasiado.

Juego con la cremallera del saco de dormir para intentar alejar un pensamiento recurrente. «*Como no te encariñarás conmigo porque yo también me iré*». Le sigue otro pensamiento egoísta: tengo que admitir que *quiero* que Jonah me quiera. Que sufra y que le duela mi partida. Que le importe que ya no esté.

Porque entonces no voy a ser la única.

Pero supongo que es demasiado inteligente como para permitírselo.

—¿Siempre eres *tan* sincero? —pregunto, tímida. A veces se pasa de sincero. Pero creo que empiezo a admirar esa cualidad. Es estimulante.

Veo un gesto pensativo en su rostro, su mandíbula perfectamente recortada (con los pelos revueltos, pero de un modo sexy) se tensa. El ambiente de la cabaña ha cambiado de repente.

Y entonces suspira, deja el atizador en el zócalo de piedra, va hacia la puerta y la abre de par en par. Se queda ahí, parado, contemplando el diluvio, con las manos en el marco. Miro su silueta y siento el aire helado que entra.

Entiendo que tengo que quedarme callada y dejarlo procesar lo que sea que le dé vueltas por la cabeza. Entonces me siento y me enrollo con el saco. Admiro con egoísmo su cuerpo tallado. ¿El trasero que no me permitían ver los vaqueros holgados? Allí está. Redondo y duro como una roca, con dos grandes líneas rojas. Me doy cuenta de que eso es obra de mis uñas. Hay varias marcas más en su espalda. Ni siquiera me acuerdo de haber sido tan agresiva.

—Así era mi padre. Venía y te decía lo que pensaba de ti, y muchas veces eran cosas que no querías escuchar. Pero las decía de todas formas. No lo podía controlar. Parecía que, si no lo hacía, explotaría. —Se ríe—. Cuando conocí a Wren, al principio no sabía qué pensar de él. Era un hombre callado, que bajaba la cabeza y dejaba que las cosas fluyeran. Nunca gritaba. Era lo contrario a mi padre en todos los aspectos. Creo que él tampoco sabía qué pensar de mí. Estaba seguro de que me echaría la primera semana. Pero George dijo que tenía que trabajar para Wild y yo confío en él.

Sonrío cuando recuerdo las palabras de mi padre.

—Dijo que eras bastante arrogante cuando empezaste.

Vuelve a reírse.

—No era una persona tranquila.

—Sabía que eras un buen piloto.

—¿Sabes algo? Puede que mi padre me enseñara a volar, pero Wren fue el primero que me dijo que era bueno. Quizá, si mi padre lo hubiera hecho, no habría renunciado a la fuerza aérea. Quizá me hubiese preocupado más por complacerlo. Así como haría cualquier cosa por Wren. —Hace una pausa—. Sé que no tiene un buen historial con respecto a ti y que es culpa suya, pero es una de las personas más buenas que conozco. Yo... —Su voz se apaga y traga saliva.

—Me alegro de que Agnes me llamase. Y de haber venido a Alaska —admito. Es la primera vez que lo digo. Es la primera vez que lo siento.

Gira la cabeza.

—Hoy has comentado la posibilidad de quedarte más tiempo.

—Eh... —Sí, en un momento de ceguera provocada por los celos—. No estaba pensando con...

—Deberías. —Vuelve a mirar hacia fuera—. Por Wren. Las próximas semanas serán difíciles. Es mejor si te quedas en Alaska durante ese tiempo. Con él.

—¿Pero va a estar aquí? Parece que pasará mucho tiempo en Anchorage.

Jonah se queda en silencio.

—No te va a pedir que pongas tu vida en pausa por él, pero le gusta que estés aquí. Lo sé.

Eso es exactamente lo que he hecho. Pospuse retomar mi carrera en otro banco, cambiarme en la camioneta de Diana para hacer sesiones de fotos, los *lattes* de Simon y sus sabios consejos, los tacones y las discotecas los viernes por la noche.

Volver a una relación telefónica a distancia con mi padre.

Y probablemente ninguna relación con Jonah.

Se me retuerce el estómago de solo pensarlo.

—Puede que tengas razón. Pero no sé qué hacer. No puedo seguir reprogramando el vuelo todas las semanas. Me cobraron doscientos dólares…

—Mira si puedes cancelar el billete y lo vuelves a reservar cuando estés lista. —Es probable que pueda hacerlo. Simon dijo que era flexible. Como siempre, Jonah hace que todo suene muy fácil—. Tu vida te estará esperando cuando regreses, sea la semana, el mes o el año que viene…

—¡El año que viene!

—Puede que no tanto —murmura—. La cuestión es que no pierdes nada con quedarte. Siempre puedes volver a esa vida.

Mis ojos vuelven a recorrer su cuerpo perfecto. Acabo de pasar dos horas enroscada con este hombre.

—¿Y esto? Si me quedo tanto tiempo, ¿no crees que acabaremos complicando mucho las cosas? —Porque yo *definitivamente* siento cosas por Jonah. Y no solo físicas.

¿Qué pasará dentro de semanas o meses?

—Quizá sí, pero nunca dejo que esas mierdas me impidan hacer lo que necesito hacer. Vivo la vida al día. Y hoy estás aquí. —Cierra la puerta y se gira para mirarme. No puedo evitar bajar la mirada. Sin lugar a duda, el frío no le ha causado ningún efecto–. Pero podemos acabar con esto ahora mismo, si es que eso es un factor decisivo para quedarte.

Me golpea una intensa e inesperada ola de decepción ante la sugerencia, de solo pensar en que no volveré a sentir su boca, sus manos sobre mí, el peso de su calor.

No, no quiero eso.

–No nos apresuremos.

Sonríe.

–Supuse que dirías eso. –Avanza, se deja caer de rodillas en el borde de la colchoneta y me arranca el saco de dormir. Siento piel de gallina al instante. Los ojos de Jonah son como láseres, decidiendo qué parte atacará primero.

Lo ayudo estirándome hacia él, aunque mi estómago se estremece de nerviosismo.

Sus manos fuertes y ásperas me toman los tobillos y comienzan a deslizarse hacia arriba, separándome las piernas, y todas mis preocupaciones se desvanecen de inmediato.

Capítulo 22

Tac.

Tac.

Tac.

Me despierta un sonido monótono y repetitivo que viene del exterior. La tenue luz del día se filtra por las ventanas diminutas e ilumina lo suficiente como para permitirme distinguir las sartenes colgadas de la pared.

Estoy sola en nuestra cama improvisada y hace frío. Me tapo todo lo que puedo y me hago un ovillo. Enseguida siento dolor en los músculos entumecidos. No sé si es por dormir en esta colchoneta o por la noche que he pasado con Jonah.

Al menos la lluvia ha parado. El constante golpeteo de las gotas era un ruido tranquilizador que hizo que me durmiera rápido, pero ahora el silencio es ensordecedor.

Tac.

Tac.

Tac.

Al final me gana la curiosidad. Aparto el saco de dormir, me pongo las botas de lluvia y el abrigo de Jonah porque sé que va a cubrirme lo suficiente. Me envuelvo con firmeza y salgo. Una niebla densa ha invadido el bosque y bloquea la visión de los abetos y el estrecho sendero que lleva hacia el avión. Hasta la letrina ha desaparecido. Es una mañana fantasmal.

Jonah está a mi izquierda, dándome la espalda, doblado sobre un tronco enorme para cortar una rama de la punta. Hay un hacha a su lado, junto a una pila de madera recién cortada. Solo lleva los vaqueros y las botas. Me apoyo contra el marco de la puerta y admiro en silencio cómo se relajan y se contraen los músculos de su espalda desnuda cuando toma el hacha.

–¿Cómo has dormido? –grita de pronto, su voz suena especialmente grave porque se acaba de levantar.

–Bastante bien. –Me aclaro la garganta–. Tengo un poco de sed.

–Bueno, eso es una sorpresa –murmura con ironía–. El agua que teníamos debería habernos durado una semana.

–Sí, si fuéramos camellos. –Y si no estás acostumbrado a beber dos litros de agua al día como yo.

Mira por encima del hombro y observa mis muslos desnudos antes de volver a su tarea. Mueve el hacha hacia atrás y la deja caer sobre el trozo de madera. Se parte en dos.

Si existiese una forma sensual de cortar leña, Jonah la dominaría. O quizá solo se trate de que él es sensual, porque podría contemplar ese pecho ancho y esa cintura angosta todo el día. Me viene a la mente una imagen de sus poderosos brazos y hombros por encima de mí. Siento calor en la parte baja del vientre.

En un movimiento impulsivo, vuelvo a la cabaña a buscar la Canon de Simon. Consigo capturar unas buenas imágenes en movimiento antes de que se dé la vuelta y me atrape.

–¿Qué haces? –pregunta.

—Nada. Solo… Quería recordar esto. —Sonrío y dejo la cámara. Como si pudiera olvidarlo.

Hace un sonido gutural y no sé si está molesto o si solo está siendo Jonah.

—Enseguida vuelvo a encender el fuego.

—¿Qué hora es? —Hace rato que me he quedado sin batería.

—Las seis pasadas.

Camino con desgano hacia donde sé que está la letrina. Ya no puedo contener mis necesidades fisiológicas y, a estas alturas, solo quiero quitármelo de encima. Anoche, Jonah me tuvo que acompañar tres veces, bajo la lluvia. Se moría de la risa cada vez que me veía salir de la casucha destartalada. Nunca había hecho pis tan rápido ni había odiado tanto cada segundo.

Para mi sorpresa, a pesar de todas las comodidades que faltan, es la única contra que le veo a todo esto. Seguramente porque Jonah me ha mantenido ocupada.

—Entonces supongo que todavía no podemos despegar… —comento al volver mientras me limpio las manos con gel hidroalcohólico. La hierba alta y húmeda me acaricia las piernas desnudas cuando cruzo el césped y me las deja llenas de agua.

—No podemos movernos hasta que se levante esta niebla. Por lo menos, tenemos para un par de horas. —Las dos mitades de otro leño caen al suelo tras un golpe.

Me gruñe el estómago en perfecta sincronía.

—¿Hay algo más para comer aparte de esa carne?

—Barras proteicas.

—Bien. —Carne seca y barras proteicas. Eso no puede ser bueno para ningún sistema digestivo—. ¿Y si nos hubiéramos quedado atrapados aquí de verdad, qué haríamos con la comida?

–No tendríamos problemas. Tengo la red de pesca y el arma. –Jonah balancea el hecha.

Tac.

–Por supuesto. –*Mataríamos la cena. Obvio.*

El Jonah íntimo y apasionado de anoche ha desaparecido. Parece haber vuelto al modo supervivencia, como cuando llegamos. No debería quejarme (me dio calor y comida) y, sin embargo, me muero porque lo deje todo y vuelva a besarme.

¿Y si ha decidido que ha sido cosa de una sola vez?

Probablemente *debería* ser así, antes de que me enamore. Pero ¿a quién engaño? Soy plenamente consciente de sus cambios de humor y de sus pensamientos, que me preocupan demasiado. ¿Acaso no es esta la primera señal de que te estás enamorando?

Diana juraría que sí.

Pero saberlo no cambia el hecho de que lo deseo. Mucho.

Siento un pinchazo y aplasto un mosquito de un golpe seco contra mi muslo. Hay otro junto al cadáver, completamente ajeno a la situación y listo para alimentarse.

–Van a volverte loca. Acaban de salir –murmura Jonah mientras toma una pila de leños y se dirige a la cabaña, arrastrando los cordones de las botas por el suelo.

Se pone a trabajar en el fuego mientras yo cazo a los insectos que han entrado con nosotros.

–No sé por qué quiero buscar trabajo en otro banco. Tendría que conseguir que alguien me pagara por hacer esto todo el día –murmuro con una sonrisa de satisfacción.

–Hay un bote de repelente en alguna parte de la bolsa, por si quieres ponerte.

–¿Por qué no? Ya doy asco –murmuro.

El fuego vuelve a crujir, Jonah descuelga su camiseta y se la pone por la cabeza.

—Espera unos minutos y agrega más leña.

—Espera. ¿A dónde vas? —Frunzo el ceño.

Me mira.

—Has dicho que tenías sed, así que iré a buscar agua al río.

—*Ah*. Gracias.

Descuelga un tazón de metal abollado.

—De paso, revisaré el avión.

Me siento dividida entre una ola de calor porque Jonah siga ocupándose de mis necesidades y una enorme decepción porque creo que ya está harto de darme más de mi *otra* necesidad: él.

Se dirige a la puerta.

—Espera —lanzo—. Te estás olvidando esto.

Se detiene y mira por encima del hombro.

Respiro hondo y me quito su abrigo. El aire helado golpea contra mi piel desnuda y me quedo allí, de pie, sin nada más que las botas de lluvia rojas, conteniendo la respiración, esperando a que responda.

Pidiéndole a Dios que no me rechace.

Con un suspiro y un insulto, tira el tazón.

El estómago me da un vuelco por los nervios y la satisfacción cuando se estira para quitarse la camiseta.

—No digas que no te estoy cuidando bien —advierte, caminando hacia mí, desabrochándose el cinturón.

Me detengo para sacar una última foto de la cabaña, el arco de madera y las montañas cubiertas por las nubes.

—Vamos, ¡tenemos que irnos! —grita Jonah.

—Oficialmente, el Yeti furioso ha vuelto.

—¿Qué?

—Nada, solo quería una foto de esto —murmuro mientras vuelvo a guardar la cámara. Lleva metiéndome prisa desde que la niebla se disipó, hace menos de media hora. Ha levantado el campamento corriendo para que pudiéramos irnos. De pronto, parece desesperado por volver.

Intento no tomármelo como algo personal.

Exhala.

—Estoy siendo un imbécil, ¿no?

Aunque no se disculpa, sé que es su intención.

—Al menos estás aprendiendo a admitirlo. Estás progresando. —Lo sigo por el sendero y mi fastidio se desvanece casi de inmediato. Lleva el equipo de emergencia colgado del hombro, el saco de dormir y la colchoneta enrollados con cuidado y dedicación, como si no hubieran formado parte de una noche llena de escenas para adultos.

—Te mueres por volver a casa, ¿no?

—Si te soy sincera, voy a echar de menos este lugar. —Voy a echar de menos tener a Jonah para mí sola. A pesar de que mi pelo y mi ropa apestan a humo y mi desesperación por una ducha y un cepillo de dientes.

—Sobre todo esa mesa.

Me pongo roja por la imagen mental de ese momento íntimo en particular.

Pero al menos no soy la única que sigue pensando en nosotros.

¿Y ahora qué pasará?

Volveremos a Bangor… ¿Y después qué? Ya tengo el billete de vuelta y, sin embargo, aquí estoy, preguntándome si debería quedarme.

¿Pero eso dónde nos deja a Jonah y a mí? ¿Nos acostaremos en secreto entre viajes en avión y bromas?

¿O mañana me despertaré en su cama?

Mientras contemplo en silencio el cuerpo que he llegado a conocer como la palma de mi mano, ya sé que prefiero la segunda opción.

¿Qué opinará mi padre? Bromeó acerca del tema, pero *¿se alegrará al enterarse?*

«Mejor. No tienes que repetir nuestros errores».

Tampoco es que esté repitiendo los errores de mis padres. No nos hemos conocido en un bar ni nos hemos enamorado perdidamente. Al principio ni siquiera nos caíamos bien. Y yo no caeré en la loca fantasía de mudarme a Alaska.

Ahora me cae bien, eso es cierto.

Creo que me cae demasiado bien.

No es como ninguno de los chicos con los que he salido y de los que me he enamorado. Aunque consigue hacerme hervir la sangre como nadie, siento una atracción magnética hacia él que no puedo explicar.

Pero no pierdo de vista que, sea lo que sea que haya entre nosotros, tiene fecha de caducidad.

Bueno, *quizá* lo perdí un poco de vista anoche.

Voy a echar de menos a Jonah cuando me vaya de Alaska. Y *me iré* de Alaska en algún momento. De eso estoy segura. La pregunta es cuándo. Y cuántas veces quiero repetir lo de anoche hasta que eso ocurra.

Llegamos a un claro y, por primera vez desde que estamos en este valle, puedo contemplar la inmensidad del paisaje y entender lo lejos que estamos. Dos muñecos diminutos con enormes paredes de roca a ambos lados. El ancho río corre sobre un lecho de rocas y madera, el agua se estrecha y se ensancha sin dejar de fluir.

Nuestro avión está donde lo dejamos. Una pequeña mancha en este valle cavernoso que espera en silencio a que Jonah nos lleve a casa.

Abre mi puerta y empieza a prepararlo todo mientras yo sigo sacando fotos.

No puedo evitar darme cuenta de lo metódico que es cada uno de sus pasos, sus manos (que me han cuidado tanto) se deslizan por el fuselaje del avión como si de una reverencia se tratase, su mirada (que ha recorrido cada centímetro de mi cuerpo) ahora estudia con detenimiento cada centímetro del metal.

Cuando se sienta, yo me he puesto roja y me pregunto cómo será tener sexo en un avión.

—Hay más espacio aquí de lo que recordaba —murmuro mirando el asiento de atrás.

Se ríe y comienza a presionar botones.

—Ahora no podemos.

—¿No podemos qué? —pregunto con inocencia, aunque me arden las mejillas. «*¿Cómo sabe lo que estoy pensando? ¿Y qué me pasa?*». No suelo ser tan demandante.

Mira las montañas y las nubes que todavía flotan alrededor.

—Daremos una vuelta para buscar a los Lannerds.

La fantasía de sentarme sobre el regazo de Jonah se desvanece para dejar paso a la vida real.

—Pero no podemos aterrizar allí, ¿no?

—No lo creo, pero al menos deberíamos mirar.

Tendría que haberme imaginado que Jonah iba a querer hacer eso. No es la clase de persona que informa y sigue como si nada. Suspiro con un poco de miedo.

—De acuerdo. Si tú dices que está bien. —Jonah me acaricia el muslo—. Ya retomaremos la otra conversación. Pero, por ahora, necesito que te concentres. Y que mires.

—¿Estás seguro de que dijeron que irían a Rainy Pass? —pregunto cuando acabamos de revisar el último tramo, sin rastro de los alpinistas. Ha habido varios momentos de tensión cuando las nubes se movieron y cubrieron por completo las cumbres.

El follaje denso y un vasto sistema de lagos se extiende hasta donde alcanza la vista. Me vuelvo a hundir en el asiento, siento que respiro por primera vez desde que hemos despegado. Necesito una copa.

Jonah sostiene un mapa, todo arrugado, que tiene una línea y varias marcas dibujadas a mano.

—Esta era su ruta, me la dieron por si acaso.

Volamos todo lo que pudimos por esa zona.

—¿Y ahora qué? —Me estremezco. El movimiento provocado por la turbulencia no me está ayudando con el dolor de cabeza.

Jonah mira el medidor de combustible y se muerde el labio inferior.

—Uf, Wren y Aggie se van a enfadar.

—¿Por qué? —pregunto con cautela.

—Porque odian que cambie los planes. —Jonah tiene las manos firmes en el yugo e inclina el avión hacia la derecha para cambiar el rumbo—. Y voy a cambiar los planes.

—¡Allí! —grito, la adrenalina me desborda cuando empiezo a señalar desesperada. Hay una tienda de campaña amarilla instalada en la ladera de una montaña. Una persona (probablemente una mujer, a juzgar por la coleta) salta y sacude los brazos de forma frenética. La persona que tiene al lado se queda sentada en el suelo, apoyada en una pila de rocas y cubierta por una manta naranja fluorescente–. ¿Son ellos?

–Están *muy* lejos del camino, pero, sí, seguro que son ellos. Y él está herido. –Jonah mira la pequeña planicie que tienen al lado con una mirada calculadora que me retuerce el estómago.

–No puedes aterrizar ahí.

–He aterrizado en lugares peores. –Después de considerarlo un rato más, niega con la cabeza–. Podría, pero no llegaríamos con el peso adicional. –Maldice por lo bajo y, con un suspiro, inclina el ala hacia ellos y vuelve a enderezar el avión. Una señal de que los hemos visto.

La mujer se arrodilla y abraza al hombre. El calor del alivio me invade el pecho. Solo Dios conoce su historia y la situación, pero la alegría de ella es inconfundible, incluso a la distancia.

Jonah habla por la radio. En minutos, los equipos de rescate tienen las coordenadas de la pareja y mandan un helicóptero.

–¿Cómo sabías que había que buscar allí? –Jonah ha girado en otra dirección para volver.

–Una corazonada. A veces la gente confunde estos dos ríos. –Señala con el dedo el mapa–. Pero fue una decisión inteligente acampar donde lo hicieron. Si se hubieran quedado *aquí abajo*, no los hubiéramos visto y quién sabe cuándo llegarían los equipos de rescate. Podrían haber pasado aquí otra semana, como mínimo. –Infla el pecho con un suspiro y llego a escuchar un «gracias a Dios» entre dientes.

–Te hubiese afectado mucho, ¿no?

—Me hubiese destruido —admite—. Pensaba dejarte, poner combustible y volver.

—¿Por eso tanta prisa por salir? —No estaba siendo un imbécil. Bueno, puede que sí, pero solo porque quería encontrarlos.

Jonah hace una pausa.

—No. Solo tenía miedo de que volvieras a quitarte la ropa. —Tuerce la boca para ocultar la sonrisa.

Le doy un golpe en el brazo, juguetona, y la sonrisa le arruga los ojos.

Se estira para apretarme la mano antes de devolverla al yugo.

—Vamos a casa.

—La cosa se va a poner interesante —murmura mientras aparca el avión con la ayuda de un tripulante de tierra. Tiene la mirada azul fija en Agnes, que se acerca.

—No parece enfadada —digo dubitativa. Siempre la he visto serena. Aunque tampoco se acerca con una sonrisa. Más bien parece incómoda.

—Nunca se enfada. Es uno de sus superpoderes.

—Al menos hemos encontrado a los alpinistas. Eso los alegrará.

—Sí. Es verdad. —Jonah se quita los auriculares con un suspiro mientras se acaricia la barba—. Pero Wren odia que vuele en la reserva, y esta vez lo he hecho contigo a bordo.

Frunzo el ceño.

—Espera, ¿a qué te refieres con «volar en reserva»? —Bajo la mirada al medidor y me desespero—. ¿Casi nos quedamos sin combustible? *¿En el aire?*

—No. Podríamos haber volado ocho kilómetros más. —Golpea la puerta del avión con cariño.

¿Ocho kilómetros?

—¿Estás *loco*? —¡Gracias a Dios no lo sabía!

—Relájate. Estaba controlando la línea y haciendo cálculos. Si hubiese pensado que no íbamos a conseguirlo, lo hubiese aterrizado en algún lado.

—¿Sobre una pila de rocas en medio del campo? —¿Ya se ha olvidado de que estrelló un avión hace unos días?

Me fulmina con la mirada, una advertencia de que decírselo en la cara no ha sido una buena idea.

—No. En uno de los bancos de arena por los que hemos pasado.

—Bien. ¿Entonces nos hubiésemos quedado atrapados en medio de la nada, comiendo charqui y barras de proteínas? —No oculto mi irritación.

—Ey, hace un rato estabas considerando el asiento trasero —suelta antes de que pueda acabar.

Tampoco es que tuviera mucho para decir.

Mi rapto de furia se transforma en fastidio cuando lo veo rodear el avión. Abre mi puerta y extiende la mano.

En un impulso, la aparto y doy un salto. Mis botas de lluvia golpean el pavimento con un golpe suave. Hace solo una semana, cuando llegué a este mismo lugar en tacones, lo hubiera necesitado.

Dios, ¿en qué estaba pensando cuando me puse ese calzado?

—Así que *ahora* no me necesitas. Es extraño, pero no recuerdo que me apartaras anoche, cuando estaba… —Gruñe por el impacto de mi puño contra la dureza de su abdomen.

—¡*Cállate!*—siseo mientras miro a mi alrededor, esperando que el tripulante de tierra no lo haya escuchado.

Se ríe y me pellizca la nuca, acariciándome la piel y dejando la mano ahí.

—Ey, Aggie, ¿los equipos de rescate han mandado novedades sobre los Lannerds?

—Van de camino a Anchorage ahora mismo —confirma Agnes—. Parece que se desorientaron por la niebla y luego el señor Lannerd se resbaló, cayó rodando por una pendiente y se rompió una pierna. Perdieron el teléfono satelital en el accidente.

Jonah resopla.

—Jamás olvidarán este aniversario.

—Oh, por Dios. —Me invade el alivio—. ¿Qué hubiera ocurrido si no hubiésemos pasado? —¿Y si a Jonah no se le hubiese ocurrido mirar en ese lugar? Podría haberse quedado allí con la pierna rota durante *días*.

—Se siente bien ayudar a la gente, ¿no? —Jonah recorre el hangar con la mirada—. ¿Dónde está Wren? Será mejor que se ocupe de mí ahora.

Agnes junta las cejas.

—Sí. Yo… —Cuando me mira fijamente puedo ver el dolor y la tristeza que le invade los ojos.

Contengo la respiración cuando empujo la puerta.

—Mira quién ha vuelto —murmura mi padre con la voz débil y adormilada. Solo lo he visto con vaqueros y varias capas de corderito. Se ve tan diferente, aquí tirado, con la bata del hospital.

Tan frágil y vulnerable.

Mabel está sentada en una silla con las piernas apretadas contra el pecho. Tiene los ojos rojos e hinchados, y el aspecto aturdido de quien se sienta a ver una comedia y, cuando se abre el telón, descubre que en realidad es una película de terror.

Le han contado que tiene cáncer. Eso no me alivia, aunque ya era hora. Se preguntaría por qué no estaba en casa para jugar a las damas.

—Es hora de irnos, Mabel —la llama Agnes desde la puerta.

No se mueve.

Mi padre la alienta con una sonrisa.

—Saldré pronto.

—¿Me lo prometes? —pregunta con una voz débil e infantil que no se parece en nada a la suya.

—Te lo prometo, peque.

Reticente, baja del asiento y sus zapatos sucios dejan rastros de polvo. Se inclina para darle un abrazo.

—Con cuidado, Mabel —advierte Agnes.

Asiente en silencio. Me dirige una mirada llena de angustia y resentimiento infantil. Ya sabe el verdadero motivo por el que vine a Alaska y no le gusta que se lo haya ocultado.

—Ey —grita Jonah cuando pasa por su lado como si no existiera. Se estira, consigue atraparla antes de que pueda escapar y, sin esfuerzo, la aprieta contra su pecho. No se resiste, todo lo contrario, baja la cabeza y la entierra en su abrigo. El llanto trepa por su pecho y hace crecer el doloroso nudo que ya tenía en la garganta. Jonah le acaricia el pelo en silencio y luego, con un suspiro hondo, murmura despacio—: Ve con tu madre, peque.

Se van y ahora solo quedamos nosotros tres.

Los ojos grises de mi padre rebotan entre nosotros antes de quedarse fijos sobre mí.

—Dime, Calla. ¿Cómo ha ido tu primera noche en la montaña?

—Supongo que podría haber sido peor —admito.

—¿Se han quedado en el refugio público? Me apuesto lo que quieras a que nunca habías dormido en un sitio así.

—No, nunca. —Y es de lo último de lo que quiero hablar en este momento, pero sé que mi padre está evitando el tema.

—Diría que Barbie se lo ha pasado bastante bien —dice Jonah entre risas.

Lo fulmino con la mirada, pero me pongo roja.

—A pesar de la compañía. Me gustaría darme una ducha caliente y comer comida de verdad. Me sale charqui por las orejas. —¿A quién quiero engañar? No tengo hambre.

—¿Charqui de carne? —Mi padre mira a Jonah y entrecierra los ojos con curiosidad.

—De Ethel —explica Jonah—. Los que hace ella. A Calla le ha gustado.

—Bueno… Eso es bueno. —Mi padre tose y se estremece.

—¿Te duele? —Bajo la mirada hacia su pecho y me pregunto dónde le habrán clavado la aguja para drenar los fluidos que se le habían acumulado en los pulmones.

—Bastante menos de lo que me dolía antes. Las drogas que me han dado son buenas.

Me golpea una ola de desesperación. ¿Llevaba días sufriendo?

—¿Por qué no dijiste algo…?

—Nah. —Sonríe con resignación y mueve la mano. La pulsera del hospital se desliza por su antebrazo.

—Lo siento. Tendríamos que haber estado ahí. Pero con la lluvia y la niebla… Jonah dijo que no podíamos volar. —Se me llenan los ojos de lágrimas. Todo eso es verdad, pero no puedo evitar sentirme culpable por la noche y la mañana que hemos pasado mientras él atravesaba todo esto.

—Si Jonah dijo que no se podía, era porque no se podía. Además, le pedí a Agnes que no les dijera nada si llamaban. No quería que tomaran riesgos innecesarios para llegar antes. No te preocupes, no es nada. Solo una complicación. No ha sido tan grave. Saldré en uno o dos días.

Dejo escapar un suspiro tembloroso por el alivio.

—Iré contigo cuando vayas a Anchorage para tu tratamiento. —Y cancelaré el billete cuando tenga conexión a internet. No sé por qué alguna vez dudé de si tenía que venir o no. Veo a mi padre acostado en esta cama de hospital y no se me ocurre otro lugar en el que podría estar.

Se mira las manos.

—Wren... —Jonah tensa la mandíbula—. Esto no puede seguir así. O se lo dices *ahora* o lo hago yo.

El estómago se me retuerce.

—¿De qué hablas? ¿Decirme qué? —Me dirijo a mi padre—. ¿De qué habla?

—Se suponía que llevarías a Dempsey y su equipo hoy. Seguro que te están esperando.

—Wren...

—De acuerdo, Jonah. *De acuerdo.* —Suspira con resignación dando palmaditas al aire—. ¿Por qué no vas y los llevas? Dame un rato para charlar a solas con mi hija.

Jonah baja la cabeza, me toma la cara con las manos y me da un beso en la sien.

—Lo siento —susurra y desaparece por la puerta.

—Bueno, me alegro de ver que por fin se llevan bien —murmura, sonriendo.

—Sí. Ehmm... —A pesar de todo, me ruborizo.

—Acerca la silla. Siéntate un momento. —Señala el asiento que acaba de dejar Mabel. Sigue tibio cuando lo ocupo.

—¿Qué pasa, papá? —pregunto con la voz temblorosa.

Estudia mi rostro largo y tendido.

—Papá…

—Tu abuelo también tuvo cáncer de pulmón. Lo sabías, ¿no?

—Sí. Me lo contó mamá.

Asiente.

—Yo tengo el mismo. Carcinoma de células pequeñas. Es más raro que el otro tipo y justo los dos hemos tenido el mismo. Se esparce rápido. Cuando se lo encontraron, el pronóstico no era el mejor, pero pensó que tenía que hacer lo que le decían todos y empezar quimioterapia. —Niega con la cabeza—. Los últimos seis meses fueron un infierno. Pasaba mucho tiempo en Anchorage y, cuando no estaba allí, apenas podía levantarse de la cama. Mi madre lo cuidó bien, o tan bien como pudo. Pero no fue fácil para ninguno de los dos. Cuando dejó el tratamiento, era un fantasma. —Se muerde el labio inferior—. Una de las últimas cosas que me dijo fue que le hubiera gustado aceptar las circunstancias desde el principio. Hubiera tenido menos tiempo, pero lo habría disfrutado más. Hubiera pasado sus últimos días como quería. Nunca me lo he podido sacar de la cabeza.

Entonces entiendo hacia dónde va.

Y la horrible sensación que se me había instalado en el pecho le da paso a una calma que me tranquiliza.

—Pero eso fue hace como treinta años. Las cosas han avanzado mucho. Las probabilidades de sobrevivir…

—No voy a sobrevivir, Calla —dice con una determinación sombría—. No se sobrevive a este tipo de cáncer. No cuando está tan avanzado.

—Pero estás bien. —No tiene *nada que ver* con la señora Hagler: no tiene el cuerpo decrépito ni la piel amarillenta ni arrastra un tanque de oxígeno–. No ahora, porque estás en el hospital, pero hace una semana estabas *bien*. –No me reconozco.

–No, no estaba bien. Se me da bien disimular. No tengo tanta energía como antes. Hace tiempo que me duele el pecho –admite.

–¿Por el tumor?

–Sí, en parte.

–Pero pueden reducirlo. Para eso está la radiación. Y la quimioterapia matará las células…

–Ya se ha esparcido, Calla. –Por fin levanta los ojos para encontrarse con los míos–. Lo tengo en los nudos linfáticos, en los huesos. Eso me hará ganar algo de tiempo, pero no será tiempo de calidad.

–¿*Cuánto* tiempo te queda? –La pregunta sale como un suspiro ronco.

–No lo saben con exactitud, pero dos o tres meses como máximo.

Contengo la respiración.

–¿Y sin tratamiento?

–Creen que, de cuatro a seis semanas, como mucho.

Una sensación helada me invade el pecho. ¿Cómo es posible? Tiene buen aspecto.

–Pero… Los médicos se equivocan. Siempre se equivocan. ¡Papá! *Siempre* –tartamudeo porque las palabras se me agolpan en la boca–. Todo el tiempo sale alguna historia de personas que, contra todo pronóstico, viven muchos años.

–No siempre, Calla. –Suspira–. Esas son las historias que la gente necesita recordar. Necesitan esperanza. Pero no *siempre es el caso*. No esta vez.

La sorpresa disminuye cuando aumenta la furia y la frustración que me provoca que no quiera escucharme.

–¿Entonces eso es todo? ¿No hablaremos más del tema? ¿No hay forma de convencerte de que intentes vivir? ¿Por mí? ¿Por mamá? –Se me rompe la voz. Me estoy desesperando.

–Si dejo que me metan esa mierda, pasaré el poco tiempo que me queda durmiendo, vomitando y encerrado en una habitación de hospital ocho horas, cinco días a la semana, hasta morir. No quiero irme así. Quiero morirme como he vivido. –Estira una mano, pero no puedo tomársela y, en un instante, sus dedos, débiles, caen a su lado–. Cuando el médico me dio la noticia, pensé en ti. Fuiste lo primero en lo que pensé. No sabía si debía llamarte de inmediato, ni siquiera si debía llamarte. No estaba seguro de tener el derecho a hacerlo. Creí que no querrías saber nada de mí después de tanto tiempo. –Se le empañan los ojos y pestañea para apartar las lágrimas–. Me alegro de que Agnes no me escuchara e hiciera lo que yo no sabía cómo hacer. Lo que no me atrevía a hacer. Me alegro de que vinieras.

Me invade otra ola de comprensión.

–¿Sabían que estabas tan mal? ¿Agnes y Jonah lo sabían? –¿Me lo han ocultado todo este tiempo?

–Nunca se lo dije a Agnes. Pensaba hacerlo. Pero, de pronto, venías hacia aquí. No sabía cómo podías tomarte mi decisión de no…

–Mentira –disparo–. Sabías muy bien que no me iba a tomar bien que te dieras por vencido. Que *nadie se lo iba a tomar bien*. Por eso lo ocultaste.

Aprieta los labios. Y luego asiente. Al menos no lo niega.

–Sabía que era posible que hubieras estado enfadada conmigo durante muchos años. Decidí que quería pasar una semana contigo, para volver a conocerte. Una semana en la que, con suerte, no te decepcionaría.

La semana *ha sido* buena, lo admito.

Pero ahora todo se ha ido a la mierda.

—Entonces Jonah lo sabía. —Siento un pinchazo de traición cuando lo digo en voz alta y junto las piezas. *Por eso* insistió en que me quedara. Porque, cuando me suba al avión de vuelta a casa, me estaré despidiendo de mi padre para siempre.

«Las próximas semanas y meses serán difíciles».

Pero no porque mi padre tenga que luchar contra el cáncer. No habrá pelea.

Ya se ha rendido.

Sin más, me incorporo y salgo por la puerta.

Cuando llego a la puerta principal del hospital, ya estoy corriendo.

Capítulo 23

Llevo veinte minutos aturdida debajo del chorro de agua caliente y no consigo nada de calor ni consuelo. Solo siento el dolor punzante de las ampollas que tengo en los talones y los dedos. He corrido los diez kilómetros que separan el hospital de Bangor y la casa de mi padre.

Siento los brazos flojos cuando los levanto para lavarme el pelo; froto el champú contra el cuero cabelludo para deshacerme del olor a leña que ha absorbido en la cabaña.

Me echo a reír. Es un sonido suave y sin alegría (no es una risa de verdad) cuando recuerdo mi conversación con Diana esa noche en la discoteca. Parece que haya pasado una eternidad desde la vez que le hice una pregunta que ahora me parece increíble: ¿Y si voy a Alaska y me encuentro con el padre que siempre quise (a pesar de sus defectos, a pesar del hecho de que prácticamente me abandonó) solo para volver a perderlo?

Está pasando.

Lo he encontrado y ahora voy a perderlo de nuevo. Y esta vez, para siempre.

Me rompe el corazón otra vez, quiera o no.

No estoy segura de cuándo ha empezado a menguar el flujo del agua, pero, de pronto, me encuentro parada debajo de una gotera triste con la cabeza llena de espuma y tiritando por la pérdida de calor.

—No, no, no… No me digas… —Muevo el grifo hacia un lado y hacia el otro. Nada.

Giro la llave hacia la derecha. Nada.

Nos hemos quedado sin agua. Jonah me advirtió de que esto podía ocurrir.

Suspiro por la frustración y apoyo la frente contra la pared de la ducha con un golpe seco.

—Maldita sea.

Y, por fin, dejo de contener las lágrimas.

Un golpe suave en la puerta del baño.

—¿Calla?

Aprieto los labios contra la rodilla para no responder. No puedo lidiar con Jonah en este momento.

Unos segundos más tarde, llama con más firmeza.

—¿Calla? —Forcejea con la manija—. Déjame entrar.

—Déjame sola —murmuro.

—Mira, o me dejas entrar o entro solo.

No respondo. No me muevo.

El suelo cruje cuando avanza por el pasillo, alejándose del baño. Pero entonces vuelve y se oye un extraño ruido metálico. Con un golpe, la puerta del baño se abre de par en par. Puedo ver el reflejo distorsionado del rostro de Jonah en el cerrojo, luchando contra la puerta, pero no me giro.

—¿Qué haces?

—Me he quedado sin agua. —¿Cuánto rato llevo sentada en la bañera, abrazándome las piernas? Seguro que mucho. He dejado de temblar y de llorar. Sigo teniendo el pelo lleno de jabón, pero ya no hay espuma.

Suspira.

—Vamos. Puedes usar la mía. —Entra al baño y me tiende una mano.

La ignoro y miro hacia otro lado.

—Calla…

—¿Cuándo te enteraste?

Apoya su enorme cuerpo en el borde de la bañera y mira hacia delante, al espejo. Lleva la misma ropa y todavía tiene impregnado el olor a humo. Lo que pasó anoche parece tan lejano.

—El mismo día que Aggie me lo contó. El día que llegaste. Tenía un mal presentimiento cuando le pedí que me contara todos los detalles. Divagaba cuando hablábamos del plan de tratamiento, de cuántos días tendría que ir a Anchorage, de dónde se quedaría. Después se fue y yo tuve que ir a buscarte. —Se concentra en sus uñas—. Le saqué la verdad esa noche.

Esa es la diferencia entre Jonah y yo. Yo acepté la reticencia de mi padre a hablar del tema porque, en el fondo, tampoco estaba lista para enfrentarme a él. Estaba feliz de evitar la verdad que debería haber anticipado.

—Entonces ya lo sabías cuando vine a pedirte que me llevaras a Meyer's. —Lo ha sabido todo este tiempo.

Deja caer la cabeza entre sus manos y se peina el pelo con los dedos.

—Me hizo prometerle que no les contaría nada, ni a ti ni a Aggie. Créeme, quise hacerlo muchas veces. Anoche estuve cerca. Pero Wren quería intentar explicarte su decisión. No podía quitárselo. —Hace una pausa—. Puedes enfadarte todo lo que quieras conmigo, puedes odiarme y no volver a hablarme nunca más, pero eso no cambiará el hecho de que Wren se está muriendo, y todos tenemos que encontrar la forma de hacer las paces con eso.

—¿Al menos *intentaste* convencerlo de que siguiese el tratamiento?

—¿Y tú qué crees, Calla? —La irritación invade su voz—. No te atrevas a pensar ni por un segundo que esto es más fácil para mí de lo que lo es para ti o que esto te dolerá *más* de lo que me dolerá a mí o a Agnes o a Mabel. Tu volverás a tu vida en Toronto con un recuerdo y nosotros nos quedaremos aquí sintiendo su ausencia cada maldito día… —Se interrumpe de golpe con la voz ronca.

—¿Por qué no estás enfadado con él?

—¿Que no estoy enfadado? ¡Estoy furioso! Furioso porque esperara tanto a hacerse un chequeo. Furioso porque haya fumado esa mierda durante tantos años. —Su voz grave llena la pequeña habitación. Y luego vuelve a hablar, esta vez más tranquilo—. Pero Wren no toma decisiones precipitadas. Lo pensó largo y tendido. Si hasta los médicos dicen que solo va a ganar algo de tiempo, no puedo culparlo por no querer desperdiciar el que tiene.

—¿Y el resto? ¿Nos tenemos que sentar a mirar? —pregunto sin expresión. ¿No pensó en lo que tendrán que atravesar quienes lo aman?

—Está convencido de que es lo mejor para todos y, cuando se convence de algo, no hay forma de hacerlo cambiar de opinión. Es más testarudo que yo.

Como cuando decidió dejarnos ir a mi madre y a mí hace tantos años.

Me pregunto cómo serán las cosas por aquí cuando él ya no esté. Esta casa con patos de mal gusto se sentía tan vacía la primera vez que entré y, aunque seguirá siendo la misma, ahora tengo recuerdos para llenarla. Recuerdos de la suave risa de mi padre rompiendo el silencio permanente, del aroma a café recién hecho por las mañanas, del crujido del suelo cuando camina por el pasillo después de darme las buenas noches. Sé que esas pequeñas cosas (diminutas, detalles triviales de su vida que ni deberían contar como recuerdos) son las primeras que me vendrán a la mente cuando piense en él dentro de muchos años.

Y eso es solo dentro de estas paredes. ¿Y fuera?

—¿Qué va a pasar con Wild? —pregunto adormecida. Jonah no va a hacerse cargo de la empresa hasta que mi padre mejore.

Se va a hacer cargo hasta que mi padre se muera.

¿Y después?

Jonah niega con la cabeza.

—No lo sé. Esa es una conversación para otro día. No para hoy.

—¿Por qué me dejaste perder el tiempo haciendo la página web? No tenía ningún sentido. Fue una estupidez.

—No, no fue una estupidez. Querías hacer algo para ayudar a tu padre. Estabas haciendo un esfuerzo para entender lo que hizo aquí todos estos años. —Siento el peso de la mirada de Jonah clavada en mi piel desnuda. Hace una pausa—. ¿Qué te ha pasado en los pies?

—He venido corriendo desde el hospital con las botas de lluvia —admito con timidez y me abrazo las piernas con más fuerza. De repente me intimida mi desnudez, aunque Jonah haya visto todo lo que hay para ver. Nada en este momento se siente ni remotamente sexual.

—Por Dios. Tienen muy mal aspecto. Tengo un botiquín de primeros auxilios en casa. Tienes que curarte esas ampollas. —Toma la toalla y me la pasa—. Vamos. El camión pasará mañana. Si quieres agua, te conviene recoger tus cosas y venir a mi casa. –Al segundo, agrega con suavidad–. Por favor.

Finalmente, acepto la toalla.

Sé que necesito tenerlo cerca esta noche, haya o no haya agua corriente.

La puerta del baño se abre cuando me estoy enjuagando el gel de limpieza facial de las mejillas y la nariz.

–Casi he acabado, te lo juro.

Jonah corre la cortina y entra a la bañera. A pesar de mi mal humor, verlo desnudo me arremolina la sangre de inmediato.

–De acuerdo, *bien*. –Consigo salir.

Me toma por los hombros para que me quede donde estoy, deslizando los pulgares por mi piel resbaladiza, hacia arriba y hacia abajo, varias veces, para relajarme. Y luego me envuelve en esos brazos largos y musculosos y me acerca de espaldas contra él.

–Lo siento –murmura y se inclina para meter la cara en el hueco de mi cuello; su barba me hace cosquillas–. Quería decírtelo, pero no lo hice. No me odies.

Inclino la cabeza para apoyarla sobre la suya.

–No te odio. –Más bien todo lo contrario. Ni siquiera estoy enfadada con él. Estoy enfadada con mi padre por la decisión que tomó. Y con la vida, por ser así de injusta. Pero Jonah…

Me estiro para acariciar su bíceps con las uñas un par de veces antes de aferrarme con fuerza a sus brazos.

–Me alegro de que estés aquí –susurro. No puedo imaginarme tener que atravesar esto sin él.

Se dobla para tenerme más cerca, más fuerte, hasta envolverme por completo. Siento la presión reconfortante que va desde sus clavículas hasta sus muslos, todo él se amolda a mi cuerpo. Puedo sentir su erección crecer contra mi espalda y, sin embargo, no intenta satisfacer sus necesidades.

Creo que está muy ocupado con las necesidades de alguien más.

Nos quedamos ahí, abrazándonos, hasta que el agua se enfría.

—Esto es *mucho* más fácil cuando estás consciente y bien sentado —murmuro mientras paso con delicadeza el cepillo por la barba de Jonah y siento cómo sus ojos azules estudian los míos.

—Y con mi consentimiento.

Y conmigo sentada en tu regazo.

—Shhh. No te muevas —lo regaño y frunzo el ceño mientras mi mirada va de lado a lado, estudiando su barbilla para asegurarme de que haya quedado igualado.

—¿Cuánto te temblaban las manos esa noche?

—Estaba bien *mientras* lo hacía. Estaba tranquila y lo tenía todo bajo control.

—¿Y después?

—Petrificada. Hasta mi padre se dio cuenta de que estaba nerviosa.

Jonah se ríe y tira la cabeza hacia atrás, contra el sofá.

Es un sonido tan bonito y profundo que me quedo embelesada contemplando su cuello e imaginado mi boca apretada contra él.

—No es verdad.

—Tenía miedo de haber ido demasiado lejos y de que volvieras a odiarme —admito.

—¿Qué? Nunca te *odié*, Calla. —Levanto las cejas y lo miro con desconfianza—. No. Hasta cuando estaba enfurecido porque me volviste loco en Meyer's, una parte de mí se preguntaba qué harías si me animaba a besarte.

—¿En serio? —Le acaricio la mandíbula para apreciar su perfección. ¿Qué hubiera hecho? Probablemente me hubiese vuelto loca. En ese momento, él no era más que el Yeti enojado. Y hacía que *yo* me enojara. Y, sin embargo, ahora que lo conozco, no entiendo cómo pudo existir un tiempo en el que *no* me gustara Jonah. A pesar de la horrorosa barba que tenía.

Le brillan los ojos, como si pudiera leerme la mente.

Dejo las tijeras y el cepillo en la mesita de café, satisfecha con el resultado.

—Listo. Te la he retocado, como *me has pedido*. Sabía que en el fondo eras vanidoso.

—¿Te alegró que fuese tu juguete durante un rato?

—Puede ser.

—Bien. Supuse que nos vendría bien una distracción.

—Sí, supongo que sí. —Respiro hondo y vuelvo a la realidad. Acaricio la muñeca de Jonah y la giro para mirar el reloj—. Tienes que volver a Wild, ¿no? —Ya ha pasado bastante tiempo desde que me encontró tirada en la bañera. Pensé que ya se habría ido, pero agradezco que no haya sido así.

—No quiero —admite con tristeza—. Hace diez años que trabajo ahí y es el primer día que no quiero saber nada de los aviones ni de la gente. Pero debería hablar con los chicos. Seguro que se preguntan por qué no ha llamado Wren.

—¿Se lo vas a contar?

—Todos sabemos que Wren no va a levantar el teléfono para

hacerlo. Estoy seguro de que algunos ya se han enterado de algo. Pero, sí, es mejor que lo sepan por mí que por Maxine o alguno de los pasajeros. Además, no puedo dejar a Agnes a la estacada, ya tiene bastante con Mabel. —Suspira—. Pobrecita. Wren es como un padre para ella. Esto la va a destruir.

He estado tan concentrada en mi propio dolor que ni siquiera he pensado en ella. Ahora me doy cuenta de que no siento rastros de celos con sus palabras. Ni una chispa de envidia. Solo empatía.

—Iré contigo. Solo tengo que tomar el móvil de casa de mi padre. —Lo he puesto a cargar al volver del hospital y allí se ha quedado. No tengo ganas de hablar con nadie.

Me doy la vuelta, pero un par de manos tibias y fuertes me toman desde ambos lados de la cintura y me impiden avanzar. La mirada de Jonah baja por la camiseta ajustada que dice «Antes que nada, café» (regalo de Diana) hasta el lugar en que mis muslos tocan los suyos. Abre la boca, pero parece arrepentirse de lo que iba a decir. Sus ojos suben para encontrarse con los míos.

—¿Qué? —pregunto con suavidad, acariciando su mejilla. No me canso de la sensación de su barba contra mi mano. Creo que ahora entiendo lo que dijo Diana acerca de que le parecía demasiado íntimo que afeitara a su novio.

Jonah aprieta mi cuerpo contra el suyo hasta que sus manos se aferran con fuerza a mi espalda y entierra el rostro en el hueco de mi cuello. El calor de su respiración se esparce por mi piel y me arremolina la sangre.

Puedo sentir la presión de su erección entre mis muslos.

Me desea, pero no le parece bien pedirlo.

Acuno su cabeza entre mis brazos y giro las caderas para hacerle saber que está más que bien.

En el momento en que Jonah entra a la recepción de Wild parece perder la reticencia que tenía cuando veníamos en el coche, entrelaza su mano con la mía.

—¿Trabajando duro, Sonny? —grita con esa voz grave y poderosa que sobresalta a un nativo alaskeño acurrucado en un rincón, el único pasajero que espera en la recepción.

Sonny, que estaba apoyado en el mostrador hablando con Sharon, se endereza de inmediato.

—Estaba terminando mi descanso, en nada vuelvo a salir. Casi hemos terminado —balbucea caminando hacia la salida.

Jonah le apoya una mano en el hombro.

—Me parece bien. Dile a Clark que venga a verme cuando tenga un rato.

—Lo haré. —Sonny desaparece por la puerta.

—Eres un ser humano horrible —sisea Sharon con tono acusatorio.

—¿Qué he hecho? —pregunta, levantando una mano.

—Ay, *vamos*. Sabes que intimidas.

—No intimido a nadie. —Se gira hacia mí—. ¿Intimido?

—A veces —admito—. También eres desagradable. Y molesto... —*Y amable y cariñoso...*

—Bueno, bueno. —Sonríe. Mabel está acurrucada en una silla, al lado de Sharon, jugando con el móvil con la cabeza gacha. Jonah hace una pausa y, cuando la mira, aprieta la mandíbula—. Ey, peque. —Le frota la cabeza.

Levanta la mirada y le sonríe con timidez y tristeza antes de volver a su móvil. Salta a la vista que no tiene ganas de hablar, algo sorprendente en ella. La deja tranquila y entra a la oficina.

—Me encanta cómo te queda el pelo recogido —dice Sharon señalando mi moño. Sus ojos verdes están llenos de empatía, aunque intenta actuar con normalidad.

—Sí, a este estilo lo llamo «Jonah me escondió el peine, el difusor y todos mis cosméticos para vengarse». —Cuando tenga fuerzas, voy a revisar toda su casa. Dadas las circunstancias, había olvidado que llevo días sin maquillarme. Es extrañamente liberador.

—Sí, suena a algo que haría él —dice con una risa suave y luego traga. Hay una expresión de dolor en su rostro—. Nos hemos enterado de las noticias. Lo siento, Calla.

Sí que se corre rápido la voz por aquí. Me pregunto quién se lo ha contado. Aunque la verdad es que no me importa. Miro a Mabel y recuerdo lo que dijo Jonah. La realidad es que, aunque sea *mi* padre, tengo toda una vida en casa que no incluye a Wren Fletcher, y lleva siendo así toda la vida. Pero lo es *todo* para la gente de aquí. Estar en Wild, aceptando las condolencias de Sharon… no me parece bien. *Debería ser yo quien se las diera* a ellos.

Solo puedo asentir y avanzar hacia la oficina del fondo. Agnes y Jonah están repasando el cronograma y el pronóstico con George. Agnes me regala una sonrisa triste, vacilante; se la devuelvo. Después de todo, es tan inocente como yo.

Levanto el móvil.

—¿Les molesta si uso la oficina de mi padre?

Jonah hace un gesto con la mano.

—Nah. Adelante.

Cierro la puerta a mis espaldas y miro por encima los mensajes de Diana: «¿Has visto todos los me gusta?», «¿Te llegan los mensajes?», «¿Dónde estás?», «¡Nordstrom's tiene las botas con tachuelas en liquidación! ¿Te las has llevado? ¡Tienes que sacarte una foto usándolas en el avión ya mismo!», pero no soy capaz de responderle. También hay un «¿Cómo va todo?» de mi madre.

Se me estruja el corazón de miedo. ¿Cómo se va a tomar las noticias?

Tengo que llamarla para contárselo, pronto. Pero vacilo. Quizá porque, cuando lo haga, todo parecerá más real, más definitivo. Esa voz sigue en mi cabeza, parloteando en un susurro desesperado, intentando convencerme de que los médicos se equivocan con el pronóstico, de que mi padre ha tomado una mala decisión, de que tiene que pelear, de que *quizá* puedo convencerlo.

Y entonces aparece la voz de Jonah, su sermón sobre hacer las paces con la dura realidad. Una y otra vez.

Quién sabe cuándo voy a aceptar la realidad. Pero sí sé algo: no quiero estar a miles de kilómetros cuando pase lo inevitable.

Respiro hondo y llamo a la aerolínea.

—Hace dos horas por fin se quedó dormida —dice Simon entre un bostezo. No son ni las cinco de la mañana en Toronto. Salí de la casa de Jonah y caminé por el césped hacia la de mi padre para revisar los mensajes (tiene que empezar a vivir en el siglo veintiuno y contratar internet) y me he encontrado con varios mensajes de Simon en los que me pedía que lo llamara sin importar la hora que fuera.

Por supuesto que entré en pánico y marqué sin mirar el reloj.

Debería haber sabido que Simon quería saber cómo estaba.

Nunca había escuchado tanto silencio en un teléfono como esta tarde cuando, sentada en la silla gastada de la oficina de mi padre, llamé a mi madre para comunicarle las malas noticias. Casi no habló mientras le decía cómo eran las cosas en realidad: que nos habíamos equivocado, que no lo habían descubierto a tiempo.

Que lo habían descubierto *muy* tarde.

Le hablé con la voz rota, derramando lágrimas en silencio, escuchando el silencio al otro lado, sabiendo que ese era el sonido de su corazón rompiéndose en mil pedazos.

—No se lo ha tomado bien.

—No. —El encantador acento británico de Simon es acogedor.

Me doy cuenta de cuánto extraño verlo por las mañanas cuando me bebo el *latte* y gruño un agradecimiento. Extraño sus bromas cuando me ve atravesar la casa, apurada, volviendo de algún lado y saliendo hacia otro. Extraño su forma de saber exactamente cuándo lo necesito. Extraño que siempre ha estado a mi lado de una forma que mi padre no.

De una forma en la que me imaginé que podría contar con Wren Fletcher en el futuro, sin darme cuenta de que era imposible.

—¿Cómo estás tú, Calla?

Levanto la vista hacia las luces navideñas que cuelgan del techo. Acabo de encenderlas. Las lamparitas son demasiado grandes, los colores demasiado apagados, la luz demasiado tenue y, sin embargo, el paisaje que crean es encantador. No puedo dejar de mirarlas.

—No lo sé. Enfadada.

—¿Por qué? —Simon sabe exactamente por qué, pero quiere que lo verbalice.

—Porque no me lo dijo antes. Porque se niega a seguir el tratamiento. Lo que prefieras. Todo es una mierda.

—Tienes razón.

—Pero… —Siempre hay un «pero» con Simon.

—Esta vez no hay peros. Tienes todo el derecho a sentirte así. Yo también estaría enfadado y frustrado si alguien a quien quiero no hiciera todo lo que está a su alcance para quedarse conmigo tanto tiempo como sea posible.

—¡No entiendo cómo puede ser tan egoísta! Hay gente que lo quiere y les está haciendo daño.

—¿Tú lo quieres?

—Por supuesto que sí.

Simon suspira.

—Bueno, no hubieses dicho esto con tanta seguridad la noche que nos sentamos en el porche, ¿no?

—Supongo que no. No lo sentía en ese momento. —Pero, una semana después, no tengo ninguna duda de que quiero a mi padre y de que no quiero que se muera. Y eso hace que todo sea más doloroso—. Pero no parece preocuparse por nadie más que por él. ¡*Nunca* lo ha hecho! —Mientras lo digo, sé que no es cierto—. No se preocupa lo suficiente —corrijo.

—¿Crees que ha tomado esta decisión sin pensarlo bien?

—¿Y cómo no? O sea, ¿quién no lucha contra el cáncer?

—Son cosas que pasan a veces, por múltiples razones. —Y Simon sabe de lo que habla. Ha tenido pacientes terminales que fueron a pedirle ayuda para lidiar con la difícil situación que estaban atravesando—. ¿Te ha explicado sus motivos?

—Sí —murmuro, y repito todo lo que me dijo.

—Parece que no ha tomado esta decisión a la ligera.

—Puede que no. Pero no está bien. —Nunca va a estar bien—. ¿Qué hubieses hecho tú?

—Creo que hubiera seguido el tratamiento. Al menos en un principio, pero no soy él. Además, tu madre me hubiese arrastrado al hospital si hubiese insinuado que no quería hacerlo.

—Tendría que venir a arrastrarlo a él –digo, desolada–. O por lo menos llamarlo. Estoy segura de que todavía se acuerda del número. Lo marcó mucho hace doce años. –Me quedo en silencio–. Quiero decir…

—Sé *todo* lo que pasó entre tus padres, Calla –dice Simon con cuidado.

Suspiro. Por supuesto que lo sabe.

Dios, mis padres son un desastre.

—Me imagino que Wren debe estar asustado –arroja Simon para aflojar la tensión.

—Dijo que quiere morir como ha vivido.

—Pero eso no significa que no esté atemorizado.

—Supongo que no. –Y hoy me he ido corriendo y lo he dejado solo. Siento un pinchazo de culpa.

Nos quedamos en silencio. Me quedo parada, contemplando el cielo nocturno, en pijama, con el abrigo y varias mantas sobre los hombros. Hay bastante más luz de la que estoy acostumbrada a ver a la una de la mañana.

—Entonces no tienes ninguna frase sabia para hacer que esto me duela menos.

—Lo siento. No hay frases sabias esta vez –dice Simon con un suspiro.

—No pasa nada. Hablar contigo me ha ayudado.

—Bueno. Acuérdate de que su decisión puede provocarte enojo y frustración e igualmente puedes ser comprensiva y acompañarlo.

—No sé muy bien cómo hacerlo.

—Lo descubrirás. Eres una jovencita centrada y sensible, tomas decisiones inteligentes.

—¡Calla! ¿Vienes a la cama? –grita Jonah desde un lugar incierto pero cercano. Cuando me he vestido y he salido para hablar por teléfono había tomado un libro con cubierta de cuero de la mesita de noche y la sábana apenas lo cubría de la cintura para abajo. Un panorama que resultó sospechosamente erotizante.

Hablando de tomar decisiones inteligentes…

Jesús. Seguro que lo ha escuchado medio Bangor.

—Déjame adivinar… Ese debe ser el *espantoso* piloto de la casa de al lado del que me habló tu madre —dice Simon con ironía—. Por favor, cuéntame cómo va esa riña despiadada.

—He usado toda el agua de la casa de mi padre, así que tengo que quedarme a dormir allí esta noche si quiero tener servicios básicos. —También podría quedarme en casa de Agnes, pero eso no se lo voy a decir.

—Claro. Bueno, es muy amable de su parte recibirte a pesar de ser tu archienemigo.

—Lo era, *de verdad.* —Simon no se cree mi tonta excusa.

Se oyen los golpes pesados de las botas de Jonah contra la escalera del porche. Abre la puerta y veo que algo se mueve junto a sus pies. Es Bandido, que camina frente a él, con los ojitos brillantes reflejando las lucecitas de Navidad. Lanza uno de esos chillidos agudos.

Me estremezco.

—Simon, ¿cuál es tu opinión profesional acerca de alguien que tiene un mapache de mascota? —pregunto en voz alta, para que Jonah vea que estoy hablando con mi padrastro.

—Nosotros tenemos dos, así que, ¿quién soy yo para juzgar? Buenas noches, Calla. Llámame cuando lo necesites.

—Buenas noches. Te quiero. —Me sale con naturalidad decírselo a Simon, pero no he podido decírselo a mi verdadero padre ni una sola vez.

Jonah mira el techo del porche.

—Mabel y tú hicieron un buen trabajo.

—Sí. Ha quedado bastante acogedor.

—Lo siento, no me di cuenta de que estabas hablando por teléfono. ¿Te sientes mejor después de hablar con él?

—No lo sé —respondo con honestidad—. Quizá. Pero tampoco estoy bien.

—No vas a estar bien. Al menos, no durante un tiempo. Vamos. —Jonah estira la mano.

La tomo y dejo que me arrastre.

Y no puedo dejar de pensar que es Jonah quien me hace sentir mejor.

O, al menos, hace que duela un poco menos.

Capítulo 24

Papá está vestido y sentado en el borde de su cama cuando Mabel y yo llamamos a la puerta.

—¿Cómo están mis chicas? —Sus ojos grises buscan los míos.

—Lista para patearte el culo esta noche. No pienses que voy a dejarte ganar —dice Mabel con una sonrisa que ni por asomo tiene su brillo habitual, pero igualmente allí está. Avanza arrastrando los zapatos por el gastado suelo de linóleo.

—No esperaría menos de un tiburón. —Mi padre tuerce los labios—. ¿Las ha traído tu madre?

—No, Jonah. Tenía que venir a quitarse los puntos.

Mi padre se acomoda el cuello del abrigo.

—Muy bien, qué conveniente.

—¿Qué es esto? —Mabel levanta la carpeta blanca que hay a los pies de la cama.

—Ah. Unos trámites que tengo que hacer. Nada interesante —dice y se la quita con suavidad, de un modo que me hace pensar que no quiere que vea lo que hay allí—. Ey, peque, ¿por qué no vas a comprarte algo a la cafetería? —Le da un par de billetes—. Vamos a tener que esperar un rato hasta que vengan las enfermeras.

Mabel lo toma con entusiasmo.

—¿Ustedes quieren algo?

Papá agita una mano.

—Yo estoy bien.

Niego con la cabeza y sonrío cuando la veo cruzar la puerta.

Se instala un silencio incómodo. Me apoyo contra la pared, mi padre juega un rato con la carpeta, antes de apartarla. ¿Cómo será ser él en este momento? ¿Cómo será saber que se te está acabando el tiempo?

—Pensé que ya estarías en el avión de vuelta a Toronto.

—No. —A pesar de lo enfadada e impactada que estaba (que *todavía* estoy), en ningún momento he pensado en irme—. ¿Cómo te encuentras?

Respira hondo, como para poner a prueba sus pulmones.

—Mejor.

Más silencio incómodo.

—He llamado a mamá. —Asiente, como si ya lo supiera. No me pregunta qué ha dicho ni cómo se lo ha tomado. Ya se lo puede imaginar—. Y he cancelado mi billete.

Suspira y comienza a negar con la cabeza.

—No tenías que hacerlo, Calla. Preferiría que volvieras a casa con buenos recuerdos. No con lo que vendrá.

—Bueno, y yo preferiría que fueras a Anchorage para intentar curarte, pero no se puede tener todo, ¿no? —Avanzo y me siento en la cama—. ¿Estás asustado?

Se mira las manos.

—Asustado. Enfadado. Triste. Lleno de remordimiento. Supongo que un poco de todo. —Vacilo, pero me estiro para apoyar una mano sobre la suya; enseguida me transmite calor. ¿Quién iba a decirlo?

Mi madre tenía razón. Tenemos los mismos nudillos, los mismos dedos largos y, a pesar del esmalte, las mismas uñas. Tarda un poco en reaccionar y apoyar la otra mano encima. La aprieta–. Lo siento, peque. Desearía que las cosas fueran diferentes.

–Pero son como son –digo, repitiendo lo que dijo esa primera noche. Mis ojos vuelven a desviarse hacia la carpeta que tiene el logo de una clínica y un eslogan: «Acompañándote a ti y a tus seres queridos hasta el final».

Se me forma un nudo en la garganta.

–¿Qué trámites hay que hacer?

–Oh, no te preocupes por…

–No, papá. Ya no puedes evitar el tema. Además, quizá hablarlo me ayude a procesarlo. –¿Cómo lo hago? Tengo veintiséis años. Hace dos semanas estaba bebiendo Martini e intentando conseguir la foto perfecta de mis zapatos favoritos. Ni siquiera conocía a este hombre.

Ahora voy a ayudarlo a morir.

Aprieta los labios.

–Si puedo elegir, prefiero no morir en un hospital. Hace un rato pasó una mujer y me dio este folleto. Pasará por casa la semana que viene para contarme las opciones. Alivio del dolor, ese tipo de cosas.

–De acuerdo. –Le va a doler. Claro que le va a doler. Pero ¿cuánto? ¿Cómo va a ser ver eso? ¿Podré soportarlo? Me trago el temor que crece–. ¿Qué más?

–Supongo que hay que organizar el funeral –dice con reticencia–. Si fuera por mí, ni me molestaría, pero sé que Agnes lo necesitará. No quiero nada elegante.

–Entonces… ¿Cancelo el ataúd dorado y el cuarteto de cuerda?

Emite un sonido suave que se puede confundir con una risa.

–Paso.

—Bien. ¿Qué más?

—Ya he empezado a redactar el testamento con el abogado, así que eso ya está. Dejaré la mayor parte de mi dinero…

—No quiero saber nada de *eso*. Haz lo que te parezca. Es tuyo. —Lo último que quiero es que piense que me quedo para heredar algo—. Pero ¿qué piensas hacer con Wild?

—Hablé con Howard de Aerolíneas Aro hace una hora. Es la aerolínea local que quería comprar Wild. Ya te hablé de él. Me han hecho una buena oferta. Creo que voy a aceptarla.

—Pero dijiste que Wild desaparecería. —La empresa que lleva mi familia desde 1960, que mi padre nunca quiso dejar, dejará de existir.

Es raro; la odié durante tanto tiempo… pero pensar en eso me pone muy triste.

—Es probable que pase. Pero, a decir verdad, aunque tenga otro nombre, creo que a largo plazo será lo mejor para los aldeanos y toda esta zona de Alaska. Están dispuestos a conservar a todos los trabajadores, que es lo único que me preocupaba. Quieren que Jonah la dirija. Le darán el puesto de director o algo por el estilo. Lo voy a tener que convencer. No estoy seguro de qué tiene en mente.

—Ya dijo que iba a hacerlo.

—Lo sé, pero trabajar en una compañía así de grande es muy diferente. Tendrá que responder ante los accionistas y adaptarse a nuevos procesos y políticas. —Sonríe—. Por si no te has dado cuenta, Jonah no se lleva demasiado bien con las reglas, la autoridad ni con la idea de que alguien le diga lo que tiene que hacer.

—No me digas —murmuro con ironía y lo hago reír—. Sin embargo, sé que lo hará. —No me caben dudas.

—Aunque eso signifique pasarse todo el día sentado en una silla en lugar de volar. Oh, lo sé. Si hay algo que sé sobre Jonah, es que es leal como nadie. Lo hará incluso después de mi muerte. —Suelta un suspiro—. Pero no quiero esa vida para él.

—¿Hay otra opción?

—Supongo que seguir viviendo. —Sonríe con resignación—. Intentar tener tantos días buenos como sea posible y aprovecharlos al máximo.

—Podemos hacerlo —digo con determinación y vuelvo a apretarle la mano. No tengo que estar de acuerdo, pero *puedo* acompañarlo.

—Bueno, muy bien. —Sonríe, resignado—. ¿Por qué no empezamos buscando a Jonah y largándonos de este agujero?

En el mismo momento en que el enfermero baja la rampa de la entrada principal del hospital y se detiene, mi padre ya se está levantando de la silla de ruedas.

—Gracias, yo sigo desde aquí, Doug. —El enfermero lo regaña con la mirada. Mi padre levanta una mano en señal de rendición—. No voy a demandarte si me caigo, te lo prometo.

Hace una pausa y, por fin, asiente.

—Cuídate, Wren.

—Lo haré.

Doug da la vuelta a la silla y desaparece por la puerta. Nos quedamos solos.

Jonah se acaricia la cicatriz que le atraviesa la frente.

—No entiendo por qué me han hecho venir hasta la clínica para esto. Me los podría haber quitado solo.

—Pero entonces te hubieras pedido la oportunidad de coquetear con la doctora —murmuro. Lo encontramos en el consultorio de una doctora rubia de unos cuarenta y pico, recostado sobre la camilla.

Elogiaba la foto del equipo de perros siberianos que tenía colgada en la pared y le decía que volvería la próxima vez que tuviera un accidente aéreo y necesitara puntos.

—¿Crees que ha funcionado?

—No lo dudo. Ahora mismo está llamando por teléfono a su mejor amiga para contarle que se ha enamorado de un idiota con instintos suicidas.

—¿Lo mismo que hiciste tú, dices?

Me ruborizo mientras lo fulmino con la mirada y siento cómo los ojos de Mabel rebotan entre nosotros con curiosidad. Lo que sea que esté pensando esa cabecita inocente se queda atascado detrás de un enorme bocado de *muffin* de chocolate.

—Bueno, qué sorpresa... —murmura mi padre por lo bajo y se echa a reír. El sonido muere de golpe y, aunque se da la vuelta para intentar ocultar la mueca de dolor, todos nos damos cuenta; una nube negra nos acompaña hasta la camioneta de Jonah.

—Toma —grita Jonah y me arroja las llaves para que las atrape.

Frunzo el ceño.

—¿Para qué quiero esto?

—Para conducir.

—Qué gracioso. —Hago amago de devolvérselas, pero se dirige a la puerta del acompañante—. ¡Jonah!

—¿Durante cuánto tiempo crees que voy a ser tu chofer? No te equivoques. —Toma asiento.

—Pediré un taxi.

—Vas a aprender a conducir ahora. Sube.

—¿¡No sabes conducir!? —exclama Mabel con un gesto de sorpresa.

Con un suspiro de fastidio, le doy las llaves a mi padre.

—No te atrevas, Wren —le advierte Jonah con firmeza.

—Lo siento, peque, tengo las manos ocupadas. —Agita la bolsita de papel con sus medicamentos y me rodea para subirse al asiento trasero.

—¡Si nadie quiere conducir, ya lo hago yo! —grita Mabel con los ojos encendidos—. Sé hacerlo.

—¿Lo has escuchado, Calla? Hasta Mabel sabe conducir. Y tiene *doce años*.

—Claro que sabe. —Me subo a la camioneta protestando—. No quiero hacerlo, Jonah. —No estaría mal si estuviéramos en la carretera abandonada que hay al lado de la casa de mi padre y no tuviésemos compañía.

—Ey. Confía en mí, ¿de acuerdo? —Me mira a los ojos y puedo ver una súplica en su mirada.

Como si pudiera decirle que no a esos ojos.

—Bien —refunfuño y meto la llave—. Pero que conste que es una *mala* idea.

—Parece que hay un patrón, ¿no? —murmura.

—Oh, eres *tan* gracioso. —Insiste con esas bromas que me hacen pensar en nosotros.

—¿En algún momento paran de pelearse? ¡Dios! —exclama Mabel mientras se abrocha el cinturón de seguridad.

—Sí, a veces, ¿no, Barbie?

Anoche no discutimos. Ni esta mañana antes de levantarnos para venir. Dos veces.

Mi padre se aclara la garganta.

—Quédate a la derecha y detente cuando la señal lo indique. Lo harás bien.

—Y no choques con las personas que caminan por el lateral de la carretera —agrega Mabel.

—No puedo creer que me esté dando consejos una niña de doce años. —Enciendo el motor con un suspiro—. ¡Ni siquiera llego a los pedales!

—Espera. —Jonah se inclina hacia delante, busca en la parte de atrás del asiento mientras desliza un brazo entre mis rodillas y mueve algo en el suelo. Con un tirón y un *clic,* mi asiento se desliza hacia adelante—. ¿Mejor?

Estiro las piernas.

—Sí.

—Muy bien. —Su mano cálida y fuerte aterriza en mi rodilla y la aprieta con fuerza—. Si haces lo que te digo, quizá lleguemos vivos.

Me aferro al volante y siento un revoloteo nervioso en el estómago. De repente, me parece que hay demasiado tráfico en este pueblito fantasma. Pero, al menos durante un rato, todos nos enfocamos en algo que no es la enfermedad de mi padre.

Niego con la cabeza y me echo a reír.

Maldito Yeti. Por eso me está haciendo esto.

—Ay, por Dios, no, Calla. En serio. Olvídate de los estúpidos zapatos con tachuelas. —Diana suspira en mi oído.

—De todas formas, ya he utilizado todo el material que me enviaste.

Alterno las pantallas para decidirme por una de las fotos de Diana posando en la calle con el bullicio de la ciudad de fondo: la imagen desenfocada de la gente pasando en bici o en coche; hordas de peatones parados en la esquina, esperando a que cambie el semáforo; filas de carpas blancas para algún evento. Casi puedo oír la fotografía y siento ganas de estar allí.

—Aaron ha hecho algunas fotos decentes.

—Y no dejó de quejarse ni un minuto. No creerás las cosas que tuve que prometerle para que accediera a acompañarme.

—Estoy segura de que *no* quiero saberlo. —Pero me alegra que haya encontrado un reemplazo.

—Entonces... —Suspira—. ¿Cuándo crees que volverás?

Bajo la voz. Aunque la ventana de la sala está cerrada, puedo oír las carcajadas de Mabel y los gritos de provocación mientras juega a las damas con mi padre.

—No tengo ni idea. ¿Un mes? ¿Dos? —¿O será más? ¿Estaré aquí cuando caiga la primera nevada? Porque, aparte de un par de calcetines de lana, no estoy preparada para eso.

—Dios. Eso es... mucho tiempo.

—Sí. Pero voy a encontrar alguna forma de entretenerme.

—¿Cómo está el vikingo sexy?

Ay, por Dios.

—Sigue siendo sexy —murmuro y un cosquilleo extraño me recorre todo el cuerpo, como cada vez que pienso en él. Tengo tantas cosas que contarle, pero ahora no puedo darle ni una pista—. Te llamo luego. —Colgamos justo cuando Agnes asoma la cabeza por el porche.

—Todavía queda algo de pollo, si tienes hambre. He separado el de Jonah. —Agnes y Mabel aparecieron a eso de las tres, cuando mi padre estaba durmiendo una siesta. Mabel llevaba el último pago de la granja y Agnes traía patatas, zanahorias y lechuga para una ensalada. No habíamos hecho planes para cenar, pero igualmente agradecí que nos hicieran compañía.

Cuando mi padre salió tambaleándose de su habitación, la casa olía a carne y cada una estaba enfocada en algo (Agnes en un libro, Mabel en el móvil y yo en el ordenador), como si todas viviéramos aquí.

No dijo nada, no lo cuestionó. Solo nos sonrió y se sentó en un sillón.

—Estoy llena, pero gracias. —Le sonrío antes de volver a centrarme en la pantalla.

Pero se queda allí, de pie, y cierra la puerta corredera a sus espaldas.

—¿Sigues trabajando en la página web?

—No. —¿Qué sentido tiene?—. Estoy entretenida con otras cosas. —Cambio la pestaña a una de las treinta que he abierto para ver las fotos que he sacado desde que estoy aquí.

—Eso parece Kwigillingok —murmura Agnes y se acerca—. Es bonita.

—No.

—¿No? —Frunce el ceño, pensativa—. A mí me parece que sí. Cuanto más la miro, más me convenzo.

—No le hace justicia. Para nada. Ninguna justicia.

Gira la cabeza para evaluarla.

—¿Quizá hay una historia que desconozco?

—Puede ser. —El paisaje que se ve en la pantalla *es* bonito, lo admito. Dista mucho del páramo árido que mi madre dijo que me encontraría. Pero no es más que otra foto tomada desde las alturas, desde un avión.

No cuenta *por qué* fuimos. No dice que allí vive una niña asmática, su familia y otros doscientos aldeanos, ni que quien llega ahí siente que está aterrizando en el fin del mundo.

No dice nada de que Jonah llamó a la puerta de mi habitación y prácticamente me obligó a salir ese día. Jonah, el piloto de montaña que empezó siendo mi enemigo y, de algún modo, se transformó en mucho más que un amigo.

Agnes se sienta en la mecedora. Creo que quiere hablar. Recorre el porche con la mirada y se centra en las luces colgantes.

—Navidad en verano.

—Bienvenida a mi vida. Mi madre cuelga luces en el patio durante todo el año. —Luces blancas diminutas escondidas entre las lilas, los arces japoneses y enroscadas en el tronco del roble centenario cuyo mantenimiento le ha costado a Simon miles de dólares a lo largo de los años. En comparación, esto es una mierda, pero es acogedor.

—Y todas estas cosas viejas que trajiste... —Mira a su alrededor para contemplar la transformación—. Apuesto a que debe ser muy agradable estar aquí por las noches.

—La verdad que sí. Estuvimos aquí después del atardecer.

—¿Con Jonah?

—Sí.

—Mmm...

Ignoro el gesto curioso y sigo pasando las pestañas. Aparecen las fotos de Jonah cortando leña, mis dedos se congelan y no puedo alejar los ojos del cuerpo sólido y los músculos esculpidos; el color oliva de su piel resalta aún más en contraste con la neblina.

—*Esa es la imagen que le quieres dar a la página.* —Agnes se ríe.

Sigo pasando para intentar disimular el rojo de mis mejillas. Las admiraré más tarde, cuando esté sola.

—Marie pasó por casa el sábado, estaba buscando a Jonah. Me olvidé de contárselo —dice sin más.

—Qué sorpresa. —Mi tono es más irónico de lo que pretendía, una reacción instintiva al modo en que mi estómago se retuerce, a pesar de que Jonah me lo haya contado todo. Marie no va a desaparecer. Se quedará en Alaska un rato largo. ¿Y si en algún momento cambia de opinión y decide que *puede* darle lo que ella quiere?

Imaginarme a Jonah con ella (o con cualquier otra persona) me hace hervir las entrañas.

—¿Le dijiste que nos quedamos atrapados en el refugio público?

—Sí. —*Bien*. No puedo evitar la vocecita celosa en mi cabeza. Siento la mirada de Agnes sobre mí mientras reviso el resto de las fotografías de la cabaña y estoy segura de que esta perspicaz mujer puede escucharla—. Me gustaría que nos ayudaras en algo. Sharon y Max se van la semana que viene y estamos organizando una pequeña fiesta.

—¿Una fiesta?

—Sí. Una mezcla de *baby shower* con despedida.

Vacilo.

—Es que… ¿Crees que es lo correcto? —Bajo la voz—. ¿Con todo lo que estamos pasando? Mi padre tiene una reunión con los de Aro esta semana para cerrar la venta. Y acaba de salir del hospital. Tardará en recuperarse.

Además, supongo que no soy la única que está impactada por las noticias.

—Si no lo hacemos ahora, ¿cuándo? —Sus ojos negros siguen un avión comercial que empieza a descender—. Ya se habrán ido cuando Wren… —Su voz se desvanece. Traga saliva—. La vida continuará y seguirá cambiando queramos o no, Calla. Ya habrá días para llorar cuando llegue el momento. Pero Sharon y Max se irán y su bebé nacerá, y tenemos que celebrar el tiempo que nos quede con ellos cuando todavía estén aquí. Es lo único que podemos hacer. —Sonríe de oreja a oreja y se le iluminan los ojos—. Además, Wren se alegrará de vernos a todos juntos. Siempre le han gustado las fiestas.

Suspiro. Tiene razón.

—Por supuesto que les ayudaré.

—Bien. Hace un tiempo encargué mezcla de pastel, decoraciones y otras cosas. Deberían llegar en cualquier momento.

—Supongo que no hay entrega rápida por aquí —digo con ironía.

—*Eso es* con entrega rápida. —Nos reímos, pero levanta las cejas—. Creo que nunca te he dado las gracias por haber venido. —Se estira para cogerme del antebrazo—. Me alegro de que estés aquí con nosotros. No quiero ni imaginarme cómo serían las cosas sin ti.

Se me empieza a formar un nudo en la garganta por esta mujer a quien (aunque sin quererlo) mi padre también le rompió el corazón, pero se ha quedado a su lado y le ofrece su amistad y su amor incondicional.

¿Cuántos corazones se habrán roto porque un día mi padre decidió sentarse junto a mi madre en un bar? Me pregunto si, de haber sabido cómo acabarían las cosas, alguno de los dos se hubiese ido.

Algo me dice que no.

—Creo que *yo* nunca te he dado las gracias por haberme llamado —respondo con suavidad, recordando esa noche en la escalera del porche, con solo un zapato y Simon a mi lado. Parece que haya pasado una eternidad.

Respira hondo.

—¿Sabes algo? Aparte de cuando tuve que llamar a los padres de Derek para contarles que había tenido un accidente, esa ha sido la llamada más difícil que he hecho.

Y *yo* solo escuchaba la voz de una extraña. Una mujer que, a diferencia de mí, sí tenía un lugar en la vida de mi padre. Es loco pensar que ahora es todo lo contrario a una extraña.

—¿Estás enfadada con él?

Le tiemblan los labios y los aprieta con firmeza para evitar la extraña demostración de emociones.

—Lo quiero y estoy aquí para él. Eso es lo único que importa.

La paciencia eterna de Agnes. Hubiese sido perfecta para mi padre. *Es* perfecta.

La puerta corredera se abre y aparece Jonah con un plato lleno de comida. El corazón me da un vuelco.

—Tiene muy buena pinta, Aggie.

Con una suave palmadita, Agnes levanta el plato y deja libre el asiento.

—Te esperábamos más temprano.

—Se rompió un timón cuando estaba volviendo. —Aprieta con cariño el hombro de Agnes cuando pasa a su lado y ocupa el lugar que ha dejado libre; lo ocupa entero, su cuerpo enorme y cálido queda presionado contra el mío—. Hola —dice mientras corta el pollo.

No lo beso desde esta mañana. Siento la abrumadora necesidad de acercarme y hacerlo ahora mismo, pero me contengo. Esas son cosas que hacen los novios, y nosotros no lo somos.

¿Qué rayos somos además de dos personas que se consuelan mientras ven morir a un hombre al que quieren?

Quizá eso es suficiente.

—¿Así que has perdido un timón? —pregunto por fin.

—Sí. Debe haberse quedado en la grava sobre la que tuve que aterrizar para dejar un cargamento —balbucea.

—¿Es peligroso?

—Los timones sirven para enderezar el avión. Así que… no es lo ideal.

—Pero estás bien.

Sonríe con la boca llena.

—Estoy aquí, ¿no?

Me viene a la mente el recuerdo del fuselaje de Betty destruido y Jonah ensangrentado. Solo ha pasado una semana. *Días*. Pero parece ser que es algo que pasa constantemente. ¿Así sería la vida con Jonah? ¿Volvería a casa para la cena con el relato de un nuevo peligro al que se ha enfrentado como si fuera un típico día de trabajo? Porque eso es justo lo que es para él.

Creo que empiezo a entender a qué se refería mi madre cuando me habló de vivir con miedo. Llevo aquí pocos días y ya tengo un nudo en el estómago ante la posibilidad de que pueda tener un accidente. Puede que sea porque ya he sido testigo de uno.

O quizá es porque la vida en Alaska no es para mí.

—¿Por qué tienes esa cara? —pregunta.

—Nada. Es que… nada. —¿Qué voy a decir? Este es el mundo de Jonah, no el mío. Yo solo estoy de visita.

Mira por encima del hombro como para asegurarse de que nadie nos espía desde la ventana.

—He reorganizado el horario de toda la semana. Wren, tú y yo podríamos ir a algún lado con Verónica por las mañanas. Así puedes pasar tiempo con él y él puede volar. Yo seré su copiloto.

—Eso sería maravilloso. —Es muy considerado de su parte. Me invade una chispa de entusiasmo—. ¿A dónde iremos?

Se encoge de hombros.

—A cualquier lado. Hay muchos lugares para ver. No conoces casi nada de Alaska.

Me llena saber que Jonah estaría dispuesto a hacer una cosa así por mi padre y por mí.

—¿Pero crees que él va a estar de acuerdo? Le decía a Agnes que mañana volvería a incorporarse a trabajar.

—¿Crees que vamos a darle alguna opción? —Pincha un trozo de zanahoria—. Irá, aunque tenga que llevarlo en brazos.

Me invade una ola de gratitud. Enrosco los brazos en ese cuello grueso y lo abrazo con fuerza.

—Gracias —susurro con la boca apoyada en el lóbulo de su oreja.

Deja escapar un gruñido suave que me recuerda al sonido con el que me levanté esta mañana, con toda la solidez de su cuerpo amoldado a mi espalda.

Cierro los ojos, anhelando volver a estar tan cerca de él.

—¡Hola! —Mabel asoma la cabeza y me despego con un movimiento abrupto. La forma en que nos mira indica que empieza a descifrar lo que pasa entre nosotros—. Vamos a mirar *Notting Hill*. Mamá está haciendo palomitas de maíz. Vienen, ¿no? —Por suerte, a pesar del amor platónico que siente hacia él, no parece estar resentida conmigo.

—Ahora lo vemos —dice Jonah con la boca llena, de una forma que podría traducirse como «ni loco».

—Enseguida vamos —le aseguro, y mis palabras borran la desilusión que había en su rostro. Cuando se va, le doy un golpe a Jonah en el hombro—. No seas malo.

Suelta un suspiro exagerado.

—Bien. Hagamos un trato. —Espero mientras mastica—. Iré y miraré la mierda que tú quieras. —Me mira fijamente—. Pero, cuando Wren se vaya a dormir, vienes a casa.

Siento mariposas en el estómago.

—¿Me estás pidiendo que me escabulla de la casa de mi padre como si fuera una adolescente?

Levanta las cejas.

—¿Por qué te escabullirías? ¿No quieres que nadie se entere?

—No, no es eso. Es que… Quizá es más fácil si lo mantenemos en secreto. Así no tendremos que darle explicaciones a nadie.

Se encoge de hombros.

—Está bien. No me importa cómo lo hagas, pero te quiero en mi cama esta noche y todas las noches que pases en Alaska —dice con determinación.

–¿Y si me quedo seis meses?

Me mira la boca.

–Ojalá lo hagas.

Tengo que acordarme de respirar.

–Hecho. –Porque, de pronto, no soy capaz de imaginarme en otro lugar.

Jonah frunce el ceño con curiosidad.

–¿A qué viene *esa* cara?

–Nada. Solo estaba recordando algo que dijo mi padre. –Acerca de que sabía que, a largo plazo, las cosas con mi madre no iban a funcionar, pero que no podía resistirse a lo que le pasaba.

«Creo que comienzo a entenderlo, papá».

Capítulo 25

—¿En serio hay gente que *elige* hacer esto en sus vacaciones?

Me cruzo de brazos y me muevo, por décima vez, en el incomodísimo asiento plegable. Llevamos tres horas sentados en esta lata de sardinas flotante que nos han vendido como un bote de pesca. Tengo la mano acalambrada por la caña de pescar, apesto a repelente de insectos y comienzo a ponerme nerviosa.

—No solo lo eligen, pagan una verdadera fortuna para llegar hasta aquí. —Mi padre enrolla su caña con un movimiento—. Ganamos miles de dólares trayendo a gente hasta aquí cada verano.

—¡Oh! ¡Esperen! Creo que tengo… —Mabel hace una pausa y se inclina hacia delante—. Nada.

Se da la vuelta y nos regala una sonrisa tímida, la misma que ha puesto las otras once veces que ha confundido la corriente con un pez.

Aplasto un insecto.

—¿Cuánto falta para que pesquemos algo y podamos irnos?

—Si siguen hablando, no atraparemos nada y no nos iremos nunca. Ahuyentan a los peces. —Jonah está estirado en la silla, con las botas apoyadas en el borde del bote y la caña al otro lado. Parece un modelo con la gorra de la Fuerza Aérea y las gafas de sol. Me he pasado una hora entera robándole miradas y fantaseando con lo que haríamos esta noche, hasta que Mabel me preguntó por qué estaba roja y tuve que reprimir esos pensamientos.

–Con que dijeras «nunca», bastaba –murmuro–. ¿Cuándo nos vamos? Tengo que hacer pis.

Mi padre se ríe.

Jonah suspira, molesto, pero cuando gira la cabeza en mi dirección, puedo ver una sonrisa maliciosa que es tan desagradable como sexy.

«Joder con la pesca», digo entre dientes.

«Repite lo que has dicho», responde y me mira los labios. Sé lo que está pensando.

Me pongo roja. *«Para»*.

–¿Te estás quejando de la elección de guía turístico, Barbie? –dice en voz alta y esboza una sonrisa presumida.

Todos los reproches que me quedaban desaparecen en un instante.

–No. Está siendo un día perfecto –digo con sinceridad y una sonrisa cálida. Porque, aunque esté nublado y quiera tirar esta caña al lago y volver a casa, sé que recordaré con cariño esta lata de sardinas, las falsas alarmas de Mabel y la inquietante calma de este lago perdido en el centro del medio de la nada de Alaska.

Es igual de perfecto que los tres días anteriores. Porque mi padre ha podido hacer lo que más le gusta (volar) y yo he estado ahí, sentada a su lado todo el tiempo, mirando su sonrisa de felicidad.

Por las mañanas, surcamos los cielos alasqueños durante horas, sobre vastas llanuras y glaciares, a través de valles pronunciados, dando vueltas para contemplar a los osos pardos rugir en la naturaleza.

Por las tardes, los cinco nos reunimos en casa de mi padre, como una familia, para compartir la cena en una comunión espontánea que todos parecemos necesitar y que le da algo de vida a esa sala de estar lúgubre.

Y por las noches, cuando mi padre se va a dormir, voy a casa de Jonah y me aseguro de haber vuelto antes de que mi padre abra los ojos.

Con una sonrisa de comprensión, Jonah se estira, me aprieta el muslo y vuelve su atención a la caña. Un silencio pacífico y cómodo se instala entre los cuatro mientras cada uno se sume en sus pensamientos.

Pero enseguida vuelve a romperse.

—Tengo hambre –anuncia Mabel.

—Mierda. Nunca volveré a salir a pescar con ustedes, niñitas –murmura Jonah y mi padre estalla en una carcajada, sin preocuparse siquiera por regañarlo por insultar delante de una niña de doce años. No tiene sentido intentar censurarlo.

—¿Has traído bocadillos? –Me estiro y paso una mano por encima de su hombro, una excusa para tocarlo–. ¿Charqui de vacuno de Ethel?

—¿Charqui *de vacuno*? –Mabel frunce el ceño, confundida–. Nadie seca carne en las aldeas. ¡No hay vacas!

Veo la expresión de mi padre y se me retuerce el estómago cuando comprendo lo que eso quiere decir.

—¿Qué *carajo* me diste, Jonah?

—Tu madre las colgaba fuera, por allí. –Papá dibuja una línea imaginaria con el dedo por los paneles transparentes del porche y mira el techo–. Pero creo que me gustan más así.

—Quedan muy bonitas cuando oscurece.

—Alguna de estas noches tendré que quedarme despierto para verlas. —Apaga el cigarrillo y cierra la puerta exterior del porche—. ¿Quién iba a decir que una mañana de pesca podía dejarme así de cansado?

Lo contemplo en silencio y se me forma un nudo en la garganta. Hace cinco días que salió del hospital. Su piel sigue gris. Se ha estado escapando para echar la siesta por las tardes y hace muecas de dolor con cada ataque de tos, que son cada vez más frecuentes. Además, hace dos noches que veo que come menos que Mabel.

—Podemos quedarnos mañana. Volar tanto no te está ayudando a recuperarte —digo.

Pero él aleja mis preocupaciones.

—Nah. Estoy bien. Una buena noche de sueño y estaré listo para volver a salir.

Quiero creerle.

—Jonah dijo algo acerca de ir a un parque de osos mañana.

—Debe ser Katmai. Hace años que no voy. —Se rasca la barbilla con interés—. Espero que haya llamado a Frank.

—¿Es el guía turístico con el que hacen negocios?

—Sí, bueno. Muy bien. —Asiente, satisfecho—. Hace años que no lo veo en persona. Me gustaría ponerme al día con él.

«*Por última vez*», agrego en mi mente y siento una opresión en el pecho.

Empieza a andar hacia casa.

—Buenas noches, papá. —Me envuelvo con los brazos más para consolarme que para darme calor.

—Buenas noches, peque. —Se detiene cuando llega a la puerta—. ¿Has perdonado ya a Jonah?

Suspiro.

—Todavía no lo he decidido.

—Al menos no te moriste de hambre en la cabaña.

—*Rata almizclera*, papá. Me dio de comer rata almizclera. —La revelación me provocó náuseas el resto del viaje. Todavía siento la necesidad de cepillarme la lengua.

—Es la especialidad de Ethel. Es famosa por ello. Y, además, te gustó, ¿no?

Me quedo mirándolo.

—*Rata almizclera*.

Se ríe.

—Muy bien. Bueno, Katmai está a unos quinientos kilómetros, así que tendremos que salir temprano. ¿Me harías el favor, si es que lo perdonas y vas a su casa esta noche, de despertarme cuando vuelvas por la mañana?

Me quedo boquiabierta.

—Puede que esté enfermo, pero no estoy ciego, Calla. —Sonríe—. Está bien. Me alegro de que estén juntos.

—¿No me dirás que estoy cometiendo un terrible error? —pregunto con cautela.

—¿*Tú* crees que es un error?

Sí.

No.

—Sé que no es para siempre. Sé que él se quedará aquí y yo volveré a casa. —Siento que tenía que decirlo en voz alta para convencerme de que no soy una tonta enamorada que no sabe dónde se está metiendo. Y, sin embargo, no me imagino haber tenido una relación distinta con Jonah.

Jonah *es* Alaska para mí.

Mi padre sonríe con dulzura.

—Me arrepiento de muchas cosas, peque. Pero enamorarme de tu madre nunca fue una de ellas —dice y desaparece en el interior de la casa.

—Ha quedado bien, Calla. *Muy* bien. —Agnes me mira y luego recorre la recepción de Wild con la mirada, que, en las últimas dos horas, hemos transformado en una sala de fiesta con globos y serpentinas verdes y azules para la celebración de Sharon y Max—. Y hay mucha comida.

—Te juro que he tenido pesadillas con *cupcakes* —admito mientras miro hacia la izquierda, a la bandeja que está cerca del mostrador de recepción. Mabel y yo nos pasamos todo el día de ayer horneando y decorando las doce docenas de cupcakes. Acabé tan cansada que me quedé dormida en la cama de Jonah mientras él se cepillaba los dientes—. Por cierto, ¿cuánta gente viene?

—Me temo que más de la que invité. —Se ríe, nerviosa—. Se corrió la voz por las aldeas y todo el mundo está intentando llegar.

—Al menos será una despedida bonita. —No me había dado cuenta de que querían tanto a Max y Sharon—. ¿Sabes dónde está mi padre?

—En el pueblo con los abogados. Quiere sacarse de encima los trámites con Aro. —Agnes suspira y mira a su alrededor—. Todo cambiará muy pronto por aquí.

—Pero no hoy.

Sonríe y se estira para darme una palmadita en el bíceps.

—No hoy.

—De acuerdo, bien, si ya está todo listo, iré a casa a bañarme.

Gracias a Jonah, todavía tengo glaseado verde en el pelo. –Y una pegajosa capa en el cuerpo, donde decidió esparcirlo y luego chuparlo, pero no creo que Agnes tenga que conocer esos detalles.

Sus ojos oscuros recorren mi rostro hasta la maraña de pelo que tengo en la cabeza, pero, fiel a su estilo, apenas sonríe.

–Carne de alce… Salchichas de reno… Salmón rosado… Huevos de arenque… Tortilla. Eso es pan, sin nada más. Puede que te guste.

Camino junto a Jonah mientras identifica los platos que hay en las numerosas bandejas de comida esparcidas por la mesa, cortesía de las ochenta personas que deambulan por la recepción de Wild. La mayoría es de Bangor, pero hay muchos que han navegado río abajo desde las aldeas. El murmullo de la risa y las conversaciones amistosas llenan la habitación de vida.

Después de todo, Agnes tenía razón. Necesitábamos una fiesta.

Jonah señala un plato que contiene unos cubos amarillos brillantes con una gruesa capa de piel oscura colgando a un lado.

–Eso no te va a gustar.

–¿Qué es eso? –Señalo un recipiente que parece tener crema y arándanos.

–Lo llamamos helado Eskimo.

–¿Tiene lactosa?

–No. Y *definitivamente* no va a gustarte.

–No lo sabrá si dejas que lo pruebe, Tulukaruq –grita una voz familiar a nuestras espaldas.

Jonah mira por encima del hombro a la anciana de bufanda rosa que nos contempla claramente sorprendida.

–¡Ethel! Por esta zona dos veces en dos semanas.

–No he venido sola. Estoy con Josephine. –Señala con la cabeza a una joven de unos veinte años, de pie junto al bidón de agua. La gruesa trenza negra le llega hasta el culo. Lleva colgado en el pecho un bebé regordete de unos ocho meses con la cabeza llena de pelo oscuro y los ojos muy abiertos, observándolo todo con curiosidad.

–Mierda. Sí que ha crecido. –Como si lo hubiera escuchado, Josephine se da la vuelta y lo saluda agitando la mano con timidez–. ¿Me das un segundo, Ethel? –dice y le da una palmadita en el hombro con dulzura. Lo veo caminar hacia ellos con una sonrisa de oreja a oreja.

–Tulukaruq tiene muchos puntos débiles, pero creo que su amor por los niños es el más grande –murmura Ethel. Lleva puesto el mismo suéter de los Knicks que la última vez que la vi. Me pregunto si será fanática del básquetbol o es el único abrigo que tiene.

–¿Por qué lo llamas así? –Es el mismo nombre que usó el día de Meyer's.

–Porque ayuda a nuestro pueblo, pero también es travieso. Significa «cuervo».

–Sí, eso…. Es perfecto. Tulukaruq. Puede que yo también empiece a llamarlo así.

Josephine saca el bebé del fular, que le cruza el pecho, y se lo da a Jonah, que está expectante.

Inesperadamente, la escena me conmueve. Las enormes manos de Jonah ocupan todo el torso del bebé. Lo alza en el aire, luego se lo acerca y le permite acariciarle la barba. Jonah se ríe, el niño también y, de pronto, me pregunto cómo sería como padre.

Jonah va a ser un buen padre.

Y su familia vivirá en Alaska con él. Una verdad que me rompe el corazón y me devuelve a la realidad.

—El cuervo y su esposa ganso.

Me giro y me encuentro con la mirada sabia de Ethel.

—¿Perdón?

—La fábula. Jonah es el cuervo y tú eres su esposa ganso. —Me contempla con la mirada triste y tengo la impresión de que ya sabe todo lo que pasa entre nosotros.

¿Quiere decirme que Jonah y yo deberíamos casarnos?

—¡Disculpen! ¿Me escuchan un momento? —Siento un cosquilleo mientras me doy la vuelta hacia el mostrador, donde Max se balancea sobre una silla con las manos en el aire y espera a que todos hagan silencio—. Sharon y yo queríamos darles las gracias por venir hasta aquí y hacer esta despedida tan especial. Pero también por hacer de nuestra estadía en Alaska un recuerdo para toda la vida —dice hacia la multitud con una sonrisa enorme—. Admito que estaba un poco sorprendido cuando llegamos. No voy a decir que echaré de menos el largo y crudo invierno, aunque de ahí ha salido algo bueno. —Hace un gesto hacia el vientre de Sharon, se ríe y se oye un silbido del público—. Y *definitivamente* no echaré de menos esa cosa de la cubeta de miel que hacen en algunas aldeas. —Se gana algunas carcajadas y tomo nota mental de averiguar a qué se refiere. Algo me dice que no tiene nada que ver con la miel—. Pero lo que más echaremos de menos es a las personas. La generosidad. Lo cercanos que son y todo lo que se esfuerzan por conservar su forma de vida. Da igual donde vayamos, jamás encontraremos algo así: de eso estoy seguro. —Miro a la multitud y veo muchas sonrisas orgullosas, cabezas que asienten y algunas lágrimas—. Así que, de nuevo, gracias desde lo profundo de nuestros corazones. —Max se apoya una mano en el pecho, sobre el corazón, la sinceridad con la que habla es palpable—. Y prometo que traeremos a Thor de visita cuando podamos. —Sharon se aclara la garganta y lo atraviesa con la mirada–. Bueno, bueno, todavía no hemos decidido ningún nombre. –Sonríe–. Pero si me hacen el favor de empezar a llamarlo así, no podrá negarse cuando llegue el momento. –Se oye otra ronda de risas y Sharon niega con la cabeza, pero también se ríe–. Un par de cosas más. Quiero hacer un agradecimiento especial. –Busca a Jonah, que todavía tiene al bebé de Josephine en brazos–. Mierda, amigo, ese bebé sí que te queda bien.

Estalla otra ronda de risas y Jonah grita:

–¡No me apresures!

–Pero, en serio, Jonah, he aprendido más sobre aviones contigo durante los últimos tres años que en el resto de mi vida. Sigo pensando que solo un loco sería capaz de aterrizar al filo de una montaña no una, ni dos, sino *tres veces* para rescatar a esos escaladores, pero, amigo, tú sí que sabes volar y espero tener la oportunidad de volver a trabajar contigo algún día.

–Si vuelves a Alaska, dalo por hecho, amigo –responde con una sonrisa–. No volveré a dejarte escapar.

Todos se ríen.

Pero yo me quedo sin aire.

Jonah *nunca* se irá de Alaska.

Lo sé desde que nos dimos nuestro primer beso e intento olvidarlo cada vez que apoya su cuerpo sobre el mío, cada vez que me envuelve entre sus brazos y nos entregamos al silencio de la noche. Lo sé y, sin embargo, vuelvo a él, día tras día, noche tras noche, feliz de aprovechar cada segundo que me regale a su lado.

No me imaginaba que sentiría *tanto* por él.

Todavía no me he ido y ya me duele.

–Da por descontado que volveremos. En cinco años. Como mucho. –Max se ríe por lo bajo y luego se gira para buscar a mi padre, que está apoyado contra una esquina del fondo, sonriendo en silencio. Max respira hondo–. Wren, quiero darte las gracias por creer en mí y contratarme...

–Dáselas a Agnes. Ella separó tu currículo de la pila y te convocó para una entrevista.

–Me gustó su sonrisa –dice Agnes y se encoge de hombros.

Otra ronda de risas.

–Bueno, no solo me diste trabajo a mí, sino también a Sharon. Dios sabe que se hubiera vuelto loca sin trabajar, y creo que tú también lo sabías. Si tu esposa está feliz, tendrás una vida feliz, ¿no? –Hay un coro de exclamaciones de los hombres casados–. Sea como sea, estoy muy agradecido por eso y por todos los recuerdos que me llevo de la familia Wild. Anoche Sharon y yo estábamos acostados en la cama, pensando: ¿se acuerdan del enero pasado, cuando hizo como veinte grados bajo cero durante cinco días seguidos? ¿Saben lo que hicieron cuando ya creíamos que íbamos a volvernos locos? Organizaron un luau con música, comida hawaiana, todo. ¡Wren se puso una falda de hojas y un sujetador de cocos! ¡Lo juro! ¡Tengo fotos! –La habitación se llena de carcajadas–. ¿Y el invierno pasado, cuando hicimos una cueva de hielo gigante y la iluminamos con velas? Wren trajo una parrilla y se puso a cocinar hamburguesas. Si no fuera porque se nos congelaban hasta los pelos de la nariz, hubiese jurado que era una barbacoa de verano. –Max suspira–. Joder, hemos pasado tantos momentos contigo y toda la gente de Wild. –Levanta una mano–. Todavía lamento lo del papel tapiz. No sabía que esos patos significaban tanto para ti, pero, si sirve de algo, fue idea de Jonah y yo estaba borracho. –Y ahí está la respuesta al misterio de los patos con pezones. Mi padre niega con la cabeza, pero sonríe–. Supongo que, lo que intento decir es... Gracias por darme la oportunidad de volar aquí, para ti, por permitirnos formar parte de la familia Wild, y por las risas. Y… Eh… —Baja la cabeza un minuto, se aclara la garganta y vuelve a levantar la vista. Puedo ver el brillo en sus ojos—. Estoy seguro de que te echaré mucho de menos —dice a pesar de que se le rompe la voz.

Sharon se lleva una mano a la boca y baja la cabeza, intentando ocultar las lágrimas. Me atrevo a mirar a mi alrededor y veo la tristeza en los ojos de todos, las mandíbulas apretadas, las sonrisas de resignación. Sabemos a qué se refiere Max *en realidad*.

Y entonces veo que no es tanto una fiesta de despedida para la feliz pareja que se va de Alaska, sino un último adiós al hombre que está de pie en la esquina, en silencio.

Encorvado.

Con la cara hinchada y triste.

Con los ojos cansados y una sonrisa estoica que me dice lo que ya sé pero me niego a admitir.

De pronto, el aire de la recepción me parece cargado: demasiado murmullo, demasiadas miradas.

Rodeo las mesas, me escabullo sin decir nada y sigo caminando. Atravieso la sala de personal. Empujo la puerta y entro al almacén. El portón está abierto y deja entrar una brisa helada que se escurre entre la niebla. Los tripulantes de cabina me miran con curiosidad mientras mueven la mercadería de un sitio a otro, pero ninguno dice nada.

Atravieso el hangar con los brazos cruzados para intentar conseguir, sin éxito, algo de consuelo.

Verónica está sola en una esquina. Seguro que la han entrado para realizar alguna tarea de mantenimiento. Corro hacia ella y me acurruco en el asiento del piloto: en el asiento de mi padre. Paso la mano por el yugo.

Y luego me llevo las piernas al pecho, entierro la cara en el regazo y me echo a llorar, desconsolada.

La puerta hace un crujido al abrirse. Sé que es Jonah antes de mirar.

—No va a vivir mucho, ¿no? —pregunto entre sollozos.

Al rato, siento una mano cálida y cariñosa que me acaricia el hombro.

—Está empeorando rápido.

Por fin me atrevo a levantar un poco la cabeza y la apoyo en las rodillas. Me puedo imaginar lo roja e hinchada que tengo la cara. Por primera vez me alegro de no llevar maquillaje.

—Tendría que haberlo llamado. Desearía haberlo llamado. Tantos años sin hablar. Y ahora ya no tenemos tiempo. Todos tienen tantos recuerdos maravillosos con él. Los luaus, las barbacoas en invierno, los estúpidos *patos*, ¡y yo jamás lo tendré! ¡No tengo tiempo! —Pensaba que me había quedado sin lágrimas, pero siento el cosquilleo mientras se forman.

Me he pasado los últimos doce años quejándome de las cosas que Wren no es.

Debería haber tenido el coraje de venir y descubrir todas las que sí es.

El silencio invade el avión.

Jonah suspira.

—Deberías haberlo llamado, él debería haberte llamado a ti. Tu madre no debería haberse ido. Wren tendría que haber abandonado Alaska por ti. ¿Quién sabe las respuestas correctas y cómo podrían haber sido las cosas? Lo cierto es que no importa, porque no puedes cambiarlo. –Dibuja un círculo en mi espalda con el pulgar, justo donde termina mi pecho, y me ayuda a calmarme–. Creo que ya has descubierto que mi relación con mi padre no fue la mejor. Todo parecía una batalla campal con él. No se tomó bien el hecho de no poder controlar mi vida. Dijo muchas mierdas y jamás se disculpó. Sé que alejarme de él y mudarme aquí fue la decisión correcta. Sin embargo, durante sus últimos días, me dijo que se arrepentía de obligarme a hacer lo que él quería. Yo seguía dándoles vueltas a nuestras conversaciones, una y otra vez, y descubría cosas que debería haber dicho o hecho, momentos en los que debería haberlo llamado. Puedes pasarte la vida así sin llegar a ninguna parte. –Se quita la gorra y la apoya sobre sus rodillas–. Esto lo encontré unos días después del funeral, en su armario. Había una caja llena de cosas de la Fuerza Aérea. Gorra, suéter, abrigo…, todo con la etiqueta, y una tarjeta escrita a mano en la que me decía cuánto me quería. Supongo que lo preparó para dármelo cuando me dieran la noticia oficial de que había entrado y luego la escondió en el armario para intentar olvidarse de que eso no había ocurrido. –Jonah aprieta los labios–. Se fue hace cinco años y todavía me siento culpable cada vez que miro esta mierda. –Me seco las lágrimas–. No estás sola. Me tienes a mí. Y yo te tengo a ti, y lo superaremos juntos. –Me acaricia el brazo con cariño.

–¿Aunque esté en Toronto?

Infla el pecho con una respiración profunda.

–Hay un invento llamado teléfono.

–*Tú* me vas a decir a *mí* lo que es un teléfono.

–Oh, espera, tienes razón. No te gusta llamar a tus amigos –murmura con ironía.

Sé que lo dice para aflojar la tensión, pero, de todos modos, se me retuerce el estómago.

–¿Eso somos? ¿Amigos?

Maldice por lo bajo y vuelve a suspirar.

–Somos complicados. Eso es lo que somos.

Otra vez esa maldita palabra.

–¿Has oído la historia de la esposa ganso?

Hace una pausa, se ríe y vuelve a ponerse la gorra.

–Ethel y sus cuentos.

–Dijo que tú eras el cuervo y yo tu esposa ganso. ¿A qué se refería?

–Es una tonta fábula sobre un cuervo que se enamora de un ganso.

–¿Y qué pasa?

Se muerde el labio, decidiendo si debiera continuar.

–Bueno. Lo buscaré en internet. –Saco el móvil.

Me toma la mano y suspira con resignación.

–Pasan juntos el verano y, cuando ella parte, justo antes de que caiga el primer copo de nieve, el cuervo decide seguirla hacia el sur. Pero no hay forma de que pueda atravesar el océano volando. Finalmente, no le queda más opción que despedirse de ella y volver a casa.

–¿Por qué no vuelve ella?

–Porque es un ganso. No soportaría el invierno –admite con reticencia.

Se me estruja el pecho.

–A mí no me parece una historia tan tonta.

De hecho, me recuerda mucho a nosotros. No por la parte del enamoramiento, pero sí el resto. Aunque, a pesar de lo que siento por Jonah, me estaría engañando si no supiera que no es más que un frívolo flechazo con un hombre atractivo.

–No, supongo que no lo es. –La forma en que me mira me dice que él también lo entiende.

Jonah y mi padre me están esperando junto a Verónica cuando entro al aparcamiento de Wild conduciendo la camioneta de Jonah.

—¿Han resuelto las cuestiones contables? —pregunto. Estoy extrañamente de buen humor, debe ser por el cielo despejado y el calor del sol. Es el primer día sin nubes en las tres semanas que llevo aquí.

—Sí —murmura Jonah con los brazos cruzados y una expresión severa.

—¿Qué pasa? —pregunto con cuidado.

—Nada —murmura mi padre, sonriendo, e intento ignorar el nudo que me oprime el pecho cuando miro su delgadez y el cansancio que cargan sus ojos. Anoche se fue a la cama casi sin probar la cena y seguía durmiendo cuando volví de casa de Jonah por la mañana.

—¿A dónde iremos hoy?

—Tú y yo daremos una vuelta a la manzana, peque —dice.

—¿Nosotros solos? —Miro a Jonah y veo que traba la mandíbula. Eso es lo que lo tiene así de molesto.

—Sí. —Mi padre sonríe con seguridad—. Solo por esta vez.

Contengo la respiración.

Al segundo, Jonah asiente.

—¿Estás bien? —La voz de mi padre llena los auriculares cuando toma el yugo con firmeza. Con una sonrisa de satisfacción, se concentra en el cielo despejado.

—Sí.

—¿Segura?

—Es raro —admito al fin—. Es la primera vez que vuelo en uno de estos aviones sin Jonah.

Se ríe.

—Es como Jillian, la muñequita hawaiana de George. Te hace sentir segura.

—Jonah, el hawaiano —bromeo—. Qué ironía, ¿no? —Recuerdo el vuelo en el Super Cub—. No siempre ha sido así.

—Han recorrido un largo camino, ¿eh? Me alegro. —Su suspiro llega por los auriculares—. Le dejaré este avión, Archie y Jughead. No los he incluido en el acuerdo con Aro.

—Qué bien. Los cuidará bien.

—Y su casa. Se la dejaré. No vale mucho, pero al menos tendrá un techo.

—Papá, no quiero hablar…

—Sé que no quieres, pero yo sí, así que permítemelo, ¿de acuerdo? —dice con suavidad.

Lo escucho, adormecida, mientras repasa sus bienes: las casas, la camioneta, el tablero de damas. Eso es para Mabel. Y el dinero de la venta de Wild es para mí. No sé qué decir, no creo que me lo merezca, pero si algo he aprendido sobre mi padre, es que no tiene sentido hacerlo cambiar de opinión cuando ya ha tomado una decisión.

—Papá, ¿por qué querías que viniéramos solos? —pregunto por fin. No puede ser solo para esto. Podríamos haberlo hecho en tierra.

Responde al rato:

—Anoche hablé con tu madre.

—¿En serio? ¿Te llamó?

—No. Lo hice yo. Me pareció que ya era hora de que nos pusiéramos al día. Le dije cuánto lamentaba haberla lastimado. Cuánto desearía haber sido lo que necesitaba. Cuánto la sigo amando. —Me giro para mirar el paisaje, me pierdo en el verde de la tundra para poder despejar las lágrimas que se me acumulan en los ojos. No soy estúpida. La llamó para despedirse—. También le dije lo orgulloso que estoy de la mujer en que te has convertido. Tu madre y Simon lo han hecho muy bien contigo, Calla. Mejor de lo que podría haberlo hecho yo.

—Eso no es cierto —consigo decir.

—Desearía… —Levanta una ceja y se le rompe la voz—. Desearía haber llamado. Desearía haberme subido a ese avión y haber estado en tu graduación. Desearía haberle arrebatado a tu madre a ese doctor y haberla convencido de que volviera aquí conmigo. Desearía haberme asegurado de que supieras cuánto pensaba en ti. Cuánto te quería. —Se le agrava la voz—. Desearía haber sido alguien diferente.

—Yo también te quiero. Y me gusta quién eres. —Al fin y al cabo, es el hombre que estaba al otro lado del teléfono y me escuchaba parlotear con entusiasmo infantil. A pesar de todos los defectos y todo el dolor que me causó, es exactamente quien quería que fuera.

Por extraño que parezca, el dolor ha desaparecido. Quizá por el tiempo que ha pasado.

O quizá porque, en medio de todo esto, lo he perdonado.

—Este es mi último vuelo, peque —anuncia con certeza. Me toma la mano y en su sonrisa, por extraño que sea, hay paz—. Y no se me ocurre nadie mejor que tú para compartirlo.

—Has hecho trampa.

—No. —Mi padre me mira con complicidad—. No es trampa si no conozco las reglas.

—¿A pesar de que te las he explicado una docena de veces?

—No estaba escuchando. —Muevo otra pieza tres casillas a la derecha y cinco hacia delante—. Eso está bien, ¿no?

—Claro, por qué no. —Se ríe con debilidad y se le empieza a caer la cabeza. Últimamente le cuesta mucho mantenerse despierto—. Creo que es suficiente por hoy.

—Oh, maldita sea. —Sonrío burlona y me bajo de la cama de hospital que la buena y dulce Jane instaló en la sala de estar de mi padre. Tomo el tablero de damas y lo dejo en la estantería de la esquina.

Y luego miro la hora en el móvil.

—¿Esperas a alguien? —pregunta y hace una mueca de dolor cuando intenta, sin éxito, buscar una postura cómoda—. Lo has mirado ocho veces en cinco minutos.

—Sí. Es solo que… Jonah tenía que mandarme un mensaje.

—¿Por fin ha aprendido a usar un teléfono?

—Por lo que parece, no —murmuro mientras le pongo bien la almohada.

—No te preocupes. Llegará cuando llegue. —Hace una pausa—. Por cierto, ¿dónde están Agnes y Mabel?

—Han ido al pueblo a tejer.

—¿Tejer? —Frunce el ceño—. ¿Desde cuándo tejen?

Me encojo de hombros.

—¿Desde ahora? —Esquivo su mirada mientras acomodo las sábanas.

Si sospecha algo, no lo dice. Está demasiado cansado como para cuestionarme.

—¿Jonah se quedará a dormir?

—Sí, eso creo. ¿Te parece bien? —Hace dos semanas que dejé de ir a su casa, cuando se volvió evidente que mi padre no podía estar solo.

Jonah se hizo cargo de montar la cama de dos plazas de mi padre, de limpiar su dormitorio e insistió en venir él. Desde entonces, dormirnos aquí.

—Sí, es una buena idea, quiero que esté aquí por si… —Se le apaga la voz.

«En caso de que muera durante la noche». Eso es lo que quiere decir.

—No pasará esta noche, papá. —Jane pasó mucho tiempo explicándonos qué esperar: la dificultad para respirar, el fallo orgánico, la desorientación.

Todos, papá incluido, sabemos que pasará pronto.

Pero no esta noche.

Enciendo el televisor y pongo las noticias.

—Enseguida te traigo las pastillas —digo mientras lo tapo con las mantas y le doy un beso en la frente.

Estoy en la cocina, preparando la medicación que toma por las noches, cuando escucho la camioneta de Jonah en la rampa de la entrada. Me pongo los zapatos y salgo disparada hacia la noche helada. Ni me molesto en ponerme el abrigo.

Dejo escapar un suspiro tembloroso de alivio.

—Lo has conseguido.

Mi madre me mira y, con una mano en la cara, se echa a llorar.

—Ey, Calla, ¿me traerías un vaso de agua? —grita mi padre con voz ronca.

—Sí, claro. —Tomo las pastillas y el vaso que ya había llenado.

Sin decir nada, mi madre (tan elegante como siempre con una camisa negra sencilla, pantalones ajustados y joyas de diseño) me quita las cosas de las manos. Con una respiración profunda y temblorosa, mira los patos una última vez y avanza hacia la sala de estar. Sus pasos tímidos no suenan cuando avanza.

Casi no ha dicho nada desde que ha bajado de la camioneta de Jonah. Seguro que le cuesta asimilar que ha vuelto a Alaska después de veinticuatro años.

Que volverá a ver a mi padre después de tanto tiempo.

Desde atrás, Jonah me envuelve con los brazos y nos quedamos mirando el reencuentro del que mi padre no sabe nada. Pero sí Agnes y Mabel, que se fueron para darles espacio.

—Tu madre es preciosa —me susurra al oído, tan bajo que la voz estridente del locutor lo tapa por completo.

—Porque, a diferencia de un psicópata que conozco, Simon no le escondió el maquillaje —respondo en susurros.

Jonah me aprieta más contra él mientras la vemos rodear la cama de hospital en silencio. Me doy cuenta de que estoy temblando.

Debe ser porque, desde que tengo memoria, es la primera vez que veo a mis padres en la misma habitación, y es en el lecho de muerte de mi padre.

—Hola, Wren. —Le brillan los ojos. Sostiene el vaso de cristal con una mano cuidada pero temblorosa y contempla al hombre que le robó el corazón tantos años atrás. La misma cantidad de años que ha pasado intentando no amarlo.

Jonah se endereza y me doy cuenta de que, como yo, está conteniendo la respiración a la espera de que mi padre diga algo. Cualquier cosa.

Rompe a llorar. Y siento que el círculo se cierra. Donde todo comenzó, pero cerca del final.

Aunque me giro para llorar contra la camiseta de Jonah, me invade la calma.

Capítulo 26

–Creo que he visto como una negra rodaba debajo de la chimenea –grito desde el porche, sentada en la hamaca, aferrada a una taza de café caliente–. Se ha caído del estante al correr la cama de hospital.

Un segundo después, escucho el grito de Mabel a través de la ventana abierta, seguido del *clic* que hace el tablero al volver a su sitio.

–¡La he encontrado!

–Bien –murmuro–. No podrás jugar si pierdes las fichas –agrego demasiado bajo como para que me escuche.

«Aunque todos vamos a tener que jugar sin una ficha muy importante», pienso y siento cómo crece el nudo que tengo en la garganta.

Mi padre murió hace cinco días, rodeado de sus seres queridos, tal como dicen los obituarios de los periódicos.

Murió como vivió. En silencio, con un suspiro resignado y una sonrisa de aceptación.

Me dejó un hueco enorme en el pecho que no sé si alguna vez conseguiré llenar. Y, sin embargo, no cambiaría este dolor por nada. Una ráfaga de un sutil aroma floral anuncia la presencia de mi madre antes de que salga al porche.

–Me sigue pareciendo increíble estar aquí –murmura y se sienta

443

en la hamaca, a mi lado–. No puedo creer que conservara todas estas cosas.

Desentona con el paisaje: lleva una camisa de seda rosa y pantalones de vestir ajustados, tiene el pelo arreglado, el maquillaje impecable y las muñecas llenas de brazaletes.

Es difícil creer que estas eran sus cosas, hace mucho tiempo.

–*Conservó todo* lo que le recordaba a ti, mamá. –Incluido su amor.

Deja escapar una exhalación honda y temblorosa y, por un momento, creo que va a volver a romperse como otras tantas veces durante la noche que murió y los largos y emocionantes días que le siguieron. Pero se contiene. Me estiro para cogerle la mano en señal de gratitud. Estoy tan contenta de que viniese. Tan contenta de no haber tenido que discutir, negociar ni rogar. Solo hizo falta un mensaje de texto que decía «Creo que tienes que estar aquí» y, a los tres días, ya estaba arriba de un avión.

Mi padre jamás le hubiese pedido que viniera, pero percibí su calma cuando se sentó a su lado y le sostuvo la mano durante los últimos días.

Lo vi curvar los labios con una sonrisa cuando se reía a carcajadas por algo que habían dicho en la tele. Y vi la lágrima que se le escapó cuando se acercó y lo besó por última vez.

–¿Jonah está trabajando? –pregunta con suavidad.

–Sí. Dijo que llegaría tarde.

Últimamente llega tarde todas las noches. No sé si es que está evitando lidiar con la muerte de mi padre o con el hecho de que me iré pronto. Es probable que las dos cosas. Puedo percibir cómo se despega lentamente de esto (de nosotros) de la única forma que conoce. No lo culpo, porque a mí también me está costando hacer las paces con nuestro triste final.

Abre la boca para decir algo.

—No, mamá. Ahora no puedo escucharlo. —Él es el cuervo y yo la esposa ganso. Es de la Alaska rural y surca el cielo nocturno en locas travesías para salvar vidas. Y yo soy una chica que, sobre todo ahora, que su padre ha muerto, anhela el ritmo de la ciudad. De su antigua vida.

Una vida en la que Jonah no encaja, sin importar cuánto me gustaría que fuera de otra forma. Ni siquiera lo obligaría a intentarlo. La verdad es que me parece inimaginable.

Por el rabillo del ojo, veo que asiente y se me queda mirando.

—Estás diferente, Calla.

Resoplo.

—Hace semanas que no me maquillo. —El cepillo apareció por arte de magia sobre la cómoda hace unas semanas, después de que me pusiera a llorar por lo mal que tenía el pelo, pero ni rastro de mi neceser.

—No puedo creer que no lo hayas asesinado por hacerte una cosa así.

—Lo sé. —Pienso en lo enfadada que estaba con él en ese momento. Ahora me hace reír. Dios, Jonah sí que puede ser un imbécil cabezadura.

—Pero no —murmura con suavidad mientras me sigue mirando—. No creo que sea eso. No lo sé… —Deja que su mente se pierda en la vastedad de la tundra—. ¿Estás segura de que no quieres volver a casa conmigo? Simon se ha fijado y todavía quedan algunos asientos disponibles.

—Sí. Voy a ayudar a Agnes a limpiar el resto de la casa y ver con qué otra cosa puedo colaborar. —Es mentira. O sea, sí quiero ayudar a Agnes, pero no es por eso por lo que me quedo.

La forma en que me mira me dice que lo entiende.

Con un suspiro, se estira y me acaricia la pierna para consolarme.

—Te advertí acerca de enamorarte de uno de estos vaqueros del aire, ¿no?

—Sí, me lo advertiste. —Intento reírme.

Hasta que dejo fluir la catarata de lágrimas.

Porque no volveré a casa con un enorme hueco en el pecho.

Volveré con dos.

—Puedes llevártelo. —Jonah señala con la cabeza el libro gastado que estaba hojeando cuando ha entrado a la habitación—. Ya sabes, para cuando aprendas a quedarte despierta mientras lees.

Mis fosas nasales captan una ráfaga de su pasta de dientes mentolada. Tarda una cantidad de tiempo insólita en lavarse los dientes y asumo que eso es parte del motivo por el que tiene una sonrisa tan perfecta.

Pongo los ojos en blanco mientras miro descaradamente su cuerpo cuando se quita la camiseta de algodón y la tira al cesto de ropa sucia en el que ya descansan esos vaqueros holgados y nada favorecedores que ocultaban unas piernas fuertes y musculadas.

—Te enseñaré a comprar pantalones que te queden bien —murmuro por lo bajo.

Me espero algún chiste sobre que lo trato como a una muñeca o algo por el estilo, pero se limita a reírse.

Porque es una promesa vacía y ambos lo sabemos.

Esta es la última noche que pasaré enroscada entre las mantas de su cama, mirándolo desvestirse después de una larga jornada de trabajo, sintiendo cómo mi cuerpo se calienta ante la promesa de su piel tibia, su torso rígido y sus brazos protectores.

Me iré mañana.

Y esta opresión que tengo en el pecho me dice que no estoy ni cerca de estar lista para despedirme.

El colchón se hunde por el peso de Jonah cuando se sienta en el borde y me da la espalda, ancha y musculosa. Se queda allí unos segundos, con la mirada fija en la mesita y la mente a kilómetros de distancia.

No ha dicho una palabra sobre mi partida que no fuera sobre detalles logísticos básicos. Tampoco ha dicho mucho sobre la partida de mi padre y sé que le ha afectado; tiene la mandíbula tensa desde que pasó.

Es un comportamiento extraño para alguien que siempre se ha enfrentado a las situaciones difíciles con la entereza de un toro que corre hacia la tela roja. Creo que le he contagiado la costumbre Fletcher de evitar las cosas.

En este momento, lo agradezco, porque prefiero pasar nuestra última noche juntos, creando un nuevo recuerdo, antes que lamentándonos porque nuestras vidas tomarán rumbos diferentes.

Alejo estos pensamientos tristes y me arrastro para envolverle el pecho con los brazos desde atrás. Me aplasto contra él en un abrazo apretado para deleitarme con la sensación de su cuerpo por última vez.

Me acurruco en las capas de algodón y lana mientras Jonah deja a mi lado las dos maletas plateadas. Los últimos días han sido muy fríos. Si me quedara más tiempo, necesitaría comprarme ropa de invierno.

El pronóstico anuncia nieve para la semana que viene. Los aldeanos han llenado los botes con todo lo que necesitaban para sobrevivir a la helada. Dentro de unas semanas la ruta se habrá congelado por completo y podrán conducir los todoterrenos y las quitanieves.

Mientras que, en Toronto, a mi madre la recibió una inesperada ola de calor en pleno otoño.

Jonah se levanta la gorra y se peina.

—¿Eso es todo?

—Creo… No, mierda. Me he olvidado la cartera.

—Dame un segundo. —Con los hombros encogidos, camina hacia Verónica.

Y me pregunto si estaré cometiendo un error al dejarlo.

—Toma. —Me da la cartera y me mira a los ojos antes de apartar la mirada.

Vacilo.

—Jonah…

—No tienes que irte.

Supongo que por fin tendremos la conversación desgarradora que hemos estado evitando.

—Sí. Mi padre ha muerto. Es hora de que vuelva a casa.

—Esta también es tu casa.

—No es lo mismo. Yo… Tu vida está aquí y la mía allí. Esto ha sido algo temporal. —Se me forma un nudo en la garganta.

—Y ni siquiera vas a intentarlo. —Su tono es grave y acusatorio.

—No es justo.

—Nada de esto es justo —murmura, desliza las manos en los bolsillos y su mirada se pierde en los aviones que vuelan cerca.

—¿Renunciarías a todo esto y te mudarías a Toronto conmigo? —Tensa la mandíbula y maldice por lo bajo—. Sabes que tengo razón.

–Sí. Lo sé. Pero eso no significa que tenga que gustarme. –Me mira con esos ojos brillantes y penetrantes que pueden convencerme de cualquier cosa–. No significa que no quiera que te quedes.

Respiro hondo para intentar calmarme.

–Podrías visitarme.

Suspira, resignado, y baja la mirada hacia la grava.

–Sí, pero no sé cuándo. Alguien tiene que hacerse cargo de Wild hasta que cerremos el trato. Esto nos llevará mínimo dos meses más. –Le da una patada a una piedra–. Y les prometí a los de Aro que ayudaría con la transición.

–¿Cuánto tiempo es eso?

Se encoge de hombros como quien no quiere comprometerse a nada.

–¿Quién sabe? El que tenga que ser.

Asiento.

–Bueno, quizá cuando termines.

–Quizá. –Por fin me mira a los ojos.

Y tengo la clara sensación de que nunca pasará. Que el tiempo y la distancia borrarán lo que sentimos y no dejarán más que la dura realidad y unos recuerdos bonitos.

Probablemente estábamos destinados a no tener más que eso.

–¡Ey, Jonah! ¡Calla!

Nos damos la vuelta y vemos a Billy de pie a un par de metros con una sonrisa grande e inocente.

Vuelvo a tragar saliva.

–Hola.

Toma mi maleta.

–Te ayudaré a subirla al taxi.

–Gracias. –Miro el móvil–. Tengo que ponerme en marcha. Mi

vuelo sale en menos de dos horas. —Y, si me quedo más tiempo, me temo que no subiré.

Jonah me da un abrazo tibio y desesperado, al que me entrego una vez más. Quiero grabarme en la memoria la deliciosa sensación de sus brazos alrededor de mi cuerpo, el embriagador aroma de su jabón y *él*, aunque sé que jamás podría olvidarlo.

—Ambos sabíamos que esto no iba a ser fácil —susurra.

—Sí, supongo que sí. Pero no pensé que sería *tan* difícil.

El sonido que hace Billy cuando arrastra las botas por la grava interrumpe el momento íntimo.

—Si me necesitas, sabes dónde encontrarme —murmura con la voz ronca, se aleja y me atraviesa con la mirada. Me acaricia la mejilla con el pulgar y me doy cuenta de que estoy llorando.

—Lo siento. —Intento borrar la mancha negra de máscara de pestañas que le he dejado en la camiseta, pero solo consigo esparcirla más. Esta mañana, en silencio, mientras estaba haciendo la maleta, me devolvió el neceser. Todo este tiempo había estado escondido en el ático.

Inhala, apoya mi mano en la suya y se la lleva al pecho (contra el corazón) unos segundos. Entonces se aleja gritando:

—¡Buen viaje, Barbie!

—Igualmente, Yeti furioso —consigo decir con la voz rota por la angustia.

Me quedo allí un rato más y lo veo subirse al avión. Me repito que, a largo plazo, esta es la decisión correcta.

Me quedo el tiempo suficiente para convencerme de ello.

Y vuelvo a casa.

Capítulo 27

Dos meses después...

—¿Sabías que la ciudad con más taxis de todo Norteamérica es Bangor, en Alaska? —El conductor me mira por el espejo retrovisor y vuelve a fijarse en la carretera—. Hay un taxista que se llama Michael. Tiene veintiocho años y ocho hijos. No, perdón... Seis hijos. —Frunzo el ceño, pensativa—. Serán siete en diciembre. Eso. Su esposa va a parir el mes que viene.

—Has dicho que es la casa de la esquina, ¿no? —El taxi se detiene delante de nuestra casa de ladrillos.

—Sí. Gracias —murmuro. Está claro que no le interesa saber nada sobre la creciente población de taxis en Bangor. Me he dado cuenta en el momento de subir y, sin embargo, no he podido evitar la verborragia que me ataca cada vez más seguido, mientras que el dolor agudo por lo que perdí se va transformando en un latido ensordecido.

Sin embargo, cada mañana, cada noche y prácticamente cada hora, mi mente se pierde en el recuerdo del aire helado contra la piel, en el aroma a café que invadía la diminuta casa de color verde, en el sonido de mis pasos en los polvorientos caminos de la tundra, en el zumbido vibrante del motor de Verónica cuando nos llevaba por los vastos cielos alaskeños. En la sonrisa suave y tranquila de mi padre. En el modo en que se me paraba el corazón bajo la mirada azul de Jonah.

Siempre que pienso en eso, siento una opresión en el pecho, porque ese momento de mi vida terminó. Mi padre se fue.

Y Jonah también.

Hace un mes que no sé nada de él. Intercambiamos algunos mensajes durante las primeras semanas. Pero eran extraños (lo que era de esperar de una persona que odia la tecnología) y se fueron espaciando cada vez más. Con su último mensaje, que decía «Aro me tiene absorbido, no puedo ocuparme de otra cosa», sentí que dio por terminada la conversación. O de eso me convencí. Así era más fácil. Me dio una excusa para cortar la cuerda que se había convertido en un hilo débil. Aunque todavía no consigo dejar de pensar en él... dejar de desearlo.

Con las llaves de casa en la mano, me bajo del coche y empiezo a avanzar lentamente por la entrada. La temperatura es bajísima, por lo que el asfalto sigue cubierto con una fina capa de la nieve que cayó por la tarde.

Paso junto al coche de Simon, aparcado al lado del de mi madre, junto a los cubos de basura y...

–Ah, mierda –murmuro. Mañana pasan a buscar la basura. Bueno, en realidad hoy, porque ya es más de medianoche.

Dejo el bolso en el camino de adoquines y vuelvo sobre mis pasos para arrastrar los cubos hacia la acera, uno a uno. En el tercer viaje, tiro con fuerza de la manija para destrabar las ruedas. Se levanta la tapa y aparece una cara negra y peluda.

Grito y pierdo el equilibrio.

–Mierda, Sid. ¡*Siempre* igual! –grito con los dientes apretados y el corazón a mil por hora–. ¿¡Por qué no estás hibernando!?

Chilla una respuesta, salta fuera, tira algunas latas en el proceso y se escabulle debajo del coche de Simon. Tim lo sigue.

Una risa grave llega desde el porche y rompe el silencio.

Me quedo sin aire.

Solo hay un hombre que se ríe así.

Salgo disparada por el sendero de adoquines sin prestar atención a mis tacones y veo a Jonah instalado en una de las sillas, con las piernas abiertas y los brazos apoyados con calma. Como si no hiciera frío.

—¿Cómo sabes cuál es cuál? —pregunta con normalidad.

—La mancha blanca que tiene Tim encima de los ojos es más grande —balbuceo intentando procesar todo esto.

Jonah está aquí.

Jonah está en Toronto.

Jonah no lleva barba.

—¿Qué te has hecho en la cara? —lanzo.

Se acaricia la mandíbula. Se ve tan diferente. Se parece más a esa vieja foto con mi padre.

—Hace un tiempo me quedé sin barbera y no he encontrado a otra igual. —Sus ojos azules recorren mi vestido negro y mis tacones mientras subo por los escalones con las piernas temblorosas.

—¿Cuánto llevas aquí?

—Desde las nueve. Ya te habías ido.

—He ido a cenar con Diana. Y después a una discoteca. —Frunzo el ceño—. Me tendrías que haber llamado. Alguien debería haberme dicho…

—¿Estás bromeando? —Se ríe y señala los cubos con la cabeza—. Solo por ver eso ha valido la pena la espera.

Me quedo un rato más allí, de pie como una tonta. Sigo pasmada.

—Dejaste de responderme a los mensajes.

Deja de reír.

—Era muy doloroso.

—Sí, es verdad —concuerdo y le regalo una sonrisa triste. Sabía que no debía escribirle, que no debía darle los buenos días ni las buenas noches. Sabía que mantener el vínculo no iba ayudarnos a ninguno de los dos. Y, sin embargo, no sabía cómo parar.

Y ahora Jonah está sentado frente a mí.

—¿Qué haces aquí?

—¿Tú qué *crees* que hago aquí, Calla? —Suspira y niega con la cabeza—. Ya no es lo mismo.

—¿El qué?

—Alaska. Has arruinado Alaska. —Su tono es burlón, pero hay un rastro acusatorio.

—Lo siento —balbuceo.

—¿En serio?

—No. No del todo —admito con una sonrisa tímida y un diminuto destello de esperanza, porque quizá no soy la única que no ha podido volver a ser feliz. Quizá no soy la única que, por accidente y sin buscarlo, se enamoró.

Estira la mano. La tomo sin dudar y dejo que me siente en su regazo. Caigo sobre su cuerpo sólido y no puedo contener el ruidito que se me escapa. Es mejor de lo que recordaba.

¿En serio está pasando? ¿Ha volado hasta aquí para verme?

Pasa una mano por la parte trasera de mis muslos y me levanta las piernas para acercarme más a él. Después me toma la mano y me acaricia las uñas esmaltadas con el pulgar.

—¿Te sentiste…?

—Horrible. —Le quito la gorra, la tiro al suelo del porche y aprieto mi frente contra la suya—. Nada es igual por aquí.

O *yo* no soy la misma. Sigo saliendo con Diana y nuestros amigos, pero me escapo cuando puedo porque prefiero estar tirada en el sofá con mi madre y Simon, escuchándolos discutir de esa forma tan divertida. Diana sigue haciendo escapadas en coche para conseguir contenido para Calla&Dee, pero yo he estado concentrada en mis recuerdos de Alaska, de mi padre y de Jonah. Subí fotos que me hacen reír o llorar, y escribí la historia detrás de cada una sin preocuparme porque lo leyera alguien más que yo. Simon dice que es un ejercicio terapéutico. Puede que así sea, pero lo cierto es que quiero mantener el recuerdo vivo y fresco tanto tiempo como sea posible, porque sé que esos días no volverán.

Ya no me maquillo para salir a correr y, cuando lo hago, es de forma sutil. El abrigo que me compró Jonah está colgado en el perchero de la entrada y me lo pongo cuando necesito consuelo.

Es una locura que, al volver al ritmo de ciudad que tanto anhelaba, comencé a extrañar la calma, la paz y la tranquilidad que había dejado en Alaska.

Jonah sonríe, satisfecho.

—Bien.

No puedo contener el impulso de acariciar la ligera pelusa de su mandíbula con la mano y acercarme a besarlo, aunque sé que entregarnos otra vez a esta rutina solo va a hacer más agonizante la separación.

Pero aprovecharé todo lo que pueda durante el tiempo que tenga.

Me acaricia el labio inferior con la lengua.

—¿Qué has tomado?

—Solo un Martini. —Levanta las cejas—. Tres Martini —admito con vergüenza. En el coche todavía sentía el efecto del alcohol, pero ahora estoy totalmente sobria.

Con un gemido, me aparta el pelo de la frente y contempla mi rostro.

—¿Qué carajo vamos a hacer, Calla?

—No lo sé. —Juego con el cuello de su abrigo. Me muero de ganas de deslizar la mano por debajo—. ¿Y Wild? ¿Cómo va eso?

—No va a ser Wild mucho tiempo más. Ya están hablando de un nuevo logo de Aro para los aviones. Les dije que me quedaré dos meses y que entonces presentaré la renuncia. Es que… no puedo. —Tensa la mandíbula—. Wren ya no está. Y pronto Wild tampoco estará.

Se me forma un nudo en la garganta.

—Lo echo de menos.

—Sí. Yo también —admite con voz ronca y pestañea varias veces para secarse las lágrimas. Me acurruco contra él.

—¿Y qué piensas hacer si dejas el trabajo en Wild?

—Pondré una pequeña empresa de vuelos internos especializada en aterrizajes sin aeropuerto. Wren me dejó tres aviones.

—Sí, me lo contó. Es una buena idea. La gente confía en ti.

—Pensé en vender a Jughead y comprar algo más pequeño. Podría instalarme más cerca de Anchorage. Tú podrías ocuparte de la publicidad y la comunicación, se te da muy bien. Pensé que te adaptarías mejor cerca de una ciudad. —Traga saliva—. ¿Aceptarías algo así?

—¿Qué? Yo… —tartamudeo. Me ha tomado con la guardia baja. *¿Instalarse más cerca de Anchorage?*—. ¿Qué quieres decir? ¿Me estás pidiendo que me mude contigo? —*¿Jonah me está pidiendo que me mude a Alaska?*

Me mira fijamente.

—Exactamente eso.

—Yo… —Mi corazón rebota contra mi pecho, desaforado—. No

lo sé. —Eso significaría mudarme a Alaska por Jonah. Dejar mi vida por Jonah. Hacer lo mismo que hizo mi madre—. ¿Y si no me gusta? —lanzo.

—Buscaremos una opción que nos funcione a los dos.

—¿Y si eso significa irnos de Alaska? —pregunto con cautela porque, por mucho que eche de menos a Jonah, no voy a firmar una sentencia de muerte.

—Seré feliz mientras pueda volar y te tenga conmigo. Esta mierda de cada uno por su lado no está funcionando, Calla. —Me mira con severidad. Con la mirada que usa para sus típicos sermones de cómo son o deberían ser las cosas—. No voy a darme por vencido sin luchar y pasarme toda la vida suspirando por ti. En eso sí que no me parezco a Wren.

Mierda. Esto va en serio. Está hablando de vivir juntos y de suspirar por mí como hizo mi padre porque estaba *enamorado* de mi madre.

—Tengo que pensarlo —lanzo mientras la cabeza me da vueltas. Una parte de mí quiere decir que sí ahora mismo. Una parte grande—. No digo que no. Pero necesito tiempo para pensarlo.

—Está bien. —Sonríe con dulzura—. No esperaba menos de una Fletcher.

Le acaricio la mandíbula con una mano temblorosa, todavía tengo que procesar este giro inesperado. Es la segunda vez que mi vida se pone patas arriba en este porche. Pero ahora sé cuál va a ser mi respuesta.

Porque haría cualquier cosa para que las cosas con él funcionaran.

Mierda.

—¿Te gusta? —murmura y me toma la mano libre.

—Sí, pero tienes que dejarte crecer la barba.

Estira los labios con una amplia sonrisa.

—¿Quién iba a decirlo?

—*No*, la barba de Yeti *no*. La de vikingo sexy.

Lanza un sonido.

—Eso me recuerda que…

Lo miro con curiosidad mientras saca un iPhone nuevo del bolsillo. Enciende la pantalla y busca la foto que subí a Instagram la semana pasada, la que titulé «El bueno, el malo y el Yeti»; esa publicación triplicó mis seguidores y me proporcionó miles de me gusta, sobre todo de mujeres.

Aprieto los labios para ocultar la sonrisa mientras admiro la fotografía de Jonah sin camiseta, con el hacha en la mano, sin ropa interior y con los pantalones tan bajos que se pueden ver los músculos de sus caderas y un sendero de pelo. Es la última que hice antes de que se girara y me pillara. Creo que es la mejor. Se aprecia el gesto de concentración y el torso musculoso, que parece más imponente contra la neblina.

—¿Qué tiene de malo? —pregunto con inocencia.

—¿Sabes la de bromas que me ha hecho Aggie? Pegó fotocopias de esta foto en las paredes.

—Lo sé. Yo le mandé el archivo. —Desde que volví a casa, intercambio correos electrónicos con Agnes una vez a la semana para saber cómo están.

Jonah levanta las cejas y puedo ver que la herida que se hizo en la frente ya ha cicatrizado.

—Recibimos decenas de llamadas de personas que pedían específicamente que yo fuera el piloto.

—¿Y? No es nada nuevo. La gente te conoce.

—Pedían por «el Yeti».

—Un título bastante ocurrente, ¿no te parece?

Curva los labios en una sonrisa vengativa.

Mierda.

—¿Qué vas a hacer?

Los ojos le brillan con malicia y susurra entre un beso:

—Espera y verás.

Agradecimientos

Gracias por regalarles a Calla, Jonah, Wren, Simon, Susan, Agnes y Mabel algunas horas de tu vida. Cuando decidí escribir *Alaska sin ti,* tenía la sensación de que sería un libro emotivo, pero nunca imaginé que fuera a ser *tan* emotivo. Dejé escapar algunas lágrimas mientras escribía, algo que nunca me había pasado. Pero intenté equilibrar esa tristeza con humor y esperanza, igual que la vida puede equilibrarse con humor y esperanza, incluso en los días más difíciles.

Alaska sin ti es el primero de mis libros que está parcialmente ambientado en Canadá, pero prometo que no será el último. Me he divertido mucho dejando guiños para mis amigos canadienses (sobre todo para aquellos que viven en Toronto).

A veces, el lugar en el que suceden las historias se vuelve un personaje en sí mismo, y creo que es el caso de este libro. Me pasé semanas mirando Discovery Chanel (*Flying Wild Alaska* es un documental fascinante que les recomiendo si quieren conocer mejor la zona oeste de Alaska y la vida de los pilotos de montaña), leyendo innumerables blogs y crónicas de viaje para intentar aprender todo lo posible sobre esta singular parte del mundo y poder describirla con propiedad. A quienes están mirando mapas:

no, no existe Bangor, al menos en Alaska (hay uno en Maine). Para crear mi pueblo ficticio me inspiré en Bethel, pero quería darme algo de flexibilidad y libertad creativa sin sentir que me estaba «equivocando». Por eso me inventé Bangor.

Un agradecimiento especial para algunas personas, y espero no olvidarme de nadie (pido perdón de antemano).

Gracias a Christine Borgford y Angel Gallentine Lee, por ayudarme a recopilar información sobre la zona oeste de Alaska.

A Jennifer Armentrout, Mara White, Andria King, Ola Pennington, Betty C. Cason, Kerri Elizabeth y Kristen Reads, por compartir la dolorosa experiencia de haber perdido un ser querido por cáncer de pulmón. Quiero que sepan que el día que hablé con ustedes fue muy importante.

A James «Chico Salvaje» Huggins, por tus invaluables conocimientos sobre aviones de montaña.

A K. L. Grayson, por contarme acerca de los hospicios y por ayudarme a superar los desafíos con los que me encontré cuando tuve que decidir la mejor forma de narrar la enfermedad de Wren. Estuve muchas semanas dándole vueltas para resolverlo. Nuestra conversación me ayudó muchísimo.

A Amélie, Sarah y Tami, por ocuparse del grupo de Facebook (sobre todo cuando se acercan las fechas de entrega y me escapo de las redes sociales) y asegurarse de que los lectores se enteren de los lanzamientos; y porque *siempre* esperan mis libros con ganas.

A Sandra Cortez, porque sé que puedo contar con tu sinceridad cuando lo necesito.

A Stacey Donaghy de Donaghy Literary Group, por escucharme hiperventilar en un mensaje de texto y dejarlo todo para leer este manuscrito en una noche.

Sarah Cantin, eres mucho más paciente y sabía que Simon. Gracias por aguantarme y ofrecerme tu oído.

Al equipo de Atria Books: Suzanne Donahue, Albert Tang, Jonathan Bush, Will Rhino, Lisa Wolff, Alysha Bullock, Ariele Fredman, Rachel Brenner, Lisa Keim y Haley Weaver, por todo lo que trabajaron en este libro y, encima, a contrarreloj (inserte aquí una sonrisa tímida y mis más sinceras disculpas).

A mi esposo y mis hijas, por permitirme aislarme en la baticueva con la bolsa de huevitos Cadbury y los nervios a flor de piel.

Elegí esta historia pensando en **ti**
y en todo lo que las mujeres románticas
guardamos en lo más profundo
de **nuestro corazón** y solo en contadas
ocasiones nos atrevemos a compartir.

Y hablando de compartir, me gustaría
saber qué te pareció el libro...

Escríbeme a
vera@vreditoras.com
con el título de esta novela
en el asunto.

VeRa

yo también
creo en el amor